Philipp Gurt

Bündner Sturm

Ein Fall für Giulia de Medici

Roman

Kampa

Für den Blick hinter die Verlagskulissen:
www.kampaverlag.ch/newsletter

www.kampaverlag.ch
Satz: Tristan Walkhoefer, Leipzig
Gesetzt aus der Stempel Garamond LT / 2302130
Druck und Bindung: Friedrich Pustet, Regensburg
Auch als E-Book erhältlich
ISBN 978 3 311 12060 5

Für Silvia Götschi

Danke, dass du mich schon früh so wertvoll in meinem Schreiben unterstützt hast.

Prolog

Zeit, rahmenlose Zeit verstrich über dem Hochtal, in dem der von Bergriesen umringte Gletscher wie in einer Arena aus Stein und ewigem Schnee lag. Ein Lidschlag, ein Vogelschrei, ein Lachen, ein Alpsommer, ein Baumleben lang – alles war dem Eisriesen seit jeher einerlei. Mit seiner erdrückenden Masse, die Felsgestein verflüssigen und Berge verformen konnte, arbeitete der Roseggletscher zeitlos an seinem Werk. Dann und wann schob er sein scheinbar auf ewig verschlucktes Hab und Gut hinaus, bot es dem Engadiner Himmel dar wie eine Gabe der Reue, nur um es sich danach wieder in seine Tiefen einzuverleiben, unmerklich und doch stetig und manchmal für immer.

Jahre, ein paar Monate und eine Woche hatte das Hebelwerk aus Eis gebraucht, um eine Schulter, einen Teil eines Kopfes und einen Arm freizugeben. Nachdem das kalte Band dies vollbracht, diese Tragödie ans helle Tageslicht geschoben hatte, spielte sich unter ihm, im Val Roseg, eine weitere ab. Wieder blickten die Bergriesen stoisch hinab in die Arena, beobachteten das Geschehen, nahmen es hin, wie jeden Moment ihrer unverrückbaren Ewigkeit.

I

Er wusste, die Dämonen, die in ihm hausten, ihn in seinem Leben jagten, trugen viele Gesichter, sogar das seine, und sie schliefen nie, würden niemals von ihm ablassen. Doch nachdem er in dieser Nacht diese leuchtend weiße Kugel vor seinem Fenster schweben gesehen hatte und er mitten in dieses strahlende Weiß gefallen war, ein göttliches Weiß, reiner als alles, da wusste er: Die hellen Tage würden endlich anbrechen, wenngleich seine Pein, die er schon so lange ertrug, sich ein letztes Mal zum Martyrium steigern musste.

An Schlaf war nicht mehr zu denken gewesen, so beseelt war er vom Licht und der großen Erwartung. In den nachtdunklen, stillen Raum, in dem er saß, fiel nur wenig Licht durch das Fenster aus Panzerglas.

Die Nacht lag noch immer über der psychiatrischen Privatklinik Piz Glüschaint, als die Stahltür hinter dem Mann ein kaum hörbares elektronisches *Klick-Klack* von sich gab. Rauschend schob sich darauf die Tür zur Seite, offenbarte ihm den Weg, damit er es endlich vollbringen konnte.

Gänzlich unbesehen trat der Mann hinaus in die kühle Herbstnacht und verschwand im weitläufigen Areal unter aufrauschenden Bäumen. Die Klinik, im Stil einer Engadiner Villa erbaut, lag eingebettet in die Natur oberhalb des Silsersees. Für einen Moment ließ der Mann seinen Blick auf dem schlafenden Gewässer ruhen, das im Gegensatz zur weißen Kugel über ihm tiefschwarz war wie der Tod. Ihn erfasste ein leichter Windstoß, der die Stille durchbrach und die Wasseroberfläche des Sees kräuselte, als bekäme dieser eine Gänsehaut.

Während dieser zögerlichen Böe wandte er sein Gesicht dem von glimmenden Wolkenfetzen durchzogenen Firmament zu und blickte zu den Sternen. Dann machte er sich auf seinen Weg. Die Nacht verschluckte ihn gnädig.

Stunden später, er war zielstrebig einsamen Pfaden gefolgt, gelotst von einer inneren Stimme, brach über den Bergkämmen ein neuer Tag an. Es war Montag, der Morgen des 24. Oktobers 2022.

Der Mann war Mitte vierzig und sportlich schlank, trug Dreitagebart, volles schwarzes Haar, hatte klar geschnittene Gesichtszüge, formschöne Lippen und Augen so blau wie Enzian. Er trug eine leger geschnittene Jeans, ein dunkelblaues Designer-Sakko, darunter ein helles Hemd mit breitem Kragenaufschlag, wie aus den Siebzigern. Die Sohlen seiner Air-Jordan-Off-White-Basketballschuhe waren es nicht gewohnt, über Stock und Stein zu gehen.

Zur Mittagszeit, seine Omega zeigte kurz nach zwölf Uhr, fand er sich im hinteren Teil des Val Roseg wieder. Seine Schuhe hatten gelitten, der Wind war stärker, böiger geworden und brachte den goldschimmernden Lärchenwald in Wallung. Andere sähen darin nichts weiter als den launischen Bergwind, der von der mächtigen Berninagruppe kommend talwärts über den Gletscher sauste, dann zuhinterst im Val Roseg den eisig kalten Lej da Vadret kräuselte, bevor er das naturbelassene Tal hinunter nach Pontresina durchstreifte. Der Mann hingegen war inzwischen eins mit dem Wind geworden, trug längst dessen Botschaft in sich, spürte die sich ballende Kraft darin, hörte die sonore Stimme aus der Ferne, die sich zunehmend drohend erhob und damit sein Ankommen verkündete – denn er, der Mann, war der Sturm.

Er blieb stehen.

Verharrte.

Sein rhythmischer Atem verwob sich mit dem Wind. Erneut richtete er seine blauen Augen zum aufgewirbelten Himmel, als hoffe er auf ein weiteres Zeichen.

Durch tiefblaue Lücken im Wolkengeschiebe, das sich träge gen Norden verschob, warfen Sonnenstrahlen wandernde Lichtkegel ins leere Hochtal vor ihm. Zu seiner Linken lag, von einer steinernen Moränenlandschaft umfasst, der Tschiervagletscher wie weiße erstarrte Lava in seinem Seitental, dessen Abfluss in den Ova da Roseg mündete. Die beiden Wildwasser schufen gemeinsam ein seichtes Delta der Vereinigung aus in- und auseinanderfließenden Armen – leises, windverwaschenes Rauschen. In den Hängen, dort wo im Sommer die roten Alpenrosen buschig blühten, die gelben Popparollen, die Gemswurz oder die violette klebrige Primel ihre Blütenpracht in die Höhe streckten, war zu dieser Zeit nur noch tundraähnliches Gras zu sehen, das zitternd dem Wind trotzte. Die Schönheit dieser rauen, schlichten Berglandschaft fesselte dem Mann die Sinne – er schloss die Augen, Erinnerungen tauchten auf:

In ihrem leuchtend roten Sommerkleid stand sie einen Tag vor ihrem zwanzigsten Geburtstag am Ufer des Zürichsees, die warme Brise ließ ihr goldenes Haar wehen, das glänzend die Sonne einfing. In der Hitze warf sie ihm einen flüchtigen Blick zu, der See hinter ihr glitzerte. In seinen Erinnerungen hörte er endlich wieder ihr helles Lachen, das er bis zu diesem Augenblick tief in sich hatte vergraben müssen, um den unsagbaren Schmerz und die brennende Frage nach dem Warum in sich zum Schweigen zu bringen – damit der Hass und die überwältigende Sehnsucht nach der Wahrheit ihn nicht verzehrten, bevor der Moment der Rache gekommen war. Diesen Gefühlen zum Trotz war noch immer diese Liebe in ihm, die nur ihr gehörte, die alles war und seit damals doch nicht mehr sein konnte als ein lichtdurchfluteter Sommer, der längst gelebt worden war.

Doch letzte Nacht hatte ihm dieses göttliche Weiß endlich Antworten geschenkt, und wie ein Reiter der Apokalypse würde er sie endlich rächen, und wenn sich dabei alle Bäche im Engadin blutrot färben müssten, dann sollte es eben so sein, denn nur so würde die Wahrheit ans Licht kommen!

Er stützte seine Hände in die Taille und atmete die kühle Bergluft ein, die den Geruch von Herbst und dem Schnee der Gipfel in sich barg – und bald auch den von Blut. Sein Blick wanderte voraus. Vor ihm standen wie hingewürfelt die letzten goldenen Lärchen, wie seltsame, einsame Gestalten. Dazwischen schimmerte schiefergrau der Lej da Vadret im Hintergrund, der schmal gezogen den letzten Kilometer des Tals füllte, bevor sich die steilen Flanken der Berninagruppe erhoben. In diesem Moment fiel ein Sonnenstrahl auf die Wasseroberfläche und erweckte den schiefergrünen Gletschersee zum Leben. Gleißendes Licht wies ihm den Weg zum Gletschertor. Irgendwo dort oben wartete der Tod, wenngleich noch niemand etwas davon ahnte. Er würde sie holen. Alle, hatte die Stimme in seinem Kopf befohlen. Alle!

2

Am selben Tag, 14:28 Uhr – Kriminalpolizei Chur, Fahndung Hansahof

Giulia de Medici betrat soeben das Gebäude unterhalb des Bahnhofs und stieg die zwei Stockwerke zu ihrem Büro hoch, als ihr Handy surrte. Sie blickte auf das Display: *Nadia Caminada (KAPO).*

»Nadia, bin in einer Minute im Office …«, sagte die dreiunddreißigjährige Chefermittlerin der Kriminalpolizei und steckte, ohne eine Antwort abzuwarten, das Gerät zurück in die rechte Gesäßtasche ihrer Jeans, während sie das alte Treppenhaus emporstieg, in dem es nach Putzmittel roch.

Nadia saß allein im gemeinsamen Dreierbüro hinter ihrem Schreibtisch, Sigron war im Urlaub. Draußen drückte die Herbstsonne immer wieder zwischen Wolkenlücken durch.

»Was gibt's?« Giulia legte ihren Schlüsselbund auf den Tisch, stellte danach ihre Tasse unter die Kaffeemaschine, die auf einem niedrigen Aktenschrank stand, und blickte fordernd zu Nadia, während sich die Tasse füllte. Nach dem ersten Schluck lehnte sie sich gegen die Tischkante ihres Schreibtisches, während sie weiter ihrer Ermittlerkollegin und besten Freundin zuhörte.

»Aha?« Giulia stellte die Tasse ab, als Nadia fertig war. »Du verarschst mich doch, oder?« Sie zurrte ihren schwarzen Pferdeschwanz zurecht und öffnete den Reißverschluss ihrer dünnen graublauen Parka, wodurch ihr Waffenholster zum Vorschein kam. Nadia, die im sechsten Monat schwanger war, schüttelte ihren Kopf, lachte verhalten. »Kam tatsächlich genau so vor wenigen Minuten via Einsatzzentrale rein ...«

Giulia sah ihr an, dass sie nicht flachste. »Also, Madame Caminada, nur damit ich es richtig verstanden habe; vor einer halben Stunde meldete sich im Polizeiposten Samedan ein gewisser Le-der-ho-sen Djan-go, ein Tiroler, per Telefon während des Aufstiegs zur Chamanna Coaz.« Sie betonte den Namen mit hochgezogenen Augenbrauen. »Ihm sollen unterwegs zwei holländische Alpinisten den Fund einer Gletscherleiche, die auf dem Roseggletscher liegt, gemeldet haben?«

»Das sagte er, ja.«

»Okay«, sagte Giulia gedehnt. »Nach diesem Hitzesommer und dem damit verbundenen Rekordschwinden der Gletscher wäre dies nicht der erste derartige Fund in diesem Jahr. Doch der Kerl berichtete weiter, dass es sich bei der Toten um eine Frau in einem knallroten Sommerkleid handelte. Ein Sommerkleid auf einem Gletscher?«

»Genau, oder wie mein Neni, der Landjäger Caminada, gesagt hätte: präzis.« Nadia erinnerte sich gerne an ihren legendären Großvater Walter Caminada, der viele Jahre als einfacher Polizist in Graubünden Fälle gelöst hatte.

»Und weiter informierte dieser Le-der-ho-sen Djan-go die Einsatzzentrale auch darüber, dass er den Weg zur Berghütte Chamanna Coaz weiter hochsteige. Doch seither ist weder er noch die Hüttenwartin zu erreichen«, schloss Giulia ihre Zusammenfassung.

»Die Dame hat einhundert Punkte.«

Giulia trank nachdenklich weiter Kaffee. Draußen wehte der aufkommende Herbststurm Blätter an die Scheiben, ein

Postauto fuhr brummend über die bogenförmige Tivolibrücke, gedämpft drang der Lärm in den Raum, während die Sonne hinter der nächsten Wolke verschwand. »Ein schlechter Scherz des Anrufers? Wäre ja nicht der erste. Sag Nadia, hat dieser, ähm, Lederhosen-Django wenigstens die ungefähre Position der Gletscherleiche benennen können?« Ihrem spöttischen Ton war zu entnehmen, dass sie die Sache nicht ganz ernst nahm. »Wenn nicht, dann muss sowieso der Heli her. Die abzusuchende Fläche beträgt mehrere Quadratkilometer und ist nicht überall begehbar, ein Gletscher eben, aber das muss ich dir ja nicht erzählen.«

Giulia, die ab ihrem fünften Lebensjahr in Pontresina aufgewachsen war, kannte das Val Roseg und die Engadiner Berge wie ihre eigene Hosentasche. Außerdem hatten sie und Nadia schon so manche anspruchsvolle Bergtour in diesem Gebiet gemeinsam gemeistert.

»Die Verbindung war schlecht. Man hat notiert, dass die Leiche oberhalb der Hütte, am Rand des Gletschers liegen soll.« Nadia drehte den Laptop zu Giulia. »So wurde der Fall rapportiert.«

Giulia beugte sich vor. Nachdem sie quergelesen hatte, fragte sie: »Das liegt auf über zweieinhalbtausend Metern. Warum landet der Fall bei uns? Warum rückt nicht die Alpinpolizei von Samedan aus? Sind ja nur zehn, zwölf Kilometer bis Pontresina, und von dort kann man mit dem Auto ein rechtes Stück ins Val Roseg fahren, bis zum Gasthof Roseggletscher. Aber noch besser wäre, wenn sie gleich den Heli nehmen, um sich aus der Luft ein Bild zu verschaffen.«

»Mag sein. Aber da du in St. Moritz die Ausbildung zur Alpinpolizeibeamtin durchlaufen hast und von uns allen am meisten Erfahrung in den Bergen hast, will man wohl dich. Aber vor allem, falls das stimmt, was der Anrufer sagte, wenn diese Frau tatsächlich im Sommerkleid da oben liegt, dann klingt das eher nach einem Mord als nach einem Unfall. Damit ist das sowieso ein Fall für uns. Außerdem willst du doch immer als Erste vor Ort sein, richtig?«

Giulias Handy klingelte. Major Oliver Peterelli, der Chef der Kriminalpolizei, rief an. »Leutnant de Medici, Sie wissen mittlerweile Bescheid?«, kam er ohne Umschweife auf den Punkt. Er hasste Vorgeplänkel, was wohl das Einzige war, das Giulia mit ihm gemein hatte.

Der groß gewachsene, schlaksige Peterelli war aus dem Kanton Aargau zugezogen. Er hatte sein Amt vor bald einem Jahr angetreten und war noch immer nur mit seinem Chef, dem Kommandanten Erich Hartmann, per Du. Das war bestimmt seiner Militärkarriere geschuldet, wurde gemunkelt, Peterellis Führungsstil war entsprechend gefärbt.

»Ja, Major. Adjutant Caminada hat mich soeben informiert. Falls die ganze Sache kein Scherz ist, was ich noch immer nicht ausschließe, sieht's nach einem Gewaltdelikt aus, denn welche Frau verirrt sich in einem Sommerkleid auf einem Gletscher? Die Fragen, die sich mir in diesem Fall aufdrängen, sind: Wer ist die Tote, wann und wie kam sie zu Tode? Gibt's aktuelle Vermisstenmeldungen, die auf ihr Signalement passen?«

»Genau das sollen Sie mit Caminada ermitteln. Klären Sie den Wahrheitsgehalt der Meldung und versuchen Sie die Leiche so schnell wie möglich zu identifizieren.«

»Major, warum überfliegt nicht erst ein Pilot der Air Grischa von Samedan aus den Gletscher, bevor wir uns von Chur aus auf den Weg machen müssen, nur um einem möglichen Scherz aufzusitzen? Vergessen wir nicht, dort oben liegen mehrere Quadratkilometer Eis, und das auf über zweieinhalbtausend Metern. Außerdem zieht ein Sturm auf. Noch ist aber Zeit; der Heli oder eine Drohne könnte ratzfatz den Fund bestätigen oder eben nicht. Hinauf komme ich zu Fuß alleweil auch danach.«

Peterelli ging nicht darauf ein. Mit seiner tiefen Stimme, die so gar nicht zu seinem schmalen Habichtgesicht passte, sagte er trocken: »Auf dem Rossboden wartet in einer halben Stunde der Heli auf Sie, Leutnant de Medici.«

Giulia fragte sich, was der Major wusste, was er ihr nicht sagen wollte, denn dieses Vorgehen nach einer solch vagen Zeugenaussage entsprach nicht dem standardmäßigen Verfahren. Etwas war im Busch, und sie wusste, Peterelli würde damit nicht herausrücken. Noch nicht.

»Verstanden. Doch erst muss ich kurz nach Hause, mich berggerecht umziehen, und ich brauche noch einen Bergretter für eine Seilschaft, falls ich denn wirklich auf den Gletscher muss. Vorzugsweise Erkki Korhonen.«

Giulia war seit Ende Sommer, seit der Hochzeit von Nadia, wieder mit dem Norweger zusammen, der in seinem Heimatland die Polizeischule absolviert und jahrelang im Dienst gestanden hatte, ehe er sich in der Schweiz zum Bergführer ausbilden ließ. Seit dem ersten September arbeitete er zusätzlich in der Bergrettung beim SAC, dem Schweizer Alpenclub.

»Einverstanden«, brummte Peterelli. »Halten Sie mich regelmäßig auf dem Laufenden. Und zwar ausschließlich mich und Kommandant Hartmann!«

»Nadia und ich sind ein Team!«, konterte Giulia.

Peterelli musste an ihrem Tonfall erkannt haben, dass er diese Weisung nicht durchsetzen konnte. Er ergänzte: »… und Caminada, einverstanden.«

Erkki war zu Hause, erledigte ungeliebten Bürokram und besprach mit einer IT-Spezialistin seinen neuen Webauftritt als Bergführer, als Giulia ihre Dachwohnung oberhalb von Chur betrat, in die Erkki erst vor wenigen Wochen wieder eingezogen war.

Die kupferblonde Webdesignerin sah unverschämt gut aus, fand Giulia, als diese mit einem etwas gar charmanten Lächeln in Erkkis Richtung aufstand und sagte, dass sie gerne ein andermal wiederkäme. Dann musterte sie Giulia mit einem aufgesetzten Lächeln, ehe sie ging und nur den Geruch ihres süßlichen Parfüms zurückließ. Erkki reagierte darauf mit einem trockenen »Okay«. Giulia war es gewohnt, dass andere Frauen Erkki schöne Augen machten, jedoch noch nie so unverblümt wie eben. Doch sie wusste, Erkkis Blicke galten nur ihr.

Erkki, der in sich ruhende Nordländer, mit den markanten Gesichtszügen, dem dunkelbraunen Haar und den warmen blauen Augen, hatte alles Nötige für den bevorstehenden Einsatz griffbereit, da er oft auf Abruf bereitstehen musste. Deshalb hatte Giulia ihn auf der wenige Minuten dauernden Heimfahrt auch nicht angerufen, sie musste ihren Kram ja erst selbst aus dem großen Schrank im Flur zusammensuchen: Steigeisen, Seil, Eispickel und der Bergfunk waren rasch eingepackt, dazu Notproviant. Sie pflegte vor Einsätzen im hochalpinen Gelände zu sagen: »In den Bergen weißt du nie, was dich erwartet. Sei auf alles gefasst, denn es kommt sowieso immer alles anders.«

Auf dem Rossboden, einer Militärbasis am südlichen Stadtrand von Chur, saßen der Pilot und ein Flughelfer im Helikopter bereit. Die Rotorblätter begannen unter dem aufheulenden Lärm der Motoren zu drehen, während Giulia sich gebeugt dem Heli näherte und neben dem Piloten im Cockpit Platz nahm, den Kopfhörer aufsetzte und das Mikrophon vor ihren Lippen ausrichtete. Erkki setzte sich nach hinten neben den Flughelfer. Als die Maschine abhob, blickte Giulia kurz nach hinten zu ihrem Freund. Ein Lächeln erhellte ihr Gesicht. Dezent formte sie mit ihren Lippen einen Kussmund, bevor sie konzentriert wieder nach vorne blickte.

Der Wetterbericht sagte trockenes Wetter voraus, mit teils bedecktem Himmel und aufkommendem Sturm. Der Luftlinie folgend flogen sie zwischen der Lenzerheide und Arosa hindurch Richtung Bergün und Samedan bis nach Pontresina. Für die knapp fünfzig Kilometer benötigten sie eine Viertelstunde. Die höchsten Gipfel im Engadin trugen bereits weiße Spitzen, die Nadelwälder unterhalb schimmerten golden in der Nachmittagssonne, die durch Lücken im Wolkengeschiebe ins Tal fand. Der Flug wurde zunehmend unruhiger. Der Pilot ging in der Mitte des Val Roseg nach dem Gasthof Roseggletscher, dem einzigen Gebäude im Tal, auf dreißig Meter runter, folgte dem Flussverlauf und dem Wanderweg weiter ins Tal. Giulia spähte unentwegt zu Boden, hielt Ausschau nach Personen, doch niemand schien unterwegs zu sein. Zuhinterst im Tal wirbelte der Heli die Wasseroberfläche des Lej da Vadret auf, bevor der Pilot die Maschine an der Berninagruppe hochzog. Giulia bat ihn über den Bordfunk, er solle die Chamanna Coaz anfliegen und die Berghütte langsam im Tiefflug umkreisen, auf dem Weg dorthin aber weiter dem Bergpfad folgen, da der Anrufer, Lederhosen-Django, behauptet hatte, er wolle zur Hütte, bevor er nicht mehr erreichbar war.

Die Bergflanke war ebenfalls menschenleer. Bestimmt des herannahenden Sturmes wegen, dessen Vorläufer bereits kräftig an der Maschine rüttelten.

Am Fahnenmast der Berghütte flatterten hektisch die Schweizer- und die Graubünden-Flagge. Die gestreiften Läden der in den dicken Steinmauern eingelassenen Fenster waren aufgeklappt, und ein Luftballon, der sich an den Dachziegeln verfangen hatte, zerrte im Abwind der Rotoren an seiner Schnur. Giulia war sich sicher, dass jeden Moment jemand aus dem Haus treten würde, um zu sehen, was hier so einen Lärm machte, doch es kam niemand, auch nicht, als der Heli schräg über der Terrasse unruhig im Schwebeflug verharrte. Nadia hatte Giulia im Hansahof informiert, dass die Einsatzzentrale die Hüttenwartin Martina Abderhalden nicht erreichen konnte. Giulia hatte deswegen deren Mobile-Nummer eingespeichert und wählte diese über den Helikopteranschluss. In ihrem Kopfhörer hörte sie das ins Leere laufende Klingeln, durchtränkt vom Lärm der Rotoren.

Ihr Augenmerk richtete sich nun auf den Gletscher, der, von der Berninagruppe genährt, wie ein breiter, erstarrter Fluss über mehrere Quadratkilometer die Flanke hinunterfloss. Die Sonne hing über dem Westgrad des Il Chapütschin, legte die Bergflanken unter ihm in Schatten. Es war Viertel vor vier, als sie den kalten Riesen anflogen, der wegen des heißen Sommers außergewöhnlich gelitten hatte.

Der Pilot, ein ausgezeichneter obendrein, wie Giulia fand, flog im ruppigen Wind den Gletscher auf nur zwanzig Metern Flughöhe ab, bis sie in der Nähe der von den holländischen Alpinisten vermeldeten Position etwas Rotes in den letzten Sonnenstrahlen schimmern sahen.

Der Heli stieg auf Anweisung von Giulia auf vierzig Meter, damit der Abwind nicht mögliche Spuren verwehte. Giulia schob ihre dunkle Sonnenbrille ins Stirnband und setzte das Fernglas an.

»Da unten liegt eine Leiche. Weiblich. Einen Teil von ihr hat der Gletscher freigegeben, und tatsächlich, sie trägt ein rotes Sommerkleid«, knisterte ihre Stimme in den Kopfhörern aller. Sie wandte sich dem von der Sonne halbseitig beschienenen Gesicht des Piloten zu. »Irgendwo in der Nähe müssen wir runter.«

»Verstanden. Aber wir müssen uns beeilen. Und es ist ungewiss, ob ich euch später hier wieder aufnehmen kann, der Wind hier oben ist unberechenbar.«

Giulia hielt den Daumen hoch.

Die Fundstelle befand sich tatsächlich am rechten Rand des Eislings, eine große Eisspalte und ein Graben mit Moränengeschiebe versperrten den Zugang zum Gletscher von außen. Deshalb mussten sie sich vom Gletscherinnern der Fundstelle nähern. Die schwere Maschine, deren Lärm das Tal erfüllte, schwebte unruhig einen Meter über dem Eis an der Stelle, die Erkki ausgesucht hatte, damit die beiden sicher abgesetzt werden konnten. Kaum waren sie draußen, duckten sie sich, und die Maschine drehte ab, flog hinunter ins Val Roseg und landete im Delta unterhalb des Gletschersees. Dort würde der Pilot auf weitere Anweisungen warten.

Nachdem das Klopfen der Rotoren im Tal verebbt war, umschloss die beiden die Stille der Berge, die nur von den scharfen Böen immer wieder durchbrochen wurde.

Die letzten Sonnenstrahlen tauchten die Viertausender am Ende des Tals in ein unwirkliches Orange, als Giulia und Erkki gut gesichert die ersten Schritte übers Eis wagten. Giulia ging zehn Meter vor Erkki, denn er würde sie bei einem Sturz in eine Gletscherspalte besser halten können als sie ihn. Das Eis war teilweise blank und spröde, die Steigeisen mussten gut gesetzt werden. Giulias Sorge galt weiterhin dem aufkommenden Sturm und mehr noch der

Reihe Séracs, Türme aus Gletschereis, die sich drohend erhoben hatten und von denen man nie wissen konnte, wann einer brach und wie hundert Sattelschlepper auf einen herunterdonnern würde. Erst recht nach diesem Hitzesommer und an Tagen wie diesem, an denen es verhältnismäßig warm und stürmisch war.

Als hätte jemand ein Wolkentor geöffnet, legte der Sturm innert Minuten an Stärke zu, sodass sich die eins achtundsiebzig große Giulia zunehmend dagegenstemmen musste. Sie trug ein neongrünes Stirnband mit einem blauen Adidas-Emblem in der Mitte, das schwarze Haar, zum Pferdeschwanz gebändigt, wippte in den Böen. Ihre breite Narbe, die sie sich im Frühjahr bei einem Kletterunfall zugezogen hatte, welche zwei Zentimeter über der Oberlippe bis über den Wangenknochen verlief, hob sich in ihrem von der Bergsonne gebräunten Gesicht heller ab. Seit etwa drei Wochen brannte die Stelle immer wieder höllisch. Medizinische Gründe gebe es dafür keine, hatte die Dermatologin gesagt und angedeutet, dass diese Schmerzen wohl eher psychisch bedingt seien. Vielleicht sei Giulias Unterbewusstsein doch nicht so »einverstanden« mit der Narbe, stellte die Ärztin zur Diskussion, es gebe aber immer noch die Option, sie mit einer Laserbehandlung deutlich abzumildern. Für Giulia war das Quatsch. Klar, man sah die Narbe, aber sie fühlte sich deswegen längst nicht entstellt.

Giulia drehte sich zu Erkki um. »Der Heli wird bestimmt nicht mehr hochfliegen können«, rief sie ihm zu. Er nickte und Giulia musste sich bei der nächsten Böe festhalten, ehe sie sich weiter Schritt um Schritt der Fundstelle näherten.

Kurz bevor sie die Gletscherleiche erreichten, kam ein Funkspruch des Piloten rein: Er fliege die Maschine zum nahe gelegenen Flugplatz Samedan, ließ er Giulia wissen, des Sturmes wegen, der nun wild zerfledderte Wolken über die Bergkämme jagte.

Es war tatsächlich eine Frau in einem roten Sommerkleid, die kurz darauf vor ihnen lag. Sie war noch fast gänzlich im Gletschereis gefangen. Als führte die Natur in dieser Tragödie Regie, verschwand wenige Augenblicke später das weiche Licht, und die Schatten verdunkelten das Eis.

Giulia bot sich ein ebenso seltsamer wie trauriger Anblick. Das Eis hatte nur einen Teil der rechten Seite der Frau freigegeben. Sie war blond, ihrer sichtbaren Gesichtshälfte haftete der Tod an, doch es fehlten Verwesungsmerkmale. Am rechten Fußgelenk hing eine goldene Kette mit Anhänger – wahrscheinlich ein griechisches Symbol, das Giulia nicht identifizieren konnte. Die Frau war barfuß, die linke Hand lag von unten durchs Eis hochgestreckt frei, als wollte sie nach einer rettenden Hand greifen. Die Leiche mussten Spezialisten bergen, das wusste Giulia. Sie fragte sich, warum man sie geschickt hatte. Den Leichenfund bestätigen und sich vom Fundort, der bestimmt nicht der Tatort war, ein Bild machen, das hätte jeder andere Beamte der Alpinpolizei genauso gekonnt.

Bevor sie irgendwas anfasste, fotografierte sie mit ihrem Handy die Gletscherleiche aus verschiedenen Winkeln, während der Sturm die frei gelegten blonden Haare der Leiche gespenstisch wehen ließ.

Giulia ging vor der Toten in die Hocke, murmelte: »Grundsätzlich keine schlechte Idee, eine Leiche in einem Gletscher verschwinden zu lassen …« Sie blickte nachdenklich auf die Frau. Deren Alter zu schätzen, war schwierig, dreißig vielleicht, oder eher jünger? Giulia zog ihre warmen Handschuhe aus und blaue Gummihandschuhe über, ehe sie dem Opfer mit einem Taschenmesser eine Haarsträhne abschnitt und diese in das dafür eigens mitgenommene Plastiktäschchen eintütete. Danach suchte sie die Körperpartien, welche der Gletscher frei gegeben hatte, auf eindeutige Merkmale hin ab. Im Nacken war ein Teil eines tätowierten Schmetterlings zu erkennen. Am rechten Handgelenk, das frei lag, trug die Frau eine Uhr. Die Herren-Rolex schien ein luxuriöses Modell zu sein. Behutsam öffnete sie den Verschluss, der tadellos funktionierte. Sie wusste, solche Uhren waren registriert. Die Rolex verschwand nach einem Foto ebenfalls in einer Klarsichttüte, deren Etikette Giulia mit einem schwarzen Filzer beschriftete. Die Seriennummer der Uhr hatte sie nicht ablesen können, diese war, wie sie aus Erfahrung wusste, zwischen den Bandanstößen am Uhrengehäuse eingraviert, je nach Modell bei sechs oder zwölf Uhr.

Die Fotos schickte sie allesamt per SMS an Nadia und Peterelli. Peterelli, der sich bedeckt gehalten hatte, wollte ja ausdrücklich umgehend informiert werden. Giulia war schon seit seinem Anruf klar gewesen, dass etwas in diesem Fall anders war. Vielleicht war die Tote ja eine prominente Person, dachte sie, auch wenn sie diese nicht erkannte.

Giulia beließ den Fundort so, wie er war, denn sie wusste, dass auch das Eis rund um die Frau später im Labor landen würde, zwecks DNA-Suche. Ein Bergungsteam würde das bewerkstelligen und die Leiche zur Obduktion zu Frau Dr. Kaspersky in die Forensik nach Chur überführen.

»Wir sind hier fertig«, sagte sie mit lauter Stimme zu Erkki und funkte den Piloten an. Wie erwartet konnte der Heli nicht mehr starten, der Sturm im Gebirge war bereits zu stark geworden.

Sie besprach sich mit Erkki. Es gab nur eine Lösung. Sie mussten einen Weg aus dem Gletscher suchen und dann dem Pfad hinunter zur Chamanna Coaz folgen, um nachzuschauen, was mit der Hüttenwartin los war. Erst danach würden sie ins Tal absteigen, wo der Heli die beiden wieder aufnehmen könnte, da die Böen nur in Bergflankennähe eine Gefahr darstellten.

Giulia blickte ins schmale, leere Tal, hinter dessen Ausgang Pontresina im Schatten lag, dann gingen sie los. Sie hatte ihre Swisstopo-App aktiviert, welche beinahe auf den Meter genau ihren Weg aufzeichnete. Falls sie sich im Eis verstiegen, könnten sie so auf sicherem Weg zurückfinden, um einen neuen Versuch über eine andere Route zu wagen.

Über eine Stunde später, als nur noch der Gipfel des Piz Bernina hinter ihrem Rücken, als höchster Berg, orangegelb die letzten Sonnenstrahlen einfing, konnten sie den Gletscher endlich verlassen. Von nun an folgten sie dem steinigen Weg durch die Moräne hinunter zur Hütte, die abgesetzt auf einer Felsnase stand und zu deren Füßen sich das Val Roseg erstreckte. Doch auch auf diesem Weg mussten die Schritte gut gesetzt werden, denn bei den tückischen Windverhältnissen war es nicht immer einfach, das Gleichgewicht zu halten.

Rauch stieg keiner mehr aus dem Kamin, als sie die Chamanna erreichten. Die Fahnen flatterten hektisch vom Wind gepeitscht, als sie kurz nach halb sechs die Steinterrasse betraten. Schon bald würde es dunkel sein.

Für gewöhnlich endete in einer Berghütte in dieser Höhenlage von über zweieinhalbtausend Metern die Sommersaison bereits im Oktober, ehe im November der Winterbetrieb aufgenommen wurde, wusste Giulia. Dies dürfte auch hier in den nächsten Tagen der Fall sein, denn nach Gästen sah es hier nicht aus.

Die Hütte war unverschlossen, als Giulia die Tür aufstieß. »Allegra!«, rief sie in ihrer leicht heiseren Stimme, die sie von ihrer Mamma, einer gebürtigen Sizilianerin, geerbt hatte, und blieb im dämmrigen Eingangsbereich stehen. Der Geruch von Holz, Stein und der Asche der Holzfeuerung schlug ihr entgegen, gemischt mit dem von Blut!

3

Freitag, 30. Juni 1995

Aletheia lachte ihr helles Lachen, das seit jeher alle verzauberte, während sie durch den weitläufigen Park der Villa an der Zürcher Goldküste zum Ufer des Zürichsees ging. Es war sommerlich heiß, und nur die großen Bäume im Park boten angenehmen Schatten. Die noch Neunzehnjährige liebte diesen Abschnitt des privaten Strands mit dem alten Bootshaus, auf dessen Holzsteg sie sich meist abends setzte und zuschaute, wie der See in den verschiedenen Farben des Sonnenuntergangs leuchtete, ehe die Lichter in den Häusern an der gegenüberliegenden Uferlinie angingen. Dann roch es nach dem vom Personal gemähten Rasen, nach See, nach den vielen Blumenbeeten, die meist kreisrund gehalten den Park und den weißen hölzernen Pavillon darin schmückten. Die Vögel, die in den alten Bäumen hockten, zwitscherten munter ihr Abendlied, als läge über der ganzen Welt ein wunderbarer Frieden.

Aletheias Eltern, die von Wertensteins, besaßen mehrere solche Anwesen, und das auf der ganzen Welt verteilt, doch meist wohnten sie hier oder im Engadin, in St. Moritz. Ihr Vater, Theodore, war der Inhaber der Privatbank WERTENSTEIN, Mutter Chloe eine gefragte Kunsthändlerin. Die Boulevardpresse beschrieb das Paar mit ihren beiden schönen, beinahe erwachsenen Kindern als milliardenschwer, was nicht gelogen war. Aletheia mochte diese

Artikel noch nie lesen, und ihre Eltern gaben sowieso nur etablierten Medien, wenn überhaupt, ab und zu ein Interview, und auch dann ausschließlich, wenn es den Geschäften dienlich war.

Während Aletheia am Vortag ihres zwanzigsten Geburtstages in der nachmittäglichen Hitze am Seeufer stand, wirkte sie nachdenklich, als warte sie auf ein Boot, das niemals kommt, während sich hinter ihrem Rücken ihr jüngerer Bruder näherte, der siebzehnjährige Ambrosius.

»Morgen wirst du zwanzig«, sagte er verheißungsvoll und blieb neben ihr stehen. »Du weißt ja, was das bedeutet …« Er legte ihr liebevoll eine Hand auf ihre von der Sonne kupferbraun gefärbte Schulter. Dann wurde sein Blick, den er seinerseits über den See schweben ließ, ernst. »Und, hast du es dir nochmals überlegt, Schwesterherz?«

Sie drehte ihren Kopf etwas zur Seite und blickte flüchtig in seine enzianblauen Augen. Er registrierte in dem kurzen Moment, in dem sie ihre Augenlider langsam schloss, die Antwort. Dann blickte sie wieder nach vorn.

»Ich werde dich vermissen von hier bis zum Mond«, sagte er hilflos und zog an seiner Zigarette.

»Ambro, wir sind doch keine Kinder mehr.« Sie lächelte, sodass ihre strahlend weißen Zähne zum Vorschein kamen. In ihren Augen lag ein Glanz, als hätte sie etwas vor langer Zeit verloren, das nie wieder zu finden ist. »Komm mich auf meiner Reise mal besuchen. Du wirst sehen, dass es richtig ist – richtig für mich.« Wieder drehte sie ihr Gesicht für einen Moment zu ihm. »Weißt du, Ambro, das Leben hat so viel mehr zu bieten als das hier, du musst nur wollen.«

»Wünsche lassen hoffen … egal an welche Orte es dich fortzieht, du bist und bleibst immer meine kleine Schwester, und ich liebe dich.«

»Klein, mit eins achtundsiebzig?«

Er blickte sie von der Seite an – ihr goldenes Haar wehte zaghaft, da war die hohe Stirn, die Augenpartie, die Offenheit und zugleich Engstirnigkeit ausstrahlte, der wie mit dem Lineal gezogen gerade Nasenrücken, die Lippen, die etwas schmal schienen, und das Kinn mit dem Grübchen. Ihre Ohren waren klein und formschön, ein goldener Anhänger wackelte glänzend.

»Ich bin eins fünfundachtzig …« Er zog nochmals an der Zigarette. Bevor er den Rauch zu Boden stieß, sagte er leise: »Mach dich bitte nicht lustig …« Er verschluckte die weiteren Worte, sagte nicht: »Hey, ich leide, es ist, als würde mir ein Stück Herz herausgerissen. Schon wieder!«

»Ambro, tue ich nicht, es ist … es schmerzt auch mich, irgendwie. Aber ich muss fort, und morgen werde ich endlich volljährig … und übrigens, es würde niemand von euch diese Strapazen auf sich nehmen, um zu mir zu finden, weil ihr doch alle denkt, dass ich spinne. Das ist doch die Wahrheit, die ich auf diese Reise mitnehme. Oder siehst du heute irgendwo unsere Eltern? Wo sind sie gerade? Genau, in Paris, und morgen, wo schon wieder? Die Geschäfte, sie laufen gut, sehr gut, wie immer, und ich werde morgen zwanzig, und sie finden, ich versaue mein Leben, und das wegen eines Weges, den ich gehen will …« Sie sah ihren Bruder an. »Verstehst du den Irrsinn hinter ihrer Haltung? Sie lassen mich ziehen, aber weil sie meine Entscheidung nicht verstehen, verabschieden sie sich nicht einmal von mir, lassen meinen Zwanzigsten sausen, so sieht's doch aus!«

Ambrosius schwieg, blies mit gesenktem Haupt Rauch zu seinen Füßen.

»Nein, Ambro, auch du wirst mich unterwegs nicht besuchen kommen, und du musst es ja auch nicht. Ich bin es ja, die diesen Weg gewählt hat, und ich bin es, die sagt, ich will und muss ihn alleine gehen.«

»Sag so was nicht, ich werde kommen, und wenn es dort, wo du dann gerade bist, Bären gibt, die vier Meter groß sind.«

»Ja?« Sie lächelte gequält. »Du warst doch noch nie ein Wandervogel.«

»Ja, ich werde kommen!« Ambrosius versuchte diesem Ja etwas Feierliches zu verleihen, sagte es wie einen Schwur. »Denn ich bin heute hier und morgen auch, ich war an jedem deiner Geburtstage da. An jedem. Aber jetzt muss ich gehen … zu Nora, du weißt, sie hasst es zu warten. Aber heute Abend bin ich auch an Bord.« Er strich mit der Linken sein dunkles, fülliges Haar zur Seite.

Aletheia schloss für einen Tick zu lange wieder die Augen, sagte: »Ich werde dich irgendwo von meiner Reise aus anrufen, und ja, wäre schön, wenn du es heute Abend schaffen könntest.« Sie wandte sich nach diesen Worten, in denen keinerlei Überzeugung lag, wieder dem Licht auf dem See zu. Der Wind spielte mit ihrem Haar, sie atmete die Seeluft tief ein, während die großen Bäume hinter ihr rauschten. Sie wusste, er würde nicht kommen, nicht kommen können.

4

Hospiz Grosser Sankt Bernhard, Winter 2018/2019

Stille.

Im tausend Jahre alten Gemäuer aus Stein lag uralte Stille, die sich im Laufe der Jahrhunderte festgesetzt hatte, und doch, wer lange genug lauschte, hörte irgendwann dieses gnadenlose Flüstern. Ein Flüstern, das die schweren Mauern durchdrang, die so dick schienen wie das Felsgestein, auf dem sie standen. Ein Flüstern, das sogar die heilige Ruhe der Sakristei in Aufruhr brachte, denn die Stimmen kamen aus dem Inneren der Menschen, die auf den knochenharten Bänken knieten. Menschen, die auf Erlösung hofften, auf Selbstfindung, auf Freiheit oder solche, die dem Wahnsinn bereits verfallen waren und glaubten, sich selbst entfliehen zu können.

Seit gestern in der Früh schneite es ununterbrochen auf dem Grossen Sankt Bernhard – dicke Flocken, die vom Wind gejagt zu einem riesigen Durcheinander verwirbelt wurden, sodass ein jeder seine Himmelsrichtungen verlieren musste. Die Passstraße war wie jedes Jahr mit Pauken und Trompeten am fünfzehnten Oktober geschlossen worden und würde es bis zum Frühjahr im Mai auch bleiben, bis sich die großen Schneeschleudern vom Süden und Norden her durch das metertiefe Weiß fraßen. Und wie jedes Jahr würde dann auf dem höchsten Punkt, dort, wo Italien an die Schweiz grenzte, der neuerliche Durchbruch von den Italienern aus dem Aostatal und den Schweizern, den Wallisern, gemeinsam gefeiert; wieder mit derselben Musikkapelle, die etwas schief spielte, und wieder mit Wein und noch mehr Fröhlichkeit, bis die muntere Schar passend zur Musik auch schief stand. Doch die Feierlichkeiten schienen im Moment ungreifbar weit weg zu sein, weder dass sie im vergangenen Frühjahr stattgefunden hatten noch dass es in wenigen Monaten wieder geschehen würde, lag im Bereich des Glaubhaften.

Eine schwarze Bergdohle, die fliegend dem Sturm trotzte, wurde von einer Bö mitgerissen, als Jérôme in der alten Passerelle stehen blieb, die mittig, einer geschlossenen Brücke gleich, die beiden schweren Gebäude des Klosters verband. Nachdenklich starrte er aus dem Fenster: Er sah nur Grau- und Weißtöne, als hätte die Welt ihre Farbe verloren. Dort, auf dem kleinen Vorplatz, wo weiter unten auf der anderen Seite der Passstraße die roten Metalltische des Gasthauses Barry im Sommer standen, lagen bereits über zwei Meter Neuschnee, und es würden bis Ende Winter noch mehr werden. Nur gedämpft drangen die Geräusche des Windes an sein Ohr. Dieser Wind fegte jeden Winter bis zum Frühling meist ohne Unterbruch durch die Passenge und heulte bisweilen wie ein Wolf aus Stein.

Die Abgeschiedenheit hier oben wirkte vor allem an Wintertagen wie diesen noch immer heilsam auf Jérôme. Die Welt da draußen hatte ihn Gott sei Dank längst vergessen, da war er sich sicher. Sie alle hatten ihn vergessen, und das war gut so. Er aber lebte im Hier und Jetzt zwischen Steinmauern und erwartete sein Urteil, das irgendwann über ihn kommen würde, zwangsläufig, doch er war bereit.

Im vergangenen April war der asketisch wirkende Mann mit den zwei verschiedenfarbigen Augen achtundvierzig geworden, ein Alter, das in ihm weder Aufruhr noch Beruhigung ausgelöst hatte. Von den Menschen, die größtenteils im Sommer hier hochkamen, dann, wenn sie bequem vom italienischen Aostatal oder aus dem Rhonetal hochfahren konnten, hatte er in den letzten Jahren viel erfahren. Auch scheinbar Banales: dass bei Männern der Fünfzigste, bei Frauen der Vierzigste erste Unbequemlichkeiten zur Folge hatte, die sich nach dem vergeblichen Aufbäumen dagegen wieder legten, oder eben auch nicht. Er hatte also noch etwas mehr als ein Jahr, um herauszufinden, ob dies auch bei ihm der Fall sein würde. Fünfzig, hatte eine Touristin aus Frankreich ihm im vergangenen Sommer gesagt, sei doch das neue Vierzig bei den Männern, als er ihr den Teller Suppe im spartanisch eingerichteten Speisesaal reichte.

Mit den Jahren konnte Jérôme in den Gesichtern der Besucherinnen und Besucher lesen, auch wenn sie hinter einer jahrelang antrainierten Fassade aus freundlichem Small Talk ihr Innerstes zu verstecken versuchten. Jérôme erkannte all die armen Seelen meist sofort, doch viele von ihnen fuhren noch vor dem Abendbrot wieder ins Tal hinunter, das wie ein Stausee mit Alltag gefüllt war, um darin weiterhin zu ertrinken. Einige blieben eine Nacht, wenige vier Nächte. Eine Woche oder gar länger blieb kaum jemand. Spätestens dann, wenn das Flüstern kam, flohen fast alle. Nur die Auserwählten blieben, und für die war Jérôme jederzeit bereit.

Gastfreundschaft stand bei den Augustiner-Chorherren an oberster Stelle. Die vielen Menschen würden nicht nur ihre Rucksäcke den Berg hochtragen, pflegte der alte Prior zu sagen. Jeder Mensch, der hier oben ankam, wurde deshalb höchstpersönlich von ihm, dem obersten der drei Chorherren, mit den Worten begrüßt: »Wer immer du bist, welche Religion du auch hast, wir heißen dich herzlich willkommen, mit deinen Freuden, Problemen und Hoffnungen.«

Einige Besucher ließen dies großmütig über sich ergehen, als wäre der Grauhaarige ein seniler Sack, dessen einzige Freude noch darin bestand, auf seine alten Tage hin anderen gut gemeinte Ratschläge zu erteilen, die nur aus Höflichkeit angenommen wurden. Doch bei einigen fing in diesem Moment bereits das Flüstern an.

Im Sommer, wenn tagsüber die Sonne schien, herrschte viel Betrieb auf dem Bergpass, da die weltliche Gaststätte Barry direkt unterhalb des Klosters geöffnet hatte, samt dem übervollen Souvenirladen daneben, vor dessen Tür diese Stofftier-Bernhardinerhunde hingen und unverschämt viel kosteten. Die Zeit hier oben schien in den siebziger Jahren stehen geblieben zu sein: Das Mobiliar, die Jukebox und die verblichenen Sonnenschirme der Beiz zeugten ebenso davon wie der alte Postkartenständer am Eingang des Souvenirladens, dessen Motive allesamt aus jener Zeit stammten.

Im Barry wurden Schnitzel mit Pommes oder ein Paar Wienerwürste mit einem Stück Brot und Senf angeboten, passend für die meisten motorisierten Tagestouristen, die sich auf der Passhöhe vor dem Schild mit der Höhenangabe ablichteten, als hätten sie den Gipfel aller Gipfel erklommen. Nur die, die es nicht so eilig hatten, fanden den Weg ins alte Kloster, das seit tausend Jahren hier oben stand und aus demselben Stein erbaut war, der es umgab.

Jérôme fing irgendwann vor vielen Jahren an, das Leben hier oben in zwei Jahreszeiten einzuteilen: Der kurze Bergfrühling, der dahinfliegende Sommer und der sich beeilende Herbst war die eine, der lange Winter die andere. Doch der Winter war es, der die Menschen hier oben veränderte, mit seinen sternenklaren Nächten und Temperaturen, die einen glauben ließen, der Atem gefröre. Auf der im Sommer viel befahrenen Passstraße türmten sich dann die Schneemassen, verschluckten die Gaststätte und den Souvenirladen, als hätte es sie nie gegeben. Der winterliche Nachthimmel, der die Passhöhe in Licht und Schatten legte, war für Jérôme das Gegenstück zum Tagestourismus. Denn im Sommer entzündeten all die Menschen, die tagsüber über die Passstraße ratterten, mit dem Lärm ihres Lebens dieses grelle Mittagslicht. Sie überstrahlten damit das zarte, kalte Sternenlicht, das zwar auch zur hellsten Mittagszeit da war, aber erst in der Abwesenheit dieser ausbrennenden Menschensonnen erkennbar wurde, und nur für diejenigen, die an dem Anblick wachsen wollten. Und genau dazu brauchte es diese sternenklaren Winternächte mitten in der Einsamkeit der Berge.

Wenn Jérôme in diesen Nächten, in denen das Thermometer auf über minus zwanzig Grad fiel, das Kloster verließ und mit Schneeschuhen an den Füßen durch die Nacht stapfte, dachte er nach. Er wurde auf diesen Spaziergängen ständig vom ruhelosen Wind begleitet, der sich niemals zu legen schien. Doch wenn dessen Getöse nach Wochen urplötzlich verstummte, wurde Jérôme dieser besonderen Stille gewahr, die ohne den Kontrast zum Tosen davor und danach niemals in dieser Tiefe zu hören gewesen wäre. Er hatte in seinem Leben gelernt, dass alles ein Gegenüber hatte: das Licht die Dunkelheit, der Lärm die Stille, die Liebe den Hass oder die Angst das Vertrauen. Wirklich alles wurde in einer unbarmherzigen Dualität erschaffen oder, je nachdem wie man es betrachtete, in einem göttlichen Gleichgewicht. Alles, somit auch er. Nur deshalb war er zu dem geworden, der er war!

Jérôme, der sich nicht erinnern konnte, in den letzten Jahren jemals mehr als vier Stunden am Stück geschlafen zu haben, saß nach seinen nächtlichen Spaziergängen meist in seiner Kammer, in der vor ihm schon viele Mönche gelebt hatten, las im Kerzenschein oder horchte in die flüsternde Stille. Manchmal zählte er die Sekunden in seiner Muttersprache: un, deux, trois – Stille. Un, deux, trois – Stille. Er blätterte eine Seite um. Un, deux, trois – Stille. Ein Stuhl, ein Tisch, ein Bett, ein Schrank, ein Buch – Stille.

Er wusste aus vergangenen Wintern, dass im alten Gemäuer, dort, wo die Menschen schliefen, unentwegt geflüstert wurde, und er war bereit. Die Stille wurde in solchen Winternächten oft durch ein Klopfen an seine schwere Holztür unterbrochen. Er hörte die Schritte vorher nie, denn die Nacht und dieser Ort ließen die Menschen leise an seine Tür treten.

Wenn er die Tür öffnete, stand davor immer ein Mensch, dem er zuvor unterschwellig das Angebot für ein Gespräch gemacht hatte, mit Betonung auf »jederzeit«. Diese Menschen wirkten manchmal unsicher, traten mit gesenktem Kopf ein, setzten sich geniert, manchmal lächelnd, oder blieben nach zwei Schritten stehen, als wollten sie sogleich den Fehler des Eintretens wiedergutmachen. Doch da war dieses Flüstern, das mit einer Dringlichkeit Antworten verlangte und ausnahmslos alle bleiben ließ, denn vor sich selbst gab es nie ein Zurück.

Es waren mehrheitlich Frauen, die sich in den samtgrünen Ohrensessel setzten. Sie waren unterschiedlichen Alters und Standes, doch es war weder das eine noch das andere, das sie herführte. Es war dieses fordernde Flüstern!

Jérômes Äußeres dürfte in all den Jahren bestimmt nicht hinderlich gewesen sein, ob bei Frau oder Mann, denn er war ein ausgesprochen attraktiver Mann auf seine ganz eigene Art, mit diesem geheimnisumwobenen, freundlichen Schimmer in den Augen, die aufgrund einer Heterochromie nicht die gleiche Farbe hatten. Sein eines Auge war dunkelbraun, das andere trug einen metallisch blauen Schimmer in der Iris, der geheimnisvoll wirkte. Sein volles Haar war mittlerweile grau meliert, er trug es leicht zerzaust, aber nicht ungepflegt. Seine Größe war etwas über dem Durchschnitt, und Jérôme trug keine Kutte, wie man vermuten konnte, stattdessen weit geschnittene Jeans mit breitem Aufschlag, im Sommer Sandaletten und unifarbene Shirts, im Winter schlichte Kapuzenpullover. Seine Sprache war ruhig und gewählt, sein Deutsch mit einem französischen Akzent unterlegt.

Jérôme war ein ausgesprochen geduldiger Zuhörer, denn er hatte gelernt, dass die Menschen irgendwann im Laufe des Gesprächs meist selbst Antworten auf ihre Fragen fanden, denn die Zeit hier oben war eine andere, Blockaden wurden gelöst, Blickwinkel verändert. Die einen begannen in seiner Kammer plötzlich zu weinen, nicht bloß Frauen, auch Männer. Oft hörte er die Worte: »Tut mir leid, ich weiß gar nicht, was mit mir los ist, es ist einfach so über mich gekommen.« Er antwortete, während er ein Taschentuch reichte: »Tränen sind eine Sprache der Seele, die mit dem Herzen gehört werden will, und ich höre dir mit meinem Herzen zu.«

Die Menschen, die zu ihm kamen, waren vom Schmerz eines Verlustes, von Schmach, von einer verlorenen Liebe geplagt, zerfressen vom Gefühl, nicht zu genügen, von Sehnsucht und Trauer um vergangene Zeiten und verpassten Chancen. Dieses Flüstern, aber vor allem die Stille vor dem Flüstern, veranlasste sie, nicht weiterhin taub im Lärm und blind im verbrennenden Licht des Alltags zu bleiben.

Gegen Ende eines jedes Zusammenseins mit einem dieser Menschen, nur die herunterbrennende Kerze ließ vermuten, wie lange es gedauert hatte, wurden die Pausen zwischen den Sätzen allmählich länger. Man erhob sich, die Besucher fühlten sich befreit und zugleich aufgewühlt. Ein leises Danke oder ein stilles Nicken, ein behutsames Umdrehen beim Weggehen, ehe er die Tür hinter ihnen leise schloss, waren der Lohn für Jérôme Leroux, oder tat er dies noch immer aus Sühne?

Jérôme hatte in all den Jahren, die er im Kloster auf dem Grossen Sankt Bernhard verbrachte, noch kein Gelübde abgelegt, lebte weiterhin als Novize und Hauswart im Hospiz. Dass er den Weg hier hoch gefunden hatte, an den »heiligen Arsch der Welt«, wie sein jüngerer Bruder Frederic vor vielen Jahren lachend gemeint hatte, war Grauenhaftem geschuldet!

5

Nachdem Giulia die Tür zur Chamanna Coaz aufgestoßen hatte und eingetreten war, stieg ihr der Geruch von Blut in die Nase. Sie zog den Reißverschluss ihrer Jacke nach unten, griff in einer geschmeidigen, eingeübten Handbewegung nach ihrer Glock 17, die sie der Beweglichkeit halber im Hüfthalfter trug, entsicherte die Waffe und ging Schritt für Schritt durch die Hütte. Erkki gab sie lautlos zu verstehen, er solle draußen warten. Sie kannte die Chamanna, war schon mehrmals hier oben Tagesgast gewesen, schon als Kind.

Instinktiv zog es sie in den kleinen Speisesaal. Zwischen dem einen runden und den nebeneinanderstehenden rechteckigen Tischen lag eine Frau bäuchlings auf dem Boden. Eine Blutpfütze hatte sich wie ein dunkelroter Schatten um ihren Körper gebildet. Giulia betätigte den Lichtschalter und kniete neben die etwa Vierzigjährige. Das Opfer konnte noch keine sechs Stunden dort liegen, aber es war zweifelsfrei tot, das erkannte Giulia anhand der Leichenstarre, die erst den Kiefer und die oberen Extremitäten erfasst hatte.

Sie nahm ihr Handy hervor und wählte die Nummer der Hüttenwartin Abderhalden, die sie persönlich nicht kannte, da diese die Chamanna noch nicht lange bewirtschaftete. Wie erwartet klingelte es bei der Toten.

Da die Hüttenwartin sicher tot war und Giulia mit dem Anruf die Identität mit großer Wahrscheinlichkeit geklärt hatte, bewegte sie den Leichnam nicht weiter. Sie stand auf und ging zurück zum Eingangsbereich. »Erkki, da ist leider nichts mehr zu machen …«, sagte sie und drückte der fortschreitenden Dämmerung wegen auch dort den Lichtschalter. »Hältst du mir weiter den Rücken frei, während ich die Chamanna durchsuche?«

Er nickte. »Und du pass auf dich auf.«

Giulia nahm mit der Waffe im Anschlag Raum um Raum in Augenschein, ließ in jedem das Licht brennen. Dabei wurde ersichtlich, dass Abderhalden bereits das Saisonende vorbereitet hatte. Auch die Stühle im Speiseraum waren aufgestuhlt. Plötzlich hörte Giulia ein Schlagen, wie von einem Fensterflügel, der gegen die Wand und den Fensterrahmen knallte. Sie folgte dem Geräusch in die alte, vollgestopfte Küche. Vor dem Gasherd mit der großen Dunsthaube aus Chromstahl, in der Nähe eines Fensters, das der Sturm auf- und zuschlug, lag ein Mann auf dem kalten Steinboden. Mit ihrer mittlerweile behandschuhten linken Hand drückte Giulia vorsichtig das Fenster in den Rahmen, ohne es mit dem Griff zu verschließen. Dann trat sie zum Toten. Sein Anblick war auch nicht schön. Der Mann lag auf dem Rücken. Zwei Verletzungen trug er: eine klaffende Stichwunde am Hals, eine an der linken Hand. Er musste, dafür sprachen seine blutigen Hände und die Sauerei am Boden, versucht haben, die Blutung zu stoppen. Giulia schätzte den Mann auf Mitte Vierzig, was beim Antlitz des Todes nicht immer einfach zu bestimmen war. Die beiden Toten waren sehr wahrscheinlich zur selben Zeit umgekommen, denn die Totenstarre war bei dem Mann ähnlich ausgeprägt wie bei der Hüttenwartin. Während Giulia sich gemäß Protokoll vergewisserte, dass der Mann tatsächlich tot war, fragte sie sich, ob es sich bei der Leiche um den ominösen Lederhosen-Django aus Tirol handeln könnte, wobei das Opfer eher wie ein hundsgewöhnlicher Hans Meier aussah. Ein Mann, der sich selber den Namen Lederhosen-Django gab, der müsste irgendwie anders aussehen, ging es ihr durch den Kopf.

Giulia zückte erneut ihr Handy und googelte den Namen Lederhosen-Django. Gut möglich, dass es Bilder von ihm im Netz gab. Von einem Lied bis hin zu einem zwielichtigen Escortservice für die reifere Frau erschienen Angebote und auch Fotos auf ihrem Display. Erst nach einigem Suchen fand sie eine ernst zu nehmende Anzeige, in der ein Lederhosen-Django in Samedan, in einer Bar, einen Volksmusikabend ankündigte. Ein Kerl, genauso wie sie sich ihn vorgestellt hatte, lachte mit solariumgebräuntem Gesicht, blondem Bart und schulterlangen braunblonden Haaren in die Kamera. Seine Hände umfassten eine himmelblaue Ziehharmonika. Dass er eine Lederhose mit Trägern trug, war alles andere als verwunderlich.

»Na also, das ist nicht der Tote«, redete Giulia vor sich hin und fotografierte den Tatort. Danach durchsuchte sie vorsichtig die Taschen des Mannes nach Handy oder Ausweisen, was beides nicht zu finden war. Das fand Giulia eigenartig. Auch die Tatwaffe, vermutlich ein Messer, hatte sie bis jetzt nirgends entdeckt. Nicht selten ließ ein Täter seine Waffe in der Hektik der Gewalttat liegen oder warf sie achtlos in der Nähe weg, und erinnerte sich erst später mit Schrecken daran, welche Konsequenzen dies für ihn haben könnte.

Nachdem Giulia sämtliche weiteren Räume der Chamanna inspiziert hatte und dabei auf nichts Auffälliges gestoßen war, wählte sie Major Oliver Peterellis Nummer und rapportierte dem Chef der Kriminalpolizei die Situation. Neben der Spurensicherung brauche sie ein Bergungsteam des SAC, um die beiden Leichen in die Forensik nach Chur zu überführen, sagte sie. In dem Moment, als sie Peterelli erklärte, dass wegen des Sturms kein Heli die Hütte anfliegen könne, fegte wie zum Beweis eine heftige Bö über die Chamanna. Das von den dicken Mauern gedämpfte Tosen ließ die Kraft des Sturms erahnen.

Nach Giulias kurzem Statusbericht wollte der Major von ihr wissen, ob sie die Seriennummer der Uhr, die sie der Gletscherleiche abgenommen hatte, ablesen könne.

»Die ist am Uhrgehäuse zwischen einem der Bandanstöße eingraviert«, erklärte Giulia, was sie in der SMS mit dem Foto bereits angemerkt hatte. »Die Nummer ist daher von außen nicht sichtbar, und um das Uhrenband abzunehmen, brauche ich entweder das richtige Werkzeug, oder ich muss es mit Gewalt tun.« Letzteres meinte sie nicht ernst, denn die Uhr schien ein Luxusmodell zu sein.

»Dann mit Gewalt«, kam prompt der Befehl.

Giulia war irritiert. Was war an dem Fall so dringlich? Erst wurde umgehend von einem Gewaltdelikt ausgegangen und ein Such-Heli aufgeboten, und nun sollte sie an Ort und Stelle die Seriennummer der Uhr ausfindig machen, die in wenigen Stunden sowieso in der Forensik landen würde, wo das richtige Werkzeug vorhanden wäre.

»Was, Major, ist an dem Fall so dringlich? Ahnen Sie, wer die Tote ist, und wenn ja, warum machen Sie so ein Geheimnis daraus?« Giulia ließ an ihrer Tonlage erkennen, dass sie sich mit der dürftigen Informationslage nicht zufriedengab.

»Leutnant de Medici, wenn Sie mir die Nummer gleich durchgeben, sind wir schneller«, hielt sich Peterelli weiter bedeckt.

»Das ist mir bewusst. Doch die junge Frau wurde bestimmt nicht heute auf dem Gletscher ermordet. Im Gegensatz zu den beiden anderen Leichen hier in der Chamanna.«

»Liefern Sie mir die Seriennummer und das in den nächsten Minuten. Das ist ein Befehl!«

Giulia hatte weder Zeit noch Lust, um Peterelli weiter auszufragen, sie hatte Wichtigeres zu tun. Sie war sich jedoch sicher, dass Peterelli mehr zum Fall wusste, als er zugeben wollte oder konnte.

Als Nächstes wählte Giulia die Nummer des Kommandanten.

»Erich, du weißt, ich kann's nicht ausstehen, wenn ich außen vor bleibe: Was hat es mit der Gletscherleiche auf sich? Wer glaubt ihr ist dort oben zu Tode gekommen und wann?«, kam sie sofort auf den Punkt. Sie erwähnte außerdem, dass sie eine sehr teure Uhr kaputt machen sollte.

»Giulia, du hast ja recht. Eine Vermutung darüber, wer die Tote sein könnte, liegt nahe. Doch wir brauchen eine Bestätigung und die wird die Seriennummer liefern. Danach wirst du alles erfahren, versprochen.« Hartmanns Stimme hörte sich seltsam freundlich an. Das irritierte Giulia. Verdammt, was ist hier los?, dachte sie. War das wirklich Erich Hartmann, den sie am Telefon hatte, ihr oberster Chef, der ihr gegenüber in den letzten Jahren kaum je so gelassen freundlich war?

»Erich. Was. Ist. Los?«

»Warum glaubst du habe ich ausgerechnet dich hochgeschickt? Weil du unsere beste Ermittlerin bist. Befolge die Befehle von Peterelli, und bald weißt du mehr. Gib ihm diese Seriennummer, die ist matchentscheidend!«

»Okay! Ich sage dir aber, diese Uhr ist wirklich sehr, sehr teuer …«

»Eben drum! Aber du wirst das schon richten, wie immer.«

Nochmals glaubte sich Giulia im Tonfall von Hartmann und bei dessen Wortwahl verhört zu haben. Hatte der einen glücklichen Teddybären zum Frühstück verspeist? Das seltsame Gespräch war damit beendet.

»Erkki, hilf mir bitte kurz mit dieser Uhr.« Giulia nahm sie mit Handschuhen aus dem Plastikbeutel und legte sie auf ihr Stirnband, das sie dafür ausgezogen und vor sich auf den Tisch gelegt hatte.

»Die sieht aber wahrlich alles andere als billig aus«, kommentierte der Nordländer, als er die Uhr hochhielt.

Giulia wusste, er war handwerklich und auch feinmotorisch begabt, zumindest begabter als sie. Erkki betrachtete die Uhr in seiner typischen Gelassenheit, dann machte er sich auf die Suche nach Steck- oder Sicherheitsnadeln.

Er brauchte nur einige Versuche, um das Armband, das aus Weiß- und Rotgold gefertigt war, mithilfe zweier Stecknadeln von der Uhr zu lösen, und das auch noch, ohne Schaden zu hinterlassen. Giulia fotografierte die Seriennummer und schickte diese zunächst an Nadia, dann an Peterelli. Nun musste sie sich wieder um den Tatort in der Hütte kümmern.

Die Einsatzzentrale der Schweizer Bergrettung SAC bot auf Erkkis Anfrage hin zwölf Mann für die Bergung der beiden Leichen in der Chamanna auf. Das dünkte Giulia viel. Auf ihr Nachfragen hin meinte Erkki, dass vier Mann pro Trage eingesetzt werden müssten, aufgrund des Geländes. Das macht schon mal acht. Die anderen vier bräuchte es, damit sie einander auf dem langen Weg ins Tal ablösen könnten. Er selbst würde nun ins Val Roseg absteigen und im Gasthof Roseggletscher Dr. Kaspersky und Co. in Empfang nehmen und zur Hütte hinaufführen.

Giulia informierte telefonisch Dr. Kaspersky, die, wie sie erfuhr, längst von Peterelli in Bereitschaft versetzt worden war, und besprach mit ihr den bevorstehenden Einsatz.

Trotz des Maulkorbs, den Peterelli Giulia verpasst hatte, gab sie der Forensikerin den aktuellen Lagebericht durch. Obwohl der Tatort auf 2600 Metern über Meer lag, gab es dank der Solarzellen immerhin Strom und somit Licht in der Chamanna. Ein großer Vorteil, stellte Kaspersky fest, denn so mussten keine schweren Akkus hochgeschleppt werden.

Giulia wies Dr. Kaspersky darauf hin, dass es spätestens in einer halben Stunde dunkel sein werde. Es war mittlerweile achtzehn Uhr, und die Fahrt von Chur dauerte bestimmt zwei Stunden. Den Marsch von zweieinhalb Stunden werde sie also in der Dunkelheit meistern müssen, ferner sei die aktuelle Wetterlage auch nicht außer Acht zu lassen. Giulia erwähnte am Rande, dass Kasperskys Assistent, Adrian Hugentobler, bestimmt an seine körperlichen Grenzen kommen würde. Der Kerl war schließlich zwei Meter fünf groß und übergewichtig – der riesenhaft wirkende Teddybär wog bestimmt hundertvierzig Kilo.

Kaspersky, die stets auffallend blasse und spindeldürre Fünfzigjährige, die unter einer Sonnenallergie litt, wie man munkelte, winkte ab.

»Leutnant de Medici, der Hugentobler verfügt über die Ausdauer eines Brauereirosses und ist zu schwer, als dass er vom Sturm umgeblasen werden könnte, und ich zu dunn, sodass mich der Wind nicht erfassen wird. Wir fahren in zehn Minuten los. Das heißt, wir werden noch vor dreiundzwanzig Uhr am Tatort eintreffen. Schlafen können wir dann alle mehr als genug, wenn wir tot sind.«

Wie von Giulia geschätzt, fuhr um Viertel nach acht Uhr der graue Bus der Forensik sowie ein schwarzer Leichenwagen beim Gasthof Roseggletscher vor, was Erkki Giulia sofort via Bergfunk wissen ließ. Zwei weiße vw-Busse mit je sechs Mann der Bergrettung und der nötigen Ausrüstung waren bereits eine halbe Stunde zuvor eingetroffen. Die Bergretter-Truppe würde helfen, Dr. Kasperskys Equipment hochzutragen. Längst war es stockdunkel, der Mond war noch nicht aufgegangen, und der Sturm jagte die Wolken über das düstere Hochtal.

Nach einer kurzen Einsatzbesprechung ging es los. Jeder in der kleinen Karawane trug eine leistungsstarke Stirnlampe, sodass der Pfad hell erleuchtet war. Bis hinter den Lej da Vadret, den Gletschersee, wurden sie von den Böen einigermaßen verschont, doch in der steil ansteigenden Bergflanke wüteten sie dafür umso heftiger, als wollten sie den Aufstieg verhindern. In den kurzen Windpausen war das angestrengte Atmen von Hugentobler am Ende der Karawane zu hören, während Kaspersky, die wie immer eine zu weite Hose trug, die ihr wie zwei Fahnen nur so um die dürren Stelzen flatterten, emsig voranschritt, als wäre sie auf einem Sonntagsspaziergang am Rhein.

Einige Stunden zuvor…

Erkki hatte sich nach einem Kuss auf den Weg ins Tal gemacht, um Kaspersky und die Bergretter beim Gasthof Roseggletscher abzuholen und hochzuführen. Giulia war derweil alleine vor der Todeshütte zurückgeblieben. Sie hatte draußen vor dem Eingang gestanden und zugesehen, wie das Tal in der Dunkelheit ertrank. In jedem Raum der Hütte brannte Licht und warf seinen Schein durch die Fenster nach draußen. Giulia stand dicht bei der Fassade an einer vom Wind verschonten Stelle. Sie blickte aufs Val Roseg unter ihr und auf den Talausschnitt in der Ferne, wo die Lichter von Pontresina glommen. Dorthin war ihre Familie aus Genua umgezogen, als Giulia fünf war. Zuvor hatten sie an der Küste gewohnt, in ihrem kleinen

Familienhotel Oceano Blu, wo Giulia von ihrem Zimmer aus das Mittelmeer sehen konnte. Von einem Tag auf den anderen waren damals diese Berge da gewesen, die sie beinahe erdrückt und ihr den geliebten Weitblick verwehrt hatten. Damals wusste sie noch nicht, wie wundervoll es war, auf einem Gipfel zu stehen, über lichte Anhöhen zu wandern, und wie schön der Herbst im Engadin war. Alles war damals neu für sie, vor allem der erste Winter mit unter zwanzig Grad, und auch Deutsch und Romanisch musste sie erst lernen. In Pontresina ging sie in den Kindergarten, absolvierte die Schule, knüpfte Freundschaften – das Engadin wurde zu ihrer zweiten Heimat und ihr Herz auf sonderbarer Weise geteilt. Sie wusste: Das Meer und die Engadiner Bergwelt, beides würde sie niemals zusammenbringen.

Doch als ihre Eltern vor sechs Jahren zurück ans Meer zogen, das alte Familienhotel wieder in Schwung brachten, wurde das Tal hier oben leer, obwohl die Freunde und die Berge geblieben waren. Als auch noch ihr Bruder Massimo zurück nach Italien ging, verließ Giulia das Engadin, zog nach Chur und wechselte von der Alpin- zur Kriminalpolizei.

Nadia hatte sie einmal gefragt, warum sie sich für ein Leben in Graubünden entschieden hatte und nicht für eines als Polizeibeamtin in Genua, wo ihre Familie lebte.

Auf diese Frage hatte Giulia bisher keine Antwort gefunden. Erst recht nicht, seit vor drei Jahren ihre Mamma in einem Spital in Genua an Krebs gestorben war. Die Logik sagte Giulia, dass Nadia recht hatte; es musste einen Grund dafür geben, dass sie in der Schweiz geblieben war. Was sie einzig mit Sicherheit wusste, war, dass kein Mann sie an einem Ort halten könnte, den sie nicht zum Leben ausgesucht hatte, dafür war sie zu kompromisslos. Vielleicht war es mit der Familie dasselbe gewesen. Aber sie wusste, es würde immer wieder diese Tage geben, an denen sie sich so sehr nach dem Meer sehnte, dass es schmerzte. Der Anblick des Rings an ihrer linken Hand, den ihr ihre Mamma hinterlassen hatte, ließ viele Gefühle und Erinnerungen hochkommen. In solchen Momenten setzte sie sich, wann immer möglich, in ihren Wagen und fuhr die fünf Stunden ans Meer.

Doch leben, das tat sie vor allem in Graubünden. Sie war hier zu Hause, auch jetzt, mit Blick auf Pontresina, wo nur noch ihre Erinnerungen wohnten und in ihr ein seltsames Gefühl aufsteigen ließen. Diese Gefühle und Gedanken tauchten nur flüchtig auf, denn in dieser stürmischen Herbstnacht drängten die beiden Fälle sie rasch zurück zum Geschehen: eine Leiche auf dem Gletscher, zwei Tote in der Chamanna und der Major, der sich bedeckt hielt.

Nach zweiundzwanzig Uhr, Giulia mochte trotz des Sturmes nicht in die hell erleuchtete Hütte, in der die zwei Toten lagen, entdeckte sie die Lichter der Gruppe seitlich in der Flanke über dem Lej da Vadret, eine kleine, sich windende Perlenschnur, einer Prozession gleich.

Hugentobler war fix und fertig, rang nach Atem, als die Gruppe, angeführt von Erkki, die Chamanna Coaz um kurz vor dreiundzwanzig Uhr erreichte. Die Bergretter legten das Equipment im Zugangsbereich so ab, wie Dr. Kaspersky es dirigierte, versammelten sich dann neben dem Eingang und tranken aus ihren Thermosflaschen.

»Leutnant de Medici«, nickte Kaspersky, die den weißen Schutzoverall angezogen hatte, Giulia zu, »wo sind meine Kunden?« Sie nannte »ihre« Toten manchmal Kunden, was schon öfters für verwunderte Blicke gesorgt hatte. Doch wer Kaspersky kannte, wusste, dass es ihre ganz eigene Art war, mit den Opfern umzugehen, und nicht bedeutete, dass sie pietätlos wäre.

Hinter der Forensikerin erhob sich Hugentoblers mächtige Gestalt. Der sah in seinem weißen Schutzanzug und der übergestülpten Kapuze aus wie ein riesiges Teletubby, dachte Giulia, als er hinter Kaspersky brav in die Hütte trottete und dabei seinen Kopf an der Eingangstüre anschlug.

Die beiden Leichen wurden nach dem Einsatz des modernsten 3D-Scanners, der jeden Raum aufnahm und digitalisierte, in robuste, schwarze Leichensäcke gelegt und zum Abtransport nach Chur freigegeben. Zuvor war der Boden mit Luminol eingesprüht und exakt untersucht worden. Im UV-Licht schimmerten dabei mehrere blutige Abdrücke von Schuhsohlen fluoreszierend auf. Auch Blutstropfen, die die Küche und den Speisesaal verbanden, wurden dadurch sichtbar. Der Täter war, das trat ebenfalls deutlich hervor, mit dem rechten Schuh ins Blut von Abderhalden getreten und hatte so sein Schuhprofil hinterlassen.

Die zwölf Bergretter hatten zwei Tragen dabei, in deren Mitte je ein Rad angebracht war, damit der Transport leichter vonstattenging. Dennoch würde es ein anstrengender Einsatz werden, das war allen klar.

Im Licht ihrer Stirnlampe wirkte der davonziehende Leichenzug beklemmend, fand Giulia, als sie ihm nachblickte. Erkki unterstützte seine Bergretterkameraden. Vom Val Roseg aus würde er nach Hause fahren, und dann mit ihrem Schäferhund Arkon kurz raus gehen. Im Laufe des nächsten Vormittags würde er in die Innerschweiz, in den Kanton Obwalden reisen müssen, zu einer Weiterbildung, die bis Samstag dauern würde. Arkon wollte er mitnehmen.

In der Chamanna blieben nur Giulia, Kaspersky und Hugentobler zurück. Letzterer fragte Giulia mit leiser Stimme, was Chamanna auf Deutsch bedeute. Giulia klärte ihn auf, dass Chamanna Hütte heiße – Chamanna Coaz.

Bis nach zwei Uhr nachts waren Kaspersky und Hugentobler damit beschäftigt, Raum für Raum gründlich auf Spuren hin zu durchsuchen und alles mit dem 3D-Scanner festzuhalten. Sie tüteten dieses und jenes wortlos ein, nahmen etliche DNA-Proben, während Giulia interessiert zuschaute. Die beiden pflegten einen seltsamen Umgang miteinander, das war ihr schon an anderen Tatorten aufgefallen. Als sie mit der Hütte fertig waren, sprühte Hugentobler auch die steinige Umgebung rund ums Haus mit Luminol ein, um allenfalls den Fluchtweg des Täters nachvollziehen zu können. Kaspersky bat Giulia, alle Lichter in der Hütte zu löschen, bevor sie draußen mit dem UV-Licht nach Blutspuren suchten.

Es dauerte nicht lange, bis sie vor dem Fenster der Küche, in der der Tote gelegen hatte, drei kleine Blutspritzer fluoreszierend schimmern sahen. Kaspersky nannte sie die »Sternlein am Totenhimmel«. Hugentobler packte wortlos die drei blutbefleckten Steine, nachdem er deren Ausrichtung fotografiert und gekennzeichnet hatte, sorgsam in eine Box, der reißende Sturm schien ihm dabei kaum etwas anhaben zu können.

Zurück in der Hüttenküche blieb Kaspersky ruckartig vor der abgedeckten Kaffeemaschine stehen. Sie entfernte das Tuch, suchte in den Schränken nach Kaffeebohnen, und bald darauf stand je eine Tasse heißer Kaffee vor den dreien.

»Erstochen, beide. Mehr weiß ich noch nicht, außer dass

der Mörder die Tatwaffe mitgenommen haben muss. Zudem wimmelt es in so einer Berghütte naturgemäß nur so von Spuren. Aber es scheint mir anhand des Blutbildes naheliegend, dass zuerst die Frau, dann der Mann umgekommen ist. Blutstropfen verbinden die beiden Tatorte. Außerdem schien der Mann sich gewehrt zu haben, darum die Verletzung an der Hand. Womöglich versuchte er durch das Fenster zu entkommen. Was die drei Tropfen Blut draußen vor dem Fenster zu bedeuten haben, müssen wir noch rausfinden«, sagte Kaspersky emotionslos und trank den letzten Schluck Kaffee aus ihrer Tasse. »Und jetzt lege ich mich oben schlafen. Hab sogar ein Doppelbett gefunden. Gute Nacht.« Sie nahm die Tasse, als Giulia entgegnete:

»Ich möchte Ihnen noch die Fotos von der Gletscherleiche auf meinem Handy zeigen. Ihre Meinung ist mir wichtig.«

Kaspersky nickte, und Giulia, die bereits ihr Handy gezückt hatte, reichte es der Forensikerin.

Kaspersky betrachtete die Bilder, zoomte in die hochauflösenden Fotos. »Da bin ich ja neugierig, wenn die bald auf meinem Tisch liegt. Das wird sicher interessant.« Sie hob den Blick zu Giulia. »Anhand der Bilder müsste ich raten, wie lange die Frau schon im Eis liegt. Die Gletscher haben eine eigentümliche Zeitrechnung, Leutnant de Medici, und ich rate aus Prinzip nicht, wie Sie wissen. Raten ist etwas für Ahnungslose und kann einem regelrecht Angst einjagen. Aber jetzt Gute Nacht allerseits.« Sie gab Giulia das Handy zurück.

Giulia blickte Hugentobler an, der wortlos daneben stand. Er war sichtlich erleichtert, nicht mehr in dieser Nacht hinunter ins Tal marschieren zu müssen. Schwerfällig ging er zu seinem Rucksack, der im Eingangsbereich stand, kramte ein Sandwich hervor, so groß wie ein Surfbrett, und biss herzhaft hinein. Fast zärtlich blickte er kauend immer wieder sein Essen an, suchte mit den Augen die Stelle, wo er als Nächstes reinbeißen würde. Giulia gönnte ihm diesen Genuss von ganzem Herzen. Sie selbst war zu aufgedreht, als dass sie Hunger verspürt hätte, der würde schon noch kommen, wie immer, irgendwann später. Dass sie hier oben schlafen müsste, damit hatte sie allerdings nicht gerechnet.

Giulia wünschte Hugentobler eine gute Nacht und trat gegen halb drei Uhr hinaus vor die Hütte. Das Flattern der Fahnen im böigen Wind war ihr vertraut. Der Mond schien zwischen Wolkenfetzen hindurch und tauchte den Gletscher und den Lej da Vadret in geheimnisvolles Licht. Zu wissen, dass über ihr die tote junge Frau im Eisgrab gefangen war, machte ihr zu schaffen. Sie hatte sie ungern so allein zurückgelassen. Obwohl Tote nichts fühlen, tat sie ihr leid.

Was hatte diese junge Frau in einem roten Sommerkleid auf einem Gletscher verloren gehabt? War sie alleine unterwegs gewesen? Hatte sie sich nach dem Aufstieg umgezogen und war beim Selfie-Machen verunfallt? Instagram und Co., diese Sucht, gesehen zu werden, forderte jedes Jahr weltweit die seltsamsten Tode. Zudem fragte sich Giulia, ob es reiner Zufall war, dass die Hüttenwartin und der unbekannte Mann ausgerechnet am selben Tag den Tod fanden, an dem die Gletscherleiche entdeckt wurde. Außerdem: Wo war eigentlich dieser Lederhosen-Django geblieben, dessen Handy noch immer ausgeschaltet war?

Giulia verharrte noch einen Moment inmitten der dunklen Bergwelt. Wenn alles zu schlafen schien, sich die Berge von der Tageslast der Menschen erholten, musste sie aufpassen, dass sie nicht wieder aufreibenden Gedanken nachhing. Sie legte sich deshalb in eines der Zimmer, ins Bett am Fenster, durch das sie seitlich hoch zum Gletscher und in Richtung Piz Bernina blicken konnte. Letzteren hatte sie vor Jahren über den Biancograt bezwungen. Eine zweitägige Tour, die ihr viel Kraft geschenkt hatte.

Bevor sie einschlief, tauchten Bilder auf: Sie sah wie die Gletscherleiche im roten Sommerkleid vom blassblauen Mondlicht beschienen wurde, wie Strähnen des freigelegten Haars im Nachtwind wehten.

»Morgen befreien wir dich«, versprach sie flüsternd und kam sich dabei ein wenig sentimental vor. Doch diese Leiche war eine junge Frau gewesen, die gelebt und geträumt hatte und bestimmt niemals, nicht mal in ihren schlimmsten Albträumen, geahnt hatte, dass sie mal so enden würde.

Dennoch fühlte sich Giulia hier oben, von den Bergen bewacht, geborgen. Nachdem sie ihre letzten Gedanken verscheucht hatte, schlief sie ein.

Am nächsten Morgen wurde Giulia von den ersten Sonnenstrahlen geweckt, die von der Berninagruppe kommend durchs Fenster auf ihr Gesicht fielen. Sie erwachte aus einem tiefen, traumlosen Schlaf und musste erst begreifen, wo sie war. Dann vernahm sie leise, seltsame Geräusche aus einem der Zimmer …

Das rote Kleid der Gletschertoten schimmerte derweil grell in den ersten Sonnenstrahlen. Das Gesicht, auf das sich in der Nacht eine feine Schicht Raureif gelegt hatte, glänzte von schimmerndem Tau übergossen und sah beinahe lebendig aus.

6

Damvant, Ende Juni 1979

Damvant war ein Straßenzeilendorf, das sich in einer weitflächigen Senke am Nordfuß der Jurakette, im äußersten Westen der Ajoie, auch Elsgau genannt, erstreckte und von drei Seiten von Frankreich umschlossen war. In dem Hundertfünfzig-Seelendorf, das von Pferdezucht und Landwirtschaft geprägt war, schien die Zeit den Fortschritt längst vergessen zu haben.

Auf dem gesamten Gemeindegebiet von Damvant, das seit Anfang Jahr zum neu gegründeten Kanton Jura gehörte, floss kein einziges oberirdisches Gewässer, als hätte der Herrgott es schlicht vergessen. Die drei runden Brunnen im Dorf wurden vom Grundwasser gespeist. Fremde, die sich höchst selten in die gottverlassene Gegend verirrten, hätten glauben mögen, im Dorf seien die Jungen vor den Alten ausgestorben. Der Hahn, den die Einwohner Monsieur Hurleur, Herrn Schreihals, nannten, krähte neben der Kirche auf seinem Miststock, und das, wie es schien, den schwerhörigen Alten zuliebe den ganzen lieben langen Tag. Der Frühling hatte es schon angekündigt: Das Jahr 79 würde ein trockenes, heißes werden.

Am letzten Samstag im Juni verließ kurz vor Mittag ein neunjähriger Bub das gelbe Postauto, das ihn vom Nachbardorf Réclère kommend, das einige Kilometer entfernt ebenfalls im Hinterland der Senke lag, nach Damvant gebracht hatte. Es war der letzte Schultag vor den langen

Sommerferien gewesen. Die Sonne brannte senkrecht auf ihn herunter.

Der Junge hieß Jérôme Leroux. Mit ihm stieg sein jüngerer Bruder Frederic und die dreizehnjährige Tochter des Schmieds, Claudette Moreau, aus dem brütend heißen Gefährt, das nach Diesel und heißen Reifen stank. Zu Fuß machte er sich mit seinem Bruder auf den weiteren Heimweg, nachdem sie sich im Dorf von Claudette verabschiedet hatten.

Der vierhundert Jahre alte Hof der Familie Leroux lag einsam außerhalb von Damvant, nur wenige hundert Meter von der französischen Grenze entfernt, die sich unsichtbar mitten durch eine Weide der Familie zog. Niemanden kümmerte es hier draußen, wenn sie das Heu auch auf der französischen Seite einfuhren. Der Grenzübergang lag verlassen da, die verwitterten Fensterläden des alten Zollhauses waren wie immer geschlossen. Niemand wusste, ob diese überhaupt jemals geöffnet gewesen waren. Außerdem passierte sowieso kaum jemand die Grenzstation, denn drüben schien die Zeit ebenso stehen geblieben zu sein wie in Damvant.

Die kleine Post im Ort wurde schon vor Jahren, als Damvant noch zum Kanton Bern gehörte, geschlossen, nachdem der alte Monsieur Brunet gestorben war und niemand seinen Posten hatte übernehmen wollen. Einmal am Tag kam seither der Postbote in seinem gelben Wagen angefahren, brachte die Post und nahm die frankierten Briefe mit. Wer ein Paket verschicken wollte, musste den Weg ins Nachbardorf Réclère auf sich nehmen. Die Handvoll Jugendliche im Ort mussten täglich mit dem Postauto bis in die Kleinstadt Porrentruy fahren, um die Oberstufe zu besuchen, damit sie nach Schulabschluss irgendwo in einem der entfernten größeren Orte verschwinden konnten. Nur der kleine Lebensmittelladen der alten Madame Giroud mit der mechanischen Kasse war geblieben. Die Achtzigjährige stand jeden Tag außer sonntags in ihrer grau- und blassrot-karierten Schürze im Laden und wurde immer vergesslicher. Doch wenn sie den langen Hebel an der Kasse ziehen musste, damit die Schublade mit einem klangvollen *Kling Kling* aufsprang, tat sie dies fast so schwungvoll wie eh und je.

Jérômes Vater Jacques Leroux war leidenschaftlicher Pferdezüchter, wie andere in der Ajoie auch, aber vor allem war er Prediger. Leroux war ein strenger Vater, der seine Söhne im Namen des Herrn züchtigte, damit die gesamte Familie so rein wie möglich ins Himmelreich treten konnte, wenn dann die Zeit dafür kommen würde, und sie würde kommen. Jacques Leroux war fünfundvierzig, ein großer Mann, ausgesprochen kräftig, aber drahtig, mit kantigen Gesichtszügen und vollem braunem Haar. Sein ausgesprochener Starrsinn zeigte sich in den meist zusammengepressten, schmalen Lippen und auch in der Augen- und Stirnpartie. Damit war er der Gegensatz zu seiner zwölf Jahre jüngeren Frau Marie. Deren Gesichtszüge waren jugendlich weich und freundlich. Sie war eine schlicht gekleidete, natürlich schöne Frau, die immer ein Lächeln für ihre beiden Söhne übrig hatte.

Ihr alter Hof mit den Stallungen, den sie bewirtschafteten, war von alten Laubbäumen umsäumt. Dahinter erstreckten sich weitläufige Weiden bis zu einem Wald, der sich in der Ferne aus der Senke sanft erhob, wie der Rand einer Bratpfanne. Auf den Wiesen wuchsen auf rechteckigen Feldern Mais und Hafer. Vor dem Bauernhof lag das große Kartoffelfeld, das die Buben mit viel Fleiß vom Unkraut frei halten mussten. Die Herde aus dreißig Pferden hatte viel Auslauf. Manchmal sah man ihre königlichen

Körper nur aus der Ferne, wenn sie dem Waldrand entlang galoppierten. Doch wenn Jérôme frühmorgens mit zwei übervollen Kesseln mit Äpfeln in den Händen nach ihnen pfiff, bebte bald der Boden unter seinen Füßen. Die schweren, dampfenden Tierkörper tänzelten dann leichtfüßig nervös um ihn herum. Mit fordernden Blicken und unruhigen Häuptern umringten sie ihn, schnaubten oder wieherten. Dann redete er ihnen gut zu und fütterte diese »grazilen Geschöpfe des Herrn«, wie sie der Vater oft nannte.

An diesem letzten Schultag hatte der Neunjährige aber keine Zeit, sich den Tieren zu widmen, nicht mal seinem eigenen Pferd, das ihn im Pferch auf dem Hof stets mit einem lauten Wiehern zu Hause willkommen hieß. Er war zu spät dran fürs Mittagessen. Der siebenjährige Frederic hatte wieder einmal getrödelt und war taub für die Ermahnungen seines älteren Bruders gewesen. Deshalb mussten sie die letzten paar hundert Meter Feldweg zu ihrem Hof rennen und wussten, dass sie dennoch zu spät kommen würden. Als sie endlich den Hof erreicht hatten, eilten sie sofort ins Haus.

Jacques Leroux war an diesem Mittag missmutig gestimmt, seine Söhne kamen einmal mehr zu spät. Er sagte wie immer kaum etwas, aber der Ärger war ihm anzusehen. Die Kirchenglocke hatte in der Ferne bereits Viertel vor eins geschlagen, als die knarzende Haustür endlich aufging.

Als Mutter Marie die Buben mit erhitzten Gesichtern hereinstürmen sah, rief sie »Wascht die Hände und setzt euch«, und schöpfte derweil die Suppe, die es jeden Tag gab, bestreute sie mit frischen Kräutern aus dem großen Garten, den sie mit viel Liebe und mit noch mehr Arbeit hegte.

Dann wurden die Hände gefaltet, drei der Körper beugten sich tief. Vater sprach mit ausgebreiteten Armen am Tischkopf stehend sein Gebet: »Heiliger Vater im Himmel, gepriesen sei deine Gnade und Wohltätigkeit, deine Güte, deine Weisheit und dein gerechter Zorn in alle Ewigkeit. Amen.«

Jacques Leroux hatte seine Söhne gelehrt, dass es Sünde sei, während der von Gott geschenkten Mahlzeiten zu reden. Die Löffel schlugen in der Stille hell gegen die Teller. Nachdem er sich gesetzt hatte, trank Jacques in großen Schlucken ein Glas Wasser leer. Den ganzen Morgen war er auf dem Feld gewesen, hatte danach am hinteren Ende der großen Weide, im aufsteigenden Wald ein Kreuz errichtet. Doch davon sagte er noch nichts. Alle warfen sie sich eingespielte Blicke zu: »mehr Suppe bitte«, »ein Stück Brot«, »ja gerne«, »ich möchte noch Kartoffeln«, »das Essen ist gut, Mutter, danke« ...

Zehn lange Wochen, die Sommerferien, lagen nun vor den beiden Buben. Diese würden sie wie jedes Jahr mit gottesfürchtiger Arbeit verbringen. Und wie zu allen Jahreszeiten würden sie sich dem intensiven Bibellesen widmen müssen, um einmal gestandene Männer Gottes zu werden.

Später, am Abend dieses Samstags, knieten die beiden Buben vor ihren einfach gezimmerten Betten aus dunklem Holz, die Hände unter dem Kinn gefaltet, während der Vater hinter ihnen stand und aus der Bibel las und die Buben immer wieder Verse zitieren ließ, ehe endlich das erlösende gemeinsame »Amen« erklang. Ans Kreuz würde Jacques seine Familie am nächsten Morgen führen, am Tag des Herrn, um dort eine seiner besonderen Predigten zu halten.

Mutter Marie saß tief im Gebet versunken am Bettrand, ehe sie mit einem liebevollen Lächeln auf den Lippen ihren Söhnen übers Haar strich, ihre Stirn küsste und die Tür hinter sich zuzog.

Frederic, obwohl er der frechere der beiden war, wurde vom Vater stets bevorzugt, dünkte es Jérôme. Auch an diesem Abend dachte er darüber nach, als er seinen kleinen Bruder leise schnarchen hörte. Das Zuspätkommen am Mittag hatte für Frederic nämlich keine Strafe nach sich gezogen, hingegen hatte er, Jérôme, danach vom Vater eine weitere Ermahnung und drei Rutenschläge auf die Finger erhalten, die noch immer schmerzten.

Jérôme liebte seinen »kleinen« Bruder, der stämmig war und fast so groß wie er. Frederic hatte die Gabe, sich keinen Kopf zu machen. Jérôme hingegen konnte das nicht und lauschte auch an diesem Abend noch lange den Geräuschen in der Senke: Die Grillen zirpten, in der Weite bellte heiser ein Hund, und wie immer hörte er den Spätkurs, das Postauto, das von Frankreich her über die Grenze fuhr. Von den Pferden war nichts zu hören. Wahrscheinlich hielten sie sich weit hinten auf, am Rand der »Bratpfanne«, wie Mutter die Senke im Sommer mit gutem Grund nannte.

Am nächsten Morgen, als es noch dunkel war und der Hahn noch nicht gekräht hatte, stand Vater bereits im Türrahmen zur Kammer seiner Söhne.

»Aufstehen, meine lieben Buben. Lassen wir den Herrn nicht unnötig warten.«

Frederic war kaum wach zu kriegen. Erst nachdem Jérôme ihn mehrmals mit seinem Kissen spaßeshalber geschlagen hatte, kam Leben in den Jungen, der wütend aufsprang und es seinem großen Bruder heimzuzahlen versuchte, woraufhin die Mutter eiligst dazwischenging, ehe es der Vater hören konnte.

Ohne einen Schluck zu trinken und ohne Frühstück im Bauch ging Familie Leroux schweigend eine halbe Stunde mitten durch ihre Weiden, bis sie zum Waldrand kamen. Die Luft war weich, es roch nach Sommer. Am Waldrand angekommen führte sie der Vater durch eine Lücke im Unterholz, dann einen schmalen Pfad, den er geschlagen hatte, den Hang hoch, mitten hinein in den Wald.

Vor ihnen erschien im ersten Licht des neuen Tages ein vier Meter hohes Kreuz. Um das Kreuz herum hatte Jacques Leroux den Wald gerodet, eine Lichtung erschaffen und das geschlagene Holz am Waldrand unterhalb aufgeschichtet. Das Feuerholz wollte er später mit seinen Söhnen mit dem Pferdewagen zum Hof karren.

Das musste man Jacques Leroux zugutehalten: Wenn er glaubte, im Namen seines Herrn eine Aufgabe erfüllen zu müssen, dann konnte ihn nichts und niemand davon abbringen.

»Meine lieben Söhne, liebe Frau, der Herr schenkt all jenen seine Kraft, die ihm zum Wohle seiner Werke dienen. Deren Blut wäscht er durch sein Blut rein. Was für eine gnadenvolle Verheißung«, sprach er, als hätte er Jérômes Gedanken gelesen, der sich gefragt hatte, wie Vater das alles allein geschafft hatte. Es war zweifellos ein feierlicher Moment für Jacques Leroux, denn er zog seine Buben links und rechts neben sich und legte seine schweren Hände auf die noch schmalen Schultern. Die Strenge war für einmal aus seinen Gesichtszügen gewichen. Marie stand mit gefalteten Händen daneben. Ihr blondes Haar steckte zusammengebunden unter einem Kopftuch.

Dann knieten sie alle nieder. Der Boden roch erdig. Der Wald, der sie umgab, war zum Leben erwacht, die Vögel zwitscherten munter, das Morgenlicht verfing sich in den dunklen Tannen und Laubbäumen und sog das Dunkel aus dem Wald.

Zwei lange Stunden predigte Leroux beseelt von seinem himmlischen Auftrag, während die Gedanken seiner Buben immer wieder abschweiften. Als er endlich geendigt hatte, gingen sie zurück über die in den ersten weichen Sonnenstrahlen liegenden Felder, vorbei an den Pferden, die in der Nähe in einem großen Kreis trabten – wehende Mähnen, muskulöse, geschmeidige Tiere, getaucht ins verheißungsvolle Morgenlicht.

Später an diesem Sonntag, nach dem Abendessen und der Stunde innerer Einkehr, sattelte ein jeder sein Pferd. Diese vier Tiere, mit denen sie regelmäßig ausritten, blieben meist auf dem Hof, waren im großen Pferch und dem halb offenen Stall untergebracht. Die Hitze hatte am Abend endlich etwas nachgelassen. Gemächlich ritten sie über die Felder bis nach Frankreich und kehrten erst in der fortschreitenden Dämmerung zurück, begleitet vom Zirpen der Grillen.

Diese sonnabendlichen Ausritte mochte Jérôme, und zwar zu jeder Jahreszeit. Vater hatte ihm vor drei Jahren endlich ein Pferd geschenkt, das Jérôme auf den Namen Vent, also Wind, getauft hatte. Der fuchsrote Hengst mit der weißen Flocke auf der Stirn war schnell zu seinem Freund geworden. Manchmal konnte das Tier es kaum erwarten, bis Jérôme von der Schule nach Hause kam. Es stand dann am Gatter, warf sein majestätisches Haupt auf und ab, wenn es ihn kommen sah, bis der Junge es liebevoll tätschelte, ihm gut zuredete. Dann blickte ihn Vent mit seinen tiefbraunen, warmen und großen Augen an, in denen sich manchmal die ganze Welt zu spiegeln schien, und Jérôme fühlte sich wortlos verstanden.

Jahre später, als Jérôme im Gefängnis Bellechasse saß,

im Kanton Freiburg, und an jenen Sonntag im Juni 1979 zurückdachte, da war er sich sicher, dass sich nach jenem Tag alles zum Schlechten gewendet hatte. Das seltsame Gleichgewicht, das Gefüge, das davor wie eine Waage das Schlechte und Gute ausbalanciert hatte, war in Schieflage geraten, auch wenn es noch einige Zeit dauerte, ehe die Katastrophe über Damvant hereinbrach.

Während die Mutter in den Tagen nach diesem Sonntagmorgen am Kreuz den üppig grünen Garten bestellte, die große Hühnerschar und die drei Schweine versorgte, arbeiteten die Buben mit ihrem Vater auf den Feldern, brachten das geschlagene Holz und das erste Heu in den Stall.

Obwohl Vater sich Prediger nannte, hatte er keine Gemeinde außer seinen Kindern und seiner Frau Marie. Mit dem alten katholischen Pfarrer im Ort hatte er sich längst zerstritten, sprach seit Jahren kein Wort mehr mit ihm, und auch mit den meisten anderen Bewohnern von Damvant gab er sich nicht ab. Die hätten nur das Geld im Sinn und Gott fast gänzlich aus ihrem Leben verbannt, würden alle nur scheinheilig am Sonntag zur Messe gehen.

Ende August.

Die nicht endende Hitzewelle hatte die Senke weiter verdorren lassen, als die beiden Brüder am späten Abend nach einem langen Gebet des Vaters endlich im Bett lagen.

»Jérôme, glaubst du, ich komme in den Himmel?«, fragte Frederic unvermittelt.

»Natürlich kommst du in den Himmel. Pass aber vorher bloß auf, dass unser alter Herr dich nicht so reden hört, sonst kriegst du mit der Rute. Warum fragst du auch so was Dummes?«

»Weil Vater dich lieber hat.«

»Mich lieber?« Jérôme traute seinen Ohren nicht und setzte sich auf. »Falls du es noch nicht gemerkt haben solltest, bist du der, mit dem er viel nachsichtiger umgeht. Wer kriegt mehr Schläge mit der Rute, und das, obwohl ich viel weniger Ärger mache?«, flüsterte er in der schummrigen Kammer, in die nur wenig Mondlicht durch das Fenster drang.

»Eben drum.« Frederics Stimme wurde leise, hörte sich traurig an. »Er glaubt, dass ich schlecht bleiben werde und du eben nicht. Darum bekommst du die Prügel, denn es soll ja was nützen. Mich hingegen beachtet er kaum, egal welche Dummheiten ich anstelle. Weißt du, er schlägt ja nicht, weil er böse ist …«

So hatte es Jérôme noch nie gesehen. »Ach, dummes Zeug, du bist der Jüngere und erst sieben. Wart nur ab, wenn du so alt bist wie ich und noch immer so frech, dann gibt's ein regelrechtes Donnerwetter, das kann ich dir jetzt schon versprechen. Da braucht er zwei Ruten.«

»Kannst du ein Geheimnis für dich behalten?« Frederics Stimme klang geheimnisvoll, aber klar, er sprach wie jemand, der mit der Welt bereits abgeschlossen hatte.

Jérôme starrte angestrengt durch die Dunkelheit in der Kammer. Schemenhaft sah er, wie sich Frederics Kopf vom hellen Kissen abhob. Sein jüngerer Bruder lag auf dem Rücken und starrte an die nachtschwarze Decke.

»Ja.«

»Versprichst du es mir?«

»Ich verspreche es!«

»Schwöre es!«

»Du weißt, wir sollen nicht schwören. Ich halte mein Versprechen auch so. Also, was willst du mir sagen?«

»Ich glaube, ich komme in die Hölle …« Plötzlich lag Angst in Frederics Stimme.

»Pssst! Sag so was ja nicht noch einmal. Du bist doch kein Böser.« Jérôme war aufgewühlt. Was ging in seinem kleinen Bruder bloß vor, dass er so dachte?

Frederic schwieg. Tränen rannen ihm über die Wangen, ehe er mit leiser Stimme fast tränenerstickt flüsterte: »Doch. Du weißt es nur noch nicht. Aber Vater weiß es, und ich weiß es auch!«

7

Giulia stand kurz nach acht Uhr auf und ging in den unteren Stock, wo Dr. Kaspersky bereits in der Küche stand und seelenruhig, als wäre tags zuvor kein Mord darin geschehen, fragte: »Kaffee?«

Kaspersky schienen die Orte des Verbrechens einfach nichts anhaben zu können. Giulia nahm dankend die Tasse entgegen und verschwand damit nach draußen vor die Hütte. Sie war etwas ratlos. Oder eher überrascht, denn sie hatte nach dem Erwachen Kaspersky und Hugentobler gehört, wie die beiden Sex miteinander hatten. Leise zwar, aber so eindeutig, dass sie gegen das Kopfkino hatte ankämpfen müssen, als sie Kaspersky eben in der Küche stehen sah.

Waren die beiden ein Paar? Auf diese Idee wäre sie niemals gekommen. Die beiden waren nicht nur optisch sehr verschieden. Doch wo die Liebe oder das Verlangen hinfällt …

Der Wind hatte nicht nachgelassen. Er blies unvermindert weiter, dennoch sah die Landschaft rund um die Chamanna Coaz freundlicher aus als gestern, die Morgensonne warf vereinzelte Lichtkegel durch die Wolkenlücken, sodass der Lärchenwald im Val Roseg stellenweise aufleuchtete, als hätte er Feuer gefangen. Doch am meisten beeindruckte Giulia der vom Sturm aufgewühlte Himmel. Im Luftmeer wogten die Wolkenwellen aus- und ineinander, gaben blaue Lücken frei und tollten sich überschlagend gen Norden. Über Nacht war es deutlich kühler geworden. Giulias Atem schwebte vor ihrem Gesicht. Sie zog den Reißverschluss ihrer Jacke ganz nach oben und umfasste mit beiden Händen die heiße Tasse Kaffee.

Erkki war wie sie erst kurz nach drei Uhr in die Federn gekommen, sein Heimweg war lang gewesen. Er hatte Giulia vor dem Zubettgehen zurückgeschrieben. Sie wusste, er würde am Mittag bereits wieder unterwegs sein und am Morgen daher wohl ausschlafen. Aus diesem Grund meldete sie sich nicht bei ihm. Stattdessen stellte sie die leere Tasse auf den Fenstersims hinter sich und wählte Nadias Nummer. Vielleicht hatte sie ja schon etwas über die Uhr der Gletscherleiche in Erfahrung bringen können.

Nadia saß im Backoffice und beantwortete mit ihrer stets quicklebendig klingenden Stimme Giulias Fragen.

»Allegra Bella. Natürlich habe ich bereits in der Datenbank nachgeschaut, doch die Nummer ist nirgends registriert. Seltsam, denn viele VIPs lassen ihren Eigentümernachweis anonymisiert hinterlegen, wie bei einem ganz gewöhnlichen Schlüsselservice, damit solche Luxusartikel den Weg zu ihnen zurückfinden. Was ich aber mit Sicherheit sagen kann, ist, dass dieses Uhrenmodell richtig viel kostete.«

»Sag schon. Wie viel?«

»Was schätzt du?«

»Zwanzigtausend?«

»Eine Viertelmillion Schweizer Franken!«

»Was?«

»Ja, und das ist gut. Denn nur eine Frau aus den oberen Tausend trägt so ein teures Modell, was die Identitätssuche erheblich einschränkt.«

»Zweifellos. Sag, hat Peterelli bei dir was durchblicken lassen, ob er mit der Seriennummer was anfangen konnte?«

»Indirekt. Kommandant Hartmann und Peterelli sitzen

bereits seit der Früh zusammen. Irgendwas tut sich da zu dem Fall. Außerdem ist eine hübsche, etwas gar auf Zack eingestellte Schwarzhaarige bei den beiden. Sieht nach Anwältin oder so aus. Zürcher Dialekt! Die habe ich übrigens bereits gestern am späten Nachmittag im Kommando gesehen, als ich in der Einsatzzentrale vorbeischaute, während du im Val Roseg unterwegs warst.«

»So, so. Zürcher Dialekt und auf Zack? Und das bereits gestern schon?« Giulia lachte. »Okay. Das heißt, die drei wissen etwas, was wir noch nicht wissen, aber niemand hat uns verboten, es selber zu ermitteln.«

»Giulia, das wird seinen Grund haben. Warten wir doch den Morgen erst mal ab.«

»Nadia, das ist reine Zeitverschwendung. Such bitte schweizweit in Datenbanken nach vermissten Frauen, sagen wir im Alter zwischen achtzehn und höchstens fünfunddreißig. Wobei ich glaube, dass die höchstens Mitte zwanzig war. Und achte auf der Suche besonders auf Fälle aus dem Kanton Zürich, der zackigen Frau wegen.«

»Hast du denn eine Ahnung, wie lange die Tote schon im Eis gelegen hat?«

»Nein. Die Fotos der Gletscherleiche habe ich gestern Abend Dr. Kaspersky gezeigt. Sie fand sie sehr interessant, aber sie will sich auf keine Eingrenzung festlegen. Auf jeden Fall kann sie nicht vor der Lancierung des Uhrenmodells gestorben sein.«

»Okay, stimmt, das wäre dann der Sommer 1994.«

»Das ist saulange her«, kommentierte Giulia, die auf einen kürzeren Zeitraum gehofft hatte. »Kaspersky wird zudem noch einen Glaziologen beiziehen müssen, einen, der den Gletscher hier oben gut kennt.«

»Du lässt ja wieder mal nichts anbrennen.«

»Hier oben hat man Zeit, um nachzudenken. Zwangsläufig. Konnte Kaspersky und Hugentobler doch gestern Nacht nicht alleine in der Hütte lassen. Ich wäre sonst natürlich lieber mit Erkki heimgefahren. Ah Nadia, apropos, jetzt muss ich dir noch was erzählen, warte kurz …« Giulia entfernte sich von der Hütte, bis sie außer Hörweite war. »Bist du noch dran?« Der Sturm rauschte im Telefon.

»Ja, und ich bin ganz Ohr. Aber du musst lauter sprechen. Wieso so geheimnisvoll, Signorina de Medici?«

»Na ja. Letzte Nacht geschah noch was in der Hütte, wobei genau genommen am frühen Morgen.«

»Ja spuck's aus.«

»Kaspersky und Hugentobler.«

»Was ist mit den beiden?«

»Die haben miteinander geschnackselt.«

»Was?!«

Giulia lachte laut. »Genau diese Reaktion habe ich von dir erwartet.«

»Bist du sicher?«

»Nadia, ich bin schon ein großes Mädchen. Ich glaube nicht, dass die beiden solche Geräusche von sich gegeben haben, weil sie Eile mit Weile gespielt haben.«

»Shit, Kopfkino in Full HD.«

»Und ich habe alles auch noch in Dolby Surround gehört. Erst konnte ich es gar nicht glauben, als ich die Augen aufschlug. Und das an einem Tatort! Das ist so schräg. Vor allem nachdem Kaspersky gestern zu mir sagte, der Hugentobler habe eine Ausdauer wie ein Brauereiross …«

»Krass! Glaubst du, die beiden sind ein Paar?«

»Wahrscheinlich, und ich würde es den beiden ja von Herzen gönnen. Aber ich habe bisher nichts davon gemerkt. So nun aber genug mit meinem Getratsche, sonst krieg ich ein schlechtes Gewissen, dir ihr Geheimnis verraten zu haben. Ich mag die zwei.«

»Die beiden sind aber auch echt schräg, so was an einem Tatort zu tun. So behält man doch kein Geheimnis für sich. Als Trauzeuge würde bei denen bestimmt ein Bestatter amten oder so, und statt Blumen gibt's Grabschmuck …«

Giulia lachte schallend.

»Aber weißt du was, Giulia? Was dein schlechtes Gewissen betrifft: Wäre die Situation umgekehrt, hätte ich es dir auch sofort erzählt, weil wir ja beide wissen, dass so was unter uns bleibt und dem Ruf der beiden nicht schaden wird.«

»Auf jeden Fall wirkte Kaspersky heute Morgen an der Kaffeemaschine wie eh und je. Hugentobler habe ich noch nicht zu Gesicht bekommen. Wie gesagt, deren Sexleben geht mich ja nix an. Bald mache ich mich sowieso auf den Weg hinunter ins Val Roseg, mal schauen, was der Lederhosen-Django für einer ist. Und bitte, Nadia, halt mich mit allem auf dem Laufenden, ich sag's dir, in dem Fall läuft was hinter meinem Rücken, und dieses Gefühl …«

»… kannst du nicht ausstehen? Weiß ich doch. Ich bin dran, Bella. Okay?«

»Und noch was, Nadia, kannst du bitte alles rund um die tote Hüttenwartin recherchieren? Martina Abderhalden. Vom Namen her stammt die aus der Ostschweiz, aus dem Toggenburg, wenn ich mich nicht täusche. Außerdem muss sie einen Hüttengehilfen beschäftigt haben. So eine Saison schafft niemand allein. Vielleicht weiß die Person etwas zum Fall oder ist gar involviert.«

Giulia ging zurück in die Chamanna, rollte die ausgeschüttelte Bettdecke zusammen und machte das Bett ordentlich, bevor sie die Treppe hinunter zur Küche ging. Einige Schritte davor blieb sie stehen. Durch die halb offene Tür sah sie Hugentobler in knielangen Shorts neben einem Küchenschrank stehen. Die schmächtige Kaspersky kuschelte sich eng an den Riesen. Liebevoll hielt er sie in seinen Armen, streichelte ihren Nacken und Rücken mit seinen großen Pranken. Kaspersky, die mit geschlossenen Augen dastand, hatte ihre Arme ebenfalls um ihn gelegt und schien im siebten Himmel zu sein. Was für ein schönes Bild, dachte Giulia und schlich sofort auf leisen Sohlen wieder nach oben. Nach zehn Minuten stampfte sie laut nach unten. Die Küche war nun leer. Sie brauchte noch einen Kaffee und ließ ihn aus der Maschine. In Gedanken versunken rief sie die Webseite der Hütte auf ihrem Handy auf. Saisonschluss war bereits am Sonntag vor einer Woche gewesen, las sie. Dieser war mit einem kleinen Fest gefeiert worden, wie Fotos zeigten. Auch Ballone hatte man steigen lassen, deshalb der Ballon, der sich auf dem Dach verfangen hatte und sich gegen den Sturm wehrte.

Als um kurz vor neun Uhr das Bergungsteam für die Gletscherleiche mitsamt einer Tatortreinigerin, einer ausgeflippten Tätowierten mit freundlichem kugelrundem Gesicht, bei der Hütte ankam, tauschte Giulia sich mit den Männern und Frauen der Bergrettung aus, ehe sie ihren Rucksack schulterte und den Abstieg ins Tal antrat. Kaspersky und Hugentobler folgten dicht hinter ihr, als wären sie eine Dreier-Seilschaft. Von der Liebschaft der beiden war rein gar nichts zu erkennen.

Keiner der drei sprach beim Abstieg. Jeder hing seinen Gedanken nach, bis sie kurz vor elf Uhr den Gasthof Roseggletscher betraten.

Giulia aß im Restaurant ein Birchermüsli, trank einen Milchkaffee, schmierte sich zwei Vollkornbrötchen mit Butter und Honig, während Hugentobler Rührei mit Speck und Toast und dazu Kaffee bestellte, ehe auch er sich eine übervolle Schale Birchermüsli gönnte. Dr. Kaspersky, dünn wie eine aufgestellte Packschnur, trank ihren Kaffee wie immer schwarz. Doch diesmal verlangte sie dazu eine halbe Zitrone, deren Saft sie in das heiße Getränk träufelte. Das sei gut gegen Kopfschmerzen, sagte sie, als sie Giulias erstaunten Blick bemerkte. Dieser war schleierhaft, wovon sich die fünfzigjährige Forensikerin ernährte, die nach dem letzten Schluck Kaffee aufstand, um draußen vor der Tür eine Select zu rauchen, ehe sie sich mit einer Rauchfahne wieder an den Tisch setzte und einen weiteren Kaffee bestellte, diesmal ohne Zitrone. Hugentobler bestellte derweil einen zweiten Teller Rührei mit Speck. Giulia hatte sich in Hugentoblers Nähe immer wohlgefühlt, so auch jetzt. Bis heute Morgen war er ihr immer wie ein großer, etwas zurückgebliebener, aber gutmütiger Junge vorgekommen.

Die angeforderte Beamtin des Polizeistützpunktes der Kantonspolizei in Samedan, Korporal Sonja Meier, eine zugezogene Zürcherin, wie sich herausstellte, fuhr wie von Giulia gebeten um kurz vor halb zwölf Uhr in einem zivilen Dienstwagen vor und war nicht uniformiert. Kaspersky und Hugentobler waren kurz davor im Bus der Forensik nach Chur losgefahren.

Als Giulia zu Meier in den Wagen steigen wollte, hörte sie einen Helikopter. Verwundert blickte sie nach oben. Die Wetterbedingungen mussten sich in der Höhe zwischenzeitlich also beruhigt haben, denn der Hubschrauber flog weiter ins Val Roseg, Richtung Gletscher. Giulia nahm ihr Fernglas aus dem Rucksack und beobachtete, wie er über dem Gletscher tiefer ging, dann stieg sie in den Wagen.

Mit Korporal Meier am Steuer fuhren sie auf den Posten

Samedan, den sie fünfundzwanzig Minuten später erreichten. Mit einem Kaffee im Becher setzten sich die beiden Polizistinnen in einen Vernehmungsraum. Giulia, die den höheren Dienstgrad trug, bot Meier das Du an.

Sonja hatte Informationen zum Lederhosen-Django gesammelt und briefte Giulia. Er sei früher eine schillernde Größe im Oberengadin gewesen. Das musste zehn Jahre und mehr zurückliegen, und er hieß Gerold Wachter mit bürgerlichem Namen. Im Sommer verkaufte er auch schon damals seine durchaus beliebten Schnitzereien und war als Bergführer unterwegs, im Winter arbeitete er tagsüber meist als Hilfsskilehrer und abends als Musikunterhalter der niederschwelligen Kunst, betonte Meier. Dann sei er im Tirol verschwunden, bei seiner österreichischen Mutter. Doch seit er vor fünf Jahren wieder ins Engadin zurückgekehrt sei, habe er da weitergemacht, wo er zuvor aufgehört hatte, und daher auch die Polizei im Engadin hin und wieder beschäftigt.

Nun war Giulia klar, warum sie noch nie was von dem Kerl gehört hatte, der, so wie's aussah, erst wieder im Engadin zu Werke gegangen war, nachdem sie zur Kripo nach Chur gewechselt hatte.

Die dreißigjährige, braunhaarige Sonja Meier, die einen sportlichen Kurzhaarschnitt trug, berichtete, dass sie selbst zuletzt vor einem Jahr Ermittlungen gegen den Mann geführt hatte, wegen Belästigung und Betrugs. Sie rief die digitale Akte auf, druckte diese aus und legte sie vor Giulia auf den Tisch.

»Eine Frau hatte ihn angezeigt. Verbale sexuelle Belästigung wurde ihm konkret vorgeworfen. Das war der eine zu ermittelnde Straftatbestand. Zum anderen hatte er einem sehr wohlhabenden, betagten Belgier viel zu viel für einen geschnitzten Steinbock abgeknöpft. Der Käufer hatte sich einwickeln lassen und einen Steinbock in Originalgröße aus Arvenholz für sage und schreibe zwanzigtausend Schweizer Franken gekauft.«

»Was kam bei den Ermittlungen raus?« Giulia überflog die Zeilen.

»Das mit der verbalen Belästigung hat er zugegeben, aber im gleichen Atemzug gesagt, dass sich viele Frauen im Nachtleben über seine Sprüche freuten, so seine Worte vor einem Jahr.«

»Was für Komplimente hatte er der Frau zu verteilen versucht?« Giulia fand in der mehrseitigen Akte nicht gleich die entsprechende Stelle.

»Von ›Du schönste aller Alpenblumen, zeig mir deine Knospe, und ich werde sie gemeinsam mit dir erblühen lassen‹ bis hin zu ›Ich würde dir so gerne was in deinen schönen Mund sagen‹ oder ›Hätte der liebe Herrgott nicht gewollt, dass ich deine prallen Brüste anstarre, so hätte er mir kein Augenlicht geschenkt und dir kein so enges T-Shirt‹«, las Meier aus dem Protokoll vor.

»Okay? Ich hoffe, die hat ihm eine ordentliche Ohrfeige verpasst?«

»Nein, aber sie verließ das Lokal und zeigte ihn an. Das Ganze hat in einem Vergleich geendet, wie ich gehört habe.«

»Wie ging die Sache mit dem Steinbock aus? Ich stelle mir vor, einen lebensgroßen Steinbock zu fertigen, und das aus Arvenholz, hat sicher einen guten Preis verdient. Dürfen Künstler ihre Werke nicht auch für eine Million anpreisen, und wenn es nur ein grüner Punkt auf einem weißen Papier ist? Gibt's da überhaupt ein Limit, eine ethische Grenze? Man denke an die viele Millionen teuren Bilder, von denen ich bei den meisten nicht mal wüsste, wie herum sie richtig aufzuhängen sind.«

»Stimmt. Hätte er dem alten Belgier nicht auch noch

erzählt, dass seine Kunstobjekte bereits eine unglaubliche Wertsteigerung erzielt hätten, und ihn mit dieser und anderen Räubergeschichten beim Kauf getäuscht hätte … Am Ende gab er einen Teil des Geldes zurück.«

»Dieser Lederhosen-Django, welchen Eindruck hast du von ihm erhalten?«

Meier zog ihre Augenbrauen hoch. »Na ja, ein Mittfünfziger, ehemaliger semiprofessioneller Bergführer, eine Mischung aus Hansi Hinterseer und einem notgeilen Alpöhi.«

Giulia lachte. »Ohalätz! Dann schauen wir mal, wo diese Krone der Schöpfung stecken könnte.«

Sonja Meier, die ruhige, in sich gekehrte Zürcherin, fuhr mit Giulia zurück ins Val Roseg. Kurz nach dem Zugang des Seitentales stand neben einem breiten Naturweg, auf dem die Kutschen fuhren, welche die Touristen bis zum Gasthof Roseggletscher hochchauffierten, und den auch die Wanderer und Biker nutzten, ein hölzerner Verkaufsstand. Der schwere Holzladen vor dem Fenster war geschlossen.

»Da verkauft er oft seine Schnitzereien an Touristen«, erklärte Sonja und schaltete den Motor aus. »Komm mit.«

Sie folgten dem naturbelassenen Weg, bis sie zu einer lichten Stelle im Wald kamen, auf der eine einstöckige, aber massiv gebaute Blockhütte stand. Ein schmutziger Quad mit einem Platten im rechten Vorderreifen stand auf dem kleinen Vorplatz, der mit gelbbraunen Tannennadeln übersäht war.

Eine Klingel gab's nicht an der Haustür, dafür einen übergroßen Phallus aus Eisen, der als Türklopfer dienen sollte. Giulia blickte zu Meier. »Ich seh schon, ein Frauenversteher. Vielleicht will er damit aber nur die Zeugen

Jasowas oder die Mormonen fernhalten.« Giulia hämmerte mit der Faust an die schwere Holztür. Nichts rührte sich.

»Vielleicht muss ich doch diesen Schwengel nehmen?«, schmunzelte Giulia.

Meier räusperte sich. »Mir hat Lederhosen-Django vor einem Jahr gesagt, dass dies ein Originalabguss seiner Männlichkeit sei.«

»Okaaay, dann lieber doch nicht. Aber da sieht man es wieder mal, jeder hat so seine Störungen, nicht wahr?« Giulia lächelte charmant, bevor sie wieder ernst wurde und an die Scheibe des Fensters neben der Tür klopfte und durchs Glas ins Innere spähte. Doch der Gesuchte schien nicht zu Hause zu sein. Sie drückte die Türklinke. Verschlossen. Dann zückte sie ihr Handy und versuchte ihn ein weiteres Mal telefonisch zu erreichen, doch sofort schaltete sich die Combox ein.

Sonja Meier, deren Kurzhaarfrisur die leichten Böen nichts anhaben konnten, meinte: »Bei dem weiß man eben nie, wo er steckt. Schon vor einem Jahr war es eine Sisyphusarbeit, den Kerl aufzuspüren.«

In diesem Moment hörte Giulia Schritte von hinten. Sie drehte sich rasch um. Unverkennbar, Lederhosen-Django kam auf die beiden Frauen zu.

»Allegra und grüß Gott die Damen«, grüßte der Kerl überschwänglich und zog mit einem breiten Grinsen seinen Seppl-Hut. Sein österreichischer Akzent war unüberhörbar. »Was für eine schöne Begrüßung zur Mittagsstunde. Ich nehme an, ihr habts schon Bekanntschaft mit Fernando gemacht?« Er lachte. »Mein ganz persönlicher Türklopfer.« Dann erst schien er Korporal Meier, die in Zivil vor ihm stand, zu erkennen. »Ja lecks-mi-am-Allerwertesten, hübsches Madl. Kommst privat her, oder habe ich was verbrochen?« Sein Blick wanderte zwischen den beiden Frauen hin und her, blieb an Giulia hängen, die sich kaum regte.

Meier übernahm das Wort. »Herr Wachter.«

»Ach bittschön«, tat er theatralisch, »ich mag meinen Nachnamen noch fast weniger als meinen noch grausligeren Vornamen. Ich bin doch der Lederhosen-Django.« Er kaute auf einem Zahnstocher rum.

»Wir sind amtlich hier, und das wissen Sie bestimmt schon längst.«

Lederhosen-Django schnitt eine übertriebene Grimasse, die zeigen sollte, dass er völlig überrascht sei. Meier ging nicht darauf ein. Sie fuhr fort:

»Sie haben uns gestern per Telefon den Fund einer Gletscherleiche gemeldet und waren seither wie vom Erdboden verschluckt?«

»Ihr habt euch also Sorgen um mich gemacht?« Er setzte erneut sein Grinsen auf, sodass die blitzblanken, etwas übergroßen Zähne, von denen er auch noch mehr als andere zu haben schien, zum Vorschein kamen.

Meier schloss ihre Jacke etwas höher. »Wo waren Sie? Ihr Handy ist seit gestern aus. Details bitte.«

»Ach, die gute Frau Meier. Immer sachlich und kurz und bündig, wie der rassige Haarschnitt. Na also, dann will ich mal niemanden verärgern, zumal Sie auch noch in charmanter Begleitung hergekommen sind. Ich mach's auch kurz: Ich war gestern auf dem Weg zur Chamanna Coaz, als mich diese Holländer unterwegs ansprachen.«

»Wieso wollten Sie zur Chamanna?« Meier blickte ihm starr ins Gesicht.

»Die Hüttenwartin, Martina Abderhalden. Na ja, ich wollte ihr beim Zusammenräumen helfen und so.«

»Und so? Sie hatten eine Liebschaft mit ihr?«

»Hatten?« Nun wich die aufgesetzte Leichtigkeit aus

seinem gebräunten Gesicht, von dem sich das blonde Haar abhob.

»Frau Abderhalden ist tot!«, sagte Meier, und Giulia wunderte sich über deren Strategie, doch da die Beamtin schon mit Lederhosen-Django zu tun hatte, vertraute sie auf deren Erfahrung.

Die Nachricht schien den Kerl getroffen zu haben, er nickte mehrmals und blickte umher, ehe er sich im Nacken kratzte und sichtlich aufgewühlt fragte: »Was ist denn passiert?«

Die Lärchen um das Blockhaus rauschten laut. Feiner Nadelregen fiel, es roch nach Wald. Lederhosen-Django blieb weiter vor der hölzernen Veranda stehen, auf der einige seiner Schnitzereien ausgestellt waren, und wartete auf die Antwort von Meier.

»Waren Sie gestern noch in der Hütte, wie Sie uns telefonisch angekündigt hatten?«

Er schüttelte den Kopf.

»Nein? Was hat Sie zur Umkehr bewogen? Am Wetter wird's ja wohl nicht gelegen haben. Der Sturm wurde erst später stärker, und selbst bei Sturm wäre der Weg für einen Fast-Bergführer wie Sie bestimmt kein Problem gewesen.« Meier wusste, dass Lederhosen-Django nur noch die älteren Jahrgänge auf die Hütten führte, die gut erreichbar waren. Das Gesellige stand bei ihm im Vordergrund.

»Es ist so. Martina und ich, wir hatten tags zuvor Streit.«

»Also doch eine Liebschaft.«

»Ja, so was in der Art. Aber aus meiner Sicht eine unverbindliche. Aber was rede ich auch. Ich wollte mich gestern mit ihr versöhnen, ihr beim Schließen der Hütte zur Hand gehen. Bin deshalb los und habe beim Aufstieg eine SMS verschickt und versucht, sie mehrmals anzurufen, um mich sozusagen anzukündigen. Sie sollte sich ja auf was Besonderes freuen können.«

»Hat sie geantwortet?«

»Nein. Dachte mir aber, die will mich zappeln lassen. Sie wissen ja besser als ich, wie die Frauen so sind. So einfach lassen die einen nicht wieder aus so was raus. Ich ließ mich deswegen aber nicht verscheuchen, bis mir am hinteren Ende des Gletschersees diese beiden Holländer entgegenkamen und mir diese Räuberpistole berichteten. Als sie mir die Fotos zeigten, rief ich an Ort und Stelle den Posten Samedan an und meldete das Ganze, wie's meine Bürgerpflicht ist. Die Polizei bat mich, ihnen die Bilder zuzustellen und mich danach auf dem Posten nochmals zu melden. Das sagte ich den beiden Holländern, die mir daraufhin die Bilder schickten.«

»Aber den Notruf hätten die beiden Holländer ja über das eigene Handy sofort selbst wählen können, um den Leichenfund zu melden.«

»Das habe ich denen auch gesagt. Aber sie hatten Sorge, ihre Aussagen irgendwo in einer Einvernahme abgeben zu müssen. Diese Zeit hatten sie nicht, wollten ja noch am selben Tag abreisen.«

»So weit, so gut. Und weiter?«

»Nachdem ich aufgelegt habe, kam mir in den Sinn, die beiden zu fragen, warum sie beim Abstieg den Vorfall nicht der Hüttenwartin der Chamanna gemeldet haben, so wie nun mir. Da sagten sie mir, dass die Hüttentür geschlossen gewesen sei, sie aber aus einem gekippten Fenster im oberen Stock eindeutige Geräusche gehört hätten. Schlussfolgerung: Martina hatte allem Anschein nach Herrenbesuch der für sie erfreulicheren Art. Das nenne ich doch mal einen guten Start in die Woche.«

»Und deshalb machten Sie kehrt?«

»Na ja, zwei Stiere auf einer Weide machen nur Probleme. Wie gesagt, es war ja nur eine Liebelei zwischen ihr und mir gewesen und so manche Engadinerin hat noch eine schöne und einsame Tochter zu Hause. Aber ehrlich gesagt, war es mir gerade recht, dass sie so schnell jemanden gefunden hat, der sie tröstet.« Dann wurde seine Mimik wieder ernster. »Sie soll tot sein? Wieso denn das?«

»Komme ich gleich drauf. Sagen Sie mir zuerst, warum waren Sie seither nicht erreichbar? Was ist mit Ihrem Telefon? Und gleich noch was: Wie kamen Sie so schnell zu den Fotos von den Holländern, die Sie uns nach dem Anruf ja nicht wie zugesagt gemailt hatten.«

»Richtig. Die haben mir die Fotos per WhatsApp geschickt. Es sind dramatische Bilder – eine blonde Frau in einem roten Kleid, deren Arm Hilfe suchend aus dem Eis ragt. Gruselig und schön in einem, sage ich Ihnen!«

Meier hakte nach: »Was ist nun mit dem Handy geschehen? Warum haben Sie uns die Bilder verwehrt?«

»Dafür kann ich nichts. Auf dem Rückweg ins Tal habe ich telefoniert …« Er stellte seinen Rucksack ab und kramte ein Handy hervor. »Dabei bin ich gestürzt, das Scheißding ging in die Brüche. Deshalb fuhr ich mit dem Zug nach St. Moritz, kaufte mir dieses neue Gerät und übernachtete von gestern auf heute bei einer Bekannten. Aber leider, leider sind die Aufnahmen futsch, und ich habe keine Ahnung, wie ich diese Holländer erreichen könnte. Die sind bestimmt schon in Amsterdam oder weiß Gott wo.«

»Name und Adresse der Frau, bei der Sie übernachtet haben?«

»Sie verschwenden noch immer keine Zeit. Bin ich verdächtig?«

»Name?« Meier hob die linke Augenbraue.

»Clarissa Montanella.«

Nun kam Leben in Sonjas Gesichtszüge. »Die Modedesignerin? Die ist doch schon bald achtzig?«

»Ich bitte Sie!«, sagte er übertrieben. »Neunundsechzig ist sie, aber sie hat eben noch immer einen guten Geschmack, und sie sieht aus wie neunundfünfzig, und das seit Jahren schon …« Er blickte Giulia an, die ausnahmsweise noch keinen Ton gesagt hatte – bis jetzt.

»Mein Name ist Leutnant de Medici, Kantonspolizei Graubünden.«

»Ach, die Dame kann sogar sprechen? Das erfreut doch meine Ohren, meine Augen hatten nämlich bereits das Vergnügen.«

»Wieso stritten Sie sich am Sonntag mit der Hüttenwartin, einen Tag vor deren Ermordung?«

»Sie wurde ermordet?« Es schien, als hätte es ihm die Sprache verschlagen. Mehrmals sperrte er den Mund auf, ohne einen Ton herauszubringen.

»Nicht nur sie, mit ihr auch ein noch unbekannter Mann. Vielleicht der, den die Holländer in der Hütte mit ihr zusammen gehört hatten. Abderhalden und dieser Unbekannte wurden beide erstochen. Wir fahnden nach dem Täter. Eifersucht treibt Menschen manchmal zu Fürchterlichem …«

»So, so. Sie meinen also, ich hätte die beiden umgebracht?«

»Ich meine noch nichts, aber ich habe Sie gefragt: Wieso stritten Sie sich tags zuvor?«

»Sie war eifersüchtig. Sie! Nicht ich!«

»Die Hüttenwartin?«

»Ja, das ist vielleicht schwer zu glauben. Aber auch Hüttenwartinnen haben Gefühle, und sie schien, wie viele andere übrigens auch, saumäßig von mir angetan zu sein. Wen wundert's?« Er deutete auf den hängenden Phallus an der Tür, dabei fand er wieder zu seinem Grinsen zurück. Giulia deutete es als ein Verlegenheitsgrinsen.

»Warum war sie eifersüchtig? Ich nehme nicht an, dass die betagte Designerin der Grund war?«

Lederhosen-Django stemmte die Hände in die Hüfte. »Also Sie sind mir ja eine. Erst lange schweigen und dann kommen solch unschöne Unterstellungen.«

»Ach, kommen Sie, an der Bikinifigur der Dame kann es bestimmt nicht gelegen haben, dass Sie gestern Abend bei ihr nach dem Rechten geschaut haben.«

»Alle Frauen sind schön. Die einen aber eben noch schöner, wie Sie zum Beispiel. Übrigens, diese Narbe in Ihrem phantastischen Gesicht macht Sie nur noch interessanter.«

Giulia dachte, immerhin ein Mann, der mal Klartext sprach und nicht nur hinstarrte, aber das war auch das einzig Gute an dem Kerl. Außerdem brannte die Narbe, als hielte jemand ein Eisen daran. Sie ließ sich nichts anmerken, und er redete weiter, nachdem er merkte, dass sie für sein Lob nicht empfänglich war: »Außerdem kenne ich so viele Frauen. Der Herrgott war gottlob ja sehr verschwenderisch, als er euch erschaffen hat, und Martina, die flotte Hüttenwartin, wollte mich eben für sich alleine haben. So sieht's doch aus.«

»Sie wollte also den Wind einfangen?«

»Also so schön hat noch niemand meine Art beschrieben.« Er lächelte Giulia an. »Ja, da haben Sie recht, aber, und hier kommt das große Aber: Ich verspreche keiner der Damen mehr, als ich halten kann, denn ich habe nicht so viele Ringfinger wie Verlangen.«

»Mag alles sein. Sagen Sie, wo ist Ihr defektes Handy abgeblieben?«

»Ach das, das habe ich in den Müll geworfen, war ja völlig kaputt.«

»Wo?«

»Nachdem ich im Interdiscount gewesen war, lief ich durch St. Moritz, als die Müllabfuhr die Runde machte. Hab's hinten in die Ladeluke geworfen.«

»Der Interdiscount hätte das Gerät kostenlos entsorgt. Wieso ließen Sie es nicht dort?«

»Aus Prinzip. Man kann nie wissen, ob diese Typen nicht doch noch Daten darauf finden, und die sind Privatsache.«

»Was für ein Pech, dass auch wir das Gerät nun nicht mehr überprüfen können, was?«

»Wie hätte ich auch ahnen können, was für ein Verbrechen geschehen ist, dass man mich sogar verdächtigt? Ich bin absolut unschuldig.«

»Nur damit wir uns richtig verstehen: Gingen Sie nach der Begegnung mit den Holländern erst nach Hause oder direkt nach St. Moritz?«

»Ich ging auf direktem Weg. Ist das wichtig?«

»Ja, das ist es. Seit wann tragen Sie diese Schuhe?«

»Wie kommen Sie auf so was?«

»Ich will eine Antwort darauf.«

»Seit zwei Wochen vielleicht.«

»Was glauben Sie, wie lange wir brauchen, um herauszufinden, ob Sie diese Schuhe nicht doch erst gestern in St. Moritz oder wo auch immer gekauft haben?«

Er gab darauf keine Antwort, dafür wurde Giulias Ton gereizter, sie warf Korporal Meier einen Blick zu, den alle Beamten kannten. Diese trat langsam zwei Schritte zurück, mit der Hand an der Waffe.

»Ich glaube Ihnen, dass Sie direkt nach St. Moritz gegangen sind. Wieso Sie sich nicht zu Hause umgezogen haben, wo Sie doch hier an Ihrem eigenen Haus vorüberlaufen mussten, weiß ich nicht, aber eines ist klar: Mit diesen Schuhen waren Sie gewiss nicht im Val Roseg auf dem Aufstieg zur Chamanna Coaz. Ich nehme daher an, dass nicht nur Ihr Handy in St. Moritz rein zufällig in der Müllabfuhr gelandet ist. Ich sag's mal so; wir haben einen blutigen Sohlenabdruck in der Hütte gefunden. Jemand hat den Tatort mit Blut an seinen Schuhen verlassen. Aus diesem Grund müssen Sie mitkommen, jetzt!«

»Aber ich bin unschuldig, das mit den Schuhen kann ich erklären!«

»Wir nehmen Sie vorübergehend fest. Sie kommen jetzt mit zu unserem Wagen. Wir werden Sie nach Chur in die Forensik fahren. Wir müssen DNA-Proben nehmen, da ich nicht ausschließen kann, dass Sie die beiden aus Eifersucht erstochen haben und danach verschwunden sind, um sich von den Spuren der Bluttat zu säubern. Auch Ihre Jacke sieht mir übrigens verdammt neu aus. Auch das werden wir klären.«

Giulia wusste, dass die meisten Verbrecher glaubten, dass, wenn sie sich ausgiebig geduscht und neue Kleider angezogen hatten, keine Blutspritzer oder sonstiges Spurenmaterial mehr an ihnen zu finden seien. Doch die irrten alle.

Lederhosen-Django schien einen Moment ratlos zu sein. Er blickte zu Meier, die keinen Zweifel daran ließ, dass sie im äußersten Notfall sofort von der Waffe Gebrauch machen würde. Er sammelte sich und forderte: »Ich will einen Anwalt. Außerdem brauchen Sie doch einen Haftbefehl.«

»Für die ersten vierundzwanzig Stunden brauchen wir rein gar nichts, außer einen hinreichenden Verdacht. Und in diesem Fall handelt es sich um ein schweres Kapitalverbrechen. Sollten sich bei unseren weiteren Abklärungen aber die Verdachtsmomente erhärten, werde ich subito einen Haftbefehl erwirken, keine Sorge. Was den Anwalt betrifft, den können Sie während der Fahrt telefonisch anfordern. Als Erstes muss ich Sie nun aber durchsuchen. Tragen Sie spitze Gegenstände auf sich, die mich verletzen könnten?«

Er schüttelte den Kopf.

»Gefährliche Gegenstände oder giftige Substanzen?«

Erneut schüttelte er den Kopf.

Giulia zog die dünnen schwarzen Lederhandschuhe über, die sie im Einsatz immer dabeihatte, und entschied, da erheblicher Tatverdacht bestand, dem Mann Handschellen anzulegen. Lederhosen-Django trug, wie erwartet, nichts Verdächtiges bei sich.

Nachdem sie ihn zur Straße begleitet hatten und er hinten im Wagen saß, rief Giulia Nadia an, informierte sie und bat darum, aufgrund des Tatverdachts abzuklären, ob sie Lederhosen-Django in U-Haft nehmen könnten. Außerdem solle Kaspersky sich darauf einstellen, in ungefähr eineinhalb Stunden in der Forensik den Mann für die Untersuchung zu übernehmen, um ihn auf Spuren hin zu überprüfen.

Als Giulia das Val Roseg verließ und dabei versuchte, das Brennen ihrer Narbe zu ignorieren, war sie sich sicher, dass Lederhosen-Django mit der Tat etwas zu tun hatte.

8

Jérôme arbeitete den ganzen Sommer 1979 über auf dem Hof und den Feldern seines Vaters. Er hielt die Stallungen der Freiberger Pferde in Schuss, auch wenn die Herde meist draußen war, selbst über Nacht, außer wenn eine Stute fohlte. In der Hitze mistete er den Hühnerstall aus und ging der Mutter zur Hand, wo er nur konnte. Die drei Kühe, die sie besaßen, molk er gewissenhaft, Frederic half ihm bei allem, denn der kleine Bruder, der sein dichtes braunrotes Haar immer zerzaust trug, war so stark wie er. Während dieser Zeit fiel in der weitflächigen Senke, durch die kein Bach floss, nicht ein einziger Tropfen Regen. Das Gras der Weiden war gelb geworden, als wüchse Stroh aus dem Boden. Der Mais war kümmerlich geblieben, und auch um den Hafer, der Mitte August hätte geerntet werden sollen, stand es schlecht. Niemand konnte sich an eine solche Dürre erinnern. Vater prophezeite eines Mittags nach dem Essen, dass sie, wenn nicht bald der Regen käme, einige Pferde verkaufen müssten, um sich das nötige Futter für den Winter leisten zu können.

Jérôme hörte, wie sein Vater in diesen Tagen oft frühmorgens, noch in der Dunkelheit, aus dem Bett stieg. Dessen schwere Schritte beim Verlassen des alten Bauernhauses konnte er regelrecht erfühlen, dann hörte er Vaters Hengst. Er wusste, dass der Vater durch die noch ruhenden Weiden ritt, dann den ansteigenden Wald hochlief, um vor dem Kreuz zu beten – für Regen, für Gnade, für was auch immer. Er tat dies so lange, bis der neue Tag erwachte.

Vater war überzeugt, dass der Herr die Senke prüfte, sie allesamt miteingeschlossen, und dass die göttliche Erlösung nahe war. Doch wie diese aussähe, darüber verlor er kein Wort.

Nachdem auch das Grundwasser in den Dorfbrunnen und auf den Höfen bedrohlich gesunken war, fürchteten die Einwohner von Damvant um ihre Ernten. Doch dann kam er, der ersehnte Regen. Aber es war kein Gewitter, das die Erlösung einläutete. Eines Tages Mitte August tauchten schon vor dem Mittag unscheinbare Wolken auf, wanderten von Frankreich über die Grenze, ballten sich über dem schwülheißen Land, und dann fiel der Regen, aber nicht in Strömen, sondern eine Woche lang beständig, in einer leise rauschenden Melodie, sodass die Böden das Wasser begierig aufsaugen konnten.

Am ersten Regenabend saßen sie alle nach dem Abendbrot am Küchentisch um das alte Radio versammelt und hörten, wie die Wetterprognose auch für die nächsten Tage Dauerregen versprach. Jérôme hatte seinen Vater noch nie so gelöst gesehen. Die Strenge in dessen Gesichtszügen wich für eine halbe Stunde der Milde. Dann stand Jacques unvermittelt auf, ging zum Küchenschrank, nahm einen von Mutter gebackenen Gugelhopf heraus und schnitt je ein so großes Stück für die Buben ab, dass diese es nicht fassen konnten. Er reichte ihnen den Teller mit den Worten: »Der Herr ist gut, wenn wir nur Gutes für ihn tun.«

Einen Tag später sattelte Jérôme bei Einbruch der Dämmerung seinen fuchsroten Hengst und verließ den Hof. Noch immer fiel der warme Regen sanft wie tausendfache Berührungen, während Jérôme auf Vent über die große Weide trabte. Er wollte nach der Herde schauen. Das Nass tropfte ihm bald aus dem dunklen Haar, rann ihm übers Gesicht und übers Kinn. Die Senke roch nach frischer

Erde, lebendigem Grün. Jérôme spürte das kräftige Tier unter sich, die beruhigenden Bewegungen seines Freundes, und tätschelte ihm lobend den Hals, sagte »mon bon ami«, als er sich dem dunklen Waldrand näherte.

»Der Herr ist gut«, hörte er Vaters Worte vom Vorabend, »gut, wenn wir nur Gutes für ihn tun.« Jérôme erinnerte sich dankbar an das große Stück Kuchen. Am Waldrand angekommen entschloss er sich, vom Pferd zu steigen und wie aus einer Laune heraus auf dem Pfad durch den Wald zum Kreuz zu gehen, um für den Regen und den Kuchen zu danken, denn ohne Regen, kein Kuchen. Während er den rutschigen Aufstieg unter die Füße nahm, wurde der angenehme Geruch vom nassen Wald von einem seltsamen Gestank übertüncht, der zunehmend stärker wurde. Die Dämmerung war bereits weit fortgeschritten, der dichte Wald verschluckte das spärliche Restlicht des Tages, als sich zwischen Unterholz und Tannen plötzlich die Lichtung vor ihm auftat und er wieder etwas mehr erkennen konnte.

Der Gestank, der noch intensiver wurde, machte dem Jungen Angst, wieso wusste er nicht. Er blickte zum Kreuz hoch, das sich in der Mitte schwarz in der Dämmerung erhob. Zuerst trat er näher, dann stieß er einen Schrei aus!

Am Fuße des Kreuzes lag das abgetrennte Haupt eines Pferdes. Das schwarze Auge, das ihn anzustarren schien, ließ ihn wie angewurzelt stehen bleiben, ehe er sich vom schaurigen Anblick losreißen konnte und wegrannte. Auf dem rutschigen Pfad durch den Wald fiel er immer wieder hin. Er raffte sich auf, rannte auf die Weide zu seinem Freund. Vent tänzelte unruhig, bevor Jérôme hektisch aufstieg und losritt. Der Regen sprenkelte sein vom Schrecken gezeichnetes Gesicht, während er den dunklen Wald hinter sich ließ und in die Weite der Weide galoppierte.

Außer Atem kam er zu Hause an, als er unter dem Vordach der Pferdestallung seinen Vater sah, der Holz für den Winter gehackt hatte und nun die letzten Scheite im Schein der alten Petroleumlampe aufstapelte. Jérôme sprang vom Pferd, stammelte bruchstückhaft, was er gesehen hatte.

Sein Vater hörte seelenruhig zu, legte Jérôme beruhigend die Hand auf die Schulter und sagte mit kräftiger Stimme: »Mein Sohn. Warum glaubst du, dass der rettende Regen kam?« Jacques lächelte wissend und nickte, doch Jérôme riss die Augen auf und verstand nichts. Sein Vater sagte: »Jemand musste unserem Herrn ein Opfer bringen. Es lag an uns, den Leroux, sonst hätte die Sünde das Land verbrannt, und wir hätten einige Tiere im Herbst zum Schlachter fahren müssen.« Dann wurde seine Stimme drohend. »Doch irgendwo da draußen in Damvant lebt dieser Sünder, den es nun zu finden gilt und der zur Umkehr geführt oder gezwungen werden muss, ehe weiteres Unheil über uns kommt!« Er beugte sich ganz nah an das nasse und noch immer vom Schrecken gezeichnete Gesicht seines Neunjährigen. »Vergiss nie, mein lieber Jérôme, vergiss nie, das Leben auf dieser Welt ist nicht mal ein Wimpernschlag im Vergleich zur göttlichen Ewigkeit – nicht mal ein Wimpernschlag. Das, was ich getan habe, was ich tun musste, war zwar sehr schwer für mich, aber hätte ich fünf oder mehr Tiere im Herbst verkaufen müssen, gar dem Schlachter bringen … wäre das besser gewesen?«

Mutter Marie kam unters Vordach geeilt, trocknete ihre Hände an ihrer Schürze. Sorgenvoll blickte sie ihren verstörten Jungen an, legte den Arm um ihn, sagte mit ihrer leisen, warmen Stimme: »Komm jetzt ins Haus, geh dich waschen und zieh trockene Kleider an, sonst holst du dir noch den Tod.«

Zwei Wochen später, das Land schien wie auferstanden, überall spross endlich das Grün, bat Marie ihren ältesten Sohn, im Dorfladen Hefe, zwei Kilo Butter, Nature Joghurt, einige Kilo Teigwaren und zehn Pack Reis einzukaufen. Jérôme spannte Vent vor den kleinen Pferdewagen und zog los.

»Bonjour Madame«, begrüßte der Bub zwanzig Minuten später die alte Frau Giroud höflich, als das Bimmeln der kleinen Glocke erklang, die von der aufgehenden Tür des Dorfladens so heftig geschüttelt worden war, dass sie fast abfiel.

»Wie geht's dir, mein Junge?« Jérôme wusste, dass sie sich seit Längerem nicht mehr an seinen Namen erinnern konnte. Etwas sei in ihrem Oberstübchen nicht mehr ganz richtig, hatte ihm die Mutter erklärt.

»Danke, gut, Madame, es hat genug geregnet und wir haben noch immer Ferien.«

»Wie geht's deinem Vater?«

Seltsam, dass sie nach ihm fragte, dachte Jérôme und gab nicht sofort Antwort, sodass sie erklärend meinte:

»In den letzten beiden Wochen sieht man ihn häufig im Dorf herumschleichen, so als suche er jemanden.«

»Es geht ihm gut, danke«, antwortete Jérôme höflich und wunderte sich, denn er wusste, Vater mied das Dorf wie der Teufel das Weihwasser. Doch wie hatte seine Mutter gesagt, Madame Giroud war alt, sehr alt.

Nachdem er all das Gekaufte auf den Pferdewagen vor der Tür gepackt hatte, ging er zur Verkaufstheke, auf der die schwere Kasse aus Metall stand, und streckte Madame Giroud eine Fünfziger-Note hin.

Madame zog am großen Hebel, sodass die Kasse mit einem hellen *Kling Kling* die Schublade ausfuhr, und griff lächelnd nach dem Geld. Kaum hatte sie die Note in die runzelige Hand genommen, veränderte sich ihr Gesichtsausdruck in eine Art regungsloses Staunen. Wie eine gefällte Tanne fiel sie nach hinten zu Boden. Ihr Unterkiefer war dabei aufgeklappt, als hätte sie etwas sagen wollen. Ihr Dutt hatte den harten Aufprall auf ihren Hinterkopf nicht abfedern können. Im Gesicht von Madame Giroud stand das Staunen, ein Staunen so überwältigend, dass sie hier und jetzt, mit Jérômes Fünfziger-Note in der Hand tot umfiel.

Jérôme blieb wie versteinert stehen. Von dort, wo er stand, war nun der Blick frei auf das Regal hinter der Theke, auf das alte Einmachgemüse, das längst niemand mehr kaufte, denn es standen schon, seit er denken konnte, dieselben Gläser dort. Die Kassenschublade war offen, das tiefe *Kling* beim Schließen, das unwiderruflich zum helleren *Kling Kling* des Öffnens gehörte, schien irgendwo in der Luft zu warten, um sich endlich seiner Bestimmung gemäß entfalten zu dürfen. Doch es geschah nichts, der Laden war mit der Frau gestorben, während ihr Geruch, sie roch nach Mottenkugeln, sich langsam auflöste.

Jérôme packte die Angst, obwohl er keinen Blick auf die Tote geworfen hatte, die hinter dem Verkaufstresen ausgestreckt auf dem Boden lag. Er rannte aus dem kleinen Laden, das Glöcklein bimmelte beim Aufreißen der Tür anklagend, als wäre er der Mörder. Er setzte sich auf den Wagen, nahm die Zügel in die Hand und fuhr los.

Mit klopfendem Herzen und hochrotem Gesicht eilte er zu Hause in den Garten, in dem seine Mutter über eines ihrer Beete gebeugt jätete. Sie richtete sich auf, während er außer Atem berichtete, was passiert war. Mit großen Augen schaute er dabei zu ihr hoch. Sie nahm ihn in den Arm, er spürte ihre warme Umarmung. Sie sagte nichts, verharrte in dieser Nähe. Vater kam eiligen Schrittes dazu, wollte wissen, was geschehen war, denn er hatte seinen

Bub über den Vorplatz rennen gesehen, nachdem er den Pferdewagen mitten im selbigen stehen gelassen hatte.

Jérôme erzählte das Gleiche auch dem Vater, diesmal mit weniger gehetzten Worten. Dessen Gesichtszüge erhellten sich irritierenderweise für Jérôme zunehmend. Mit feierlicher Stimme sagte er: »Madame Giroud hat für ihre Sünden bezahlt. Siehst du dieses klare Zeichen denn nicht, mein Sohn? Der Herr hat zu dir, zu uns gesprochen in seiner Güte, seiner Gerechtigkeit und seinem heiligen Zorn. Sie war die gesuchte Sünderin!«

Jérôme blickte unsicher ins Gesicht seiner Mutter, deren Mimik etwas anderes sagte als Vaters Worte. Er verstand nicht, sondern wünschte sich, dass seine Mutter ihn nochmals umarmte, doch stattdessen lag Vaters rechte Hand schwer auf seiner Schulter.

Drei Tage später läuteten die Glocken der Kirche St. Germain. Die Glockenschläge waren leise bis zum Hof der Leroux zu hören, wo Jacques mit seinen Söhnen auf den Feldern war. Er richtete sich beim Geläut von der Feldarbeit auf, blickte Richtung Dorf; in der Ferne war der Kirchturm zu sehen. Er sprach ein Gebet und dankte dem Herrgott für diese göttliche Gerechtigkeit.

Der alte Pfarrer von Réclère war zur Abdankung hergefahren. Madame Giroud fand an diesem von Wolkenschleiern durchzogenen Nachmittag Ende August ihre letzte Ruhestätte neben dem Grab ihres Mannes, der schon so lange tot war, dass sie es immer wieder vergessen hatte.

Das war der letzte warme Sommertag in diesem Jahr gewesen.

Nach dem Ableben der alten Madame schien Jacques Leroux wieder ruhiger zu werden. Er ging ab sofort keinen

Schritt mehr ins Dorf, arbeitete wie eh und je auf seinem Pferdehof und suchte täglich sein Kreuz auf. Die darauffolgenden Jahre waren geprägt von der Arbeit und der sonntäglichen Familienpredigt am Kreuz.

Das Wetter machte keine Kapriolen mehr, in der Senke kehrte wieder der von den Jahreszeiten geprägte Alltag ein. Die letzten der Jungen zogen in die weit entfernten Städte, weitere Alte starben, das alte Zollhäuschen an der Grenze zu Frankreich hielt seine Läden wie immer verschlossen. Die spätabendliche Postautoverbindung hörte Jérôme irgendwann nicht mehr über die nahe Grenze aus Frankreich kommen. Dieses Brummen hatte ihn all die Jahre zuvor oft beruhigt, wenn er seinen vielen Gedanken nachhing und nicht einschlafen konnte, denn es erinnerte ihn daran, dass es einen Weg aus dem allem hier gab – irgendwann. So wie der letzte Abendkurs verschwand, so würde auch er eines Tages aus der Senke verschwinden, versprach sich Jérôme und stellte sich vor, wie sein neues Leben wohl aussehen würde.

Im Sommer 1986 änderte sich innert kürzester Zeit alles für den nunmehr sechzehnjährigen Jérôme.

Marie Leroux fühlte sich seit einigen Tagen matt, hatte aber niemandem etwas davon gesagt, was sich im Nachhinein als grauenhafter Fehler herausstellen sollte – nicht nur für ihr Leben, auch für das Leben anderer.

An jenem Morgen, es war der letzte Tag im Juni, die Sonne vertrieb soeben nach einer schwülen Nacht den Nebel, der tief über der Senke schwebte, setzten bei Marie die Schmerzen ein. Erst dachte sie, es wäre bloß ein Krampf im Unterleib, irgendeine unangenehme Frauensache, doch innert einer Stunde glaubte sie, innerlich zerrissen zu werden.

Es half nichts. Sie rief ihren Mann aus der Pferdestallung, sie musste zu einem Doktor. Jacques trug sie liebevoll auf die Rückbank des alten Opel Kadett und fuhr mit ihr in die nächstgelegene Kleinstadt Porrentruy.

Vor der Abfahrt, Marie lag gekrümmt auf der Rückbank, sagte sie zu ihren beiden Jungs, die ihre Köpfe durch die offene Autotür reckten: »Macht euch keine Sorgen, das wird schon wieder. Seid schön brav, helft Vater.«

Jérôme sah, wie sie mit schmerzerfülltem Gesicht zu Lächeln versuchte, was ihr nicht wirklich gelang. Das sagte ihm, dass es nicht gut um Mutter stand. Er sah, wie sie eine Hand an ihren Unterleib gepresst hielt, gleich über der Scham, worauf ihn Furcht, rabenschwarze Furcht überkam.

Jacques, gegenüber Fremden noch wortkarger als zu Hause, harrte in Porrentruy, in der Notaufnahme des Hôpital du Jura wortlos betend neben seiner sich vor Schmerzen krümmenden Frau aus, bis endlich ein Arzt Zeit für sie fand.

Es war nicht der Blinddarm, wie man erst vermutet hatte, auch keine Darmentzündung. Nach drei Tagen, in denen Marie auf der allgemeinen Abteilung lag, lautete die Diagnose: Krebs im Unterleib, Endstadium!

Jérôme konnte sich auch Jahre später noch genau daran erinnern, wie Vater im alten Opel Kadett, dessen Lack blau und stumpf war, vom Hôpital du Jura zurückkehrte. Eigentlich hatten seine Gesichtszüge bereits alles gesagt, doch er ließ seine Jungs warten. Zunächst aßen sie wortlos zu Abend. Auch beim Tischgebet erwähnte er Mutter weder im Dank noch in der Fürbitte. Erst als sie mit dem Essen fertig waren, das Geschirr abgewaschen und weggeräumt hatten, setzten sie sich wieder an den Tisch. Er schaute seine Buben eindringlich an: »Eure Mutter ist sehr schwer krank. Sie hat Krebs im Unterleib, ein Geschwür Satans. Wir müssen beten und auf den Herrn vertrauen.«

Dann blickte er Jérôme lange wortlos an, ehe er zu ihm sagte: »Das Geschwür in ihrem Unterleib haust irgendwo in unserer Senke, in Damvant, denn Böses greift niemals Böses an, sondern stattdessen Gutes und Reines wie deine wundervolle Mutter!«

Im Sommer 1986 lebten gerade mal noch neunzig Menschen in Damvant. Davon nur drei, die unter vierzig waren: der vierzehnjährige Frederic, Jérôme und Claudette Moreau, die zwanzigjährige Tochter des Schmieds, der mehr soff, als ein Mensch Durst haben konnte.

Die Kirche St. Germain war geschlossen worden, nachdem der letzte Pfarrer gestorben war. Nur der Friedhof wurde mehr oder weniger von den Alten gepflegt, die Angehörige dort beerdigt hatten. Auch der Pfarrer hatte seine letzte Ruhe dort gefunden und mit ihm gleichsam die Pfarrgemeinde. Der Lebensmittelladen der vor sieben Jahren tot umgefallenen Madame Giroud verlotterte vor sich hin. Bestimmt lagerten noch immer die Einmachgläser im Regal hinter der Theke. Eines Tages waren Mitarbeiter des Kantons gekommen, um Strom und Wasser abzustellen, mehr aber nicht.

Wie vor sieben Jahren, hatte auch der Sommer 86 wieder heiß begonnen, wenngleich im Unterschied zum Jahre 79 beinahe täglich Gewitterregen über der Senke niedergingen. Die hohe Luftfeuchtigkeit machte die Hitze fast unerträglich. Die Unwetter kamen abends entweder mit sintflutartigen Niederschlägen, tosendem Gewitterlärm und endlosen Blitzsalven, sodass die Pferde auf der Weide panisch hin und her galoppierten, oder der Himmel grollte unentwegt drohend, dauernd erhellt vom Wetterleuchten, und der Niederschlag fiel nicht vom Wind getrieben bloß als feiner Nieselregen die gesamte Nacht hindurch.

Mutter Marie wurde innert einer Woche operiert, das große Geschwür sei raus, hieß es, und man müsse nun warten, sagten die Ärzte im Hôpital du Jura in Porrentruy zu Jacques Leroux, der in der kleinen Hauskapelle stundenlang gebetet hatte.

Seit seine Frau im Spital lag, ritt Jacques jeden Morgen in aller Herrgottsfrühe und spät abends ans Kreuz, mochte der Himmel seine Schleusen auch noch so weit öffnen.

Die beiden Jungs übernahmen in ihren Schulferien zusätzliche Arbeiten, denn Vater kehrte manchmal erst im Verlauf des Vormittags auf den Hof zurück. Dann nahm er sein altes Militärrad und verschwand für ein, zwei Stunden.

Jérôme war sich sicher, dass Vater glaubte, durch die Hilfe des Herrn das Geschwür in der Senke zu finden, damit seine Marie geheilt werden konnte, denn sein Vater war der festen Überzeugung, dass sie nur einen Ableger von etwas Bösem in sich trug, der mit dem Auslöschen des Bösen selbst ebenfalls verschwinden würde.

Jeden Samstag setzte sich Jacques zusammen mit seinen Söhnen um Punkt neun Uhr in den alten Opel Kadett und fuhr mit ihnen durchs Hinterland der Senke nach Porrentruy. Dann standen sie gemeinsam ums Krankenbett. Marie versank beinahe im Kopfkissen, sie war blass, ihre Wangen eingefallen, doch in ihren Augen schimmerte die unverwüstliche Liebe zu ihren zwei Söhnen, die etwas unbeholfen am Bett standen, nicht die richtigen Worte fanden und sich daher mit den Augen unterhielten – wie zu Hause beim Essen.

Jérômes Anblick bereitete Marie zunehmend Sorgen, doch sie schwieg. Der Junge wirkte schwer angeschlagen.

In den drei Wochen, die sie bereits im Krankenhaus lag, schien er selbst krank geworden zu sein. Er war mager, das Gesicht von schweren Gedanken gezeichnet, als erdrücke ihn eine große Last.

Jérômes Mutter hatte nicht unrecht. Jérômes ganze Sorge wiederum galt einzig und allein ihr. Er blickte auch an diesem Samstag gehemmt in ihr liebendes Gesicht, spürte die unzähligen tröstenden und liebenden Umarmungen der letzten Jahre und fühlte dabei die immer lauter fordernde Blutschuld – eine Blutschuld, die Gerechtigkeit einforderte!

Später an dem Tag, nach dem Abendgebet, das er und sein jüngerer Bruder Frederic nun alleine abhalten mussten, da Vater wie jeden Abend lange am Kreuz stand, kam Frederic, wie es seine Art war, direkt auf das zu sprechen, was ihn beschäftigte:

»Was ist los mit dir, Jérôme? Mutter ist seit Wochen krank, wir können daran nichts ändern, aber Vater und Mutter brauchen uns jetzt. Du siehst erbärmlich aus, weißt du das?«

Jérôme nickte. »Ich weiß. Aber Mutter so leiden zu sehen, raubt mir beinahe den Verstand … dieser ganze Ort hier, die Senke, dieser verfluchte, schwülheiße Sommer, ich werde noch irre.«

Frederic, der so unbesorgt durchs Leben ging, als wäre er daran nicht beteiligt, schien für einmal nachdenklich. »Stimmt, Mutter geht's schlecht, aber der Tumor ist draußen, hat Vater gesagt, und wir können doch noch immer hoffen. Was ist wirklich los, Bruderherz?«

Jérôme ließ ein verächtliches Schnauben hören. »Was meinst du, warum Vater wie damals wieder täglich zu Kreuze kriecht?«

Frederic sagte nichts.

»Weil er genau weiß, dass Mutter dem Tod geweiht ist. Deshalb hofft er wie damals auf ein Wunder, sucht verbissen in Damvant nach dem oder der Schuldigen. Doch diesmal fällt nicht nochmals jemand einfach tot hinter der Ladentheke um, wie vor sieben Jahren die alte Madame Giroud, und befreit uns alle von der Last.«

»Meinst du wirklich, dass er daran glaubt?«

Jérôme ließ ein seltsames Lachen ertönen. »Warum glaubst du, steht das Kreuz noch immer? Er sagt ja selbst, die letzten sieben Jahre, nach dem Tod der alten Madame Giroud, seien die fetten gewesen, also müssen jetzt die sieben mageren folgen. Vater weiß etwas, das wir nicht wissen, und er tut etwas, was wir besser gar nicht erst wissen sollten.«

Jérôme verlor kein Wort darüber, dass er sich diesmal selbst als der Schuldige wähnte. Am Abend vor Mutters Zusammenbruch war er nämlich mit Claudette Moreau zusammen gewesen. Heimlich hatten sie sich davor zwar schon öfters getroffen, doch obwohl Jérôme jeden Abend Stoßgebete gen Himmel gerichtet hatte, lag er an diesem Abend zum ersten Mal doch zwischen ihren weißen, wohlig warmen Schenkeln und blickte der Blondhaarigen ins Gesicht. In ihren Augen sah er die gemeinsame Lust und zugleich die Sünde hell auflodern. Claudette hatte ihm gezeigt, was sie wollte, was gut sei, wie es gut sei, und er war zu ihr in diesen Fluss gesprungen, hatte sich mit ihr treiben lassen, bis sie ihm nach erlösendem Stöhnen einen Kuss gegeben hatte und lächelnd aufgestanden war. Nachdem sie ihre Unterhose angezogen hatte und in ihren Rock geschlüpft war, hatte sie geflüstert: »Das war schön.« Dann drückte sie ihm einen weiteren Kuss auf seinen stummen Mund und blickte beim Weggehen keck über ihre Schulter. Jérôme ging wie ein geschlagener Hund nach Hause und brachte so, wie er glaubte, die Sünde ins Haus. Furchtbare Sünde. Als er am nächsten Morgen hörte, wie Mutter vor Schmerzen stöhnte, da wusste er, dass er an der Tafel des Teufels gesessen hatte!

Gleichzeitig war das, was er mit Claudette erlebt hatte, schwer zu verdrängen, immer wieder tauchten die Bilder auf: Er fühlte ihre Hand sanft über seinen Rücken, seine Schultern streicheln, die sich zunehmend zu jenen eines Mannes formten. Und Jérôme spürte die feuchtwarme Verbundenheit, die sanften Bewegungen ihres Beckens, hörte ihr leises, stoßweises Atmen, spürte diese wunderbare Wärme und Nähe.

Sünde!

Es war die Schwäche seines Fleisches, würde der Vater sagen, der Stachel im Fleisch eines jeden geistig verkümmerten Mannes, der Jérôme zu einem Gefallenen machte – er war kein aufrechter Mann Gottes mehr.

Sünde!

Dieses Wort hing, seit Mutter ums Überleben kämpfte, über allem, doch gleichzeitig fragte sich Jérôme ketzerisch, wie etwas so Magisches wie die Vereinigung von Mann und Frau eine so abgrundtief böse Sünde sein konnte. Vater hatte mit ihm nur einmal darüber gesprochen, über diesen teuflischen Trieb, als sie am Rand der Senke im ansteigenden Wald am Holzen waren. Da schlug Vater mit der Axt einen Ast entzwei und sagte dabei: »Jérôme, es wird die Zeit kommen, da versteckt sich der Teufel hinter einem schönen Rock. Schlag die Versuchung standhaft entzwei, bis der Herrgott deine Liebe segnet, die du dann als Mann Gottes heiraten darfst. Alles andere führt dich geradewegs oder auf schrecklichen Umwegen in den Abgrund der Hölle!«

Jérôme versuchte nach seiner Tat vergeblich, seine Sünde

zu verwässern. Immerhin, versuchte er sich zu rechtfertigen, hatte er Claudette lange widerstanden, mehr als man einem jungen Mann zumuten konnte, ehe er wie von Sinnen in Liebe und Leidenschaft in ihr ertrunken war.

Doch seit er diese Schmerzensschreie der Mutter gehört hatte, wurden die Stimmen in seinem Innersten immer fordernder: Er solle das Böse aus der Senke vertreiben. Doch der Schuldige und das Böse war er selbst!

Die letzten Julitage brachen an, Jérôme mochte kaum mehr essen und entschloss sich zu fasten. Seine Wangenknochen standen kantig hervor, während seine Mutter weiter um ihr irdisches Leben kämpfte, einen Kampf auf Messers Schneide. Trotz seines irrwitzigen Fastens, das das Wunder der Heilung herbeiführen sollte, arbeitete Jérôme jeden Tag in der brütenden Hitze, als geißle er sich, und fiel abends völlig erschöpft und ebenso verzweifelt ins Bett. Kaum schloss er die Augen, waren sie da: Mutters Augen, die ihn voller Liebe anschauten. Ihre Augen, die niemals zu erahnen vermochten, dass er, ihr Sohn, der Stachel in ihrem Fleisch war. Diese Augen jeden Samstag zu sehen, wurde daher zunehmend schwieriger, denn er wusste, er musste noch mehr für ihre Erlösung tun.

Sein Vater, der noch immer durch die Gegend schlich und längst keinen mehr grüßte, glaubte, Jérômes Zustand sei nur der Sorge um die kranke Mutter geschuldet. Er legte deshalb an einem Samstagmorgen vor der Abfahrt ins Krankenhaus seinem Ältesten sogar den Arm um die Schulter, etwas, das er noch nie zuvor gemacht hatte, und sagte: »Jérôme, sei ohne Sorge. Ich werde das Geschwür mit Gottes Hilfe in der Senke finden, es verbrennen. Mutter wird gesund heimkommen. Die Wege des Herrn sind nicht immer unergründlich, das verspreche ich dir!«

Nur eine Stunde später zog Mutter Jérôme sachte zu sich ans Bett, küsste seine Stirn und sagte: »Sei unbesorgt, mein guter Junge. Der Herr ist bei mir, ihm allein gehört sein Himmelreich, und wenn meine Zeit kommt, dann gehe ich in Dankbarkeit nach Hause, denn ich durfte solch wunderbare Kinder in meinem Herzen tragen.«

Tränen rollten aus Jérômes Augen, tropften auf das Gesicht der Mutter. Der Sechzehnjährige erhob sich, nickte und flüsterte mit tränenerstickter Stimme: »Je suis tellement désolé, chère mère. Es tut mir so leid.« Dann verließ er das Krankenzimmer, gefolgt von den sorgenvollen Blicken seiner Familie.

Jérôme wartete vor dem Krankenhaus auf dem heißen Parkplatz in der schwülen Luft. Er wusste, der Hitze wegen musste er genug trinken, das tat er auch, mit Honig gesüßten und leicht gesalzenen Tee. Während er wartete, ging aus dem blassblauen Himmel ein feiner Platzregen nieder. Der Asphalt dampfte, den Geruch mochte er, aber in diesem Sommer barg alles diese unnachgiebige Note der Sünde und des Todes in sich.

»Jérôme?« Claudettes Stimme riss ihn aus seinen Gedanken. Sie machte zwei Schritte auf ihn zu. »Jérôme, was ist bloß mit dir geschehen? Warum gehst du mir aus dem Weg?«

Jérôme wollte antworten, doch seine Stimme gehorchte ihm nicht. Er blickte auf Claudette, in deren Haar feinste Wassertröpfchen glitzerten. Ihr Haar war schön, er hatte das Blond schon immer gemocht. Ihre blaugrünen Augen schimmerten, ihre vollen Lippen waren leicht geöffnet. Sie trug ein schlichtes, hellblaues Sommerkleid. Das alles sah er, und er roch diese süßliche Verlockung. Dann, als hätte ihm jemand mit der flachen Hand auf den Rücken geschlagen, stammelte er: »Es ist wegen Mutter, sie ist schwer krank.«

»Das weiß ich doch längst, und es tut mir sehr leid. Wollte es dir schon lange sagen, aber ich konnte dich in den letzten Wochen an keinem unserer Treffpunkte finden.«

Jérôme sagte nichts, aber er fühlte, wie sein Herz klopfte, als wollte es entfliehen.

»Weißt du, Jérôme, dass du furchtbar aussiehst, ich meine richtig grauenhaft?«

Er nickte. »Ich mag nicht mehr essen.« Er blickte zu ihren Füßen, die barfuß in den braunen Sandalen steckten.

»Aber du musst essen, deine Mutter braucht nun erst recht einen starken Sohn. Die kann sich doch nicht auch noch um dich sorgen, die Ärmste.«

Er nickte mit zusammengepressten Lippen.

Sie schwieg, während er, ihren Beinen folgend, langsam seinen Blick hob, ihre Hüften, ihre Hände, ihren Hals sah, bei ihren Augen verharrte. Da war es wieder, dieses scheinbar schlafende Verlangen nach ihr, das ihn zu verbrennen schien!

»Du vermisst mich ja! Das ist schön«, sagte sie lächelnd und blickte sich um. Da waren Fenster, überall, zu viele. »Ich vermisse dich auch, sehr sogar, Jérôme«, sie senkte ihre Stimme, beugte sich etwas vor, »die Liebe ist nie etwas Böses, sie macht uns stark. Es kommt nur darauf an, was wir aus ihr machen. Du hast nichts Unrechtes getan. Verstehst du? Du hast mir und dir, uns, einen wunderschönen Abend geschenkt. Zerfleische dich deswegen bitte nicht, ja? Im Dorf spricht man über deinen Vater, über euch. Aber ich werde weiter auf dich warten und wünsche mir, dass deine Mutter wieder ganz gesund wird.«

Sie beugte sich vor und küsste ihn sanft auf die Wange, sodass es von außen ein unverfängliches Abschiedsküsschen hätte sein können, dabei streifte ihre Hand die seine, und sie flüsterte »Ich will dich, noch immer. Je t'aime.«

Während sie im Platzregen davonschritt, starrte er ihr hinterher. In diesem Moment spürte Jérôme die Kraft der beiden Mächte, die an ihm rissen, und er wusste, er musste sich hier und jetzt für die eine entscheiden.

Liebe vermag alles, hatte Claudette gesagt. Sie hatte recht. Aber er liebte auch seine Mutter, und das nicht weniger – aber anders. Deshalb konnte er es nicht zulassen, dass sie seiner Sünde zum Opfer fiel. Jetzt musste er Entscheidendes tun, er war bereit, sich aus Liebe zu zwei Menschen selbst zu opfern.

Spätabends lief er durch die dunklen Weiden. Weit hinter der französischen Grenze sah er das bläuliche Wetterleuchten. Still war es, sanfter Nieselregen fiel, das Gras war feucht, schien beinahe zu dampfen in der schwülen Hitze. Die Pferdekörper der stolzen Freiberger hoben sich dunkel um ihn ab. Wie seit Wochen ging kein Windhauch durch die Senke. Nur die Grillen zirpten leise, und ein Käuzchen schrie am Waldrand, als er mit einem Messer in der Hand durch den Wald zum Kreuz hochlief.

9

Aletheias kleine Feier begann am Vorabend ihres zwanzigsten Geburtstages auf der Familien-Jacht, der Esperanza, mitten auf dem Zürichsee. Vor dem Ablegen hatte sie vergeblich zum Anwesen zurückgeblickt; sie wusste schon seit dem Mittag, dass Ambrosius, ihr Bruder, nicht kommen würde, obwohl sie widerwillig auch seine Freundin Nora Pechstein eingeladen hatte.

Von den beiden abgesehen hatte Aletheia nur ihre drei besten Freundinnen vom Klub der Täubinnen auf ihrer Gästeliste, und Mattieu, den fünfzigjährigen, grau melierten Chauffeur und guten Geist der Familie, der die Jacht durch die warme Juninacht steuerte.

Mattieu war ein Gentleman der alten Schule. Er redete nicht viel, doch wenn er mit Aletheia sprach, sagte er nur so schöne Dinge wie »Heute sieht man, dass es dir gut geht«, »Das wird bestimmt ein schöner Abend werden« oder »Du kannst mich jederzeit anrufen, wenn du mich brauchst«.

Aletheia feierte ihren Geburtstag auf der Esperanza, dem größten und teuersten Boot auf dem Zürichsee, weil sie das Wasser so liebte. An diesem Abend, als die dunkle Küstenlinie zusehends verblasste, die Häuser und Straßenlaternen golden schimmerten und der Wind nachließ, lag diese Stille über dem Wasser. Die schweren Motoren standen still, das Boot schien zu schweben.

Draußen auf dem Deck stand ein liebevoll gedeckter Tisch. Sie aßen Raclette und tranken Weißwein. Mattieu hatte die kitschige mehrfarbige Lichterkette aufgehängt, die Aletheia schon in Kindertagen an jedem ihrer Geburtstage verzückt hatte. An diesem Abend zauberte dieses Licht Aletheia trotz ihres jugendlichen Alters ein sentimentales Lächeln auf die Lippen. Sie warf Mattieu einen dankbaren Blick zu. Seit sie denken konnte, war er da gewesen. Er hatte sie damals vom Kindergarten abgeholt, fuhr sie zur Schule, später ins Internat, chauffierte sie in den Reit- und den Musikunterricht oder wartete draußen vor der Lesestunde und empfing sie immer geduldig und mit einem Lächeln. Jahre später verscheuchte er pubertierende Nervensägen, die ihr zu nahe kamen, und als sie es als Siebzehnjährige mit dem Grenzen-Ausloten und dem Alkohol zu gut gemeint hatte, half er ihr wieder auf die Beine, reinigte die Rückbank des Wagens, die sie mit Sangria vollgekotzt hatte, und verlor nie ein Wort darüber.

Mattieu war ein liebevoller Mensch, doch sie wusste kaum etwas über ihn, denn alles drehte sich immer nur um die von Wertensteins. Dazu kam, dass Mattieu einer dieser Menschen war, die wunderbar zuhören können, ohne etwas von sich preiszugeben. Er sagte nur mal so etwas wie, es gebe in dieser Welt nur Wölfe und Schafe und dass man sich irgendwann entscheiden müsse, was man sein wolle, sonst entscheide das Leben selbst. Dies sagte er, nachdem Aletheia mit ihm über ein Buch gesprochen hatte und seine Meinung mit Nachdruck wissen wollte.

Auch an diesem Geburtstagsvorabend war Mattieu liebenswert, als er mit Aletheia und ihren Gästen zu Abend aß. Er war es, der immer etwas aus der Bordküche holte, obwohl Aletheia mehrmals Anstalten gemacht hatte, sich und die anderen selbst zu bedienen.

»Bleib bitte sitzen, liebes Geburtstagskind«, hatte er gesagt und sich mit der Stoffserviette die Mundwinkel getupft, »du wirst nur einmal volljährig«.

Ambrosius war nicht gekommen, und Mattieu hatte den Tisch erst gedeckt, als die jungen Frauen beim Apéro waren, damit kein leeres Gedeck Aletheia traurig stimmen konnte. Er fehlte trotzdem, und sie hatte bis kurz vor dem Ablegen gehofft, er würde doch noch kommen. Doch seit Ambrosius vor Monaten mit Nora Pechstein, dieser charismatischen Schwarzhaarigen zusammen war, hatte er sich verändert. Er war der Fünfundzwanzigjährigen völlig hörig, gar verfallen, fand Aletheia. Dazu kam, dass Ambrosius schon immer magisch von Höhen- oder Sturzflügen angezogen wurde. Nun war er auf einem Höhenflug, höher denn je, wie es Aletheia schien. Deshalb machte sie sich Sorgen, denn sie kannte auch seine Abstürze, die Scherben seiner Exzesse. Außerdem traute sie dieser Nora nicht über den Weg, das wussten alle drei.

Wie Aletheia es sich gewünscht hatte, bekam sie von ihren drei besten Freundinnen je ein Buch geschenkt. Das hatte Tradition, auch wenn die vier den Klub der Täubinnen erst vor sieben Jahren als Dreizehnjährige gemeinsam gegründet hatten. Seither waren sie sich treu geblieben. Larissa, Jana und Sandra waren gleich alt wie Aletheia, kamen aber aus völlig anderen Familienverhältnissen. Kennengelernt hatten sie sich an einer Förderschule für Literatur in Zürich, die von den von Wertensteins maßgeblich finanziert wurde, damit auch Kinder und Jugendliche aus einkommensschwachen Familien ein solches Angebot wahrnehmen konnten.

Literatur und Philosophie standen im Mittelpunkt der Schreib- und Leseschule, welche die Mädchen enger zusammenführte. Mit dem Schreiben hatte es Aletheia zwar nicht so, dafür liebte sie das Lesen umso mehr.

Seit die Mädchen den Klub gegründet hatten, trafen sie sich alle drei Monate in der Förderschule und bestimmten gemeinsam ein neues Buch, das sie bis zum nächsten Treffen lesen wollten, um danach gemeinsam darüber zu sprechen. An eines der letzten Bücher konnte sich Aletheia besonders gut erinnern, denn sie hatte es erst kürzlich ein weiteres Mal gelesen. Es hieß *Sofies Welt*, ein Roman über die Geschichte der Philosophie. Dieses Buch hatte Aletheia verändert, mehr als alles, was sie bisher gelesen hatte, und sie würde das Buch auf ihre Reise mitnehmen, genauso wie ihr geliebtes rotes Sommerkleid.

Seit die vier sich kannten, es war Freundschaft auf den ersten Blick gewesen, feierten sie auch immer gemeinsam ihre Geburtstage. Aletheias Freundinnen kamen alle aus – wie hatte es Aletheias Mutter Chloe gesagt? – »aus kleinbürgerlichem Hause«. Ihre Väter waren Schreiner, Automechaniker, und sogar ein Bauer war darunter – die Mütter: Krankenschwester, Detailhandelsangestellte und Landwirtin.

Aletheia freute sich als Teenagerin schon Tage im Voraus, wenn sie endlich wieder einmal bei einer der Freundinnen übernachten durfte. In den Familien ihrer Freundinnen fühlte sie sich geborgen, alles war so familiär, vor allem auf dem Bauernhof im Thurgau, wo Sandra lebte. Dort verbrachte sie als Vierzehnjährige gemeinsam mit den anderen Täubinnen die Sommerferien.

Mattieu hatte sie damals mit einer der schwarzen Limousinen hingefahren. Der Hof lag abseits des Dorfes Schönholzerswilen auf einem sanft geschwungenen Hügel, von hochstämmigen Obstbäumen umringt.

Für Aletheia waren es die schönsten zwei Wochen ihres Lebens gewesen. Sie schliefen zu viert im Heustall, quasselten bis tief in die Nacht oder lasen draußen unter den

Obstbäumen und tauschten sich über das Gelesene aus. In diesen Gesprächen reisten sie in ihrer Phantasie an manch geheimnisumwobenen Ort und in fremde Leben.

Auf dem Hof standen sie früh auf, versorgten die Tiere, tranken kuhwarme Milch und aßen das währschafte Essen, das die Bäuerin jeden Tag frisch zubereitete. Am Tisch wurde heiter geplappert. Sandras Vater war ein freundlicher Mann mit schelmischem Humor und hatte so manch lustige Geschichte zu erzählen. Die Arbeit machte die vier Freundinnen müde, wenn sie in der Sommerglut halfen, die Heuernte einzufahren, was manchmal bis weit in die Dämmerung dauerte. Doch es fand sich immer genug Zeit, um neugierig im Wasser watend einem Bachverlauf zu folgen oder mit dem Fahrrad die Umgebung zu erkunden. Sogar das Schwingfest auf der Schwägalp besuchten sie. Sandras ältester Bruder war damals zwanzig und bereits ein erfolgreicher Kranzschwinger. Aletheia fand es amüsant, wie die starken Kerle in diesen übergezogenen »Unterhosen« versuchten, sich im Sägemehlkreis gegenseitig auf den Buckel zu legen. Ländlermusik und Alphornklänge ertönten, es roch nach gegrillten Bratwürsten und Cervelat, und die Schweizerflagge war allgegenwärtig. Es war eine gute, sehr gute Zeit gewesen.

Am letzten Abend dieser Sommerferien, als sie gemeinsam im Heu lagen, redeten die Freundinnen, bis eine nach der anderen einschlief. Doch Aletheia lag wach, mochte gar nicht an den Abschied am nächsten Tag denken. Sie hatte Angst, dass es die beste Zeit ihres Lebens gewesen sein könnte, die nun bereits hinter ihr lag.

Mattieu, der immer in einem maßgeschneiderten Anzug herumlief, egal wie heiß es auch sein mochte, kam am nächsten Tag pünktlich um sechzehn Uhr vorgefahren. Larissas und Janas Eltern ebenso. Nach einem gemeinsamen z'Vieri, den alle am langen Holztisch draußen einnahmen, kam der befürchtete Abschied. Aletheia konnte sich noch Jahre später an die Stille in der schwarzen Limousine erinnern, als sie vom Hofleben Abschied nehmen musste.

Solche Ferien konnte Aletheia ihren Freundinnen nicht bieten. Im Glaspalast war die Atmosphäre eine andere, kühlere. Als die Mädchen zum ersten Mal ein paar Tage bei ihr verbrachten, staunten sie dennoch über den Luxus: das kleine Kino im Untergeschoss, den weitläufigen Park, das Hallenbad und das beheizte Außenschwimmbecken, die millionenteure Jacht. Dass das Anwesen sogar über einen eigenen Helikopterlandeplatz verfügte, war für sie unfassbar, dagegen wirkten die beiden Tennisplätze schon fast normal.

Nun, am Vorabend von Aletheias Geburtstag, saßen die vier Freundinnen wieder auf dieser Jacht. Aletheia war die letzte von ihnen, die nun volljährig wurde. Aus den Teenagern von damals waren junge Frauen geworden, der Klub der Täubinnen aber war geblieben.

Der warme Sommerabend ging in die Nacht über. Mattieu hatte sich unter Deck in die Bordküche verzogen, nachdem er einen Kuchen mit Wunderkerzen auf den Tisch gestellt hatte.

Um Mitternacht, eine entfernte Kirchenglocke ließ ihr Geläut leise über die Stille des Sees wandern, gratulierten sie Aletheia, die einen langen Atemzug nahm und sich bedankte. Nun war auch sie volljährig geworden und somit frei. Endlich frei, das zu tun, was sie wollte – gleich morgen würde sie damit anfangen.

Es war zwei Uhr, als Aletheia im Glaspalast, der hinter den großen Bäumen versteckt war, in ihrem Bett lag.

Ihre Freundinnen waren in den Einzelzimmern im Gästeflügel untergebracht worden. Von Aletheias Zimmer aus, das eher einem Loft ähnelte, sah Aletheia zwischen den Bäumen hindurch auf den schlafenden See. Sie wusste, dies würde ihr letzter Geburtstag in dieser Welt sein, der Welt der von Wertensteins, denn sie hatte sich längst entschieden. Sie war traurig und zugleich hoffnungsfroh, weil morgen endlich ihre Reise beginnen würde. Seit sie damals die beiden Ferienwochen auf dem Bauernhof in Schönholzerswilen bei Sandra verbracht hatte, wusste sie: Da war noch mehr, viel mehr, wenn man dazu bereit war, etwas dafür herzugeben. In einem Buch hatte sie mal gelesen: *Mit vollen Händen kann man nichts entgegennehmen. Man muss es wagen, vorher etwas abzulegen oder loszulassen.*

Während Aletheia in ihrem Bett saß und ihren Gedanken nachhing, dachte sie auch an ihren Bruder. Mattieu hatte ihnen vor einigen Monaten im Auftrag der Eltern je eins dieser neuartigen Mobiltelefone gekauft, mit denen man sogar Kurznachrichten verschicken konnte. Doch Aletheia kannte kaum jemanden, der ihr wichtig war und ebenfalls ein solches Gerät besaß. Außerdem fand sie es komisch, jemandem eine Textnachricht zu schicken, wenn man doch anrufen konnte. Daher lag das Gerät meist ausgeschaltet in ihrem Zimmer. Doch in dieser Nacht verließ sie ihr Bett, holte das Telefon aus einer Schublade und schaltete es ein. Sie wartete zwei Minuten, doch auf dem neongrünen Display erschien bloß der Akkustand.

Was Aletheia nicht wusste: Ambrosius konnte sich nicht melden. Vor drei Stunden lag dieser nach wildem Sex in den Armen von Nora Pechstein und öffnete seinen Mund. Mit einem geheimnisvollen Lächeln legte sie ihm mit ihrer Zungenspitze ein kleines Filzpapier auf die seine, damit auch er eine Reise antreten konnte. Wenige Minuten später verschwand Ambrosius auf einem zeitlosen LSD-Trip.

Am nächsten Morgen saßen die jungen Frauen um neun Uhr beim Frühstück unter dem großen Nussbaum, Aletheias Lieblingsbaum, direkt am Ufer des Zürichsees, in der Nähe des alten Bootshauses. Den vier Zwanzigjährigen war die kurze Nacht nicht anzusehen, außerdem schwang die Vorfreude auf diesen Tag im heiteren Gerede mit. Jana, Sandra und Larissa hatten bereits ihre Rucksäcke und Wanderschuhe bereitgelegt, sodass es nach dem Frühstück gleich losgehen konnte.

Ambrosius war noch immer nicht aufgetaucht. Die Enttäuschung darüber dämpfte Aletheias Stimmung, doch dann vernahm sie plötzlich seine Stimme. Er kam von hinten durch den Park auf die vier Frauen zu. Aletheia stellte ihre Kaffeetasse hin und stand zur Begrüßung auf. Er sah kaputt aus, obwohl er lächelte. Wahrscheinlich hatte er keine Minute geschlafen, dachte sie, kurz bevor er sie in die Arme schloss und ihr nach einem leisen »Verzeih« gratulierte.

Ambrosius war schon immer ein Mädchenschwarm gewesen, und seine Wirkung auf die Frauenwelt hatte er trotz seines Zustands auch an diesem Morgen nicht verloren. Das erkannte Aletheia an den Blicken ihrer Freundinnen, als er auch diese charmant begrüßte. Er war zwar erst siebzehn, aber dank seiner Art und seinem Aussehen wirkte er Jahre älter.

Ambrosius trank seinen Kaffee schwarz. Er schien unruhig zu sein, aufgewühlt, vielleicht wegen des bevorstehenden Abschieds, dachte Aletheia. Er lachte angestrengt, strich kleine Schweißperlen aus seiner Stirn in sein fülliges schwarzes Haar.

Aletheia trug ihr Haar zurückgebunden. Aus beigen legeren Shorts ragten ihre kupferbraunen Beine, ihr Shirt war dreifarbig gestreift. »Ambro, du wirkst nervös, bist du auf dem Sprung?«

Er lächelte sie entschuldigend an. »Musste dich doch unbedingt noch sehen, Schwesterherz. Aber Nora wartet draußen im Wagen.« Er versuchte zu überspielen, was in ihm vorging.

Aletheia wusste, dass Nora ihr aus dem Weg ging, und sie hatte auch allen Grund dazu. Sie traute ihr nicht, das hatte sie ihr auch gesagt. Und auch, dass sie ihrem Bruder gefälligst fernbleiben soll. Seit Ambrosius mit Nora zusammen war, veränderte er sich zunehmend – nicht zum Guten.

»Komm, ich begleite dich nach draußen«, sagte sie angriffslustig. Er folgte ihr, nachdem er sich mit einem Lächeln von den drei Freundinnen verabschiedet hatte. Vor dem großen Zufahrtstor blieben die Geschwister stehen, über ihnen die Überwachungskameras.

»Ambro, sie tut dir nicht gut! Pass auf dich auf. Versprich mir das!«

Er lächelte. »Schwesterherz, du hast es doch selbst gesagt: Wir sind keine Kinder mehr.«

»Erwachsene machen mehr Dummheiten als Kinder«, entgegnete sie trocken.

Im Hintergrund, dreißig Meter entfernt, stand Nora seitlich an die Motorhaube ihres schwarzen Pontiacs gelehnt. Aletheia blickte demonstrativ zu ihr, dann richtete sie ihren Blick wieder hoch ins Gesicht ihres Bruders. »Pass einfach auf dich auf, während ich weg bin, okay?« Im Augenwinkel sah sie, dass Nora auf sie zukam. Die Fünfundzwanzigjährige trug ihr schwarzes Haar offen, es fiel ihr glänzend über die Schultern. Die wadenlange Jeans hatte einen breiten, ausgefransten Aufschlag, auf dem weißen T-Shirt war die Rolling-Stones-Zunge aufgedruckt. Ihre Augen versteckte sie hinter einer schwarzen Sonnenbrille.

Als Nora Aletheia erreichte, strich sie ihr schwarzes Haar in einer einzigen langsamen Bewegung zurück und schob die Sonnenbrille hoch. Sie lächelte, und zweifellos konnten solch grüne Augen verzaubern. »Alles Gute zum Geburtstag«, sagte sie und nahm einen Zug von der Zigarette. »Hab gehört, es geht auf große Wanderschaft.«

Aletheia nickte, hielt Augenkontakt. Sie mochte Noras Parfüm nicht, dieses Patschuli, das so herb roch, als stände ein brünftiger Moschusochse vor ihr. Rein von Noras Äußerem her konnte Aletheia verstehen, dass ihr Bruder auf sie stand: Sie sah gut aus, und man musste ihr lassen, dass sie etwas hatte, eine dunkle Anziehungskraft ging von ihr aus.

Ambro küsste Aletheia zum Abschied auf die Wange, dann lief er neben Nora zum Pontiac. Er setzte sich auf den Beifahrersitz, der Motor heulte auf, er hob die Hand aus dem Seitenfenster, und Aletheia sah, wie ihr Nora durch die dunkle Sonnenbrille einen letzten Blick zuwarf. Dann waren sie weg.

10

Auf der Fahrt den Julier hinunter wurde Lederhosen-Django plötzlich blass im Gesicht. Giulia bremste abrupt und ließ ihn und Sonja Meier sofort aussteigen, sodass er sich gerade noch rechtzeitig am Straßenrand übergeben konnte. Meier hielt ihn an den in Handschellen nach hinten gefesselten Armen, damit er nicht umkippte.

»Sie fahren ja wie ein Henker«, hatte Django einige Minuten zuvor vorwurfsvoll zu Giulia gesagt. Sie hatte darauf im Rückspiegel zu Korporal Meier geblickt. Als diese nur mit den Achseln zuckte, gab Giulia unbeirrt weiter Gas.

Während der Kerl sich sein Frühstück nochmals durch den Kopf gehen ließ, rief Nadia an. Mit ihrer warmen Stimme sagte sie zu Giulia: »Ich habe was für dich.«

Giulia deutete Meier durch die Windschutzscheibe mit der geöffneten Hand an, dass sie fünf Minuten brauchen würde, und sagte ins Telefon: »Da bin ich ja mal gespannt.«

»Eine vermisste Person, die passen würde, die aber schon seit siebenundzwanzig Jahren als verschollen gilt. Zu ihr würde auch eine solche Uhr passen. Es könnte sich bei der Toten um die damals zwanzigjährige Aletheia von Wertenstein handeln.«

»Sagt mir nichts.«

»Kein Wunder. Als sie vermisst gemeldet wurde, warst du süße sechs Jahre alt.«

»Ich war nie süß, dafür frech«, konterte Giulia trocken mit einem Lächeln auf den Lippen. »Aber sag, was ist das für eine?«

»Ich musste mich auch erst schlaumachen. Habe einige Bilder von ihr in den Datenbanken gefunden, aber kein einziges im Netz. Du kennst doch sicherlich die Privatbank von Wertenstein.«

»Ja.«

»Aletheia ist die Tochter von Theodore von Wertenstein, dem Inhaber der Bank Wertenstein, und seiner Frau Chloe, einer weltweit tätigen Kunsthändlerin. Die beiden sind milliardenschwer, haben übrigens auch ein großes Anwesen in St. Moritz. Vielleicht klingelt's jetzt bei dir?«

»Nö, aber weißt du, Nadia, im Engadin gibt's mittlerweile viele mit Geld wie Heu. Ich habe damals wie heute nie mit solchen Leuten verkehrt, und die wirklich Schwerreichen waren auch niemals Gäste in unserem Hotel in Pontresina. Und was steht im Signalement, trägt sie ein Tattoo – einen Schmetterling im Nacken?«

»Davon steht hier nichts. Aber blond war sie auf jeden Fall, und sie trug eine teure Uhr, wie ich herausfinden konnte. Eine Rolex, Herrenmodell!«

»Aber warum sollten sich Peterelli und Hartmann mit diesem Verdacht uns gegenüber zurückhalten?«

»Ich weiß es nicht. Nehme an, es muss eine tragische Geschichte dahinterstecken, denn wenige Wochen nach dem Verschwinden von Aletheia, die damals wie gesagt erst zwanzig war, hat sich der Butler der Familie das Leben genommen.«

»Sagt wer?«

»Ich habe das in den Akten der Zürcher Staatsanwaltschaft gefunden, die im Laufe der Jahre, weil der Fall ungeklärt blieb, digitalisiert wurden. Du weißt ja, ich habe da so meine Kontakte. Eine gewisse Erika Genelin hatte den Fall damals übernommen. Sie war die Leitende Staatsanwältin, ist aber mittlerweile in Pension.«

Giulia stieg aus dem Wagen und ging an der Passstraße einige Schritte bergauf, sie brauchte frische Luft, außerdem war die Gegend schön. Hier war sie früher öfters mit dem Bike hochgefahren, Erinnerungen stiegen hoch.

»Giulia?«

»Ja, bin noch dran.« Lärmend fuhr ein Lastwagen an ihr vorüber. »Okay, Nadia, ich sage ihm nicht, woher ich die Daten habe, aber ich werde direkt Hartmann damit konfrontieren, denn ich lasse mich nicht gerne verschaukeln. Was soll diese Geheimnistuerei?«

»Ja, mach nur, aber sei sicher, der weiß sofort, dass ich, seit ich im Backoffice hocken muss, dein Computer bin.« Sie lachte. »Ach, was machst du bloß, wenn ich dann mein Baby bekomme?«

»Ich werde mich in erster Linie mit dir und Mark freuen, natürlich!« Giulia und Nadia waren in den letzten Jahren beste Freundinnen geworden, was nicht hieß, dass sie immer gleicher Meinung waren, aber das machte eine solche Freundschaft ja auch aus. Giulia würde die Patin des Kindes werden. »Ach Nadia, du wirst ein wundervolles Mami sein, das ist schon mal sicher. Aber ja, was werde ich nur ohne dich tun?« Giulia mochte gar nicht daran denken. Sie strich sich über die Narbe im Gesicht und fragte sich, warum diese schon wieder derart brannte.

Auf der weiteren Fahrt hinunter nach Chur hing Giulia ihren Gedanken nach. Auf einen Anwalt hatte Lederhosen-Django verzichtet, es war unklar, wie dieser Sinneswandel zustande gekommen war. Seit er sich übergeben hatte, klopfte er wieder munter Sprüche, als wären sie auf dem Weg zu einer Ballermann-Party. Giulia hingegen war gespannt, wie er und Kaspersky aufeinander reagieren würden.

Nachdem sie Lederhosen-Django kurz nach drei Uhr in

der Forensik an die beiden Beamten und an Dr. Kaspersky übergeben hatte, fuhr Giulia auf direktem Weg ins Kommando an die Ringstrasse, während Korporal Sonja Meier zurück ins Engadin fuhr.

Giulia musste ihren Schwung ein wenig bremsen, denn sie war angesäuert und musste aufpassen, dass sie nicht zu energisch ins Büro des Kommandanten platzte, doch ihr Temperament ließ sie schneller als beabsichtigt die Treppen hochsteigen. Kurz bevor sie das Büro ihres höchsten Chefs, Erich Hartmann, erreicht hatte, ging die Tür auf: Hartmann, Peterelli und eine dunkelhaarige Frau traten heraus.

»Ich muss sofort mit dir reden«, kam Giulia auf den Punkt und nickte den beiden anderen zur Begrüßung nur kurz zu.

»Wer sagt's denn? Allegra, Leutnant de Medici. Darf ich vorstellen, das hier ist die Staatsanwältin Monika Genelin aus Zürich.«

Genelin? So hieß doch die pensionierte Ermittlerin, die Nadia zuvor im Fall Wertenstein erwähnt hatte, dachte Giulia und fragte: »Sind Sie verwandt mit Erika Genelin, der früheren Staatsanwältin?«

Die drei schienen überrascht. Hartmann strich sich über seinen perfekt geschnittenen Schnauz und sagte mit Blick zur Staatsanwältin: »Wie eben erwähnt, unsere Chefermittlerin de Medici ist auf Zack!«

»Ah gut, du hast sie also schon vorgewarnt.« Giulia hob die Augenbrauen.

Genelin verzog keine Miene, sagte nur: »Korrekt.«

Giulias nächster Blick galt wieder Hartmann. »Also, was ist hier los? Warum wird um den Fall dieser Aletheia von Wertenstein so ein Geheimnis gemacht?« Sie ließ keinen Zweifel offen, dass sie noch mehr wusste. »Und warum ist die Staatsanwältin Genelin bereits seit gestern hier, obwohl ich über die Hintergründe noch nicht informiert wurde?« Plötzlich merkte Giulia, dass sie noch immer ihre Bergschuhe trug, sogar das Stirnband und die offene Jacke, und deshalb wie eine bewaffnete Alpinistin und nicht wie eine Ermittlerin aussah. Auch deshalb hatte sie die verwunderten Blicke von Genelin auf sich gezogen. Das dürfte bei der Zürcherin nicht gerade den seriösesten Eindruck hinterlassen haben.

»Du hast es also bereits rausgefunden. Nun gut, holen wir uns doch alle einen Kaffee«, schlug Hartmann in ungewohnt freundlichem Ton vor, der Giulia erst recht misstrauisch werden ließ. Ihr entging auch nicht die charmante Geste mit der Hand, die er der attraktiven Zürcherin zuteil werden ließ, als Zeichen, dass diese vor ihm zurück ins Büro gehen solle.

Giulia trat als zweite ein und fragte: »Was ist mit Caminada?« Sie drehte sich zu Hartmann um.

Der Kommandant hob beschwichtigend die Hand. »Stimmt, sie muss natürlich auch dabei sein.«

Giulia zückte ihr Handy. Eine Viertelstunde später betrat Nadia vom Hansahof kommend das Sitzungszimmer. Im Gegensatz zu Giulia war sie die Ruhe in Person.

Nach der kurzen Vorstellungsrunde gab Hartmann der fünfunddreißigjährigen Genelin das Wort. Für Giulia war es nicht zu übersehen, dass es den Kommandanten erwischt hatte. Er, der so viele Jahre nur Augen für sie, Giulia, gehabt hatte, lag nun hilflos dieser jungen Staatsanwältin zu Füßen. Zum ersten Mal kam sich Giulia in seiner Gegenwart wie Luft vor.

Die junge Staatsanwältin trug braune, schulterlange Locken. Ihre Gesichtszüge waren klar und weiblich, ihre

Augen hellwach. Sie trug kaum Make-up, ihren Hals schmückte eine Kette mit runden blauen Steinen. Ihre ganze Art wirkte ein wenig gesetzt, fand Giulia – im positiven Sinne.

»Also, ich fange ganz von vorn an«, sagte Genelin und stellte den Becher Kaffee ab. »Im Sommer 1995 verschwand die zwanzigjährige Aletheia von Wertenstein auf dem Jakobsweg irgendwo nach Einsiedeln spurlos. Die damalige Oberstaatsanwältin von Zürich, Erika Genelin, meine Mutter, wurde mit dem Fall betraut, leitete die Ermittlungen. Doch egal, was sie und die ermittelnden Polizeibehörden damals in dem Fall unternahmen, sie stießen auf ein großes Rätsel.«

»Das heißt?« Giulia war ganz Ohr.

»Keine Zeugen, kein familiärer Streit im Vorfeld, kein eifersüchtiger Freund, weder Drogen noch eine Sekte waren im Spiel. Das letzte Bild von der Vermissten haben die Kameras am Eingangstor des Anwesens eingefangen. Man sieht auf den Bildern, dass sie am 1. Juli 1995 um 11:12 Uhr die elterliche Villa zusammen mit drei Freundinnen verlassen hatte. Die Freundinnen hatten sie die ersten beiden Tage auf dem Jakobsweg begleitet. Erst am Abend des übernächsten Tages, am 3. Juli also, verabschiedeten sich die drei von Aletheia. Das war in Einsiedeln gewesen. Danach verlor sich ihre Spur, bis gestern.«

»Wann genau wurde sie als vermisst gemeldet?« Giulia behielt ihre brennendste Frage nach den Gründen für die Geheimnistuerei nach dem Leichenfund noch zurück.

»Das wiederum ist eine andere Geschichte. Offiziell erst Ende Oktober, inoffiziell hat sich eine Detektei, Wunderlin aus Zürich, schon früher auf Spurensuche gemacht, Mitte August um genau zu sein.«

»Ihre Mutter, Frau Genelin, ist schon pensioniert?«

»Ja. Meine Mutter ist siebenundsechzig und außerdem todkrank. Darum ist sie auch nicht hier.«

»Das tut mir sehr leid. Ich nehme an, Sie haben all das Wissen von ihr nicht erst gestern bekommen?« Es entwickelte sich wie erwartet ein Dialog zwischen den beiden. Nadia hörte derweil wie immer erst mal gut zu, schrieb im Gegensatz zu Giulia Notizen.

»Sie haben recht. Dieser Fall hat meine Mutter bis heute nie losgelassen, und als sie in den letzten Wochen spürte, dass es mit ihr zu Ende geht, ging sie mit mir den Fall penibel durch. Außerdem hat sie mir alle Akten übergeben, sie hatte für sich ein kleines Archiv dazu aufgebaut. Sie hat mich eindringlich gebeten, endlich Licht in diesen Fall um das geheimnisvolle Verschwinden von Aletheia von Wertenstein zu bringen, und das wenn möglich noch vor ihrem Ableben.«

Nadia, die auf ihrem Notebook getippt hatte, hob ihren Blick vom Bildschirm und wandte sich ebenfalls an die Staatsanwältin: »Und nun taucht plötzlich die Leiche auf, in einem roten Kleid, das so gar nicht zu einer Pilgerreise passt. Aufgrund Ihrer Anwesenheit und der Aussage von vorhin gehe ich davon aus, dass die Identität der Gletscherleiche geklärt ist. Es handelt sich also um jene vermisste Aletheia von Wertenstein, wie ich vermutet habe. Aber wieso diese Geheimniskrämerei und wieso hat man Sie so schnell informiert? Sie sind ja, wie Leutnant de Medici bereits erwähnt hat, schon seit gestern hier.«

»Frau Caminada«, setzte Monika Genelin an.

»Nadia bitte schön. Nur Nadia, wenn es Ihnen recht ist.«

»In diesem Fall gerne Monika.« Ein Lächeln erhellte ihr Gesicht. »Also, dieser Lederhosen-Django hat sich die Fotos, welche die Holländer mit dem Teleobjektiv von der Leiche gemacht haben, auf sein Handy schicken lassen …«

»Ihr habt die Fotos also doch gekriegt?«, unterbrach Giulia. »Uns gegenüber hat der Django behauptet, die Bilder seien mit dem defekten Handy verloren gegangen, weshalb er uns diese nicht zur Verfügung stellen könne.«

»Er weiß gar nicht, dass wir seine Bilder haben, denn er hat sie uns nicht geschickt. Er hat stattdessen sofort versucht, die Aufnahmen der Schweizer Boulevardpresse, konkret dem *Blick*, zu verkaufen«, erklärte Genelin.

»Woher wissen Sie das?« Giulia konnte und wollte ihren Unmut über diesen Wissensvorsprung nicht verstecken.

»Zufall. Eine langjährige Bildredakteurin des *Blicks* konnte sich an den alten Fall von der vermissten jungen Frau erinnern. Sie und meine Mutter kennen sich persönlich. Die beiden hatten ausgemacht, dass wir schnellstmöglich die Identität der Gletscherleiche überprüfen. Der *Blick* würde derweil bis morgen, Mittwoch, mit einem Bericht warten. Wir wollten erst sicher sein, ob es sich wirklich um die vermisste Aletheia handelt, und wollten daher keine unnötige Aufmerksamkeit erregen.«

»Und ihr glaubt, ich wäre ein mögliches Informationsleck gewesen?« Giulias Augen funkelten angriffslustig.

»Nein, Leutnant de Medici. Absolut nicht!« Hartmann, der seinen Kaffee wie immer als Erster leer getrunken hatte, schaute gut gelaunt in die Runde. »Wir haben diese Information nicht aus Misstrauen euch gegenüber zurückbehalten. Wir wollten einfach sichergehen, dass der Name Aletheia von Wertenstein nicht irgendwo im Funkverkehr auftaucht, vor allem, wenn es sich als falscher Verdacht herausgestellt hätte. Seit ein paar Minuten haben wir nun Gewissheit, dass sie es ist. Ich wollte euch gerade informieren, da stand Giulia schon vor meinem Büro.«

Giulia schwieg, blickte weiterhin misstrauisch in die Runde. Das allein konnte nicht der Grund sein. Hartmann verheimlichte noch etwas, denn er wusste nur zu gut, dass die Medien nichts von ihr erfahren hätten, sie sich auch per Funk nicht verplappert hätte. Was also war der wahre Grund, weshalb er sie gestern nicht sofort informierte? Auf eine Antwort würde sie in jedem Fall noch bestehen – verarschen ließ sie sich nicht!

Hartmann fuhr fort: »Diese von Wertensteins haben überall ihre Finger drin, wirtschaftlich sowieso, aber auch politisch. Da muss man besonders achtsam vorgehen. Doch es ist an der Zeit; wir müssen handeln, ihnen die Nachricht vom Auffinden ihrer Tochter überbringen.«

»Hat also die Seriennummer der Uhr die Identität bestätigt?«, hakte Nadia nach.

»Ja«, antwortete Genelin, »wir haben sie in den alten Akten vermerkt gefunden. Aletheia hat die Uhr zum achtzehnten Geburtstag geschenkt bekommen. Ein Herrenmodel, denn auch ihre Mutter Chloe trägt ausnahmslos Herrenuhren«, antwortete die Staatsanwältin, die einen gut geschnittenen Hosenanzug trug. »Ich möchte nun vorschlagen, dass Sie, Leutnant de Medici, heute noch mit mir nach Meilen in die Seestrasse fahren. Wir müssen die Eltern aufklären und sie anhand der Neuigkeiten befragen und das weitere Vorgehen mit der Familie absprechen. Außerdem möchte ich Sie und meine Mutter miteinander bekannt machen. Sie will, sofern sie noch kann, in ihren letzten Tagen ihren Anteil zur Lösung des Rätsels beisteuern.«

»Okay«, sagte Giulia und verschwieg, dass sie, seit ihre eigene Mamma vor wenigen Jahren im Spital in Genua an Krebs gestorben war, große Schwierigkeiten hatte, todkranke Menschen zu sehen. Sie sagte auch nicht, dass es für sie nicht aufging, dass die junge Staatsanwältin bereits gestern Nachmittag, nur wenige Stunden nach dem Leichenfund, schon auf dem Kommando war. Selbst wenn die Bildredaktorin des *Blicks* sofort nach Erhalt der Fotos Genelins Mutter informiert hatte und diese wiederum umgehend die Tochter ins Bündnerland losgeschickt haben sollte, ging das alles zu schnell … da stimmte etwas nicht. Und sie war sich sicher, dass Hartmann wusste, dass er sie nicht für dumm verkaufen konnte. Aber wieso versuchte er es dann trotzdem?

»Bestens, Frau de Medici«, antwortete Genelin, »die von Wertensteins empfangen uns heute um achtzehn Uhr auf ihrem Anwesen am See. Sie wissen noch nicht, um was es geht.« Mit Blick zu Nadia fügte sie an: »Ich habe von dem Kommandanten erfahren, dass niemand Daten aufspüren kann wie du, egal ob im Netz oder in Real Life.« Wieder lächelte Genelin ihr warmes, freundliches Lächeln, das sie sonst hinter der konzentrierten Miene der Staatsanwältin versteckte. »Das kann entscheidend sein und in einem Fall, der so lange zurückliegt, erst recht.«

Nadia sagte bescheiden wie immer und mit Blick auf ihren Bauch, auf dem sanft ihre linke Hand ruhte: »Habe im Moment auch die beste Verstärkung, die sich eine Frau wünschen kann.«

»Schön. Wichtig für uns alle zu wissen: Wir müssen alles aufbieten, um den Fall zu lösen, denn meine Mutter war eine Wadenbeißerin sondergleichen.«

»Daran wird's nicht liegen«, sagte Giulia trocken und blickte auf ihre Uhr. Es war nun 15:50 Uhr. »Dann fahre ich jetzt erst mal nach Hause. Muss mich umziehen.« Sie stand auf. »Frau Genelin, Sie sind bestimmt mit Ihrem eigenen Wagen hier?«

Die Angesprochene nickte.

»Dann fahre ich in meinem, und wir telefonieren unterwegs zu dritt«, Giulia deutete auf Nadia, »damit wir drei mehr Details austauschen und uns eine Strategie für das Gespräch mit den von Wertensteins zurechtlegen können. Einverstanden?«

Monika Genelin und Nadia nickten.

Erkki war um die Mittagszeit in den Kanton Obwalden gefahren, an den Kurs des SAC, und hatte Arkon mitgenommen. Die Stille, die Giulia deshalb in der Wohnung empfing, mochte sie heute nicht. An anderen Tagen war sie Balsam.

Sie stellte ihren Rucksack in den Flur, nahm die Vorräte raus und stellte sich danach unter die Dusche. Das war immer ein wunderbares Gefühl nach einem anstrengenden Einsatz. Das warme Wasser und der Duft des Duschgels gaben ihr das Gefühl, als ob ein neuer Tag anbrechen würde.

Sie schlüpfte in eine Jeans mit breitem Aufschlag und hohem Bund und streifte sich ein T-Shirt über, ehe sie sich das Waffenholster umband. Sie zog eine Jeansjacke an, um die Glock zu verdecken. Ihre Haare trug sie für einmal offen, setzte ihr obligates NY-Basecap auf, dann verließ sie das vierstöckige Gebäude über das alte Treppenhaus. Sie hatte in der Wohnküche vergeblich nach einem kleinen Zettel von Erkki gesucht. Manchmal schrieben sie sich einige schöne Worte, wenn sie einander verpassten. Doch er war ja erst mitten in der Nacht nach Hause gekommen und hatte am Mittag bereits wieder aufbrechen müssen. Sie freute sich, später mit ihm zu telefonieren.

Draußen hatte der stürmische Föhn die Temperaturen in den letzten paar Stunden im Churer Rheintal hochgetrieben. Für Ende Herbst war es mit über zwanzig Grad angenehm mild. Die Wolken hingegen wurden vom Sturmtief in hohem Tempo an den Berggipfeln vorbei ins Unterland getrieben.

Punkt sechzehn Uhr dreißig stieg Giulia in ihren Wagen, sie hatte sich beeilen müssen. Auf der Fahrt aus der Stadt, in der schon der Feierabendverkehr eingesetzt hatte, eine lärmende Blechschlange drängte sich auf der Masanserstrasse Richtung Chur Nord, rief sie Nadia und Staatsanwältin Genelin an. Sie hörte beide laut und klar aus der Freisprechanlage.

Nach etwas mehr als einer Stunde Fahrt erreichten sie um kurz nach halb sechs Uhr das hundert Kilometer entfernte Horgen und reihten sich für den Fährverlad ein, um nach Meilen auf der rechten Zürichseeseite zu gelangen. Das Tageslicht begann bereits langsam zu schwinden, als die Fähre wenige Minuten später ablegte.

Giulia stieg während der zehnminütigen Überfahrt aus ihrem Wagen und blickte nachdenklich auf den vom stürmischen Herbstwind aufgerauten Zürichsee. Die Glarner Berge waren im Südwesten nur noch dunkel zu erkennen, als käme die Nacht hinter den Bergen hervor. Giulia mochte die Gegend rund um den Zürichsee. Vor wenigen Monaten, im Hochsommer, hatte sie bei ihrem letzten Fall ebenfalls diese Fähre benutzt – damals war es brütend heiß gewesen und der Zürichsee ein gleißendes Lichtermeer.

Genelin trat neben Giulia an die Reling und bot ihr das Du an. »Dort hinten wohne ich, in Männedorf«, sagte Monika beiläufig und zeigte mit dem Finger auf einen der Orte, die sich am Ufer, auf das sie zusteuerten, breitmachte. »Und dort liegt das Anwesen der Wertensteins.«

Noch kaum erkennbar brannten die ersten Lichter an der Uferlinie. Erst als sie sich dem Hafen näherten, erkannte Giulia eine größere unbebaute Uferzone, einen großen Park. Teile eines Gebäudes hoben sich dahinter im Abendlicht von der Umgebung ab. Im privaten Hafen wasserte eine ansehnliche Jacht.

»Das ist ja alles sehr großzügig«, kommentierte Giulia.

»Großzügig?« Monika lachte. »Das Anwesen mitsamt dem Land wird mittlerweile auf mehrere hundert Millionen geschätzt. Aber glaub mir, auch das ist für solch Superreiche am Ende nur eine Investition. Falls sie es mal verkaufen wollen, wird nochmals kräftig verdient.« Genelin zuckte mit den Schultern. »Wohlstand ist einfacher zu erreichen als Zufriedenheit. Aber lassen wir das, die Fähre legt ja gleich an, fahr mir einfach hinterher.«

Das Anwesen der von Wertensteins lag keine fünf Autominuten vom Fährhafen entfernt direkt an der Seestrasse. Eine gepflegte private Zufahrtstraße führte in einem sanften Bogen zum Haupteingang. Vom Anwesen selbst war kaum etwas zu erkennen, außer einer hohen, dunklen Mauer, die mit allerlei Grün bewachsen war, und einem großen, schweren Tor aus Metall. Das herbstlich gefärbte Blätterwerk der Laubbäume verwehrte den Blick auf das dahinterliegende Haus.

Giulia und Genelin stiegen aus ihren Wagen, die sie nebeneinander auf die gekennzeichneten Besucherparkplätze geparkt hatten. Zwei Kameralinsen fingen ihr Ankommen ein. Eine folgte lautlos ihren Bewegungen, die andere war mit der Gegensprechanlage verbunden und am Tor montiert. Die beiden streckten ihre Dienstausweise in die Linse, woraufhin ein Bediensteter mittleren Alters sie eintreten ließ.

Giulia war erstaunt. Direkt hinter der abweisenden Mauer breitete sich eine weitläufige Gartenanlage aus, mit vielen Bäumen, die dennoch hin und wieder einen Blick auf den See dahinter freigaben.

Der Mann führte sie zu einem schneeweißen Pavillon aus Holz, dessen symmetrisch angeordnete Fenster gelblich vom Licht im Inneren leuchteten.

»Bitte schön!« Er zeichnete galant eine Handbewegung in die Luft, mit der er bedeutete, dass sie vor ihm eintreten sollten.

Der Pavillon beherbergte einen großen achteckigen Raum. Eine zweite Tür ließ einen Seitenraum vermuten. Das Holz war auch im Innern weiß lasiert, der Boden in dunkelgrauem Naturstein gehalten, die sechs Fenster hoch und schmal. An den Wänden hingen zwei Gemälde, nicht überladen. Ein Tisch aus Glas, an dem bestimmt zehn Personen Platz gefunden hätten, stand mittig im Raum, um ihn herum scharten sich knallgrüne Designerstühle mit Beinen aus Chromstahl. Das alles wurde von einem perfekt abgestimmten Lichtkonzept angenehm beleuchtet.

»Bitte, so setzen Sie sich, die Herrschaften erscheinen gleich«, ließ der Mann verlauten, als aus der seitlichen Tür eine junge Dame trat und fragte: »Darf ich Ihnen beiden etwas zu trinken bringen?« Sie verschwand mit der Bestellung im kleinen Nebenraum, womit auch klar wurde, wozu dieser diente.

Keine fünf Minuten später erschienen die von Wertensteins. Giulia und Monika erhoben sich, man stellte sich gegenseitig vor, die Stimmung war freundlich zurückhaltend.

»Ach bitte schön, nehmen Sie doch beide wieder Platz«, sagte der achtzigjährige Theodore, dessen braun gebranntes Gesicht sich markant von seinem fülligen schneeweißen Haar abhob, in seiner melodiösen, warmen Stimme.

Er trug einen beigen Anzug mit rosa Hemd, dazu ein hellblaues Halstuch aus Seide. Seinen Händedruck empfand Giulia als angenehm fest.

Frau von Wertenstein sah jünger aus. Ihr Haar war grau meliert, stilvoll frisiert. Sie war siebenundsiebzig, wie Giulia wusste. Ihr Kleidungsstil war schlicht: ein cremefarbenes Deux-Pièces, eine Perlenkette um den Hals, dazu passende Ohrringe. Beide wirkten sehr gepflegt.

»Hat man Ihnen denn nichts zum Trinken angeboten?«, fragte Chloe gespielt entrüstet und blickte sich nach dem Personal um.

»Doch, danke bestens. Es kommt bestimmt jeden Moment«, sagte Giulia und setzte sich. Auch Monika nahm wieder Platz, fast synchron mit dem Ehepaar, das ein Lächeln auf den Lippen trug, als gehöre ihnen alles Glück dieser Erde. Doch Giulia wusste, Menschen in diesen Kreisen versteckten sich, wie so viele andere auch, gern hinter einer hohen Fassade. Die Getränke wurden auf einem Tablett gereicht, dazu etwas Gebäck.

»Was ist der Anlass, dass die Zürcher Staatsanwaltschaft zu Besuch ist, dazu auch noch die Kantonspolizei aus dem schönen Graubünden?«, fragte Theodore von Wertenstein und legte seine Hände auf den Tisch. »Sie müssen wissen, wir mögen das schöne Graubünden sehr.«

Chloe lächelte und nickte zustimmend. »Woher kommen Sie?«

»Aus Chur, aber ich bin im Engadin aufgewachsen. In Pontresina, um genau zu sein.«

Die beiden blickten sich freudig an. »Eine Engadinerin. Hast du gehört, Theodore? Dann können Sie bestimmt auch Romanisch?«

Giulia nickte und hoffte, dass diese Leute nicht von der Art waren, die nun verlangten, dass sie irgendwas auf Romanisch vorplappern sollte, als wäre sie eine Eingeborene eines neu entdeckten Stammes.

»Wir haben in St. Moritz auch einen Wohnsitz«, sagte Theodore und trank einen Schluck Mineralwasser aus seinem Kristallglas.

Giulia blickte zu Monika, denn im Überbringen von schlimmen Nachrichten war sie nie sonderlich gut gewesen. Bisher war bei solchen Gesprächen stets eine Polizeipsychologin federführend gewesen. Hier lag zwar kein aktuelles Verbrechen vor, was schlimmer gewesen wäre, und möglicherweise war es ja auch eine Erleichterung, wenn die Eheleute nun endlich erfuhren, was mit ihrer verschwundenen Tochter passiert war.

»Sie kennen ja meine Mutter, Erika Genelin«, begann die junge Staatsanwältin, als hätte sie Giulias Gedanken gelesen.

»Ach, daher ist mir Ihr Gesicht so bekannt vorgekommen.« Theodore blickte wieder zu seiner Frau, die lächelnd nickte.

»Ja, nun, da Sie es sagen. Mein Mann hat recht. Die Augen sind unverkennbar. Sagen Sie, wie geht's Ihrer werten Mutter?«

Giulia wunderte sich, dass die Eheleute noch immer um den heißen Brei reden wollten. Denen musste doch spätestens jetzt klar geworden sein, dass es um ihre verschwundene Tochter ging. Oder war das für die beiden schon zu lange her? Sie war verwirrt.

Monika, die stilsicher in ihrem Auftreten war, stellte ihr Glas mit Mineralwasser ab. »Danke der Nachfrage. Sie ist gesundheitlich schwer angeschlagen … Krebs.«

»Ach, das tut uns sehr leid«, sagte Theodore und blickte erneut zu seiner Gattin, die eine mitfühlende Miene aufsetzte.

Dann erkannte Giulia an Monikas Gesichtsausdruck, dass das Vorgeplänkel für sie vorbei war. »Es geht um Ihre Tochter Aletheia«, sagte die Staatsanwältin direkt und mit fester Stimme.

Theodores Lippen schlossen sich, als müsste er sich davon abhalten, etwas zu sagen. Chloe hielt ihren Kopf etwas schief, als nonverbale Antwort, dass sie mehr hören wollte.

Monika atmete langsam hörbar ein und sagte: »Wir kommen mit Neuigkeiten zum Fall.« Wieder blickten sich die Eheleute an. Theodore nahm die linke Hand seiner Frau und legte sie zwischen seine beiden. Beide schienen überrascht und bewegt in einem zu sein. Doch sie schwiegen. »Wir haben keine guten Nachrichten, leider.« Monika ließ die Worte für zwei, drei Sekunden wirken. »Die sterblichen Überreste Ihrer Tochter wurden gestern Nachmittag aufgefunden und heute identifiziert. Es tut uns leid.«

Giulia wusste, dass Letzteres nicht stimmte. Anhand der Seriennummer war bereits am gestrigen frühen Abend klar geworden, wer die Gletscherleiche sein musste, aber das gehörte zur Taktik in so einem Fall.

Theodore, der noch immer die Hand seiner Frau zwischen den seinen hielt, räusperte sich und löste dann eine Hand, um einen weiteren Schluck Wasser zu nehmen. »Wissen Sie, Frau Genelin, das Schlimmste war, nie zu wissen, wo sie ist, wie es ihr geht, das hat nun endlich ein Ende …«

»Wo haben Sie Aletheia gefunden?«, fragte Chloe. Sie schien ebenfalls sehr gefasst.

Monika blickte zu Giulia, als Zeichen, dass sie nun das Antworten übernehmen sollte.

»Mein Beileid«, Giulia stützte ihre Ellenbogen auf der

Tischplatte ab, »Ihre Tochter wurde auf dem Gletscher im Val Roseg im Engadin gefunden.«

»Auf einem Gletscher?«, tönte es unisono von den beiden.

»Ja. Ich war beim Einsatz persönlich auch vor Ort und habe Ihre Tochter auf dem Gletscher gefunden.«

»Bitte, schonen Sie uns nicht, die Wahrheit ist uns wichtiger als Befindlichkeiten. War es ein Unfall? Sie müssen nämlich wissen, Aletheia war immer magisch von Gletschern angezogen, schon als Kind.« Chloe blickte zu Theodore, dieser nickte, und Giulia erzählte die Umstände in ihrer gewohnt direkten Art, auch dass ein Unfall in dem Kleid und ohne Schuhe sehr unwahrscheinlich sei, dass ein Verbrechen naheliege.

Im Pavillon kehrte Stille ein, bevor Monika das Schweigen erneut durchbrach: »Meine Mutter hat diesen Fall all die Jahre nicht loslassen können. Wir werden nun alles daran setzen, dass die Umstände von Aletheias Tod doch noch aufgeklärt werden.« Ihr Gesicht zeigte Entschlossenheit, ihre Lippen presste sie für einen Moment zusammen.

»Und wir werden Ihnen behilflich sein, wann und wie auch immer wir können. Geld spielt keine Rolle. Egal, was Sie beide brauchen, melden Sie sich.«

Giulia trank ihr Glas leer. »Danke. Gibt es das Zimmer Ihrer Tochter noch? Wenn ja, dürften wir uns darin und auf Ihrem Anwesen mal umsehen?« Sie sagte nicht, dass sie sich einfühlen, sich vorstellen wollte, wie Aletheia damals hier gelebt hatte. Stattdessen sagte sie: »Was ebenfalls hilfreich wäre; wenn wir Fotos oder Videoaufnahmen Ihrer Tochter bekämen. Ich weiß, das reißt womöglich alte Wunden auf, aber wir möchten ganz von vorne beginnen, damit wir möglichst nichts übersehen. Verstehen Sie?«

Nun lächelte Chloe verklärt und erhob sich. »Kommen Sie bitte beide mit. Wir haben da was für Sie.«

Sie verließen den Pavillon. Das letzte Tageslicht rang mit der Dämmerung seinen täglichen Kampf, bei dem der Sieger immer schon feststand. Unter den gewaltigen Baumkronen wirbelten gefärbte Blätter durch die Luft, während die vier den ausladenden Park durchliefen, hin zu einem erleuchteten Gebäude, das aussah wie der gläserne Bug eines mächtigen Kreuzfahrtschiffes.

Kein Wunder, trug das Gebäude den Namen Glaspalast, dachte Giulia, als sie es betraten. Es war ein architektonisches Kunstwerk aus Glas, Chrom und rohem Beton. Das Gebäude schien aufgrund der Glasfassade im ersten Moment durchschaubar, doch es ließ nur die gewollten Blickwinkel zu, die Wohnräume blieben im Verborgenen.

Ein Lift aus Glas brachte sie hinunter in einen fensterlosen Raum, der tagsüber einzig durch die vielen Oberlichter erhellt wurde. Lampen brannten nun von den weißen Decken herab. Durch die Himmelsluken war das beschienene Blätterwerk der darüber wachsenden Bäume zu erkennen, als schaue man aus dem Wurzelwerk empor.

Dann blieben sie vor einer weißen Doppelflügeltür stehen, über der ein verspielter Schriftzug hing. CINEMA stand da in gelber und roter Farbe.

Es ist bestimmt der einzige Raum ohne Fenster, dachte Giulia, als sie in den kleinen Kinosaal mit rund zwanzig Plätzen traten. Ein großer Kronleuchter war zu sehen, links und rechts an den Wänden hingen übergroße Plakate berühmter Filmstreifen. Alles wirkte wie aus der glorreichen Zeit vergangener Kinotage.

Giulia und Monika setzten sich wie gebeten. Die Sessel waren angenehm weich. Der Kronleuchter wurde gleichmäßig gedimmt, bis es stockdunkel war. Nur ein grünes EXIT-Schild leuchtete rechts unten an der Wand. Der Film begann.

Es war eine musikalisch unterlegte Hommage an Aletheia, die mit viel Liebe zusammengeschnitten schien. Golden wie ein Sonnenaufgang erschien der Name Aletheia, deren übergroßes, ausdrucksstarkes Gesicht Giulia in der nächsten Einstellung anlachte, während in Zeitlupe der Wind mit ihren von der Sonne beschienenen Haaren spielte. Giulia wusste mittlerweile, dass der Name Aletheia griechisch war und Wahrheit bedeutete und Aletheia die Tochter des Zeus war. Die von Wertensteins mussten ein Faible für Mythologie haben, denn nicht umsonst hieß der jüngere Bruder der Toten Ambrosius, der Unsterbliche. Der Film zeigte während einer Viertelstunde, wie ein kleines Mädchen zu einer jungen Frau heranwuchs, die, so fand Giulia, neben ihrer natürlichen Schönheit eine besondere Aura verströmte. Es wurden Szenen gezeigt, in denen die Familie auf einer Jacht irgendwo an der Küste Südfrankreichs ihre Zeit genoss. Fremde Städte, Länder, auch das Engadin kamen darin vor – Aletheia beim Skifahren, Wassersport oder Wandern, auch mehrere Szenen, die auf Gletschern gedreht wurden. Dabei tauchte auch hin und wieder, außer in den Bergszenen, ein Junge, später ein junger, dunkelhaariger Mann auf.

»Das ist unsere Aletheia … und das unser Sohn Ambrosius«, flüsterte Chloe sichtlich stolz, während die Bilder auf der Leinwand auf ihrem Gesicht schimmerten.

Als der Film mit einem Standbild von Aletheia und Ambrosius im Park vor dem Glaspalast endete, herrschte Schweigen. Die Filmmusik klang langsam aus.

Theodore erhob sich, reichte seiner Gattin die Hand, die ihrerseits aufstand. Er blickte zu den beiden Ermittlerinnen, die sich ebenfalls erhoben hatten. »Danke, dass Sie beide hier sind. Auch wenn wir nicht wissen, warum und durch wessen Hand unsere Tochter umgekommen ist, so können wir nun endlich Abschied nehmen.« Sie verließen das Kino.

Während sie zurück zum Eingang gingen, fragte Giulia die Eheleute, wer all die Aufnahmen gemacht habe. Ihr war nämlich aufgefallen, dass die Eltern auf den Aufnahmen meist gar nicht zu sehen waren. Manchmal war da sogar nur Aletheia alleine, vor allem in den Szenen in den Bergen.

»Die gute Seele unseres Hauses, Monsieur Mattieu Rochate.«

»War das der Butler, der sich wenige Wochen nach Aletheias Verschwinden das Leben genommen hat?«, fragte Monika direkt.

»Ja, leider.« Sie stiegen in den Aufzug.

»Weiß man, wieso er sich umgebracht hat? Oder gibt's eine Vermutung?«, wollte Giulia wissen.

»Der gute Mann ist am Verlust, am Unwissen darüber, was Aletheia zugestoßen war, zugrunde gegangen. Für uns war das damals ein weiterer Anlass zu Bestürzung und Trauer. Sie müssen wissen, Monsieur Rochate hat Aletheia von Kindesbeinen auf sehr gut gekannt.« Sie verließen den Aufzug und gingen auf den Ausgang zu.

Giulia nickte. »Dann muss ihr Verschwinden auch für ihn unerträglich gewesen sein.« Sie sagte dies, doch insgeheim zweifelte sie daran, dass sich jemand so kurze Zeit nach dem Verschwinden eines geliebten Menschen das Leben nehmen würde, zumal dann die Wahrscheinlichkeit noch hoch ist, dass dieser wieder nach Hause kommen könnte. Es sei denn, da spielten noch andere Gründe eine entscheidende Rolle.

Monika Genelin wollte wissen: »Dieser Film, davon fand ich nichts in den Akten meiner Mutter vermerkt. Ich bin sicher, den hat sie damals bei ihren Ermittlungen nicht zu Gesicht bekommen. Wieso?«

Theodore antwortete vor seiner Gattin, die sich auf ein kurzes Handheben von ihm zurückhielt. »Das ist ganz einfach: Die Aufnahmen haben wir erst Jahre später auf unserer Jacht gefunden. Monsieur Rochate hatte die gut versteckt gehabt, sie wurden erst bei einer Revision entdeckt.«

»Wurde dabei noch etwas gefunden?«

»Nein, Frau Genelin, nur diese Aufnahmen. Unser ehemaliger Butler hat uns damit ein großes Geschenk hinterlassen. Ich glaube, er hatte diese Aufnahmen versteckt, weil wir nicht wissen sollten, wie sehr er Aletheia verehrt hatte.«

»Sagen Sie, wo ist Ihr Sohn Ambrosius zurzeit?«, lenkte Giulia die Aufmerksamkeit auf den Sohn des Hauses.

Nun übernahm Chloe das Antworten: »Unser Sohn ist seit vier Wochen in einer privaten Klinik am Bodensee untergebracht, nicht das erste und leider wohl auch nicht das letzte Mal. Noch immer verdrängt er den Schrecken von damals, will kein Wort darüber verlieren. Sie müssen wissen, er ist ja seit jeher ausgesprochen sensibel. Ein Künstler eben.«

»Was fehlt ihm denn?«, hakte Giulia nach.

»Ambrosius«, betonte Chloe den Namen wie eine Melodie und hielt inne, bevor sie im Tonfall von zuvor weitersprach, »Ambrosius ist ein außerordentlicher Maler geworden. Ein Expressionist der Extraklasse. Aber er leidet unter Psychosen, ist manisch-depressiv. Hat deswegen so seine Phasen.«

»Könnte ihm die Nachricht über den Fund möglicherweise helfen, mit all dem umzugehen?«, fragte Giulia.

Chloe sagte nichts, ging weiter. Sie traten nun hinaus in den herbstlichen Abend, der Garten empfing sie mit einem Blätterregen. Es war beinahe gänzlich dunkel, die Lichter im Park leuchteten schön.

»Ich hoffe es«, nahm Frau von Wertenstein Giulias Frage auf, als hätte sie so lange darüber nachdenken müssen. »Aber seine Kunst lebt eben auch von seinen Gefühlsexzessen. Kein Künstler kann erschaffen ohne zu leiden. Aber jetzt muss ich Ihnen unbedingt noch was zeigen. Sie werden große Augen machen!«, sagte sie geheimnisvoll.

Sie folgten den gepflegten, beleuchteten Wegen durch die Anlage, kamen an zwei Tennisplätzen mit einem kleinen Klubhäuschen vorbei. Fünfzig Meter dahinter änderte sich der Charakter des Parks. Büsche und Stauden versperrten die Sicht. Ein Malatelier stand von Blicken abgeschirmt hinter dem Grün, höchstens zwanzig Meter vom Strand entfernt. Es war ein einfacher Bau aus Holz und Glas mit einer überdachten Veranda. Beim Betreten roch Giulia es sofort: Arvenholz. Ein Bewegungssensor ließ beim Eintreten das Innere hell erstrahlen.

Es gab nur einen einzigen Raum in der Größe von etwa 25 Quadratmetern. Darin befanden sich zwei Staffeleien und ein Regal. Chloe hätte nicht extra neben dem einen Bild, das an der Holzwand hing, stehen bleiben müssen, um darauf hinzuweisen. Sowohl Giulia als auch Monika stach das Motiv sofort ins Auge: Eine junge, schöne und blonde Frau in einem roten Kleid stand barfuß auf einem Gletscher!

Giulia war baff. Sie trat langsam näher. Chloe hatte es schon gesagt, Ambrosius war ein begnadeter Expressionist. Das Bild, in grellen Farben und klaren Linien und Formen gehalten, zog einen sogleich in seinen Bann: die Frau, seltsam seitlich gebeugt, barfüßig, der Berg dahinter kantig und unnachgiebig, die Sonne gleißend. Giulia erkannte in der gemalten Frau sofort Aletheia wieder.

»Wie kam's dazu?« Giulias Stimme tönte gedämpft. Unter dem Kürzel sah sie die Jahreszahl 00.

»Wir wissen es nicht. Er redet ja nicht darüber. Aber er hat es vor zweiundzwanzig Jahren gemalt, fünf Jahre nach dem geheimnisvollen Verschwinden seiner Schwester, und wie Sie sehen, ist es das einzige seiner Bilder, das er hier aufgehängt hat.«

Es gibt immer wieder Zufälle, auch bei Ermittlungen, darüber war sich Giulia im Klaren. Aber eine Person zu malen, die barfuß in einem roten Kleid auf einem Gletscher steht, wenn diese Person fünf Jahre davor in der gleichen Kleidung und der gleichen Örtlichkeit ums Leben gekommen ist, das war kein Zufall. Sie sagte: »Ich kann es im ersten Moment offen gesagt nicht einordnen. Es wäre sinnvoll, wenn wir uns mit Ambrosius unterhalten könnten. Erst recht im Hinblick auf dieses Bild.«

Das Ehepaar blickte sich an. Theodore räusperte sich kurz. »Seit zwei Wochen steckt er in einer tiefen Psychose. Er ist deswegen selten ansprechbar, die schweren Medikamente tragen noch das ihrige dazu bei, aber sobald er vernehmungsfähig ist, lassen wir Sie beide umgehend rufen.«

»Ich würde es dennoch gerne versuchen.« Giulia wusste, dass sie in diesem Punkt dranbleiben musste und signalisierte das mit ihrer Stimme.

»Wenn Sie denken, dass es zur Klärung beiträgt, soll es so sein. Unser Sekretariat wird alles Nötige in die Wege leiten, aber ich habe Sie auf seinen Zustand aufmerksam gemacht.«

»Gut. Sagen Sie, dürfen wir uns kurz im Park umsehen? Alleine?«

»Es ist ja bereits dunkel. Aber wenn es hilfreich ist«, meinte Chloe von Wertenstein, »dann bitte schön. Wenn Sie fertig sind, melden Sie sich am Eingang, damit wir uns ordentlich verabschieden können.« Ihre Stimme war plötzlich kühler geworden.

Giulia ging im Park umher. Es roch herbstlich nach feuchter Erde und Blättern und dem See. Sie suchte den Platz, an dem sie Aletheia im Film mehrmals hatte stehen sehen. Sie fand ihn am anderen Ende des Parks, beim alten Bootshaus mit dem hölzernen Steg, beides lag im Dunkeln.

Sie stellte sich in etwa an den Platz, an dem Aletheia oft gestanden hatte. Ihr Blick schweifte dabei über den dunklen See, der Wind ließ ihr schwarzes Haar wehen. Sie schloss den obersten Knopf ihrer Jeansjacke und verschränkte die Arme, blickte weiter schweigend übers Gewässer und der Küstenlinie nach.

Monika, die neben ihr stehen geblieben war, fragte nach einem Moment des gemeinsamen Schweigens: »Alles okay, Giulia?«

Giulia blickte weiter geradeaus, während der Wind mit ihren Haaren spielte. Ihre Stimme hörte sich wehmütig an: »Aletheia. Jung, schön, zu reich oder doch zu arm? Auf jeden Fall voller Leben … Wer war sie wirklich? Wie ging es ihr? Und das mit dem Bild ihres Bruders, das kann unmöglich ein Zufall sein!«

»Ja, das finde ich auch. Meine Mutter hatte damals vieles zusammengetragen, auch ein Persönlichkeitsprofil der Familie erstellt, soweit dies zugelassen wurde. Ich gebe dir sobald wie möglich diese Akten.«

Nachdem sie den restlichen Teil des Parks abgeschritten hatten, bis zum kleinen Hafen mit der Stützmauer, hinter der die Jacht angelegt war, verabschiedeten sie sich von den von Wertensteins.

Wieder vor dem Tor des Anwesens angekommen, wo sie ihre Fahrzeuge abgestellt hatten, nahm Monika ihr Notebook aus dem Wagen und zeigte Giulia die alten Aufnahmen der Überwachungskamera. Darauf zu sehen: Aletheia am 1. Juli 1995 um 11:12 Uhr, wie sie die Villa verlässt und mit ihren drei Freundinnen auf Pilgerreise geht. Die Aufnahme war tonlos, aber die Bildqualität überraschend gut.

»Giulia, es gibt noch mehr Material von Überwachungskameras, auch von denen im Haus. Meine Mutter hatte die damals alle eingefordert und später digitalisieren lassen. Aber was hältst du davon, wenn wir jetzt was essen gehen?«, schlug Genelin vor, während Giulia noch immer auf den Bildschirm blickte.

»Gute Idee, Monika.« Giulia drehte sich abrupt zu ihr um. »Ich habe das Gefühl, dass da noch einiges auf uns zukommt.«

Monika nickte.

Giulia folgte in ihrem roten Audi Q5 dem schwarzen BMW Kombi der Staatsanwältin zu einer kleinen Pizzeria, die direkt an der Seestrasse lag. Es waren nur wenige Gäste im einfachen Lokal. In einer Ecke waren gleich drei Tische leer geblieben. An einen davon setzten sie sich.

Während die beiden auf ihr Essen warteten, Monika musste Stammgast sein, so herzlich wie sie vom Personal begrüßt worden war, beugte sich diese zu Giulia über den Tisch und sagte: »Weißt du, meine Mutter befürchtet, den Fall mit ins Grab nehmen zu müssen, aber ich werde alles daran setzen, das zu verhindern.«

»Das bedeutet, du hast zünftig Druck.«

»Ja, und vor allem nicht mehr so viel Zeit, denn ich will nicht irgendwann vor ihrem Grabstein stehen und ihr den Namen des Mörders zuflüstern müssen und so tun, als würde sie es noch hören können.«

»Das verstehe ich. Darum sollten wir meiner Meinung nach den Fall so aufrollen, als wäre Aletheia erst heute als vermisst gemeldet worden. Damit wir nicht etwas übersehen, weil deine Mutter es damals nicht beachtet hatte. Wir dürfen keine Einschätzungen unhinterfragt übernehmen. Aus eigener Erfahrung weiß ich, dass man in einem Fall nicht selten ermittlungsblind wird.«

»Da hast du völlig recht. Wenn es für dich okay ist, stelle ich im Laufe des morgigen Vormittags sämtliche Unterlagen zusammen und komme anschließend direkt nach Chur. Bis dann wissen wir bestimmt schon mehr von Dr. Kaspersky. Übrigens eine hervorragende Forensikerin, die ihr da in Chur habt.«

Giulia wusste, dass Kasperskys Ruf ihr schweizweit und sogar bis ins Ausland vorauseilte und sie regelmäßig von anderen Ermittlungsbehörden zu Rate gezogen wurde. Warum es sie noch immer im kleinen Chur hielt, darüber ließ sich nur spekulieren.

»Ja, sie macht einen hervorragenden Job. Aber vergiss nicht, Monika, ich habe auch noch einen aktuellen Mordfall mit zwei Toten auf dem Tisch, der nach dringender Klärung ruft.«

»Giulia, ich würde dir da gerne meine Unterstützung anbieten, auch wenn der Fall nicht in mein Zuständigkeitsgebiet fällt.«

»Weil du an einen Zusammenhang glaubst?«

»Einen Zusammenhang?« Sie presste die Lippen kurz zusammen und schüttelte verneinend den Kopf. »Eher nicht. Aber ich verstehe, dass diese beiden Fälle ebenso dringlich sind, und da Nadia im Backoffice ist, könnte ich dich an der Front unterstützen. Aber offen gesagt, tue ich es vor allem, damit ich dich im Gegenzug im Fall von Aletheia an Bord habe. Wir könnten uns so gegenseitig aushelfen. Kommandant Hartmann hält sehr große Stücke auf dich und wäre einverstanden mit einer solchen Sonderlösung.«

»Na gut, aber eine Sache müssen wir erst noch klären.«

»Und die wäre?«

»Warum warst du gestern Nachmittag so schnell in Chur? Ich meine, kaum hatte dieser Django den Leichenfund gemeldet, warst du schon vor Ort. Das geht zeitlich nicht auf.«

»Weil ich schon in Chur war.«

»Okay, und der Rest der Antwort? Was sollte diese Geheimnistuerei?«

»Das hat andere, private Gründe. Erich und ich sind seit drei Wochen ein Paar. Das wollten wir nicht unnötig an die große Glocke hängen, erst einmal abwarten, ob es sich bei der Gletschertoten wirklich um Aletheia handelt. Wenn sie es nicht gewesen wäre, hätten wir unsere Beziehung ja nicht offenlegen müssen. Konkret: Ich hatte ein verlängertes Wochenende mit Erich geplant, doch als am Montag der Anruf meiner Mutter kam, haben wir uns gleich an die Arbeit gemacht. Diesen Informationsweg hätten wir lieber noch für uns behalten, verstehst du? Hatte nichts mit dir zu tun.«

»Okaaay.« Giulia war überrascht und irgendwie auch nicht. Genelin hatte ihre Gefühle im Beisein von Hartmann sehr gut verbergen können, er hingegen nicht.

»Weißt du, Giulia, Erich und ich haben uns letzte Woche bereits mit meiner Mutter getroffen, wegen ihrer Krankheit. Dabei kam sie auch auf den ungelösten Fall zu sprechen. Morgen wird der Fall wegen dieses Djangos sowieso im *Blick* stehen, wenngleich ich sicher bin, dass der Rechtsdienst der von Wertensteins die Bekanntgabe der Identität von Aletheia verhindern wird. Aber zurück zu mir und Erich. Ein Problem für dich?«

»Nein, das ist eure Sache. Nur wenn's um Informationen geht, werde ich nicht gerne außen vor gelassen.«

»Erich war mir gegenüber übrigens sehr offen, was dich betrifft.«

»Ach ja?«

»Ich schätze seine Aufrichtigkeit sehr. Er hat mir erzählt, dass er dich lange und erfolglos umworben hat. Was ich übrigens verstehen kann, ich meine das Umwerben, denn du bist eine außergewöhnliche Frau, das spürt man sofort.«

Giulia war natürlich nicht entgangen, wie Monika sie hin und wieder gemustert hatte, was auf Gegenseitigkeit beruht hatte. »Na ja, wir sind beruflich nicht selten in Konflikt geraten, und privat habe ich immer Distanz gewahrt.«

»Ja, das hat er auch gesagt, deine berühmte kalte Schulter …« Sie lachte ein wenig angespannt.

»Wir hatten nie was miteinander, nicht mal ansatzweise. Er ist ja nicht übel, so ist es nicht. Nun hat es also bei euch gepasst. Das freut mich für euch.«

»Danke.«

Um einundzwanzig Uhr stand Giulia wieder auf der Fähre, diesmal ohne Monika, die zu ihrer Mutter ins Spital Männedorf gefahren war. Giulia stand im kühlen Fahrtwind an der Reling und sah die schimmernde Küstenlinie, die wie eine goldene Schlange den Zürichsee umschlungen hielt. Sie liebte den Herbst und fühlte viel Leben in sich, nur das Brennen der Narbe trübte ihre Stimmung.

Während Giulia eine halbe Stunde später von der Autobahn auf den schlafenden Walensee hinunterblickte, kamen ihr wieder die Bilder aus dem Film in den Sinn. Eine Kopie würde sie morgen zugestellt bekommen. Es war nicht zu übersehen gewesen: Dieser Butler hatte Aletheia regelrecht verehrt. Doch auch das von Ambrosius erschaffene Gemälde mit der Gletschersituation beschäftigte Giulia. Es musste einen Zusammenhang mit dem Fundort geben, so viel stand fest.

Giulia war zwar todmüde, aber auch noch aufgerieben. Sie fuhr bei Walenstadt von der Autobahn direkt auf den großen Parkplatz am Strand. Längst war es stockdunkel, als sie die fünfzig Meter ans sandige breite Ufer zurücklegte. Von dort aus konnte sie den See in seiner gesamten Länge überblicken. Es war kühl, der warme Südwind, der durchs Churer Rheintal fegte, vermochte hier nichts auszurichten, aber er ließ ihr Haar ein wenig wehen und besänftigte ihre Gedanken.

Beim Anblick des stillen Sees und mit den Herbstgerüchen in der Nase überfiel sie diese Schwermut, die untrennbar mit dem Herbst verwoben zu sein schien, wie ein glückseliges Abschiedsgefühl. Sie fühlte sich lebendig und traurig in einem. Sie musste an ihre Mamma denken, die sie sehr vermisste. Dieser Schmerz forderte immer wieder seinen Platz, und das Brennen im Gesicht sagte ihr, dass etwas nicht stimmen konnte.

»Cara mia«, hörte sie ihre Mamma sagen und sah ihr Lächeln vor sich. Giulia war dankbar für all die schönen, ja wunderbaren Jahre, die sie als Familie gemeinsam zuerst in Italien, dann in Pontresina verbracht hatten, doch sie haderte mit dem Gefühl, allein gelassen worden zu sein, als ihre Eltern wieder ans Mittelmeer zogen, ins kleine Familienhotel Oceano Blu. Giulia setzte sich ans Ufer, die Wellen wurden vom Wind weiter an den Strand getragen, als sie hinter sich Geräusche hörte. Angespannt drehte sie sich um.

Drei dunkle Gestalten näherten sich. Sie stand auf, wischte mit dem Handrücken eine Träne fort. Eine Kirchenglocke schlug halb elf.

»Hallo«, sagte eine der dunklen Silhouetten freundlich und blieb einige Meter vor ihr stehen.

»Hallo«, antwortete Giulia zurückhaltend und behielt

die drei Kerle genau im Auge. Auch wenn sich ihre Augen an die Dunkelheit gewöhnt hatten, waren die Gesichter der Männer nicht zu erkennen. Ihre Jeansjacke hatte sie bereits aufgeknöpft, ihre Waffe war griffbereit.

»Sorry, wir wollten dich gar nicht stören. Weißt du, früher als Jungs sind wir oft hier gesessen und nun sozusagen auf sentimentaler Reise zurück in unsere Vergangenheit.« Er lachte verhalten. »So weit ist es mit uns schon gekommen.« Giulia sah die Glut einer Zigarette aufglimmen. »Also dann, entschuldige die Störung«, sagte er, und die drei zogen ab.

»Dann habt eine gute Zeit«, rief Giulia hinterher und behielt sie im Auge, ehe sie nach einem letzten Blick auf den See Richtung Parkplatz ging.

Ein jeder trägt seine Vergangenheit mit sich herum, dachte Giulia, und jeder muss selbst entscheiden, wie weit und wie schwer er zu tragen bereit ist. Bei all den Gefühlen, die in dieser Herbstnacht in Giulia hochkamen, hatte sie nicht bemerkt, dass ihr jemand gefolgt war.

11

Jérôme lief an diesem schwülheißen Samstagabend im Juli 1986 mit dem Messer in der Hand den schmalen Waldpfad hinauf zum großen Kreuz. Wenige Stunden zuvor hatte er nach dem Besuch bei seiner Mutter vor dem Hôpital du Jura Claudette getroffen und mit ihr über Liebe und Schuld gesprochen. Als sie sagte, dass Liebe alles vermöge, wurde ihm plötzlich schlagartig klar: Er allein war schuld am Elend seiner Mutter, und es lag an ihm, endlich zu handeln, um sie von dem Geschwür, das er nach Hause gebracht hatte, zu befreien. Dazu brauchte es ein großes, ein sehr großes Opfer, denn bis jetzt hatte nichts geholfen.

Leichter Nieselregen fiel auf sein mit Schweißperlen bedecktes Gesicht, als sich vor ihm die kleine Lichtung auftat. Schwarz und groß erhob sich das Kreuz in den nächtlichen Himmel, der in der drückenden Wärme von Wolkenschleiern verhangen war.

»Je suis tellement désolé, chère mère«, flüsterte er mit Tränen in den Augen, ließ seine Mutter wissen, dass es ihm leidtat: Alles, was er getan hatte, und auch das, was er nun tun musste. Aber es gab schon längst keinen schönen Ausweg mehr. Ob er es wahrhaben wollte oder nicht, alles lief darauf hinaus, dass er das entscheidende Opfer erbringen musste. Um seine Mutter zu retten, musste er sich selbst darbieten, denn wie er nun lebte, war es ohnehin kein Leben mehr, sondern die zu Fleisch gewordene Pein der Sünde. Mutter hingegen hatte es verdient, gesund zu leben, und dies wollte Jérôme mit einem Zeichen der unerschütterlichen Liebe bei Gott nun einfordern.

Nach dem entschlossenen Schnitt ins linke Handgelenk spritzte Blut aufs Kreuz und tropfte auf den Boden davor, während Jérôme beim Herrn mit tränenerstickter Stimme um Vergebung und vor allem um die Rettung der Mutter flehte. Jérôme stand des ganzen Fastens wegen ohnehin auf wackeligen Beinen, und nun wurde ihm plötzlich heiß. Hitze, gepaart mit rasendem Herzklopfen und Schwindel, überrollte ihn je mehr er an Blut verlor. Die leisen Geräusche des nächtlichen Waldes verschwammen, Schwärze breitete sich in ihm aus, doch seine Gedanken und sein Herz wurden frei. Nur verzerrt und wie in Zeitlupe nahm er sein Fallen auf den aufgeweichten Waldboden wahr, auf dem er bäuchlings aufschlug wie damals die gefällten Tannen, als sein Vater die kleine Lichtung rodete.

Der Regen fiel auf Jérômes schwarzes Haar, seine Schultern waren nach vorne eingesunken, er wirkte, als würde er in den Boden weinen, während sich der Tod ihm näherte.

Doch Jérôme starb nicht. Als er wieder zu sich kam, lag er auf seinem linken Arm, seine mager gewordene Brust hatte auf die Wunde gedrückt, sodass die Blutung gestoppt wurde. Ihm war schwindlig, sein Herz klopfte wie verrückt, als er sich mit dem Rücken ans Kreuz lehnte und schwer atmete. Dass er nicht tot war, deutete er als Zeichen der Vergebung.

Unter einem Sichelmond, der sein fahles Licht durch die Wolken hindurch in die von der Feuchtigkeit dampfende Senke warf, fand er irgendwie den Weg nach Hause. Gierig trank er vom Brunnen vor dem Hof und wusch sich, bevor er erschöpft ins Bett fiel.

Tagelang blieb er danach in der Kammer liegen, sagte,

er sei krank, versteckte sein linkes Handgelenk unter der Bettdecke. Blass und mit rot geränderten Augen hoffte er auf die wundersame Genesung seiner Mutter. Immerhin, sein Hunger kehrte in den nächsten Tagen zurück. Als hätte Vater gespürt, was seinem Ältesten fehlte, brachte er ihm frische Blutwurst, gestampfte Kartoffeln und Sauerkraut ans Bett. Gierig schlang Jérôme alles hinunter. Nach einer Woche kehrte seine Kraft langsam zurück, sodass er seine Kammer verlassen konnte. Doch vom Vater hörte er, dass es der Mutter noch immer nicht besser ging. Sein Opfer hatte also nicht gereicht! Niedergeschlagen rang er um eine Lösung.

In den folgenden Nächten begann er allerlei Tiere ans Kreuz zu schleppen: streunende Katzen aus dem Dorf, sogar einen Hund, den er sehr gemocht hatte. »Opfer müssen schmerzhaft sein«, hatte Vater damals gepredigt, als er eines seiner Lieblingspferde enthauptet und ans Kreuz gelegt hatte. Jérôme liebte alle Tiere und fand seine Taten widerwärtig, obwohl er den Tieren einen möglichst schmerzfreien Tod bereitete. Er weinte auf dem dunklen Heimweg um jedes dieser Geschöpfe, doch es galt nun mal seine Mutter zu retten. Die Tierkadaver hängte er mit Stricken ans Kreuz: Katzen, Hühner, ein gestohlenes Ferkel, einen Hund, einen Fuchs, der ihm in die Falle gegangen war.

Auch in den nächsten beiden Wochen blieb Mutters Zustand unverändert. Jérôme fragte sich, ob sein Überleben am Kreuz vom Herrgott geschenkt gewesen sei, oder ob der Teufel sein böses Spiel mit ihm trieb. Aber Gott wusste nun, dass er, Jérôme, bereit war, für seine Sünden zu sterben, damit die Mutter leben konnte.

In Jérômes von Schuld und Kummer darbendem Hirn spannen immer seltsamere Gedanken ein Netz des Wahnsinns. Längst hatte er sich darin verloren und konnte nicht aufhören, für die Erlösung seiner Mutter einen blutigen Weg zu gehen. So wurde er zunehmend radikaler.

Eines Abends, als Jérôme im Bett lag und wieder schwere Wolken aufzogen, die sich über der Senke zusammenballten, dämmerte es ihm. Sein Vater hatte es ihm mehrmals gesagt, zwar nicht direkt an ihn gerichtet, sondern eher so, als stände ein unsichtbarer Dritter neben ihnen. Das Böse in der Senke müsse wie Unkraut mitsamt der Wurzel ausgerissen werden, sonst ändere sich nichts, dabei hatte er aus der Bibel zitiert: »Und wenn es dein Auge ist, das dich verführt, so reiß es heraus und wirf es weg! Es ist besser für dich, du gehst einäugig in das ewige Leben ein, als dass du beide Augen behältst und in das Feuer der Hölle geworfen wirst.«

Mit diesen Gedanken schlief Jérôme ein und durchlebte einen seltsamen Traum.

Er träumte von einer jungen Frau in einem roten Kleid. Sie war blond und schön. Ihre Lippen waren blutrot geschminkt. Sie wandelte barfuß durch die Weiden, während sie singend seinen Namen rief. Doch auch der Wald mit dem Kreuz rief seinen Namen mit derselben Stimme. »Jérôme, mein Lieber«, rief die Stimme voller Verheißung, »Jérôme.«

Er begann in seinem Traum durch die Weiden zu laufen, immer schneller, mitten durch die galoppierende Herde. Plötzlich trug auch er eine schöne Mähne aus blondem Haar. Was für ein wunderbares Gefühl, dachte er, während seine Füße zu Hufen wurden und nur noch so über den Boden flogen. Seine Mähne wehte im Wind. Schnell war er, sehr schnell. »Jérôme«, hörte er die Stimme rufen, »Jérôme.«

Doch als er den Wald erreichte, verlor er die Kontrolle über seine Hufe. Seine Beine wurden schwer, Schritt für

Schritt kämpfte er sich durch den Wald, um der Senke zu entkommen. Doch als würde er auf einer Rolltreppe in die verkehrte Richtung steigen, kam er trotz seiner vier Pferdebeine nie oben an. Wenn er aufschaute, sah er, dass er seinem Ziel keinen einzigen Schritt näher gekommen war. Stunde um Stunde, Tag für Tag versuchte er die Senke auf diesem Weg zu verlassen, sein Pferdekörper wurde dünner, ausgemergelter, der Mond stieg wie die knöcherne Sichel des Todes über ihm auf, verschwand eines Nachts, und immer mehr Sterne erloschen, bis der Himmel schwarz und leer war, während Jérôme weiter zu entkommen versuchte. In dieser leblosen, sternenlosen Dunkelheit schreckte er aus seinem Traum hoch.

Am nächsten Morgen fühlte er sich matt und krank. Bestimmt hatte er sich bei seinen nächtlichen Kreuzbesuchen im Nieselregen eine Erkältung eingefangen oder sich an einem der Kadaver etwas geholt, die er mit Stricken, faulend wie sie manchmal waren, wieder ans Kreuz binden musste, damit die Wildtiere sie nicht fraßen.

Doch es war keine Erkältung. Übelkeit und Krämpfe ließen ihn Stunden später am Boden des Stalles sich winden. Gekrümmt wie ein elender Wurm lag er neben den drei Kühen auf dem Boden. Dann kam das Fieber und brachte wirre Gedanken. Er strauchelte durch die kommende Nacht, es zog ihn zum Kreuz. In seiner aufgestellten Falle am Waldrand lag ein Reh, ein Jungtier. Er erschlug es mit dem Beil und brauchte gefühlt Stunden, um es anschließend zum Kreuz zu schleppen. Um das Tier ans Kreuz zu hängen, fehlte ihm die Kraft. Erst musste er ruhen.

Zusammengerollt legte er sich unter das Kreuz. Er hörte Claudette lachen, sie waren wieder beisammen, ihre bebenden Körper eng umschlungen, doch sie trug plötzlich Hörner, lachte ihn aus und zeigte auf die Kammer, in der sie miteinander geschlafen hatten. Im Bett dieser Sünde lag die Mutter aufgebahrt, ihre weißkalten Hände umschlossen ein Sträußchen roter Rosen, die Finger von den Dornen zerstochen.

Da war der Wald, der Mond, die warmen Regengüsse, er hörte sich husten, sah seine Beine gehen, die Felder wisperten in der Dunkelheit, die Kirche von Damvant schlug nimmermüde, und der tote Hund ging mit gesenktem Haupt an ihm vorüber.

Im Morgengrauen erwachte Jérôme unter dem Kreuz im Wald, das Fieber war weg. Verwirrt und geschwächt blickte er sich um. Das Reh war fort. Hatte er alles nur geträumt? Oder es doch aufgehängt? Jérôme stand mit wackligen Beinen auf, blickte hoch zum Kreuz und erschrak fürchterlich!

12

Giulia kam um dreiundzwanzig Uhr zu Hause an, stellte ihren Wagen in die Garage und trat hinaus in die Nacht. Vergeblich hatte sie unterwegs versucht, Erkki zu erreichen. Er war wohl beschäftigt; manche praktischen Kursteile wurden in der Dunkelheit geübt. Er würde sich sicher bald melden.

Im alten Gebäude, dessen oberstes Stockwerk sie bewohnte und das am Hang über Chur lag, brannte kein Licht. Die anderen Mieter schienen alle bereits zu schlafen. Der Herbstwind war mild, Giulia musste noch ein paar Schritte gehen, um in Ruhe nachdenken zu können.

Direkt hinter dem alten Wohnhaus lag ein abgeernteter Kartoffelacker, auf dem sie nach der maschinellen Ernte schon so manche Kartoffel gefunden und mit nach Hause genommen hatte. Es roch nach frischer Erde, der hoch stehende Mais im anliegenden Feld tanzte im Wind. Sie blieb stehen und blickte auf die Lichter der Alpenstadt, die zwischen den Bergen eingebettet ruhte. Giulia war aufgewühlt – irgendetwas stimmte nicht, auch ihre Narbe brannte wieder wie Feuer.

Ihre Gedanken wanderten zum Fall. Sie konnte die todkranke pensionierte Staatsanwältin Erika Genelin so gut verstehen, die bereits seit so vielen Jahren darum bemüht war, Aletheias Verschwinden aufzuklären, sogar auf dem Sterbebett noch um jeden Tag rang, um die Wahrheit doch noch ans Licht zu bringen. Bisher hatte Giulia noch keinen so schwerwiegenden Fall wie diesen ungelöst mit sich herumtragen müssen. Aber sie wusste von anderen Fällen und anderen Ermittlern, die teilweise ebenfalls über Jahrzehnte keine Ruhe finden konnten.

Und Giulia verstand Monika, die ihrer Mutter den Seelenfrieden ans Totenbett bringen wollte. Den nötigen Ehrgeiz brachte sie auf jeden Fall mit, das war schon mal sehr gut, denn das war die Grundlage, um erfolgreich ermitteln zu können, das wusste Giulia am allerbesten.

Während Giulia nur hundert Meter vom Haus entfernt zwischen Kartoffelacker und Maisfeld stand und ihren Gedanken nachhing, ergriff sie plötzlich das ungute Gefühl, beobachtet zu werden. Sie schaute sich vorsichtig um. Am Rand der Wiese, direkt neben ihrem Haus, erblickte sie eine dunkle Gestalt, die sich sogleich hinter einem Baumstamm versteckte. Langsam, als hätte sie nichts bemerkt, schlenderte Giulia in der Dunkelheit zu ihrer Wohnung zurück.

Als sie sich bis auf etwa dreißig Meter dem Wohnhaus genähert hatte, rannte die Gestalt plötzlich davon. Giulia sah gerade noch, wie der schwarze Schatten zwischen den Nachbarhäusern verschwand. Aus einem Impuls heraus überlegte Giulia, ob sie der unbekannten Person hinterherlaufen sollte, doch der Dunkelheit und der fehlenden Deckung wegen ließ sie es bleiben. Dann heulte ein Motor auf, ein Wagen ohne Licht fuhr die Straße hinunter und verschwand im Quartier.

Um Punkt sieben Uhr dreißig betrat Giulia am nächsten Tag, es war ein Mittwochmorgen, im Hansahof das Büro, das sie mit Nadia und Sigron teilte. Erkki hatte sich erst sehr spät mit einer kurzen Nachricht gemeldet. Er habe viel zu tun, freue sich aber, bald von ihr zu hören. Nadia saß bereits am Schreibtisch. Sie litt noch immer unter heftiger Morgenübelkeit und sah dementsprechend aus.

»Wirf doch dein Frühstück direkt in die Toilette«, spaßte Giulia zur Begrüßung.

»Wart nur ab, bis es bei dir mal so weit ist. Ich wette, du wirst dann nicht mal deinen Frühstückskaffee mehr mögen, und dein Arsch wird trotzdem riesengroß werden.«

»Nadia, du bist doch noch immer wunderschön. Außer am Morgen, da gibt's noch etwas Luft nach oben«, scherzte Giulia.

Der Sturm hatte in den ersten Morgenstunden kältere Luft ins Churer Rheintal gebracht. Giulia trug eine taillierte graublaue Parka. Sie nahm eine Flasche Fruchtsaft aus ihrer Umhängetasche, die aus alten Lastwagenplanen gefertigt worden war. »Den magst du doch, trotz Übelkeit?«

»Ach Bella, der kommt wie gerufen.« Nadia suchte im niedrigen Aktenschrank, auf dem die Kaffeemaschine stand, ein sauberes Glas und goss sich den Fruchtsaft ein. Giulia blieb beim Kaffee.

»Kaspersky hat gestern Abend diesen Lederhosen-Django laufen lassen müssen, aber mit großem Fragezeichen«, erklärte Nadia und gähnte.

»Wieso? Der Kerl hat sich neue Schuhe gekauft und wahrscheinlich eine neue Jacke. Das tut man nicht einfach so an einem Montagnachmittag …«

»Ich habe diese, ach wie heißt die noch mal …«, Nadia tippte etwas in ihr Notebook, »genau, diese Montanella, die Modeschöpferin aus St. Moritz, angerufen. Sie bestätigt, dass er bei ihr war.«

»Na schön, wenn es denn stimmt. Aber es ist dennoch verdächtig, dass er sich zuvor seines Handys und wahrscheinlich auch seiner Schuhe und seiner Jacke entledigt hat.«

»Du sagst es. Das hat auch der Haftrichter gemeint. Aber leider liegt dafür kein einziger Beweis vor.«

»Ach komm schon, Lederhosen-Django ist bestimmt irgendwie in den Fall verwickelt.«

»Gut möglich. Doch ich habe gestern alle Läden, auch die Sportgeschäfte angerufen und nach einem entsprechenden Verkauf am Montag gefragt – nichts. Das hat der Haftrichter entsprechend werten müssen.«

»Dann hat der Mistkerl die Sachen sonst wo herbekommen. Nadia, ich bin sicher, der war mit den Schuhen, die er gestern trug, unmöglich im Gebirge.«

»Lass uns mehr Beweise suchen. Ich werde mich heute darum kümmern und auch mehr über diese Martina Abderhalden in Erfahrung bringen. Immerhin habe ich auf deinen Tipp hin gestern Abend den Namen und die Adresse der Hüttengehilfin rausgefunden. Sie heißt Bettina Lütscher und wohnt in Ems. Da ich auf dem Posten wegen meiner Schwangerschaft niemanden mehr vernehmen darf, habe ich für heute einen Telefontermin mit ihr vereinbart, um ihr ein paar Fragen zu stellen.«

»Super, die wird uns mehr zu Abderhalden sagen können, denn wie wir beide wissen, ist eine Sommersaison in einer so großen Hütte ohne entsprechende Hilfe nicht zu schaffen. Und falls du das Gefühl hast, dass die irgendwie im Fall drinsteckt, laden wir sie auf den Hansahof vor.«

»Genau, das habe ich mir so gedacht. Aber zurück zu Kaspersky: Sie hat eben angerufen und ausgerichtet, dass du schnellstmöglich zu ihr in die Forensik kommen sollst. Sie sagte auch, für mich wäre das nichts, da ich ja trächtig sei.«

»Was hat sie gesagt, trächtig? Hat sie wirklich trächtig gesagt?« Giulia sperrte den Mund übertrieben weit auf, worauf ihre Narbe erneut zu brennen begann.

Nadia lachte. »Ach, die war doch mit den Gedanken sonst wo. Immerhin hat sie nicht gefragt, wann ich denn mein Junges werfen werde …« Beide lachten, und Giulia verschluckte sich beinahe an ihrem Kaffee.

Das Gelächter verebbte. Giulia sagte: »Wir haben im Moment noch nicht viel in der Hand. Wir wissen lediglich, wer die Tote in der Hütte und wer die Gletscherleiche ist.« Sie erzählte Nadia vom Besuch im Glaspalast am Vorabend und vom seltsamen Gemälde mit der Frau im roten Kleid auf dem Gletscher. Sie zeigte Nadia ein Foto davon.

»Krass. Wenn das nicht was heißen soll«, stieß Nadia hervor.

»Ja, du sagst es. Aber zum Fall der Chamanna: Was ist mit dem toten Mann? Gibt es dazu Neuigkeiten? Irgendwas?«

»Den scheint niemand zu vermissen, zumindest noch nicht. Seine Fingerabdrücke sind laut Kaspersky in keiner Datenbank zu finden. Doch etwas haben wir nun gesichert: Die blutigen Schuhabdrücke passen nicht zum Schuhprofil des Toten. Das stützt die These, dass Lederhosen-Django in den Fall verwickelt ist, noch zusätzlich. Und übrigens: Kaspersky hat heute Früh mich und nicht dich angerufen, weil sie dich nicht in der Früh stören wollte. Sie wusste, dass du gestern noch lange unterwegs warst.«

»Ach, was ist denn plötzlich mit der los? Die ruft sonst zu jeder Tages- und Nachtzeit an. Komisch. Aber zum noch unbekannten Toten: Er könnte sich auch für ein, zwei Tage von seiner Familie oder seinen Freunden verabschiedet haben, um in die Berge zu gehen. Glaub mir, es ist nur eine Frage der Zeit, bis sich jemand meldet und uns sagt, wer der Mann ist.«

»Hast du schon einen Blick in die Boulevardzeitungen geworfen?«

»Nein. Die Geschichte ist also im *Blick*?«

»Und auf *20 minuten*. Dieser Lederhosen-Django hat

das Bildmaterial, wie wir ja wissen, bereits verkauft und sich gleich selbst noch abbilden lassen. Seltsamer Vogel.«

»Na ja.« Giulia rieb sich das Gesicht. »Aber wer die Tote ist, darüber wurde nichts geschrieben, oder?«

»Nein, nur dass ein mysteriöser Leichenfund gemacht worden sei, dann die Sache mit dem roten Kleid, und dass seit diesem Spätsommer aufgrund des Gletscherschwunds auch an anderen Orten in der Schweiz Leichen oder Leichenteile gefunden worden seien. Müde?«

»Ein bisschen.« Giulia gähnte. »Weißt du, diese Art von Schreiberlingen saugen sich doch immer irgendwas aus den Fingern. Die sind bestimmt schon auf dem Weg ins Bündnerland, um die Story auszuschlachten. Die vergessen, dass es sich hier um einen jungen Menschen handelt, der zu Tode gekommen ist. Unsere Pressesprecherin wird mich wahrscheinlich sofort in eine Kommunikationsweiterbildung schicken und mir befehlen, von nun an nur noch in langen Unterhosen zu ermitteln, damit ich nicht wieder zu sexy abgelichtet werde.«

Nadia lachte. »Ach komm, die meint es doch nicht so. Die will dich nur schützen. Schöne Polizistinnen, wie wir beide es nun mal sind, haben es eben manchmal sauschwer.« Nadia zwinkerte Giulia zu.

Sie beide wussten aber, dass es nicht Giulias gutes Aussehen war, dass sie hin und wieder in den Fokus der Presse brachte. Giulia hatte etwas, das die Presseleute zu provozieren schien, denn Nadia sah auf eine andere Art genauso gut aus.

»Ach, ich kann diese Gewittergeiß von einer Kommunikationstante nicht ausstehen. Ihre Fingernägel und die Frisur sind immer perfekt, sie trägt Kleidung wie eine Bankerin und will mir vorschreiben, wie ich mich da draußen zu verhalten habe. Ich will niemand anderes sein als die, die ich bin, und von den anderen gibt's ja schon genug«, sagte Giulia genervt.

»Ach komm, Giulia, fahr in die Forensik, und danach sieht die Welt schon wieder anders aus.«

»Du meinst lebendiger?«

»Sag, bist du etwa doch mit dem falschen Fuß aufgestanden?«

»Irgendwie schon. Und übrigens, ich glaube, gestern Nacht ist mir jemand gefolgt …« Sie sagte nicht, dass ihre Narbe höllisch brannte und sie sich seltsam fühlte. Etwas stimmte nicht.

Im fensterlosen Untergeschoss der Forensik aß Dr. Kaspersky mit einer Plastikgabel einen Salat aus der Fertigbox, als Giulia um kurz nach acht Uhr eintrat. Im Hintergrund stand Hugentobler in einem weißen Kittel über eine Leiche gebeugt.

»Guten Morgen und guten Appetit«, rief Giulia.

Kaspersky nickte mit vollem Mund und stand mit der Salatbox in der linken Hand auf. Mit der Gabel in der rechten Hand winkte sie zum Zeichen, dass Giulia ihr folgen solle.

Noch immer kauend, platzierte sie sich vor einer Wand aus Chromstahl. Giulia wusste, dass in den darin eingebrachten Fächern die Leichen in Ausziehschubladen lagen. Kaspersky winkte Hugentobler mit der Gabel, kaute noch immer. Dieser trottete herbei, unter seinem offenen Kittel trug er einen braunen Strickpullover. Er zog das zweite Fach von unten rechts auf.

Darin lag das männliche Opfer aus der Chamanna Coaz. Dr. Kaspersky sagte mit vollem Mund: »Ich mache Sie beide bekannt: Leutnant de Medici, das hier ist Beat Fähnrich aus Chur.«

»Wie das? Nadia hat mir doch soeben gesagt …«

»Ach, die habe ich angelogen.«

»Wieso?« Giulias Ton wirkte entrüstet.

Kaspersky schluckte. »Die ist schließlich schwanger, da muss man vorsichtig mit ihr umgehen. Auf dem Röntgenbild des Kerls haben wir sein künstliches Hüftgelenk gesehen. Dieses Teil habe ich eben rausgeholt, bevor ich den Salat aß. Solche medizinischen Produkte tragen Seriennummern. So konnten wir ihn identifizieren.«

»Das ist sehr gut. Was wissen Sie noch über ihn?«

»Er starb wegen der Stichwunde am Hals. Der hohe Blutverlust war letztlich die Todesursache. Mittlerweile ist anhand der DNA-Bestimmung der Blutstropfen, welche die beiden Tatorte am Boden verbanden, gesichert, dass zunächst die Hüttenwartin erstochen wurde, dann er. Beat Fähnrich wollte dem Angreifer aber allem Anschein nach noch entkommen, zum Fenster hinaus, daher die Abwehrstichverletzung an seiner linken Hand, doch daraus wurde ja bekanntlich nichts. Aber die Blutspuren am Fenster erhärten diese Vermutung. Was es mit den drei Blutstropfen auf den Steinen vor dem Fenster auf sich hat, ist noch unklar. Ich kann nur sagen, dass das ebenfalls Fähnrichs Blut ist. Wahrscheinlich ist, dass der Täter mit der tropfenden Tatwaffe in der Hand aus dem Fenster geflohen ist. Wir sind auf jeden Fall dran, die Blutspuren noch genauer zu untersuchen.« Kaspersky legte die leere Salatbox und die Gabel zur Seite. Hugentobler reichte ihr ein Blatt Papier. Sie las vor: »Beat Fähnrich war sechsundvierzig, Patient hier im Kantonsspital Chur, Schreiner von Beruf. Infolge eines Arbeitsunfalls mit einem Gabelstapler vor zehn Jahren musste ihm die Hüfte geflickt werden. Seither ist der Kerl wieder auf den Beinen. Adresse und weitere Informationen zu ihm sind im Datenblatt enthalten.«

»Bestens und ...« Giulia überflog das Gedruckte.

»... diese Gletschertote«, ergänzte Kaspersky, »wie wir wissen, verschwand sie irgendwann nach dem 3. Juli 1995. Zum jetzigen Zeitpunkt liegen mir noch nicht alle Befunde vor, aber was ich mit großer Wahrscheinlichkeit sagen kann, ist, dass sie erstickt ist.«

»Erstickt? Aus welchem Grund?«

»Eine massive Strangulation kann ausgeschlossen werden. Diese Male hätten sich auch jetzt noch nachweisen lassen, auch ist das Zungenbein nicht gebrochen, die Luftröhre intakt...«

»Das heißt?«

»Dass ich die Todesursache nicht genau verifizieren kann. Vermutlich wurde sie geknebelt und ist dadurch erstickt. Ich habe sämtliche Körpermerkmale fotografiert und für Sie im Projektordner auf dem Server hinterlegt.«

»Sexualverbrechen?«

»Möglich, aber schwierig zu sagen, der Zustand der Leiche war dank der Eiseskälte zwar gut, aber ich musste sie erst langsam auftauen. Schwanger war sie jedenfalls nicht. Auf die Resultate der vaginalen Gewebeuntersuchung warte ich noch, aber wie gesagt, DNA-Material kann Jahrtausende überdauern. Wir sind dran. Einen Glaziologen habe ich überdies auch noch zu Rate gezogen. Ach ja, und ich fand keine Erfrierungsmerkmale. Das heißt, die junge Frau starb nicht im Eis. Was nicht heißt, dass sie ihren Tod nicht oben auf dem Gletscher fand.«

»Was ist mit der Hüttenwartin? Martina Abderhalden?«

»Die habe ich mir gestern ganz genau angeschaut. Der einzige Messerstich, den sie direkt ins Herz bekam, führte zum sofortigen Tod. Auch sie war nicht schwanger, musste vor ihrem gewaltsamen Tod aber Geschlechtsverkehr gehabt haben. Die DNA-Bestimmung des Samenträgers ist im Labor. Sollte heute noch eintreffen. Alle Opfer waren nüchtern, 0,0 Promille. Es wurden bisher auch keine Drogen im Blut oder Gewebe nachgewiesen. Und bitte schön, verschonen Sie Adjutant Nadia Caminada mit diesen Details.«

Giulia war erstaunt, dass Nadias Schwangerschaft bei der introvertierten und kühlen Kaspersky fast schon Muttergefühle auslöste. Diese Seite kannte sie noch nicht an ihr. Doch seit gestern Morgen in der Hütte würde sie von Kasperskys Verhalten nicht mehr so schnell überrascht werden. Giulia nickte und machte sich auf den Weg zur Schreinerei Marti in der Sägenstrasse, wo Beat Fähnrich gearbeitet hatte.

Kurze Zeit später betrat Giulia einen mittelständischen Betrieb mit fünfundzwanzig Mitarbeitenden. Rolf Marti, ein drahtiger Mann mit buschigen braunen Augenbrauen, schien erstaunt, als Giulia ihm ihren Dienstausweis zeigte, nachdem er seine Bürotür hinter sich zugezogen hatte.

»Tot?«, wunderte er sich.

Giulia nickte. »Leider. Darum bin ich hier. Er wurde wie gesagt Opfer eines Mordes, ich ermittle in dem Fall. Sagen Sie, Herr Marti, was war Beat Fähnrich für ein Mitarbeiter?«

Marti musste sich erst sammeln. »Der Beat. Ja, was soll ich sagen? Der war ein stiller, sehr zuverlässiger Schreiner. Fehlte, von seinem schweren Unfall vor zehn Jahren abgesehen, keinen einzigen Arbeitstag. Er war eher verschlossen, aber ausgesprochen höflich und umgänglich. Nach seiner Lehre kam er zu uns und blieb uns treu.«

»Können Sie sich vorstellen, wen er sich zum Feind gemacht hat?«

»Beat? Nein! Beim besten Willen nicht, Frau …«

»… de Medici.«

»Nein. Auf einen wie ihn kann niemand wütend werden. Also ich bin ja kein Ermittler, aber kann es nicht sein, dass er ein Zufallsopfer geworden ist? Oder etwas gesehen hat, das er nicht hätte sehen sollen?«, ereiferte sich Marti.

Daran hatte Giulia bereits gedacht, denn ihr Bauchgefühl sagte ihr, dass das eigentliche Ziel des Mörders die Hüttenwartin gewesen war. Warum Beat Fähnrich ebenfalls ermordet wurde, darüber ließ sich zu diesem Zeitpunkt nur spekulieren. Sie antwortete: »Mag sein. Wir stehen ja erst am Anfang. Sagen Sie, hatte er eine Freundin oder eine Frau, und kennen Sie eine Martina Abderhalden?«

»Nein, die Frau kenne ich nicht, nie gehört. Beat hat aber auch äußerst selten über sein Privatleben gesprochen. Das Einzige, das ich über sein Leben außerhalb der Schreinerei weiß, ist, dass er hin und wieder in verschiedenen Alphütten private kleine Schreinerarbeiten ausgeführt hat. Vor allem während der letzten paar Monate. Wissen Sie, die dort oben haben nicht immer das nötige Geld für offizielle Aufträge. Korrekt, wie Beat war, hat er mich um mein Einverständnis gebeten, diese Arbeiten privat annehmen zu dürfen.«

Das ergab Sinn, fand Giulia, denn die Chamanna Coaz war zweifellos in die Jahre gekommen und sollte gemäß Information auf der Webseite in den nächsten Monaten saniert werden. Dann war Fähnrich wohl deshalb oben gewesen.

»Also wenn ich Sie richtig verstanden habe, Herr Marti: Beat Fähnrich war ein ausgesprochen umgänglicher, zurückhaltender und auf Korrektheit bedachter Mitarbeiter gewesen, der obendrein die Zuverlässigkeit in Person war.«

»Also wenn ich das nächste Mal ein Arbeitszeugnis

schreiben muss, dann hole ich Sie«, sagte Marti, um die Anspannung etwas zu lösen. Dann wurde er wieder ernst. »Ich kann es noch immer nicht glauben. Er hätte noch bis Ende Woche Urlaub gehabt, und nun kommt er nicht wieder.«

»Behalten Sie das vorläufig für sich. Wir müssen noch abklären, ob und wo er Familie hat, die es zu benachrichtigen gilt. Auch deshalb bin ich hier. Haben Sie weitere Angaben, in den Personalakten vielleicht? Ansonsten bekomme ich die über unseren Hintergrunddienst.«

Beat Fähnrich hatte in einem der Hochhäuser im Churer Quartier Lacuna gewohnt, im vierzehnten Stock. Der Briefkasten war nur mit seinem Namen beschriftet. Auf Giulias Klingeln reagierte niemand. Sie rief Nadia an, die soeben mit der Vernehmung der Hüttengehilfin, dieser Bettina Lütscher, fertig war. Giulia bat Nadia um die Erwirkung eines Hausdurchsuchungsbefehls, um allfällige Angehörige ausfindig zu machen und mehr über Fähnrich zu erfahren. Sie ließ Nadia zudem wissen, dass sie nun auf dem Weg zurück in den Hansahof sei.

Am Haupteingang des Blocks fotografierte Giulia die Infotafel der Verwaltung. Da diese ihre Büroräumlichkeiten nur hundert Meter davon entfernt hatte, ging sie auf dem Weg in den Hansahof schnell dort vorbei.

Giulia hielt sich bedeckt, verschwieg die genauen Umstände ihres Besuchs, erfuhr aber, dass Fähnrich schon über zwanzig Jahre dieselbe Zweizimmerwohnung mietete und ein äußerst ruhiger Zeitgenosse sei, der immer pünktlich den Mietzins überweise. Nie sei es zu Klagen gekommen, sagte die Verwalterin, die bereits dreißig Jahre in der Firma tätig war. Ebenso sei zu keiner Zeit eine Nebenmieterin gemeldet worden.

Dieses Bild bestätigte die Aussagen des Schreiners Marti. Auf dem Anmeldeformular für die Wohnungsbewerbung, das der damals zwanzigjährige Beat Fähnrich für die Verwaltung ausgefüllt hatte, war seine alte Wohnadresse vermerkt, die seiner Eltern in Klosters.

Als Giulia kurz vor zehn Uhr im Hansahof ankam, hatte sie bereits das pensionierte Ehepaar Fähnrich angerufen und ihnen mitgeteilt, dass sie noch vor dem Mittag bei ihnen auftauchen werde. Zum Glück hatte der alte Herr Fähnrich dies nur mit kurzer Verwunderung zur Kenntnis genommen und nicht weiter nachgefragt.

In Absprache mit Peterelli wurde die Polizeipsychologin Esther Gartmann aufgeboten. Giulia wartete in ihrem Büro auf sie, während Nadia vom Gespräch mit der Hüttengehilfin berichtete:

»Die Abderhalden war eine attraktive Hüttenwartin, das bezeugen die Bilder im Web. Gemäß der Hüttengehilfin sei sie der Männerwelt sehr zugetan gewesen.«

»Ach was?«

»Tja, Lütscher gab an, sie hätte sich gegen Ende der Saison mit der Hüttenwartin zerstritten, da Abderhalden die Arbeiten öfters vernachlässigt habe ... zugunsten ihres ausschweifenden Sexlebens.«

»Das würde zu den Aussagen der beiden Holländer passen, die am Montag nach der Sichtung der Gletscherleiche die Hüttenwartin beim Schnackseln gehört haben wollen.«

»Gemäß der Hüttengehilfin sei es wirklich ausufernd gewesen. Im Streit habe sie deshalb gegenüber Abderhalden die Chamanna Coaz als höchstgelegenes Bordell der Welt betitelt, was ihr im Nachhinein nun leid tue. Aber jetzt kommt's: Abderhalden habe zwar mit dem Schreiner Fähnrich nichts gehabt, wie Lütscher zu wissen glaubt, aber sie habe dessen Gutmütigkeit regelrecht ausgenutzt und ihn, wie andere Männer ebenfalls, für ihre Zwecke eingespannt. Fähnrich sei brav einige Wochenenden hintereinander hochgekommen, wie ein Lamm zur Schlachtbank, und habe die Planung der Schreinerarbeiten für den Umbau in die Hand genommen, und das selbstverständlich kostenlos.«

»Kurzum, sie hat die Männer um den Finger gewickelt.«

»Genau.«

»Dann hätten wir immerhin ein Motiv.« Giulia nahm einen Schluck Kaffee. »Hast du die Hüttengehilfin auch zu Lederhosen-Django befragt?«

»Naturalmente. Den habe die Abderhalden immer auf Distanz gehalten, hieß es seitens Lütscher. Doch er habe sie, vor allem in den letzten Wochen, arg umworben. Allerdings wohl vergeblich.«

»Aha, und er gab vor, ein Platzhirsch zu sein. Gab es Streitereien? Irgendwas?«

»Django sei auf Fähnrich nicht gut zu sprechen gewesen. Denn immer, wenn er oben in der Hütte mit Martina anbandeln wollte, schwirrte auch Fähnrich umher. Ich nehme an, er dachte, dass Fähnrich und Abderhalden sich nahestanden.«

»Ein weiteres Motiv, immerhin.« Giulia stellte die leere Tasse auf den Tisch, als die fünfzigjährige Polizeipsychologin Gartmann ins Büro trat. »Danke, bleiben wir dran.«

Giulia verabschiedete sich von Nadia und machte sich mit Gartmann auf den Weg nach Klosters.

Bald standen sie vor dem alten Holzhaus der Fähnrichs in Klosters, und Giulia war froh, dass Gartmann gleich die tragische Nachricht überbringen würde, derweil sie sich auf die ermittlungsrelevanten Fragen konzentrieren konnte.

Das Ehepaar Fähnrich, beide über siebzig, ließ die beiden Frauen eintreten. In ihren freundlichen Gesichtern stand die Frage nach dem Grund des Besuches.

Das Haus war schlicht, viel Holz, einfacher Ausbau, kleine Fenster, weiß-rot karierte Tischdecke in der Küche, ein Kachelofen in der Stube und an der Wand das Kreuz Christi samt Rosenkranz und eine kleine Schale mit Weihwasser.

Die tragische Nachricht, die Gartmann ihnen überbrachte, ließ die beiden schweigen, als müssten sie es erst richtig verstehen. So behutsam wie möglich zeichnete Gartmann das Bild des Verbrechens, bis alles gesagt war.

Mutter Gerda hielt die Hände im Schoß, Vater Eduard nestelte an seinem Daumennagel. Dann erst fingen sie an, mit leisen Stimmen zu erzählen: Der Beat sei ein lieber Bub gewesen, sagten sie einstimmig. Es habe nie Probleme mit ihm gegeben, auch in der Schule nicht. Seine Lehrzeit habe er in Klosters hinter sich gebracht, danach sei er sozusagen nach Chur ausgewandert. Eine große Sache sei das damals gewesen, für sie alle. Beat war damals erst zwanzig, aber pflichtbewusst wie er war, sei auch das alles bestens vonstattengegangen. Seither habe er immer dieselbe Wohnung in Chur bewohnt und auch den Arbeitgeber nie gewechselt. Nur mit den Frauen habe es nie so recht klappen wollen. Die hätten sich nicht von sich aus einen so stillen Mann geangelt und seine liebenswerte Art sei manchmal auch ausgenutzt worden. Nur einmal habe er eine richtige Freundin gehabt, noch hier in Klosters, während des letzten Lehrjahrs. Ausgerechnet die Tochter des reformierten Pfarrers. Aber das sei so still und leise, wie es gekommen war, auch wieder in die Brüche gegangen. Die Trennung sei möglicherweise mit ein Grund für seinen großen Entscheid gewesen, das Prättigau zu verlassen. Bis heute sei Beat ein lieber Sohn geblieben. Er sei regelmäßig vorbeigekommen, immer mit dem Zug, denn er besaß kein Auto. Er blieb jeweils übers Wochenende und schaute im und ums Haus nach dem Rechten. Jedes Mal habe er sich auf die Rösti der Mutter gefreut, denn das Kochen sei nie seins gewesen, bekamen Giulia und Esther Gartmann zu hören.

Giulia fragte nach dem Namen dieser Freundin, auch wenn die Beziehung schon sehr lange zurücklag. Sie hieß Miriam Thöny, erfuhr sie. Gartmann fragte nach, ob diese Ex-Freundin Psychologin geworden sei, denn sie kenne eine Miriam Thöny aus Klosters. Sie nickten. Unter Einheimischen kenne man sich halt, sagte Gartmann.

Kurz vor zwölf Uhr verließen Giulia und Gartmann das Haus. Giulia trug wieder dieses Gefühl in sich: Da kamen sie in ein Haus, in dem vor ihrem Besuch noch alles wie immer war, und hinterließen es eingehüllt in Trauer, als wären Seelenbrandstifter zu Besuch gewesen. Es war ihr zwar bewusst, dass dies in der Natur ihres Berufes lag, doch ihr Gesicht und ihr Name blieben bei den Hinterbliebenen trotzdem mit dem Schrecken verbunden, und das machte ihr zu schaffen. Als sie im Auto saßen, begann ihre Narbe wieder zu brennen. Sie musste endlich etwas dagegen unternehmen. Sie würde sobald wie möglich ihre Dermatologin anrufen.

Gartmanns ruhige Stimme riss Giulia aus ihren Gedanken: »Das hast du gut gemacht.«

Giulia wandte sich der Psychologin zu, ihre Sonnenbrille hatte sie in die Haare geschoben, da die Sonne schon seit Minuten hinter dem stürmischen Wolkenhimmel verschwunden war. »Wie meinst du das?«

»Du hast den beiden Luft gelassen und ihnen in einer

Atmosphäre der Wertschätzung verständlich gemacht, dass du Informationen brauchst.«

»Merci«, sagte Giulia und blickte zurück auf die Straße. Die Sonne kam wieder kurz raus und tauchte das herbstliche Tal in Licht und Schatten.

»Ich werde Miriam Thöny mal anrufen, wenn du einverstanden bist. Die Beziehung zwischen ihr und dem Mordopfer ist zwar sehr lange her, aber die Grundstrukturen des Charakters ändern sich nie. So erfahren wir vielleicht aus anderer Sicht, was Beat Fähnrich für ein Typ gewesen ist. Was meinst du?«

»Gute Idee!«

Um Viertel vor eins fuhr Giulia in die Loëstrasse. Nadia fuhr, seit sie schwanger war, in ihrer neunzigminütigen Mittagszeit täglich nach Hause, um dort etwas zu essen. Manchmal richtete sie auch etwas im Kinderzimmer her. Früher gingen die beiden Kolleginnen meist zusammen irgendwo was essen.

Giulia parkte ihren Wagen vor dem alten Schopf, Stoßstange an Stoßstange mit Nadias Skoda. Immer wenn sie bei Nadia zu Besuch kam, musste sie an deren Großvater denken, den berühmten Landjäger Caminada, der das Haus vor ihr bewohnt hatte. Dass sein Velotöffli noch immer im Schopf stand, so wie damals, als er in den vierziger und fünfziger Jahren damit zum Einsatz ratterte, faszinierte Giulia immer wieder aufs Neue. Die Wiese neben dem Haus, auf der er seine Tiere gehalten hatte, war längst einem Neubau gewichen, sein Haus renoviert. Doch der Gemüsegarten war in seiner ursprünglichen Größe erhalten geblieben, ebenso die vier Obstbäume, von denen der Landjäger drei noch im hohen Alter mit eigenen Händen gesetzt hatte.

Und noch etwas war erhalten geblieben: Im Flur hing der alte schwarze Telefonapparat, den der Landjäger Caminada nur den Affenkasten genannt hatte. Nadia konnte auf dem alten Telefonapparat mithilfe eines Adapters tatsächlich Anrufe empfangen, wenn auch keine tätigen. So erklang im Haus des Landjägers noch immer dasselbe Telefongeläut, doch nun war es seine Enkelin, die im Flur den Hörer hob und sich mit »Caminada« meldete, da sie ihren Namen bei der Hochzeit beibehalten hatte.

Giulia drückte die Hausglocke und trat sogleich ein. Nadia saß im Wohnzimmer auf dem Sofa, die Füße hochgelagert, und trank Tee.

»Es hat noch Pesto Pasta. Nimm dir gerne einen Teller, Bella«, begrüßte sie ihre Freundin.

Giulia dankte, wusch sich in der offenen Küche die Hände und nahm vom Essen, dazu ein Glas Leitungswasser. So wie Giulia sich hier zu Hause fühlte, tat es Nadia auch bei ihr daheim. Giulia mochte Nadias Haus. Es war gemütlich eingerichtet.

Als Giulia sich nach dem Essen mit einem Kaffee zu Nadia setzte, fragte diese: »Wie haben die Eltern es aufgenommen?«

»Es sind ganz ruhige, in sich gekehrte Leute, wie ihr Sohn wohl auch gewesen war. Aber sie werden leiden … wie alle.«

»Um diese Seite unseres Jobs beneidet uns niemand.«

»Du sagst es.« Giulia blickte auf die Uhr. »Shit. Monika Genelin kommt bereits in einer Viertelstunde ins Büro. Ich will nicht, dass sie auf mich warten muss.«

»Ach, die hat ausgerichtet, dass sie erst noch im Kommando vorbeifährt. Hartmann und sie hätten einen Termin.«

»Ach so, einen Termin?« Giulia machte ein vielsagendes Gesicht.

»Ist dir auch aufgefallen, dass Hartmann an ihr zu kleben scheint?«

»Und ob. Und ich verrate dir was: Die beiden sind ein Paar!« Giulia erzählte Nadia alles, denn Monika hatte Giulia darum gebeten, Klarheit im ganzen Team zu schaffen.

»Na ja, es wurde ja Zeit, dass er erhört wurde … nun bist du ihn also los.«

»Ganz ehrlich? Ich bin froh für mich, aber noch mehr freue ich mich für ihn. Nur kann ich mich noch nicht so schnell an seinen neuen Ton mir gegenüber gewöhnen. Er ist auf einmal so nett.«

Nadia lachte ihr warmes Lachen. Sie legte dabei liebevoll ihre linke Hand auf ihren gewölbten Bauch. »Wart nur ab, bis du wieder mal deine eigenen Wege gehst, dann wird er schnell zum gewohnten Poltergeist, glaub mir.«

»Das beruhigt mich ja ungemein …« Giulia stand auf und brachte das Geschirr in die Küche, stellte es in den Geschirrspüler. Dann verließ sie das Haus. Nadia versprach, ihr in fünf Minuten zu folgen.

Um Viertel vor zwei Uhr fuhr Monika Genelin in ihrem schwarzen BMW Kombi beim Hansahof vor. Sie erschien in einem modischen, dünnen Mantel mit übergroßen Knöpfen und einem breiten Gürtel. Darunter trug sie Stoffhosen und schwarze Schuhe mit kleinen Absätzen. Monika duftete gut nach Parfüm. Als würde sie zu Gericht fahren, trug sie links und rechts einen dicken schwarzen Aktenkoffer.

Giulia und Nadia hatten kurzerhand den einzigen der Vernehmungsräume, welcher ein Fenster hatte, zu einem Ermittlungsraum umfunktioniert: Flipchart, ein Schreibtisch mit PC und Telefon und mittig ein Besprechungstisch, an dem bis zu sechs Personen Platz nehmen konnten, standen darin. Hartmann war persönlich zum ersten Strategiemeeting erschienen. Peterelli, ließ er verlauten, liege mit einer fiesen Magen-Darm-Grippe im Bett und lasse sich entschuldigen.

Rasch wurde in gegenseitigem Einvernehmen entschieden, dass Giulia die Leitung im Fall der beiden Toten in der Chamanna Coaz übertragen wurde, die Akte Aletheia von Wertenstein solle die Staatsanwältin Monika Genelin übernehmen. Nadia ihrerseits wurde zum SPOC bestimmt, was auf der Hand lag. Als *Single Point of Contact* würden bei ihr alle Fäden der beiden Fälle zusammenlaufen, sie würde die Informationen sammeln, sichten und in die Dokumente einfließen lassen. Wo immer sie konnte, würde sie die Ermittlungen auch selber vorantreiben, wenngleich nur vom Backoffice aus.

Der Kommandant hielt fest, dass sämtliche Angehörige der drei Opfer nun informiert worden seien. Die Eltern der Hüttenwartin waren bereits am Vortag in Adelboden durch die Berner Polizei aufgesucht und befragt worden. Gemäß Abderhaldens Familie gebe es keine unmittelbar Verdächtigen, die Tochter habe zumindest nie so etwas erwähnt, wobei der Kontakt zu ihr recht lose gewesen sei, denn sie hätten schon immer Mühe mit Martinas vielen Männergeschichten gehabt.

Nadia stand an der Flipchart. Sie hatte bereits beide Fälle mit je einem Kreis skizziert. Um diese platzierte sie die Namen der jeweiligen Opfer, deren Familienangehörige, Örtlichkeiten und die Zeitschiene sowie sämtliche Personen, deren Namen bisher in diesen Zusammenhängen aufgetaucht waren. Sie ergänzte die neuen Informationen, ehe sie ein Excel-Sheet mit den aktuellen Pendenzen öffnete. Darin fanden sich Punkte wie die Auswertung diverser Überwachungskameras, zuerst diejenigen vom

Gasthof Roseggletscher, die einen Teil des Weges ins Tal aufzeichneten. Davon erhofften sie sich einiges. Zwei interne IT-Spezialistinnen der Kapo waren am Morgen bereits losgefahren, um die Daten zu sichern und nach Chur zu bringen.

Nachdem Monika die mit Akten und Ermittlungsberichten voll gefüllten Taschen ausgeräumt und alles fein säuberlich auf dem Tisch ausgelegt hatte, begann sie über den rätselhaften Fall der Aletheia von Wertenstein zu erzählen:

»Am Samstag, 1. Juli 1995, am Tag ihres zwanzigsten Geburtstages, machte sich Aletheia auf eine Pilgerreise, auf den Jakobsweg. Wahrscheinlich war eine Sinnsuche ihr Beweggrund gewesen, wie bei den meisten Leuten, die diesen Weg gehen. So stelle ich mir das zumindest vor. Ausfindig machen konnte meine Mutter damals Aletheias drei besten und auch einzigen Freundinnen aus dem Klub der Täubinnen.« Monika hatte die fragenden Gesichter erwartet, erzählte also, was es mit dem Klub auf sich hatte. Dann fuhr sie fort: »Diese drei Freundinnen, damals allesamt ebenfalls zwanzigjährig, begleiteten Aletheia während der ersten drei Tage. Im Kloster Einsiedeln verabschiedeten sie sich voneinander, und Aletheia gab an, dass sie danach in Richtung Schwyz pilgern wollte. Doch ihre Spur verlor sich nach dem Kloster Einsiedeln. Was wir wissen, ist, dass sie ins Aostatal wandern wollte, zu einem buddhistischen Zentrum in der Nähe von Saint-Christophe. Das hatte sie ihren Freundinnen gesagt, aber sie wolle sich vom Lebensstrom leiten lassen und könne somit auch irgendwo sonst hingeführt werden. Angekommen ist sie im Aostatal jedenfalls nie.«

Monika blickte kurz in die Gesichter der Anwesenden. Als keine Fragen kamen, Giulia hielt sich noch zurück, erzählte sie weiter: »Zu den möglichen Gründen für ihr Verschwinden: Es wurden keine Verdächtigen, kein Motiv, rein gar nichts gefunden. Daher ging man davon aus, dass sie das Pech hatte, unterwegs als Zufallsopfer einem Gewaltverbrecher in die Hände gefallen zu sein. Von ihrem Naturell her war sie eine offene junge Frau, die sich vorbehaltlos anderen Menschen näherte.«

Giulia hakte ein: »Und siebenundzwanzig Jahre später finden wir sie in einem roten Sommerkleid und barfuß im Engadin auf über zweieinhalbtausend Metern, gefangen im Gletschereis.« Sie sagte nicht, dass ein Fall, der so lange zurücklag, gemäß Kriminalstatistik kaum mehr zu lösen war, denn Statistiken hatte sie sowieso noch nie gemocht.

Monika führte an: »Als offiziell vermisst gemeldet wurde sie von der Familie erst im Oktober. Je nachdem, wann genau sie verschwunden war, verlor man bei der Fahndung daher wertvolle Zeit.«

Nadia fragte: »Wann genau begannen die von Wertensteins nach ihr zu suchen? Oder wandten sie sich direkt an die Polizei?«

»Eine wichtige Frage. Da Aletheia vor ihrem Aufbruch ihre Familie wissen ließ, dass sie sich nur selten melden würde, verstrichen Wochen, ehe die von Wertensteins unruhig wurden und in einem ersten Schritt die damals bekannte Detektei Wunderlin in Zürich anheuerten. Wunderlin selber übernahm die Ermittlungen, der war damals bereits fünfzig und ist vorletztes Jahr verstorben, somit können wir den nicht mehr befragen. Er und Theodore von Wertenstein waren außerdem enge Freunde gewesen, das muss man wissen. Doch Wunderlins Ermittlungen liefen allesamt ins Leere, wie ich aus den Akten und Aussagen meiner Mutter weiß.«

»Gab es eine Öffentlichkeitsfahndung? Wurde in der Hinsicht was gemacht?« Giulia dachte angestrengt nach. »Und da wäre noch der Selbstmord des Butlers. Der macht mich stutzig.«

»Zur ersten Frage: Von einer Vermisstenmeldung, einem Aufruf in Zeitungen oder gar im Fernsehen wollten die von Wertensteins partout nichts wissen. Die standen und stehen noch immer überhaupt nicht gern in der Öffentlichkeit, wenn's um anderes als die Geschäfte geht. Außerdem äußerten sie damals nicht zu Unrecht die Befürchtung, dass Trittbrettfahrer sich melden und Lösegeld erpressen würden, ohne überhaupt etwas mit dem Fall zu tun zu haben. Auch Wunderlin war dagegen, weil auch er nicht glauben wollte, dass Aletheia einem Gewaltverbrechen zum Opfer gefallen sein könnte. Sie gingen lange, viel zu lange davon aus, dass sich die junge Aussteigerin einfach der Familie entziehen wollte und freiwillig untergetaucht war.«

»Okay. Und das mit dem Butler?«

»Der gute Mann war damals um die fünfzig Jahre alt und jahrelang Aletheias zweiter Schatten gewesen. Egal, wen meine Mutter fragte, alle sagten, dass der Butler sich sehr um das Wohlergehen von Aletheia gesorgt habe, fast wie ein Vater sei er für sie gewesen.«

Monika legte Fotos vor, die den Butler zeigten. Auch eines, das nur wenige Wochen vor dessen Tod aufgenommen worden war. Ein gepflegter Mann, kräftig und groß, volles grau meliertes Haar, klare Gesichtszüge, die freundlich aussahen, aber Zurückhaltung signalisierten. Er hätte als Engländer durchgehen können, fand Giulia. Das andere Bild zeigte ihn erhängt im kleinen Gästehaus, in dem er gewohnt hatte. Ein sehr trauriger Anblick.

»Dort, wo das Häuschen stand, ist heute nur noch Rasenfläche, das weiß ich von meiner Mutter«, merkte Monika an.

»Da ist was faul an der Geschichte.« Giulia hob ihren Blick vom Foto mit dem Erhängten. Sie blickte in die Gesichter der anderen, deren Mimik eine Antwort erwartete. »Nehmen wir mal an, jemand, der euch sehr wichtig ist, eine Angehörige etwa, würde verschwinden. Würdet ihr nach nur wenigen Wochen die Hoffnung aufgeben und euch umbringen? Bekanntlich stirbt die Hoffnung ja zuletzt.«

Monika hob den Finger. »Genau das hat meine Mutter auch erwähnt. Die Antwort der von Wertensteins dazu fand sie jedoch damals und ich auch heute noch schlüssig.«

»Die da wäre?«

»Alle gingen davon aus, dass Aletheia sich von allem, auch von ihrer Vergangenheit als eine von Wertenstein lösen wollte. Das kam auch bei den Vernehmungen der drei Freundinnen auf. Dieser Butler hatte bereits Monate vor Aletheias Aufbruch große Mühe damit bekundet, denn vielleicht hatte er erst da begriffen, dass er in Aletheias Augen eben doch nie mehr als ein Butler war. Der Mann soll emotional in ein riesiges Loch gestürzt sein, schon Monate vor der Abreise. Auch dazu liegen Vernehmungsprotokolle von dem anderen Personal vor und auch von den Familienmitgliedern selbst. Der Butler hatte diese Gefühle trotz seiner Zurückhaltung nicht verbergen können. Dazu kommt, dass sein damaliger Arzt ihm bereits Wochen vor Aletheias Abreise Psychopharmaka verschrieben hatte. Starke Medikamente, denn er litt unter Einsamkeit und Schlafstörungen, so steht es im Bericht seines Arztes.«

Giulia konnte ihr Mitgefühl mit dem Mann nicht verbergen. »Das ist traurig«, sagte sie nur. »So sieht das Ganze natürlich anders aus. Ich schlage vor, wir fangen nochmals ganz von vorne an, als wäre Aletheia gestern erst verschwunden. Wir reden mit allen noch lebenden Zeugen von damals und erstellen zusätzlich zur Aktenmappe von Erika Genelin eine eigene. Damit umgehen wir die Gefahr, Informationen unhinterfragt zu übernehmen. Was haltet ihr davon?«

Die anderen stimmten der Vorgehensweise zu. In dem Moment klopften die beiden IT-Spezialistinnen, eineiige Zwillingsschwestern, die sich glichen, dass man meinen könnte, man sähe doppelt. Sie brachten die gesicherten Kameradaten.

»Hat wahrscheinlich nichts mit Aletheia zu tun, aber wollen wir es uns gleich gemeinsam anschauen?«, fragte Nadia.

Hartmann verabschiedete sich, nicht ohne seiner Staatsanwältin etwas Aufmerksamkeit zu schenken, die aber ihrerseits Beruf und Privates knallhart trennen konnte und seine Blicke daher nicht erwiderte.

Die beiden Schwestern, Cora und Corine, steckten den USB-Stick an Giulias Laptop, ließen die Rollos runter und projizierten die Filmdateien via Beamer an die weiße Wand.

»Ich möchte nur einmal erleben, dass eine Cam, die wir anzapfen, anständige Bilder liefert«, sagte Cora, die sich sogar dieselben Tattoos wie ihre Schwester Corine hatte stechen lassen. Beide hatten sie die Unterarme und den Halsbereich großflächig tätowiert.

Corine nickte. »Aber immerhin war an dem Tag nicht viel los. Das konnten wir bei einer ersten Sichtung der Aufnahmen schon feststellen. Wir müssen dann auch gleich wieder los und bemühen uns als Nächstes darum, an die Auswertungen der Mobiltelefone sämtlicher Personen zu kommen, die irgendwie in den Fall involviert sind. Für die Auswertung des Videos braucht ihr uns ja nicht.«

Nadia deutete an, dass sie damit einverstanden waren. Giulia bedankte sich.

Die beiden Schwestern, die enge dunkelblaue Röhrenjeans und weiße Sneakers trugen, verließen den Raum.

Der Bildausschnitt der Überwachungskamera zeigte den einen Teil des Hotelvordaches, unter dem sich die Kamera befand, und den Wanderpfad, der von dort ins Tal führte.

Giulia stand auf und trat neben das Bild an der Wand.

»Die Bildqualität lässt die schöne Landschaft gut erkennen, für eine Gesichtserkennung wird's jedoch niemals reichen. Aber lasst uns vierundzwanzig Stunden vor meinem Eintreffen mit der Sichtung beginnen. Fangen wir mit dem Sonntag an, okay?«

Der Tag vor den Morden war sehr sonnig gewesen, buchstäblich die Ruhe vor dem Sturm und dazu ein Sonntag. Daher waren viele Touristen im Tal unterwegs, um das Leuchten der Lärchen zu sehen. Zudem zogen die Gletscher noch immer viele magisch an. Vielleicht auch deshalb, weil diese Riesen einen langsamen Tod starben.

Alle drei Augenpaare hafteten auf den Aufnahmen, und sie alle wussten, nach wem sie Ausschau hielten: nach Lederhosen-Django, Beat Fähnrich und den beiden Holländern. Sie mussten schnell einsehen, dass es nicht möglich war, den Sonntag seriös auszuwerten; viel zu viele Bewegungen und dazu die schlechte Bildqualität. Es hatte keinen Zweck, denn in den Gruppen, die sich ins Tal verschoben, waren einzelne Wanderer nicht mehr zu identifizieren. Die Nacht auf den Montag war zu dunkel, und in der Nähe der Kamera gab es kein Licht. Einzig um kurz nach fünf Uhr nachts waren zwei Lichter auszumachen, die sich langsam vom Gasthof in Richtung Tal verschoben. Das mussten die beiden Holländer sein, die das besondere Morgenlicht im aufkommenden Sturm auf dem Gletscher bestaunen und fotografisch einfangen wollten. Nadia hatte am Morgen mit den beiden telefonieren können: Sie waren bereits am Montagnachmittag zurück nach Holland gefahren. Die beiden hatten ausgesagt, dass sie Lederhosen-Django am nördlichen Ufer des Lej da Vadret angetroffen hätten, nur eine Stunde vom Gasthof Rosegggletscher entfernt – am Mittag, um zwanzig vor eins Uhr müsse das gewesen sein. Wenn dem so war, dann müsste Lederhosen-Django spätestens zur Mittagszeit in den Aufnahmen der Kamera auftauchen, als er am Gasthaus vorbei ins Tal ging. Und das tat er auch. So konnte die Aussage der Holländer bestätigt werden, doch damit ergab sich auch ein großes Fragezeichen, denn dieser Lederhosen-Django hatte die Kapo Samedan erst eineinhalb Stunden nachdem er die Holländer angetroffen hatte alarmiert, und nicht, wie er behauptet hatte, gleich an Ort und Stelle, noch in Anwesenheit der beiden. Wieso?

Noch etwas warf bei der Durchsicht der Aufnahmen Fragen auf: Nur zwanzig Minuten nach Lederhosen-Django tauchte im Bild eine seltsame Gestalt auf, die die Aufmerksamkeit der drei auf sich zog.

Nadia stand auf, platzierte sich neben dem Beamerbild, sodass sich ein Teil davon auf ihrem Arm abbildete.

Der Mann war ebenfalls auf dem Weg ins Tal, Richtung Gletscher. Doch er war überhaupt nicht wie ein Wanderer gekleidet. Sein offenes Sakko flatterte im Wind. Er sah aus, als würde er gleich an einem Meeting teilnehmen. Nur seine auffallend weißen Schuhe passten nicht ins Bild – und ebenso wenig in diese Bergwelt. Sein Gesicht war nicht zu erkennen, aber dass mit ihm etwas nicht stimmte, war offensichtlich. Er blieb immer wieder stehen, blickte hoch zum Himmel, gestikulierte mit den Armen, als spräche er mit jemandem. Doch es war niemand anderes zu sehen.

»Möglicherweise trägt er AirPods im Ohr und telefoniert«, wandte Monika Genelin ein.

Nadia machte wie immer Notizen, dann von mehreren Bildausschnitten einen Screenshot. Sie sagte: »Der Kerl hat ein Problem. Mit diesen Kleidern in dieser Höhenlage unterwegs zu sein, bei aufkommendem Sturm … Was tut er da?« Sie blickte zu Giulia.

»Richtig, und es gibt für solche Fußgänger nur diesen einen Weg wieder aus dem Tal, außer man steigt hoch zur Fuorcla Surlej und dann hinunter zur Mittelstation Murtèl der Corvatschbahn, aber das ist Quatsch. Das schafft der in den Schuhen und in dieser Kleidung nicht, und der Sturm zieht bereits auf.«

Monika schlussfolgerte: »Dann muss er zurückgekommen sein.«

»Richtig«, pflichtete Nadia bei, »Giulia, hast du die Chamanna auf den Kopf gestellt? Was, wenn der sich darin versteckt hielt?«

»Warten wir doch mal ab, ob er auf dem Bildmaterial nochmals auftaucht«, gab sich Giulia pragmatisch. »Und ja, nachdem ich die Toten gefunden hatte, habe ich die Hütte gründlich abgesucht. Hätte sich eine Person darin versteckt, hätte ich sie gefunden.«

Es blieb weiter spannend. Die beiden Holländer kehrten um kurz vor vierzehn Uhr wieder zum Gasthof zurück. Doch Lederhosen-Django wurde erst um kurz nach halb vier von der Kamera wieder eingefangen, nur wenige Minuten, bevor der Heli mit Giulia ins Tal flog. Außerdem hatte der Kerl gelogen, sein Handy war nicht kaputt, er telefonierte, wie die Aufnahmen zeigten.

Giulia stoppte die Wiedergabe. »Er hat ausgesagt, er sei an besagtem Montag nicht bis zur Chamanna Coaz hochgelaufen. Doch was hat er nach dem Treffen mit den Holländern am Nachmittag gemacht? Er hätte genug Zeit gehabt, um zur Hütte hochzusteigen, das Verbrechen zu begehen und dann nach St. Moritz zu verschwinden. Außerdem: Wenn ich die Aufnahmen von ihm anschaue, dann trägt er definitiv eine andere Jacke und andere Schuhe als bei unserem Aufeinandertreffen am Tag danach. Mit diesen schweren, zusätzlichen Verdachtsmomenten müssen wir ihn konfrontieren, diesmal mit entsprechendem Nachdruck«, sagte Giulia entschlossen.

Die weiteren Aufnahmen vom Montagabend waren unspektakulär, denn der Weg war durch die Polizei gesperrt worden. Auch der Mann mit dem Sakko tauchte nicht wieder auf. Nur die aufgebotenen Einsatzkräfte waren bei der Arbeit zu sehen.

Die drei nahmen sich Zeit und sichteten auch die Aufnahmen des Dienstags, doch vom verwirrten Mann fehlte jede Spur, und auch sonst sahen sie nichts, das sie weitergebracht hätte.

Sie diskutierten: Auch wenn bisher keine DNA-Spuren von Lederhosen-Django am Tatort gefunden worden waren, so machte ihn die Tatsache, dass er seine Schuhe und Jacke verschwinden ließ und dass er bezüglich seines Handys gelogen hatte, zum Hauptverdächtigen. War auf seinem Gerät etwas gespeichert, das er dringend loswerden musste, um allfällige Spuren zu verwischen? Möglicherweise belastende Bilder oder Chats mit der Hüttenwartin?

Das Mobiltelefon von Martina Abderhalden war mit einem sechsstelligen Code gesichert und befand sich noch immer in der IT-Forensik, um Zugriff auf die Inhalte zu bekommen. Beat Fähnrich hingegen besaß gemäß seinen Eltern und seinem Arbeitgeber kein Handy, auch keinen Computer, nicht mal eine Mailadresse. Er sei altmodisch immer nur via Festanschluss erreichbar gewesen. Gestern hatte die Spurensicherung seine Wohnung im Lacunaquartier auf den Kopf gestellt, einiges beschlagnahmt, anderes fotografisch festgehalten. Es zeigte sich, dass der Schreiner nichts mit der modernen Welt zu tun hatte. Er bezahlte sogar seine Rechnungen noch immer mit dem gelben Postbüchlein.

Giulia hoffte, auf aufschlussreiche Daten im Handy der Hüttenwartin zu stoßen, und entschied, Fähnrichs Wohnung später selbst in Augenschein zu nehmen. Noch wussten sie viel zu wenig über den Mann, der dem Anschein nach immer unter dem Radar gelebt hatte. Auch wenn seine erste Liebe, die, wie es schien, seine einzige Beziehung gewesen war, über fünfundzwanzig Jahre zurücklag, so hofften sie doch, von der längst Verflossenen etwas über ihn in Erfahrung zu bringen.

»Wisst ihr was?« Giulia hob den Hörer des Bürotelefons. »Ich rufe jetzt diesen Lederhosen-Django an und konfrontiere ihn mit den neusten Erkenntnissen.« Sie wählte seine Nummer und drückte die Taste für den Lautsprecher.

Nach drei Mal klingeln meldete er sich mit einem anonymen »Hallo«.

»Allegra, Herr Wachter. Kriminalpolizei Graubünden, Giulia de Medici.«

»Allegra, Frau de Medici. Welch eine Freude, wieder von Ihnen zu hören. Was kann ich für Sie tun?«, tönte es gespielt freundlich vom anderen Ende der Leitung.

»Wir haben ein Problem mit dem Protokoll Ihrer Aussagen. Sicherheitshalber muss ich Sie nochmals fragen, wann und wo genau Ihr Handy in die Brüche gegangen ist.«

Er wiederholte geduldig seine Aussage vom Vortag: »Nachdem ich die Holländer getroffen hatte, ging ich zurück ins Tal, bin auf dem Weg gestolpert, und das Handy war futsch.«

»Was, wenn ich Ihnen sage, dass wir Beweise haben, dass dies nicht der Wahrheit entspricht?«

Er beharrte darauf und verneinte auch, ein zweites Handy zu besitzen.

»Hören Sie, Herr Wachter. Wir haben Videoaufnahmen, die Sie zu einem deutlich späteren Zeitpunkt mit dem Handy am Ohr zeigen, und das auch nicht unten im Tal, sondern vor dem Gasthof Roseggletscher. Was sagen Sie dazu?«

Stille in der Leitung.

»Ja ge', hat's Ihnen die Sprache verschlagen?« Giulia konnte eine Anspielung auf seinen Dialekt nicht sein lassen.

»Ich sage dazu nichts mehr.« Er legte auf.

Giulia lehnte sich im Stuhl zurück. »Na ja, dann schicken wir ihm halt ein Empfangskomitee vorbei, mit allen Ehren und blauer Festbeleuchtung auf dem Autodach.« Dann wurde sie wieder ernst. »Der ist in den Fall verwickelt, so sieht's aus. Warten wir doch gespannt, was die Auswertung seines Telefonprotokolls ergibt.« Sie blickte zu Nadia.

»Sollte meines Wissens heute oder morgen geschehen. Das Verfahren dazu dauert noch immer viel zu lang, und wie ihr wisst, haben wir auch dann lediglich den Verbindungsnachweis auf sicher. Was über WhatsApp oder sonstige Kanäle läuft, bedarf eines noch mühsameren Verfahrens. Aber vielleicht bringt bereits der Verbindungsnachweis mehr Licht ins Dunkel. Ich gehe aber eher davon aus, dass er irgendwelche Daten auf dem

Gerätespeicher gelöscht haben wollte und deshalb das Gerät entweder wirklich zerstört hat oder es irgendwo noch versteckt liegt, einfach ohne SIM-Karte. Heutzutage wissen doch die meisten Leute, dass gelöschte Dateien sowohl auf dem PC als auch auf dem Handy von einem Spezialisten jederzeit problemlos wiederhergestellt werden können.«

»Da kann ich dir nur zustimmen.« Giulia nahm ihr Handy und rief Korporal Sonja Meier auf dem Posten Samedan an. Sie solle Lederhosen-Django für eine Vernehmung festsetzen, da sich der Verdacht im Mordfall Chamanna Coaz erhärtet habe. Neuerlich müsse Untersuchungshaft geprüft werden, was Nadia übernehmen könne. Sie unterrichtete Sonja über die Hintergründe und ließ sie wissen, dass Nadia ihr sogleich die Aufnahmen vom Mann mit dem Sakko zusenden würde, dessen mysteriöses Verschwinden viele Fragen aufgeworfen hatte. Ungeduldig wie Giulia war, bat sie Sonja um ein zeitnahes Update.

Nadia fasste zusammen: »Wir haben im Hüttenmord weder Tatwaffe noch Täterprofil und nur einen blassen Schimmer, was das Motiv für den Doppelmord sein könnte: eine Männergeschichte respektive ein verschmähter Liebhaber.« Sie blätterte in ihren Notizen. »Aber wir haben zwei Verdächtige: Lederhosen-Django und diesen seltsamen Mann mit den weißen Turnschuhen. Immerhin ein Anfang. Ich werde im Gasthof Roseggletscher nachfragen, ob sie einen Gast haben oder hatten, zu dem die Beschreibung des Manns mit dem Sakko passen könnte.« Nadia blickte Giulia und Monika an. »So viel zum Fall Chamanna. Von mir aus können wir nun zum Fall Aletheia übergehen.«

Sie erhielt ein Nicken von beiden, und Monika übernahm das Wort:

»Also, fangen wir dort an, wo Aletheia von Wertenstein spurlos verschwunden ist, auf dem Weg ins Aostatal, wo sie nie ankam …«

13

Es war heiß am 1. Juli 1995. Mit Schlapphüten geschützt und luftiger Kleidung machten sich die vier Täubinnen frohgemut auf die erste Etappe der Pilgerreise.

Ihre Laune hätte nicht besser sein können, sie hatten nicht zu viel getrunken am Abend zuvor, waren mehr oder weniger ausgeschlafen und hatten im Park ein üppiges Frühstück genossen. Die Köchin hatte Eier mit gebratenem Speck, Vollkornbrot und Birchermüsli auf den Tisch gezaubert, dazu reichlich Kaffee.

Heiter war es für Aletheia bis zum Abschied. Da sah sie in den Augen von Mattieu, von Rosemarie, der Köchin, und von Ruscha, der Putzfrau, dass sie sie alle bereits vermissten.

Der Abschied von Ambrosius war mit gemischten Gefühlen verbunden. Mit dieser Nora Pechstein wurde sie einfach nicht warm. Doch nach der ersten Viertelstunde Gehstrecke freute sich Aletheia auf das Leben, das nun vor ihr lag. Ihre Eltern, so hoffte sie, würden irgendwann verstehen, warum sie diesen Weg gewählt hatte. Sie hatten am Morgen angerufen, ihr distanziert zum Geburtstag gratuliert und ihr trotz ihres Fehlentscheids, wie sie nochmals betonten, alles Gute gewünscht.

Der Weg der vier Freundinnen führte sie erst an den Ufern des Zürichsees entlang nach Rapperswil, über den Damm auf die andere Seeseite. In Eile waren sie nicht, denn jeder Schritt war ein Ziel, und somit hatten sie kein sakrosanktes

Tagesziel vor Augen. Das brauchten sie auch nicht, denn ein paar Quadratmeter Boden würden für ihre Zelte reichen, wenn sie irgendwo übernachten wollten. Aletheias Rucksack war zu prall gefüllt, denn fürs Erste war sie ja noch nicht irgendwo in der Abgeschiedenheit der Berge unterwegs. Das Gefühl des Pilgerns würde sich bestimmt erst später einstellen, wenn sie alleine unterwegs war und nicht in einer solch bewohnten Gegend.

Von Pfäffikon aus nahmen die Freundinnen den Wanderweg, der sie durch hügeliges Gelände auf den nur 900 Meter hohen Etzelpass führte. Eigentlich würde man es von Meilen bis nach Einsiedeln in acht Stunden Fußmarsch schaffen, doch sie waren erst nach elf Uhr aufgebrochen und hatten unterwegs bei Rapperswil ein ausgedehntes Bad im Oberen Zürichsee genossen.

Daher erreichten sie die kleine Kapelle auf dem Etzelpass am Abend erst gegen halb zehn Uhr. Sie suchten sich abseits am Waldrand ein lauschiges Plätzchen, wo sie ihre Zelte aufschlagen konnten. Von dort oben konnten sie sogar bis zurück nach Meilen sehen.

Der nächste Morgen brach an. Aletheia hatte überraschend schlecht geschlafen. An die extradünne Schlafmatte musste sie sich erst noch gewöhnen.

Sie saßen noch eine Weile in der angenehmeren Kühle des Morgens vor ihren Zelten. Ein leichter Wind ging. Es roch nach Sommer, und sie hatten viel zu bereden, ehe sie sich auf den Weg machten.

Zwei Tage später, als sich Aletheia von den drei Täubinnen verabschiedete, versprach sie ihnen, unterwegs einen Reisebrief zu schreiben – irgendwann, aber mit Bestimmtheit. Nach der letzten innigen Umarmung ging die Pilgerreise für die Volljährige erst richtig los.

Auf einsamen Pfaden wanderte Aletheia in Richtung Innerschweiz, stets gemächlich unterwegs. Wie vorgenommen ließ sie sich von Land und Leuten leiten und folgte irgendwann den Ufern des Lauerzersees, und das bis tief in die Nacht hinein. Sie mochte beim Gehen das Geräusch des Weges unter ihren Sohlen und die Stille in dieser Gleichmäßigkeit. In dieser Nacht kam sie an einem Bächlein vorüber: Kindlich verspielt tollte es plätschernd. Sie setzte sich in der Dunkelheit daneben hin. Angst verspürte sie keine, stattdessen ein Gefühl von Lebendigkeit, das sich dieser Schwere gegenüberstellte, die sie noch immer in sich trug.

In den folgenden Tagen ballten sich ihre Gedanken beim Gehen immer wieder zu dieser Wolke, die sich Schritt für Schritt aufzulösen schien und sich dann doch wieder von Neuem formte. Dann, an irgendeinem Tag, Aletheia hätte nicht sagen können, welcher Wochentag es war, wanderte sie im Urserental im Kanton Uri in der Nähe von Andermatt, als diese Wolke schließlich ganz verschwand und eine befreiende, gedankenlose Leere einkehrte, für die sie keine Worte fand, weil es keine Worte dafür gab.

Am Abend dieses Tages – die Handgriffe, mit denen sie das Zelt aufstellte, saßen mittlerweile, der Gaskocher funktionierte – fühlte es sich an, als betrachtete sie sich von außen, ganz neutral, ohne sich zu hinterfragen, ohne ihr Tun zu bewerten.

Das Bedürfnis, mit sich selber zu sprechen, war ihr bis dahin bereits abhandengekommen. In dieser Nacht lag sie vor dem Zelt auf der Weide. Auf dem Rücken liegend starrte sie ins Firmament und fing langsam an, tatsächlich zu begreifen, wie unendlich groß diese Welt war, dass es ein großer Fehler der Menschen war, zu glauben, alles müsse einen Anfang und somit auch ein Ende haben. Dass etwas einfach hier sein konnte, und zwar immer und ohne Grund – diese Erkenntnis versäumte jeder eingesperrte Geist. In dieser Nacht verstand Aletheia, dass sie immer ein Teil von allem sein würde, dass im Universum nichts verloren gehen konnte. Als sie in dieses tiefe Verständnis versunken war, dämmerte irgendwann im Osten ein neuer Tag heran.

An diesem wanderte Aletheia ins Rhonetal und folgte diesem bis weit hinab. Wieder ließ sie sich treiben, verweilte tagelang und machte lange Umwege, bevor sie nach Sembrancher kam, ein Dorf, das direkt am Aufstieg zum Grossen Sankt Bernhard lag. Dort schlug sie am Waldrand ihr Zelt auf.

Am nächsten Morgen schälte sie sich aus dem Schlafsack und brühte sich einen Kaffee auf dem Gaskocher. Danach packte sie zusammen und machte sich auf den Weg den Pass hinauf. Dabei suchte sie sich einen Pfad abseits der viel befahrenen Passstraße, die sich wie eine lärmende und stinkende Schlange den Berg hochwand. Erst in der Abenddämmerung, als der Lärm des Tages ins Tal geflossen war, tauchte vor ihr das Hospiz auf. Als sie die wehrhaften Mauern aus Felsgestein sah, wusste sie, dass sie hier um Einlass bitten würde.

In der rasch fortschreitenden Dämmerung näherte sie sich den Gebäuden, der Passsee fing die Abendfarben ein, als sie hinter sich eine Stimme hörte.

»Bonsoir. Où allez-vous?«

Sie drehte sich um. Ein junger Mann stand in Sandalen hinter ihr. Er trug Jeans und ein schlichtes hellbraunes Shirt. Seine Gesichtszüge wirkten angespannt, ein Auge schimmerte seltsam im letzten Abendlicht.

14

Wie gebannt stand Jérôme 1986 vor dem schrecklichen Bild, das sich ihm in der kleinen Waldlichtung bot: Im feuchtwarmen Morgengrauen hing schräg über ihm am Kreuz Claudette! Sie war zweifelsfrei tot.

Wie angewurzelt verharrte er, verfiel in eine seltsame Starre, ehe er sich mit einem letzten Blick zu Claudette losriss. Er machte sich auf den Heimweg durch die morgendlichen Nebelschlieren, die über den Feldern hingen, als ginge er durch ein Moor. Der Nebel würde bald von der aufgehenden Sonne vertrieben werden. Nicht so das Grauen im Wald hinter ihm.

Jérôme wusch sich im Brunnen vor dem Hof und verkroch sich anschließend in seine Kammer.

Es dauerte keine Stunde, ehe aus Porrentruy die Kantonspolizei mit einer Hundestaffel anrückte. Die Polizisten hielten nach der langen Zufahrt vor dem Hof der Familie Leroux und gingen zielgerichtet über die Felder zum Wald.

Die Grenze zum nahen Frankreich wurde kurzerhand gesperrt, als könnte niemand diese über die Felder passieren. Jérôme fragte sich, wie die Polizei, die doch zunächst bis ins Hinterland nach Damvant fahren musste, so schnell Wind von dem Fall hatte bekommen können. Hatte ihn jemand gesehen?

Natürlich fanden sie die Tote.

Wenig später fuhr ein graublauer Bus in die Hofeinfahrt. Drei Männer in weißen Overalls stiegen aus und schritten mit Metallkoffern in den Händen durch die Weide, die wegen der andauernden Regengüsse der vergangenen Wochen höchstens mit dem Traktor hätte befahren werden können.

Jérôme, der immer wieder von seiner Kammer aus auf den Vorplatz geäugt hatte, stieg aus dem Bett. Er wollte sich nicht verdächtig machen. Saubere Sachen hatte er schon angezogen. Vor dem Spiegel richtete er flüchtig sein Haar. Er sah grauenhaft aus, fand er.

Als er angespannt die vielen Gelege der Hühner kontrollierte, als wäre es ein ganz gewöhnlicher Tag, fühlte er sie kommen, noch ehe er die Schatten der kräftigen Gestalten durch die schmutzigen Fensterscheiben hindurch schemenhaft wahrnahm.

Mit gezogenen Waffen standen sie vor ihm: tiefe Stimmen, Befehle, »Niederknien! Hände hinter den Rücken!«. Eine männliche Stimme fragte, was es mit dem Verband um Jérômes linkes Handgelenk auf sich habe, doch der fand keine Worte. Handschellen klickten, dann führten sie ihn auf den Vorplatz des Stalls.

Draußen eilte Jérômes Vater hinzu, wurde aber wirsch zurückgehalten. Er wollte wissen, was die Kriminalpolizei von seinem sechzehnjährigen Sohn wollte.

Der Einsatzleiter sagte ihm, dass am Kreuz eine Tote hänge, Claudette Moreau, und dass sein Sohn der Tat dringend verdächtigt werde: des Mordes, es gebe Zeugen, Jérôme sei deshalb verhaftet.

Frederic, der mit dem Vater gekommen war, stellte sich den Beamten beherzt in den Weg. »Mein Bruder ist unschuldig. Er war die ganze Zeit hier auf dem Hof! Wir teilen uns zu zweit ein Zimmer. Er war nie weg!«

Jérôme sah die Angst in den Augen seines kleinen Bruders, er schenkte ihm einen liebenden Blick. Die Hühner gackerten, der Misthaufen stank, Vent wieherte unruhig.

Ein Schubser von einem der Beamten, und Jérôme kam in Bewegung. Er verschwand nach zwanzig Schritten im fensterlosen Laderaum eines blaugrauen Kastenwagens, in dessen Innern sich ein Käfig befand. Wie von weit weg hörte Jérôme, wie die Schiebetür zugezogen wurde und die Männer in die Fahrerkabine stiegen. Jérôme starrte zu Boden, die Handschellen drückten. Nur ein schwaches Lämpchen spendete etwas Licht in der Dunkelheit.

Der Wagen holperte über den Feldweg zur Landstraße. Als sie durchs Dorf fuhren, schlug die Kirche St. Germain. Jérôme dachte an seine kranke Mutter. Danach versteckte er seine Gedanken und Gefühle tief in sich. Nur noch das unrhythmische Geruckel im Wagen, das Abbremsen und Anfahren bewegten ihn.

Sie brachten Jérôme ins Kantonsgefängnis nach Delémont. Aus dem fensterlosen Innern des Kastenwagens sah er nicht, wie sie zuerst durch die äußere Umzäunung, danach durch das große Tor in der grauen Betonmauer auf einen Innenhof fuhren, dann durch die nächste Schleuse.

Sie nahmen ihm die Kleidung ab, auch die Unterhose, durchsuchten alles, jemand tastete seinen Körper ab, als hätte er eine geheime Schublade in seinem Leib. Ein Arzt kam hinzu, untersuchte ihn. Jemand protokollierte alles und tippte dabei so umständlich auf der Schreibmaschine, als hätte er nur einen Finger. Jérôme hörte alles wie durch einen Nebel, auch seine kurzen Antworten.

Nachdem er einen blassblauen Trainingsanzug angezogen hatte, wurde er in einen anderen Raum geführt; fensterlos mit einem kleinen Tisch in der Mitte, an dem drei Stühle standen. Ein Mann und eine Frau warteten bereits auf ihn. Die Vernehmung begann.

»Du bist Jérôme Leroux aus Damvant. Geboren am

16. April 1970 und somit sechzehnjährig. Ist das korrekt?«, fragte die Frau, ohne sich vorzustellen.

Jérôme antwortete nicht, starrte auf die Tischplatte.

»Mein Name ist Brigitte Soleur, ich bin Jugendanwältin und für deinen Fall zuständig. Du weißt, warum du hier bist?«

Wieder reagierte Jérôme nicht.

»Schau mich an«, befahl sie ihm in einem Ton, der die ganze Härte hinter ihrer freundlichen Fassade erahnen ließ. Jérôme blickte sie an. Die Frau war etwa so alt wie seine Mutter. Sie hatte braunes Haar und trug eine Brille. Ihre Gesichtszüge waren weicher, als die Stimme es vermuten ließ.

»Bist du Jérôme Leroux aus Damvant?«

Er nickte.

»Ich brauche ein Ja oder ein Nein. Hast du das jetzt verstanden?«

Wieder nickte er nur.

»Du wirst verdächtigt, Claudette Moreau umgebracht zu haben. Es gibt Zeugen. Was sagst du dazu? Hast du das getan?«

Erinnerungsfetzen tauchten in ihm auf: Claudette war zu ihm gekommen, ans Kreuz. Sie musste ihm nachgeschlichen sein. Obwohl er sich wie im Fieber gefühlt hatte, erinnerte er sich nun, dass sie ihn umarmt hatte, davon sprach, dass er nicht schuld sei an der Krankheit seiner Mutter. Doch das stimmte nicht. Sie, Claudette und er, waren schuld. Sie hatte ihn verführt, und er hatte sich verführen lassen. Es tauchten weitere Gefühle und Bilder aus einem dunklen Fieberwahn auf: Der Krebs, dieser elende schwüle Sommer, der niemals zu enden schien, das Leiden, die toten Tiere, sein eigenes Blut, das alles musste endlich ein Ende haben. Der Geruch nach faulendem Kadaver klebte ihm in Gaumen und Nase.

»Hast. Du. Sie. Umgebracht?!« Die energische Stimme riss ihn an die Oberfläche.

»Ja«, kam es fast gehaucht. Schemenhaft konnte er sich an die dunkle Nacht erinnern, was für ein grauenhafter Albtraum. Nun, sie hatten ihn und damit war sein Fehler gesühnt, sein Opfer erbracht worden – dazu gehörte, was nun zwangsweise folgen würde.

»Du streitest den Mord an der jungen Frau also nicht ab?« Die Jugendanwältin schaute Jérôme eindringlich an, doch er gab keine Antwort, denn es gab ja nichts mehr für ihn zu sagen.

Sie fuhr fort: »Es geht dir schlecht, Jérôme. Du bist möglicherweise nicht mehr Herr deiner Sinne. Deshalb werden wir erst ein psychologisches Gutachten erstellen lassen. Du wirkst verwirrt und körperlich ausgezehrt.« Sie deutete auf die Schnittwunde an seinem linken Handgelenk. Den Verband hatten sie ihm zuvor abgenommen wegen möglicher Strangulierungsgefahr in der Zelle. »Selbstmordversuch? Scheint noch nicht lange her zu sein.«

Jérôme schwieg, verdeckte sein linkes Handgelenk mit der rechten Hand.

»Lassen wir es für den Moment gut sein. Wir reden ein anderes Mal weiter, oder hast du noch Fragen?«

»Wie geht's meiner Mutter?« Seine Stimme war leise, aber hoffnungsvoll.

»Ich weiß es nicht. Für eine Mutter ist es bestimmt nicht einfach zu wissen, dass ihr Sohn wegen dringenden Mordverdachts im Gefängnis gelandet ist.«

Als Jérôme sich in einer schwülen Einzelzelle auf dem schmalen Bett wiederfand und durch das vergitterte Fenster nach draußen blickte, begann sich die Zeit zu verformen. Jérôme merkte es kaum, doch das Jetzt, das Später und das Davor schienen sich zugleich in seiner Zelle zu befinden wie drei Gestalten, die Unterschiedliches zu erzählen hatten. Im Raum war nun auch das Wissen, dass dieser Blutsommer nie vergehen würde und er niemals würde heimkehren können. Er hatte alles falsch und doch richtig gemacht, denn es war die letzte Chance auf Mutters Rettung gewesen.

Während Jérôme in der Zelle saß, versammelten sich die Einwohner von Damvant trotz der feuchten Schwüle im Wald vor dem Kreuz, um das ein rot-weißes Absperrband gezogen worden war. Die Tote war längst heruntergenommen worden, doch die vielen Tierkadaver hingen noch immer am Kreuz oder lagen auf der Lichtung verteilt im Gras. Der Gestank zwang den einen oder anderen dazu, sich ein Taschentuch vor die Nase zu halten. Nun wussten die Einwohner von Damvant auch, wo Monsieur Hurleur, der alte Schreihals von einem Hahn, hingekommen war. Er baumelte mit umgedrehter Gurgel kopfüber am Kreuz.

»Mon dieu«, sagten sie und bekreuzigten sich. Die Beamten hatten bei ihren Befragungen längst erfahren, dass es mit einer Familie wie dieser ja so enden musste; mit einem Vater, der vorgab, ein Heilsprediger zu sein, konnte das ja nicht gut gehen.

Doch der Wald, in dem das Kreuz stand, gehörte den Leroux. Ein Kreuz aufzustellen war nun einmal nicht verboten, ebenso wenig, darunter zu beten, erklärten die Beamten den Dorfbewohnern. Verboten sei aber natürlich, was mit den Tieren geschehen war, und erst recht der schreckliche Mord an der jungen Claudette Moreau.

Deren Vater, der Schmied, kam wutentbrannt wie ein rothaariger Teufel ans Kreuz gelaufen und wollte die

Leroux gleich auf der Stelle selber richten. Er eilte zum Hof und wurde dort, nachdem er weitere Morddrohungen gegenüber der Familie Leroux ausgesprochen hatte, festgenommen.

Noch vor dem Mittag waren auch Jacques Leroux und sein jüngerer Sohn Frederic auf dem eigenen Hof vernommen worden. Sie hätten es nicht kommen sehen, sagten beide aus, und man ließ sie in Ruhe.

Das Veterinäramt rückte am späteren Nachmittag an. Weitere Männer in weißen Overalls brachten die toten Tiere fort. Eine Schande sei es, hörte man sie klagen. So etwas habe noch keiner von ihnen je zu Gesicht bekommen.

Es war siebzehn Uhr, als zwei der Beamten des Veterinäramtes den Hof inspizierten. Sie schauten sich die Pferde, Kühe, Schweine und die Haltung der Hühner an. Nichts deutete darauf hin, dass die Leroux Tierquäler wären. Im Gegenteil: Der Hof stand weit besser da als so manch anderer in der Senke, mussten sie attestieren – ein Vorzeigehof.

Noch bis in die Dämmerung hinein waren Beamte damit beschäftigt, den Tatort zu untersuchen und die Einwohner zu befragen, ehe nur noch die roten Rücklichter der kleinen Karawane zu sehen waren, die Damvant verließ, wie um der Senke zu entfliehen.

Schon am darauffolgenden Tag geschah das Wunder. Mutter Marie, die man schonen wollte und der daher noch niemand vom Mord erzählt hatte, musste sich am Morgen einem Untersuch unterziehen, der bereits vor einer Woche auf diesen Tag angesetzt worden war. Die letzte Chemotherapie war ihr schlecht bekommen und hatte deshalb abgebrochen werden müssen, daher ahnte sie nichts Gutes. Doch als der Radiologe am Nachmittag die Bilder eingehend betrachtete, traute der seinen Augen kaum: Der Krebs war fort!

Marie war genauso erstaunt darüber wie ihre Ärzte, denn sie fühlte sich noch immer schlecht, glaubte an eine Störung der Maschine. Daher musste sie sich der Prozedur erneut unterziehen. Das zweite Resultat vertrieb alle Zweifel: Marie Leroux war geheilt.

Am Abend kam der Chefarzt persönlich in ihr Zimmer. Spontanheilungen seien wirklich sehr selten, kämen aber durchaus vor, sagte er zu Marie. Möglich sei auch, dass die Chemotherapie dem Immunsystem den Schlüssel dazu geliefert habe, um die Zellen derart effizient bekämpfen zu können. So was käme vor, sei nichts als reine Wissenschaft.

Maries Freude war riesig. Sofort rief sie zu Hause an, um ihrem Mann und den beiden Söhnen zu später Abendstunde von ihrem Wunder zu berichten. Jacques freute sich sehr und drückte das in seiner wortkargen Sprache aus, die sie außerhalb seiner feurigen Predigten von ihm gewohnt war, und Frederic hörte sie im Hintergrund jubeln. Doch ihre Stimmen verrieten ihr, dass etwas im Argen lag. Aber Marie war zu aufgeregt und erschöpft, um nachzufragen, und bat ihren Mann, er solle auch Jérôme die frohe Botschaft überbringen, sobald er aus dem Stall käme.

Erst nachdem Jacques sie zwei Tage später im alten Opel vom Spital nach Hause gefahren hatte und Jérôme nicht zu Hause war, berichtete er ihr, dass Jérôme im Gefängnis sitze und des Mordes an Claudette Moreau verdächtigt werde.

Diese Nachricht war für Marie unfassbar. Sie kannte ihren Sohn, das konnte alles nicht wahr sein, da war sie sich sicher. Jérôme war ein sensibler, aufrichtiger Junge.

Niemals würde er so etwas abgrundtief Böses tun, komme, was wolle.

Bereits tags darauf fuhr Jacques seine Frau nach Delémont, damit sie ihren Sohn im Gefängnis besuchen konnte. Jacques wartete draußen, sagte, es würde ihn zerreißen, seinen Sohn so zu sehen.

Die Mauern, die Zäune, die ganze Anlage bedrückten Marie, als sie mit weichen Knien das Gefängnis betrat. Nachdem sie durchsucht worden war, wartete sie lange im Besuchszimmer, bis Jérôme endlich in den Raum geführt wurde.

Er blieb vor ihr stehen, als hätte er die Pest. Sie blickte den Sechzehnjährigen, dem erste Barthaare wuchsen, einen Moment schweigend an, dann umarmte sie ihn innig und lange. Erst in diesem Moment kamen beiden die Tränen. Tränen ohne ein hörbares Weinen.

»Wieso bist du nicht mehr im Krankenhaus, Maman?«, fragte Jérôme.

Sie hob mit einem Lächeln die Schultern. »Der Krebs ist über Nacht verschwunden. Ich bin wieder gesund!«

»Du bist gesund?«

»Ja, mein Junge, das bin ich. An dem Tag, an dem du verhaftet worden bist, ist ein Wunder geschehen.« Dann wechselte ihr Gesichtsausdruck zu Kummer. »Aber du solltest nicht hier sein, mein lieber Bub. Ich weiß, du bist unschuldig, denn du hast so etwas Grauenvolles nicht getan. Das fühlt eine Mutter.«

Er schloss die Augen und wartete auf das »Oder?«. Doch es kam nicht.

»Maman, du bist gerettet worden. Einzig das zählt.« Kaum hatte er das gesagt, schien er sich zu verändern. Seine ganze Körperhaltung, die zuvor eingesackt und schwächlich gewirkt hatte, verwandelte sich zu der eines Siegers.

Sie setzten sich an einen der Tische, reichten sich über die Tischplatte hinweg die Hände wie eine Brücke und redeten nicht viel. Wie zu Hause bei Tisch sprachen ihre Augen.

Dann wurde Marie zum Gehen aufgefordert, der Wärter stellte sich demonstrativ neben den beiden auf. Der letzte Augenkontakt zwischen Marie und ihrem Sohn riss ab. Sie ging. Ihr Herz war nicht mehr so schwer, ihr Sohn schien plötzlich beseelt von Kraft und Zuversicht. Das erleichterte sie. Dass er unschuldig hier drin saß, das hatte sie davor schon gewusst.

Bis Ende Herbst saß Jérôme weiter in Untersuchungshaft, bis er endlich vor den Jugendrichter treten musste. Die Anwältin, die ihm zur Seite gestellt worden war, betonte vor Gericht, dass Jérôme die Tat in geistiger Umnachtung begangen habe und plädierte für ein mildes Urteil, zumal auch das psychiatrische Gutachten auf die Unzurechnungsfähigkeit ihres Mandanten hinweise.

Für Jérôme war es in Ordnung, dass er eingesperrt war. Er war ja sogar bereit gewesen, für seine Mutter zu sterben. Maman war endlich gesund, es war kein Wunder, sondern sein Verdienst. Das war das Einzige, was zählte.

Jérôme wurde in die Jugendstrafanstalt Tessenberg im Kanton Bern eingewiesen, ohne ein eigentliches Strafmaß zu erhalten, da er bei der Tat unzurechnungsfähig gewesen war, wie der Gerichtspsychiater in seinem Gutachten attestierte. Tessenberg lag im Gegensatz zu Damvant nicht in einer Senke, sondern auf einem Plateau oberhalb des Bielersees, sodass man bei klarem Wetter übers Mittelland bis zu den Berner Alpen blicken konnte.

Die Anstalt war alt und bäuerlich-ländlich geprägt, die Insassen arbeiteten meist in der Landwirtschaft, in der anstaltseigenen Schreinerei oder in der Metallwerkstatt. Neben Französisch wurde auch Deutsch gesprochen. Der Alltag war streng geregelt, und jeden Abend wurden die Insassen in ihre jeweiligen Zellen gesperrt.

Jeden Tag, den Jérôme in Tessenberg einsaß, dachte er daran, dass er seiner Mutter das Leben zurückgegeben hatte, das er ihr zuvor beinahe geraubt hatte. Nur ungern dachte er dabei an Claudette, denn sie war Sündenbock und Opferlamm in einem. Er empfand Mitleid, doch sie war nicht bereit gewesen, ihm aus dem Weg zu gehen, hatte ihm in seiner finstersten Stunde nachgestellt. Ohne Opfer zu erbringen, kam man in dieser Welt nun mal nicht weiter, diese Lektion glaubte er ein für alle Mal gelernt zu haben. Er war die Waage des Todes gewesen: Er hatte zwischen seiner Mutter und seiner ersten Liebe entscheiden müssen.

Jérôme begann eine Lehre als Schreiner und zeigte hervorragende Fertigkeiten. Das Anstaltspersonal mochte ihn, denn er war einer der wenigen Zuverlässigen, hielt sich an die Regeln, war ruhig und friedfertig. Er habe seine Strafe angenommen und sich mit der Situation arrangiert, lobte ihn der Direktor persönlich.

Einmal im Monat bekam Jérôme Besuch von seiner Mutter. Sein Vater kam nie. Marie versuchte ihrem Sohn zu erklären, dass Vater ihn nicht eingesperrt sehen könne, es würde ihm das Herz brechen. Jacques ließ seinem Sohn aber ausrichten, er solle dem Herrn treu bleiben, dann würde im Hinblick auf die Ewigkeit doch noch alles gut werden. Frederic hingegen kam hin und wieder, aber die Brüder sprachen nie über die Tat.

Sechseinhalb Jahre nach der Tat, es war ein trister Nachmittag im Februar, und es lag etwas Schnee auf den Feldern und Äckern rund ums Gefängnis, besuchte Frederic seinen älteren Bruder wieder einmal. Er war schon länger nicht mehr in Tessenberg aufgetaucht, war vor einigen Monaten zwanzig geworden und von zu Hause ausgezogen.

Er erzählte im Aufenthaltsraum bei einem Pappbecher mit billigem Kaffee, dass er es nicht habe erwarten können, die Senke endlich zu verlassen. Jérôme erfuhr weiter, dass Frederic mit seiner Freundin nun in Biel lebe und eine Anstellung im kantonalen Werkhof gefunden habe. Danach sah Jérôme seinen jüngeren Bruder nur noch einmal, kurz vor seiner Entlassung aus dem Gefängnis.

Jérôme wurde 1994 nach acht Jahren Haft entlassen. Der Seelsorger von Tessenberg hatte dem jungen Schreiner eine Stelle als Hauswart im Hospiz auf dem Grossen Sankt Bernhard vermittelt.

15

Giulia, Nadia und Monika saßen im Hansahof bis in den frühen Abend beisammen und gingen die Akten zum Fall von Aletheia von Wertenstein durch.

Wie nicht anders zu erwarten gewesen war, blieben die bereits damals unbeantworteten Fragen weiterhin offen: Wo auf der Pilgerreise verschwand Aletheia? Wurde sie zu einem Zufallsopfer? Wie gelangte ihre Leiche auf den Gletscher? Starb sie dort und wenn ja, wie und vor allem durch wessen Hand? Rätselhaft blieb auch der Umstand, dass sie in einem roten Kleid in ihrem Eisgrab zu liegen kam. Außerdem fehlte noch immer jegliches Motiv.

Sie beschlossen, dass Giulia und Monika sich am nächsten Morgen in Meilen am Zürichsee treffen würden, um den Fall neu aufzurollen. Da Giulia aufgrund der zeitlichen Korrelation eine Verbindung zu den Morden in der Chamanna Coaz nicht ausschloss, würde sie parallel in beiden Fällen ermitteln. Ob und wie das ging, würde sich weisen müssen.

Die drei verabschiedeten sich vor dem Eingang des Hansahofs. Es war kurz nach achtzehn Uhr, der Herbststurm hatte angezogen, und es war deutlich kälter geworden. Giulia zog den Reißverschluss ihrer Parka hoch, lose Haarsträhnen wehten ihr ins Gesicht, ihre Narbe brannte seit einer halben Stunde wieder wie Feuer. Doch sie ließ sich nichts anmerken.

Monika war mit ihrem schwarzen BMW bereits im Abendverkehr abgetaucht, der sich in einer Kolonne aus roten und weißen Lichtern über die gewölbte Tivolibrücke zwängte, als auch Nadia ging. Als Giulia ebenfalls in ihren Wagen steigen wollte, sah sie im Augenwinkel eine Frau, die sie aus einem der geparkten Wagen beobachtete. Giulia ließ sich nichts anmerken, machte keine verräterische Kopfbewegung, wie das Untrainierte getan hätten. Sie verriegelte ihr Auto, tat so, als tippe sie eine Nummer in ihr Handy und fing an, ein belangloses Telefonat zu simulieren. Dabei hatte sie die Filmkamera eingestellt und ging langsam in Richtung Innenstadt. Sie achtete dabei darauf, dass ihre Kamera auf den Wagen, einen silbernen Mercedes, gerichtet war. In der Migros auf der anderen Seite der Brücke kaufte sie sich ein Stück Apfelkuchen und aß diesen, während sie zu ihrem Wagen vor dem Hansahof zurücklief. Das silberne Fahrzeug war verschwunden.

Kauend setzte sie sich in ihr Auto und spielte die Videoaufnahme ab. Sie hatte sich nicht geirrt: Die Frau hatte sie beobachtet, denn sie sah, wie diese sich hinter dem Steuerrad duckte, als Giulia an ihrem Wagen vorbeiging. Das Gesicht war nicht zu erkennen, aber immerhin hatte Giulia das Kennzeichen erwischt: Sankt Gallen.

Giulia rief die Einsatzzentrale an, um die Besitzerin des Wagens ausfindig zu machen. Vom Hintergrunddienst erfuhr sie, dass diese Nummer aktuell nicht vergeben war. Sie kontrollierte nochmals die Aufnahme mit der durchgegebenen Nummer; sie hatte sie korrekt diktiert. Da Peterelli noch immer krank war, rief sie Hartmann an. Sie erreichte ihn zu Hause auf dem Handy. Im Hintergrund hörte sie Monikas Stimme, die soeben nach Hause gekommen sein musste. Giulia informierte den Kommandanten über den Sachverhalt. Hartmann orderte eine gezielte Fahndung nach dem Fahrzeug an, woraufhin umgehend

Beamte an mehreren strategisch wichtigen Standorten Stellung bezogen.

Zu Hause angekommen blickte sich Giulia vor dem Verlassen ihres Wagens um, auch bevor sie das Treppenhaus betrat, das von außen immer abgeschlossen war. In ihrer großzügigen Dachwohnung angekommen ging sie in die Küche, hantierte an der Kochinsel mit dem Stabmixer herum und verarbeitete alle Früchte, die sie fand, zu einem Shake. Mit diesem in der rechten Hand betrat sie die Terrasse. Die Jacke trug sie noch immer, nun offen. Die Waffe aber hatte sie, nachdem sie die Räume in der Wohnung kontrolliert und die Tür mit dem Sicherheitsschloss verriegelt hatte, sorgsam weggeschlossen.

Draußen roch es nach Herbst, nach dem mächtigen Kastanienbaum vor dem Haus, dessen Blätter sich bereits verfärbten. In der Dunkelheit waberten die Lichter der Stadt wie die schwache Glut eines Feuers. Giulia mochte diese schwere und zugleich schöne Stimmung sehr.

Irgendwo da draußen waren die Täter, dachte sie mit Blick auf die schwarzen Berge im Südwesten, die Surselva und den etwas helleren Himmel, der sich darüber abhob. Von Erkki hatte sie nichts gehört, er hatte wohl ebenfalls ein volles Programm. Sie schoss ein Foto von der schönen Abendstimmung und schickte es ihm mit einem Kuss-Smiley.

Nun musste sie sich beeilen. Sie hatte einen Termin auf den späteren Abend verschieben müssen. Einen Termin, der ihr noch Ärger einbringen würde, das wusste sie, doch das war ihr egal.

Sie machte sich schnell ein Sandwich mit Tomaten, Salat und Thon, packte es in Alufolie ein und setzte sich in ihren Wagen, den sie vor der Garage geparkt hatte. Dann fuhr sie hart am Tempolimit nach Aadorf im Kanton Thurgau. Auf der Fahrt verdrückte sie ihr Sandwich und hing ihren Gedanken nach, während leise Musik von *SRF3* aus dem Lautsprecher kam. In Aadorf angekommen parkte sie vor dem Tattoo-Atelier Mela Nera. Es war der vierte und letzte Termin bei ihrer Tätowiererin.

Kurz nach Mitternacht und zwei Kaffees später trat Giulia wieder hinaus in die kühle Herbstnacht und machte sich auf den Heimweg. Sie fühlte sich irgendwie vollständig: Ihr Tattoo war nun vollendet. Diese letzte Sitzung hatte es in sich, und das Resultat ließ sich nun nicht mehr verbergen. Giulia hatte sich einen Lebensbaum auf den linken Arm stechen lassen: Das Wurzelwerk fing bei den Fingern und auf dem Handrücken an, vom Handgelenk aus wuchs der Stamm, die große Krone formte sich um den gesamten oberen Teil ihres Unterarms bis zum Ellbogen. Eingebettet im Blätterwerk war das Gesicht ihrer Mamma sowie ein Berg und das Meer abgebildet, im Stamm ein alter Schlüssel, eine Muschel und eine Alpenrose. Mitten in der Baumkrone blieb aber eine Stelle in Form einer Wolke leer, genau so, wie sie es gewollt hatte.

Um halb acht Uhr am nächsten Morgen, es war Donnerstag, schrillte Giulias Wecker – ein Modell aus den Achtzigern mit großen roten Digitalziffern und einem Weckruf, der Untote lebendig machte. Giulia war noch müde, aber gut drauf. Sie hörte Musik, duschte und zog danach die Folie von ihrem Tattoo ab. Erkki hatte ihr spät in der Nacht noch eine Nachricht geschrieben, irgendwie zurückhaltend, wie sie fand: »Ich wünsche dir einen tollen Tag.« Aber so war er halt manchmal, der kühle, stille Nordländer. Sie tippte eilig eine Antwort, während sie frühstückte, und schloss erneut mit einem Kuss-Smiley.

Draußen war es noch eine Spur kälter geworden. Der Wind blies zerfledderte Wolken durchs Churer Rheintal, als Giulia in ihren Wagen stieg. Noch war es ungewohnt, ihre linke Hand so zu sehen. Sie steuerte den Wagen aus der Stadt und nervte sich über die nimmer enden wollende Baustelle in Chur Nord.

Über die Freisprecheinrichtung wählte sie Dr. Kasperskys Nummer, um weitere Details zum Mord in der Chamanna zu erfahren.

»Die Tatwaffe hat der Täter wohl mitgenommen«, sagte die Forensikerin in ihrer immer gleichen Stimme und fügte an, dass es sich um ein stabiles Messer mit einer dreißig Zentimeter langen Klinge gehandelt haben muss. »Dank des Laborbefunds kann ich Ihnen außerdem Folgendes mitteilen: Die Hüttenwartin Abderhalden hat in den Tagen vor ihrem Tod mit drei verschiedenen Männern Sex gehabt. Allem Anschein nach einvernehmlich, denn es bestehen keine Anzeichen auf Gewalt. Da Spermien bis zu fünf Tage in einer Vagina überleben können, war das zeitlich nicht näher einzugrenzen. Aber ich kann bestätigen, dass keine dieser DNA-Spuren zu jener von Lederhosen-Django oder dem anderen Mordopfer, Beat Fähnrich, passt. Da weitere Untersuchungen der DNA zur Eruierung der Herkunft, Haarfarbe und so weiter bedauerlicherweise von Gesetzes wegen verboten sind, kann ich Ihnen nicht mehr über die Männer sagen.«

Giulia dachte an den Tatort zurück. Die Hüttenwartin war mit nur einem einzigen Stich ins Herz getötet worden, wobei die Rippen durchstoßen worden waren. Dr. Kaspersky war sich deshalb sicher, dass der Täter ein Mann oder eine sehr kräftige Frau sein musste. Wieso Fähnrich hingegen die Kehle aufgestochen worden war, war eine der noch offenen Fragen. Kaspersky stützte Giulias These, der zufolge Beat Fähnrich durch das Küchenfenster fliehen wollte, dabei aber verblutete. Die Blutspuren auf dem Fenstersims stammten nämlich von ihm. Was ihnen nach wie vor große Rätsel aufgab, waren die drei Blutstropfen, die draußen vor dem Fenster auf den Steinen gefunden worden waren.

»Auch diese können wir eindeutig dem Fähnrich zuordnen«, erklärte die Forensikerin den Sachverhalt.

»Könnte es sein, dass der Täter mit der blutigen Waffe in der Hand durchs offene Fenster geflohen ist? Etwa weil er bei der Tat gestört wurde?«, wollte Giulia wissen.

»Ja, sehr wohl, doch damit ist das Rätsel noch nicht gelöst«, antwortete Kaspersky. »Ich habe hochauflösende Fotos von den Tropfen machen lassen und diese stark vergrößert.«

»Und?«

»Die drei Blutstropfen sind aus unterschiedlichen Höhen auf die Steine vor der Hütte gefallen, das belegt das Spritzmuster.«

»Aus unterschiedlichen Höhen?«

»Einer aus schätzungsweise einem Meter fünfzig, der zweite aus drei Metern und der letzte muss aus mindestens sieben Metern Höhe gefallen sein.«

»Ach was!« Giulia war irritiert.

»Nun sind Sie dran, Leutnant de Medici. Finden Sie heraus, welches Spiel der Täter mit uns spielt, denn er spielt mit uns, und das mag ich gar nicht.«

»Und Sie sind sich da ganz sicher, was diese Tropfen betrifft?« Giulia wusste, dass das schon fast einer Majestätsbeleidigung gleichkam.

»Ganz sicher. Das Spritzmuster, die Beschaffenheit des Untergrundes, das Wissen um die spezifische Zusammensetzung der Tropfen … das ist reine Mathematik, Physik und ein wenig Chemie.«

»Aber das ist doch unmöglich.«

»Sie werden das schon ermitteln, Leutnant de Medici«, sagte Kaspersky trocken und mit einer Gewissheit, die Giulia schmeichelte. Sie wusste, sie beide hielten viel voneinander.

Der Fall wurde immer mysteriöser. Aber eines schien klar: Der Täter musste die Hütte durch das Küchenfenster verlassen haben. Wie dabei die seltsamen Blutspuren auf die Steine getropft waren, stand auf einem anderen Blatt. Giulia war sich außerdem sicher, dass die Hüttenwartin aus Wut oder Hass, wahrscheinlich aus einer Mischung von beidem, so gezielt hingerichtet worden war. Bei Fähnrich hingegen konnte es sich um ein Zufallsopfer handeln. Was Giulia sich nun aber fragte, war, wer die Männer sein könnten, mit denen Abderhalden vor ihrem Tod Sex gehabt hatte. Vor allem derjenige Mann, der gemäß den Holländern am Montagmittag bei ihr gewesen war, stand unter dringendem Tatverdacht.

Obwohl die Gletscher im Sommer 2022 so viel Eismasse verloren hatten wie noch nie zuvor, und dadurch auf verschiedenen Schweizer Gletschern etliche Leichenteile und zuweilen fast hundert Jahre alte Knochen freigelegt worden waren, glaubte Giulia an einen Zusammenhang, weshalb Aletheia ausgerechnet an dem Tag auf dem Roseggletscher gefunden wurde, an dem auch der Doppelmord in der Chamanna geschah.

Nachdem Giulia das Gespräch mit Kaspersky beendet hatte, hing sie kurz ihren Gedanken zum Fall nach, als bereits Nadia anrief.

Die IT-Forensikerinnen Corine und Cora hätten das Passwort vom Handy der Hüttenwartin endlich geknackt«, sagte Nadia und fuhr gleich fort: »Giulia, ich habe in der letzten Viertelstunde einige von Abderhaldens SMS ausgewertet. Kurz vor ihrem Tod hatte sie Lederhosen-Django geschrieben, dass sie sich von ihm bedroht fühle und sich an die Polizei wenden werde, wenn er noch einmal in die Nähe der Hütte käme. Ich sag's dir, Giulia, die hatte richtig Angst vor ihm, da muss etwas vorgefallen sein. Dieser Kerl lügt doch wie gedruckt. Die entscheidende SMS schickte sie wohl kurz vor ihrem Tod ab. Ich leite sie dir gleich weiter.«

Giulia blickte auf ihr Handy, die Nachricht ploppte auf:

Du machst mir richtig Angst. Wenbn du nicht sofort aufhörst mit dieesen Drohungen werde ich saofort zur Politzei gehen. Lass mich sofort in Ruhe. Kann ja vor lauter Angst nicht mal mehr richtig schreiben.

»Gute Arbeit, Nadia! Die Fahndung nach dem Kerl läuft ja bereits, doch noch habe ich nichts von Korporal Meier aus dem Engadin gehört. Sag, hat Lederhosen-Django auf Abderhaldens letzte SMS reagiert, zurückgeschrieben oder angerufen?«

»Nein. Sie hatte ihn gleich nach dem Absenden gesperrt, wie ich sehe. Er hatte ihr aber zuvor geschrieben, dass er in gut einer Stunde oben in der Hütte ankomme und mit ihr reden wolle. Danach nichts mehr.«

»Ich frage mich, was dieser Lederhosen-Django in seinem Handy noch Brisantes gespeichert hatte, dass er es verschwinden ließ? Kompromittierende Fotos oder andere belastende Nachrichten? Sobald wir ihn haben, werden wir ihn ins Kreuzverhör nehmen. Und noch was …«

Sie erzählte Nadia, was Kaspersky ihr soeben durchgegeben hatte.

Um halb zehn Uhr traf Giulia in der Raststätte Glarnerland wie abgemacht Monika Genelin, die ebenfalls aus Chur gekommen bereits an einem Tisch vor einem Kaffee saß und über eine Zeitschrift gebeugt las.

Kaum hatte sich Giulia mit einem Cappuccino in der Hand gesetzt, fiel Genelins Blick auf die tätowierte linke Hand. »Ist mir gestern gar nicht aufgefallen«, sagte sie mit einer kleinen Kopfbewegung dahin.

»Gestern spätabends erst vollendet«, entgegnete Giulia.

»Darf man das ganze Kunstwerk sehen?«

»Klar.« Giulia zog die dünne Parka aus, darunter trug sie ein sportlich geschnittenes Hemd mit Ärmeln, die nur knapp über den Ellbogen reichten. Den linken Ärmel schob sie ein wenig hoch.

»Wow! Ein Baum?«

Giulia nickte. »Ein Lebensbaum.«

Monika musterte die Tätowierung. »Was ist mit der freien Stelle im Blätterwerk, wenn ich so neugierig fragen darf?«

»Fragen darf man immer, aber dieses Geheimnis lüfte ich erst, wenn's so weit ist.« Giulia streifte den Ärmel wieder nach unten und nahm einen Schluck ihres Cappuccinos.

»Schön, wirklich schön gemacht. Steht dir gut.« Monika lehnte sich mit einem warmen Lächeln zurück, das sogleich verschwand. »So, nun zum Geschäftlichen. Um Zeit zu sparen, habe ich die Adressen der drei Täubinnen herausgesucht und uns für heute vorangemeldet. Wir besuchen jede einzeln, denn ich möchte ihre Meinungen unabhängig voneinander hören. Bist du damit einverstanden?«

»Finde ich richtig. Worauf willst du den Schwerpunkt der Einvernahme legen?« Giulia wusste, dass sie diesen Fall nicht leitete, sie musste sich also bremsen, was nicht einfach war.

»Wer war Aletheia wirklich, was ging damals in ihr vor? Wo stand sie als Zwanzigjährige? Was trieb sie zu dieser Reise? Welche Geheimnisse hatten die drei geteilt? Solche Fragen …«

»Klingt gut. Wo wollen wir zuerst hin?«

»Aus den damals noch jungen Frauen sind mittlerweile siebenundvierzigjährige Frauen geworden. Zuerst gehen wir nach Rapperswil zur Firma Steiner Transporte, wo wir die erste der Täubinnen treffen. Dort lasse ich meinen Wagen stehen. Danach fahren wir gemeinsam nach Illnau-Effretikon zu einer Treuhänderin und zuletzt nach Schönholzerswilen im Kanton Thurgau – zu einer Bäuerin. Und dann geht's zurück nach Rapperswil.«

Jana Breitenmoser stand um Viertel nach zehn auf dem Vorplatz des Fuhrparks. Sie trug eine hellblaue Latzhose und diskutierte mit einem Chauffeur, als die zwei Ermittlerinnen sie ansprachen.

Wie sich herausstellte, war Jana Lastwagenchauffeurin. Die Braunhaarige hatte wache, freundliche Augen, war schlank und wirkte energiegeladen. Vielleicht hatte das mit dem Red Bull zu tun, das sie in der linken Hand hielt, und mit der Zigarette in ihrer rechten, dachte Giulia.

»Also kommt mit«, sagte Breitenmoser, nachdem Giulia und Monika sich vorgestellt hatten. In zügigen Schritten lief sie voraus. Unter einem kleinen Vordach blieb sie stehen und nahm den letzten Schluck aus der Dose, die sie danach in der Hand zerdrückte. Die Sonne, die durch die herbstlichen Schlieren am Himmel drückte, schimmerte in ihrem Haar. »Drinnen haben wir keine Ruhe. Also, was gibt's?« Sie blies den Rauch über ihre Köpfe hinweg.

Monika kam direkt zur Sache: »Aletheia wurde gefunden.«

Jana wich einen halben Schritt nach hinten. »Woooow!«

Monika schwieg, nickte nur.

»Echt jetzt? Krass. Bin gerade so was von überrascht.«

»Das ist verständlich, nach so vielen Jahren. Sie wurde auf einem Gletscher gefunden, in einem roten Sommerkleid.«

»Auf einem Gletscher? In ihrem Sommerkleid …« Breitenmoser schüttelte verwirrt ihren Kopf. »Wie kommt das denn?«

»Ich sag's, wie's ist: Wir haben keinen blassen Schimmer. Darum sind wir hier. Wir müssen in unseren Ermittlungen nochmals bis ins Jahr 1995 zurückgehen.«

»Ach, du meine Güte …« Breitenmoser warf die Dose in einen Mülleimer, der neben einem großen Aschenbecher stand, und drückte die Zigarette aus, als ihr Handy klingelte. Sie hob ab und sagte: »Roger, ich bin besetzt …« Sie legte auf und wurde zusehends nachdenklicher. »1995, das ist verdammt lange her. Und doch kann man so was natürlich nicht vergessen«, fügte sie leise an.

Im Unterstand roch es nach Benzin, irgendwoher blies ein Ventilator Luft herüber, als Breitenmoser zu berichten begann.

»Eigentlich gibt es nicht viel zu sagen. Aletheia war sehr, sehr reich, gab aber niemals an mit ihrem Wohlstand. Er schien ihr eher peinlich gewesen zu sein. Nein: hinderlich – das ist das bessere Wort. So richtig kennengelernt habe ich sie, nachdem wir den Klub der Täubinnen gegründet hatten, das war so ein Buchklub. Was soll ich sagen? Wir waren vier Mädchen, die sich super verstanden, obwohl wir so verschieden waren.«

»Ich weiß, Sie haben damals mit meiner Mutter gesprochen«, sagte Monika und verwies auf Erika Genelin, die damals nur fünf Jahre älter war als Monika heute.

»Ach, diese Ermittlerin von damals ist ihre Mutter? Ich dachte schon, Sie kommen mir bekannt vor.«

»Rückblickend, aus der Sicht einer nun erwachsenen Frau: Gab es damals Anzeichen oder Aussagen, die nun, mit dem Wissen über die Fundstelle der Leiche, ein neues Licht auf Aletheias Verschwinden werfen?«

»Nein, außer vielleicht diese Nähe damals zu ihrem Butler. Die würde heutzutage bestimmt Fragen aufwerfen. Aber auch diesbezüglich bin ich mir nicht sicher, denn er musste ja die Elternrolle übernehmen. Sonst nichts. Klar, Ale hatte sich im Elternhaus eingeengt gefühlt, aber so fühlten wir anderen uns in dem Alter doch auch manchmal. Deshalb wollte sie weg und diese Pilgerreise machen, auf der sie dann verschwand.«

»Hatte sie einen heimlichen Freund oder einen Verehrer?«

»Davon weiß ich nichts. Nur, dass ihr Bruder Ambro, der damals in einer schwierigen Lebensphase zu stecken schien, einen schlechten Umgang mit einer etwas älteren Frau hatte. Irgend so was hatte ich damals mitbekommen. Kann mich noch gut an den Abschied an Ales zwanzigstem Geburtstag erinnern: Kurz bevor wir aufbrachen, kam er so richtig zugedröhnt auf seine Schwester zu, um ihr auf Wiedersehen zu sagen. Danach verschwand er. Hören Sie, ich habe mir in den letzten Jahren nicht nur einmal den Kopf darüber zerbrochen, was passiert sein könnte. Ob ich oder wir etwas übersehen hatten.«

»Und?« Die Sonne schien wieder durch eine der Wolkenlücken und ließ den Tag freundlicher erscheinen.

»Ale war bestimmt auch schwermütig, aber insgesamt lebensfroh. Ich glaubte immer, am ehesten hat sie sich selber was angetan. Vielleicht war sie auf der Suche nach dem Sinn des Lebens daran vorbei in einen Abgrund geschlittert.« Erneut klingelte das Handy. »Verdammt, Roger, ich ruf dich zurück, sobald ich fertig bin …«, schrie sie ins Gerät. Danach schaltete sie es aus. »Sorry!« Sie hob die Hände, als müsste sie sich ergeben. »Ales Verschwinden hat mich lange beschäftigt. Wir vier waren wirklich gute Freundinnen gewesen, und plötzlich fehlte da jemand Wichtiges.«

»Was ist aus dem Klub geworden?«, fragte Monika ruhig.

Jana Breitenmoser lächelte milde. »Den gibt's tatsächlich immer noch. »Wir treffen uns alle drei Monate und reden über Bücher. Die Zeit hat uns nichts anhaben können«, sagte sie voller Stolz.

Giulia, die bisher geschwiegen hatte, kam sich überflüssig vor, nutzte aber die Gelegenheit, Breitenmosers Mimik und Körpersprache genau zu beobachten.

»Letzte Frage: Wann haben Sie von Aletheia zuletzt etwas gehört?«, fragte Monika.

»Im Kloster Einsiedeln, da haben wir drei uns von ihr verabschiedet. Das war das Letzte, was wir von ihr mitbekommen hatten.«

Nun schaltete sich Giulia ein: »Ich frage aus bloßer Neugierde, da ich auch gerne lese. Was war das letzte Buch, das ihr im Klub damals gelesen habt, und was lest ihr aktuell?«

»Damals? Das weiß ich nicht mehr. Derzeit lesen wir *Das Flüstern der Feigenbäume*.«

»Okay. Und welches Buch, glauben Sie, hat Aletheia in all den Jahren am meisten inspiriert?«

Die Antwort erfolgte prompt: »*Sofies Welt*. Ein Roman über die Geschichte der Philosophie.«

Giulia nickte dankend.

Larissa Freienbach arbeitete als Treuhänderin in Illnau-Effretikon. Sie trafen sie um halb zwölf Uhr. Das kleine

Unternehmen wirkte wie aus einer anderen Zeit: Möbel, Vorhänge, Lampen – alles schien von vorgestern. Larissa trug eine große, runde Brille und war schlicht gekleidet, wirkte unscheinbar.

Sie nahm die Nachricht über den Fund der Leiche sehr gelassen auf. Es schien, als könne sie nichts erschüttern. In nüchternen Worten erklärte sie, dass auch sie sich noch immer keinen Reim auf das traurige Verschwinden ihrer Freundin machen könne. Sie habe es wohl irgendwann verdrängt. Aber Freienbach war neugierig, erfragte gezielt und sachlich mehr über die Hintergründe. Sie hatte Aletheia damals als sehr lebendige junge Frau erlebt, die nur so vor Ideen strotzte und immer genau zu wissen schien, was sie wollte und was nicht. Nein, schwermütig sei Ale auf keinen Fall gewesen, aber sehr freiheitsliebend, sagte sie. Es stimme, dass dieser Butler sich übertrieben um sie gesorgt habe, diese Nähe sei schon ein bisschen seltsam gewesen. Auch wie er sie manchmal angeschaut habe, in einer Mischung aus väterlicher Zuneigung und sexueller Begierde, meinte sie. Aber über so was hätten sie halt nie geredet. Beim Verabschieden bat Larissa Freienbach darum, über den weiteren Ermittlungsverlauf informiert zu werden.

Sandra Bachmann war Bäuerin geworden. Sie lebte mit ihrem Mann, den drei fast schon erwachsenen Söhnen und ihren Eltern auf dem Hof in Schönholzerswilen im Kanton Thurgau.

Bachmann trug Jeans und einen Pulli, als sie um halb zwei Uhr aus dem Stall trat und die Ermittlerinnen begrüßte, die unterwegs zu ihr eine Pause eingelegt und etwas gegessen hatten. Neben dem alten Wohnhaus stand ein modernes Holzgebäude, in dem sie und ihre Familie wohne, erklärte Bachmann. Dieses war hell und modern eingerichtet, so auch die Küche, an deren Bar sich die Ermittlerinnen setzten.

»Eine traurige Geschichte. Selbst meine Eltern können sich immer noch gut an das reiche Mädchen von damals erinnern. Ale war so lieb und aufgeschlossen«, sagte sie, nachdem ihr Monika vom Leichenfund auf dem Gletscher berichtet hatte.

Monika wollte wissen, ob Bachmann mit den Neuigkeiten eine andere Sicht auf das Verschwinden von damals habe. »Haben Sie einen Verdacht?«

»Ale hat in all den Jahren im Klub der Täubinnen nichts gesagt, was auf ein späteres Verbrechen hingedeutet hätte, auch nicht kurz vor ihrem Verschwinden. Weder darüber, dass sie bedroht worden wäre, noch dass sie selber verschwinden wollen würde. Sie hatte nur davon gesprochen, dass sie ›raus‹ müsse, ihren eigenen Weg finden. Ja, das waren in etwa ihre Worte gewesen.«

»Und wie war sie so?« Monika hatte, wie in den beiden Einvernahmen zuvor, das kleine Aufnahmegerät eingestellt.

»Sie war eigensinnig. Wenn sie sich etwas in den Kopf gesetzt hatte, dann zog sie es durch. Manchmal war sie auch ein wenig abgehoben, überheblich, glaubte, die Welt müsse sich nach ihren Wünschen richten.«

»Haben Sie ihr das einmal so gesagt?«

»Ja, wir waren ja schließlich Freundinnen, und das blieben wir auch, wenn wir Klartext miteinander gesprochen hatten.«

»Glauben Sie, dass sie jemandem auf die Füße getreten war?«

»Nicht derart, dass man sie umbringen würde.«

»Was war mit dem Butler?«

»Ach, dieser Mann, wie hieß er noch mal? Mattieu, glaube ich. Das war ein ganz lieber Kerl, der alles für Aletheia getan hätte, wirklich alles. Der hat sie wie ein Vater geliebt.«

»Wie ein Vater oder vielleicht auch anders?«

»Nein, wo denken Sie hin? Er war ein Gentleman, wie es ihn heute nur noch selten gibt.«

»Was denken Sie, was mit Aletheia passiert ist, dass sie nun auf einem Gletscher aufgefunden wurde?«

»Wissen Sie, Ale hatte das gewisse Etwas … Sie müssen wissen, sie hatte auch keine Berührungsängste … anderen Menschen gegenüber war sie vielleicht allzu offen. Und auf so einer Pilgerreise …«

»Hatte sie Männergeschichten?«

»Nein. Sie hatte anderes im Sinn – Höheres, eben den Lebenssinn.« Nach einem langen Atemzug fügte sie an: »Ich hoffe sehr, dass sie nicht leiden musste … Aber glauben Sie denn wirklich, dass Sie den Täter nach so vielen Jahren noch aufspüren können?«

»Wir hoffen es. Aufgeben ist keine Option.« Monika machte eine kämpferische Miene. Sie sagte: »Na gut, wenn Ihnen noch irgendetwas in den Sinn kommen sollte …« und reichte Sandra Bachmann ihre Karte, woraufhin die Ermittlerinnen das Haus verließen, in den Wagen stiegen und losfuhren.

»Giulia, viel gebracht hat's vielleicht nicht. Aber nun können wir die Aussagen von damals mit den eben gemachten vergleichen. Wer weiß, vielleicht findet sich eine kleine Auffälligkeit oder einen Hinweis, der uns weiterbringt«, sagte Monika, während Giulia am Steuer saß. Gemäß Navi sollten sie Rapperswil um 15:15 Uhr erreichen.

»Möglich, jedenfalls finden wir so nochmals in den Fall

hinein. Was ich dir noch sagen wollte, obwohl du es von Erich wahrscheinlich schon mitbekommen hast: Ich werde verfolgt.« Giulia erklärte detailliert die Umstände. »Ob und wie das mit den beiden Fällen zusammenhängt, … das weiß ich nicht. Aber ich halte weiterhin die Augen und Ohren offen.«

Nachdem sie auf dem Parkplatz in Rapperswil angekommen waren, wo Monika ihren Wagen abgestellt hatte, fuhren die beiden in ihren eigenen Fahrzeugen nach Männedorf. Monika wollte Giulia ihre Mutter Erika Genelin vorstellen.

Nur zwanzig Minuten später betraten sie das Krankenhaus. Immer wieder drückte die Sonne durch die wenigen Wolkenlücken, verschwand und tauchte die Landschaft erneut in ein eigentümliches Licht.

Erika Genelin lag im Krankenzimmer. Die gelben Vorhänge waren zugezogen, das Sonnenlicht drückte träge hindurch wie an einem Föhntag im Frühling. Das Rückenteil ihres Bettes war hochgestellt, in einer milchigen Glasvase auf dem Tisch am Fenster stand ein kleiner Blumenstrauss.

Der Krebs hatte sich unverkennbar durch die arme Frau gefressen, wie Giulia gleich erkannte. Erika Genelins Augen saßen in tiefen Höhlen, das schale Haar war mattbraun, die knochigen Hände lagen übereinandergelegt auf der Bettdecke. Der Infusomat piepste kurz, die Zahlen leuchteten rot. Eine junge Krankenschwester kam wortlos ins Zimmer, drückte Knöpfe am Gerät, das Piepsen verschwand und sie ebenfalls.

Obwohl Erika Genelin von der Krankheit gezeichnet war, funkelten ihre Augen kämpferisch. Die leise Stimme verriet, dass der Moment des Sterbens noch nicht gekommen war. Nach der Begrüßung meinte die alte Staatsanwältin trocken: »Irgendwas muss ich damals doch übersehen haben, denn den perfekten Mord gibt es nicht. Nur ungenügend ermittelnde Behörden.«

Diese Aussage gefiel Giulia. Sie nickte und sagte: »Manchmal steckt einfach der Wurm drin. Es ist auch mir schon passiert, dass ich die Lösung eines Falls die längste Zeit direkt vor der Nasenspitze herumtrug – ich war zu nahe dran, als dass ich sie hätte sehen können. Nach dem, was ich bisher durch ihre Tochter zu diesem Fall erfahren habe, kann ich sagen: Damals wurde viel unternommen. Und erst jetzt gibt's neue Erkenntnisse.«

»Da haben Sie gewiss recht. Aber ich muss endlich wissen, was damals passiert ist. Ich muss …« Sie hustete und blickte Giulia erwartungsvoll an.

Giulia nickte verständnisvoll. »Wir werden alles tun, um den Fall schnell zu lösen. Was ich mich schon länger frage, ist, ob der Butler irgendwie in die Tat involviert war, wegen dessen Selbstmord. Das muss doch eine Vorgeschichte haben.«

»Ich bin ganz Ohr«, sagte Erika Genelin und hustete heiser.

»Na ja, zeitlich würde sein Selbstmord zum Verschwinden von Aletheia passen. Er stand ihr zumindest sehr nahe, wie ich von den Täubinnen erfahren habe. Also, nehmen wir mal an, dass die beiden ein Verhältnis hatten …« Giulia hob beschwichtigend ihre Hände. »Lassen wir mal offen, was für eins, jedenfalls kannte er seine Schutzbefohlene, seit diese drei Jahre alt war, wenn ich mich richtig an die Akten erinnere.«

Beide Genelins nickten.

»Aus welchem Motiv auch immer er sie umgebracht haben könnte, er muss damit auch einen Schlussstrich unter sein eigenes Leben gezogen haben. Dass er sich erhängte, im kleinen Bau auf dem Anwesen der von Wertensteins, könnte doch auch etwas bedeuten.«

»Sie denken an Missbrauch?«

»Nein, diesen Gedanken habe ich sogleich wieder verworfen.«

»Interessant.« Erika Genelin hustete wieder, Monika reichte ihr ein Glas mit braunem Saft.

»Ich denke an etwas anderes. Wir wissen ja, dass er schon vor dem Verschwinden Aletheias schwere Medikamente nahm, Antidepressiva, Schlafmedikamente. Sein Leben hatte ohne Aletheia keinen Inhalt, keinen Sinn mehr. Sie ging in die weite Welt, seine ging unter, und eine quälende Leere blieb zurück. In dem Moment begriff er möglicherweise, was jahrelang wie ein Damoklesschwert über ihm gehangen hatte: Mit ihrem Weggehen hatte er seine wahrscheinlich einzige und entscheidende Lebensaufgabe verloren, in die er in all den Jahren hineingewachsen war. Dazu passt, dass er, so wie ich glaube, Aletheia verehrt hatte. Ich zeige Ihnen auch gleich, warum.«

Monika spielte ihrer Mutter das Video auf dem Notebook ab. Diese hatte den Film noch nicht gesehen, da er erst Jahre nach dem Verschwinden von Aletheia und dem Tod des Butlers auf der Esperanza entdeckt worden war.

»Sie haben recht. Das Video wirkt stilisiert, übertrieben. Seltsam, dass er das nur fur sich gedreht hatte«, kommentierte Erika.

»Leider können wir den Mann nicht mehr befragen, und Angehörige hat er keine«, erwiderte Giulia. »Aber eines wissen wir: Die Familie von Wertenstein war mit dem Engadin eng verbunden. Wenn sie irgendwo zwischen Einsiedeln, der Innerschweiz und dem Aostatal, oder in diesem selbst, zu Tode gekommen war, aus welchem Grund brachte der Täter ihre Leiche dann auf den Roseggletscher – und wie? Zufällig wurde der Ort auf jeden Fall nicht gewählt! Auch das müssen wir bedenken. Außerdem trägt niemand eine Leiche am helllichten Tag einfach so in diese Höhe, ohne von jemandem gesehen zu werden. Und um nachts da hochzugehen, muss man die Berge dort oben verdammt gut kennen, um nicht sein eigenes Grab im Eis zu finden. Das könnte ein neuer Ansatz sein, auf den Sie damals nicht kommen konnten.«

Die Genelins schwiegen, dachten nach. Erika trank die braune Flüssigkeit aus, ihre Tochter nahm ihr das Glas ab und stellte es zurück aufs Beistelltischchen.

»Da haben Sie völlig recht«, sagte Erika und blickte zu ihrer Tochter, die neben dem Bett stand und nickte.

»Hören Sie«, fuhr Giulia fort, »der Fundort hat Bewegung in die Ermittlung gebracht. Ich bin mir sicher, Sie haben damals alles Mögliche unternommen.« Sie hatte Mitleid mit der Todkranken, die, so ans Bett gefesselt, hilflos wirkte. »Was halten Sie davon, wenn wir ein Foto der damals Zwanzigjährigen direkt vor der *Tagesschau* veröffentlichen und fragen, wer sie im fraglichen Zeitraum 1995 gesehen hat?« Giulia hob erneut beschwichtigend ihre Hände. »Ich weiß, ich mag diese uralten *Aktenzeichen-XY-ungelöst*-Fälle auch nicht. Da fasst man sich doch an den Kopf und fragt sich: Wie bitte schön soll jemand noch wissen, was Herr und Frau Kunz am Nachmittag vor zwanzig Jahren um fünfzehn Uhr zehn gemacht haben. Doch bei Aletheia scheint der Fall anders zu liegen, und zwar aus folgenden Gründen: Sie schien zweifellos eine starke Wirkung auf ihr Umfeld gehabt zu haben. Dazu kommt: Wenn eine so junge, körperlich wie geistig attraktive Frau auf ihrer Pilgerreise ein Gespräch führt, dann wird dabei sicher nicht nur über das Wetter geplaudert. Solche Begegnungen können nachhaltig prägen. Deshalb glaube ich, dass der eine oder die andere sich an eine Begegnung mit Aletheia erinnern könnte.«

»Schön und gut, aber die von Wertensteins haben damals eine mediale Suche vehement abgelehnt. Die Privatsphäre ist denen auf eine seltsame Art und Weise heilig, dass es gestört wirkt.«

»Okaaay?« Giulia war überrascht. »Es ging doch um deren Tochter?«

»Sie haben viel Geld in private Ermittlungen gesteckt, aber sie wollten die Öffentlichkeit da raushalten. Die haben jahrelang den besten Privatermittler der Schweiz, diesen Wunderlin, beigezogen und sogar einen Profiler aus den USA eingeflogen – alles vergebens.«

»Aber wir können doch nicht von Tür zu Tür gehen und nach ihr fragen. Diese öffentliche Fahndung könnte entscheidend sein.«

Erika Genelin nickte. »Ich habe diese Bitte damals wie heute vergeblich vorgebracht. Die von Wertensteins ticken leider so. Ich habe heute kurz nach dem Mittag mit ihnen telefoniert. Sie wollen nicht, dass der Name ihrer Tochter mit dem Fund in Verbindung gebracht wird. Was, wenn man nicht mehr an eine Aufklärung des Verbrechens glaubt, irgendwie verständlich ist. Alte Wunden aufzureißen, schmerzt, vor allem dann, wenn keine Heilung zu erhoffen ist.«

Nachdenklich sagte Giulia zu den beiden Frauen: »Es muss aber einen Weg geben, ein Foto von ihr zu veröffentlichen. Das Recht unseres Rechtsstaates, einen Mörder zu finden, muss doch bedeutsamer sein als die Persönlichkeitsrechte einer vor siebenundzwanzig Jahren Verstorbenen?«

Die beiden sagten nichts dazu. Giulia hakte nach: »Frau Genelin, haben Sie ein geeignetes Bild in den Akten, ich habe eine Idee …«

»… die dir Ärger einbringen wird?« Monika blickte Giulia vielsagend an. »Du bringst mich in eine Zwickmühle.«

»Monika, mir ist klar, dass Kommandant Hartmann dich bestimmt vor mir und meinen Ermittlungsmethoden gewarnt hat. Doch es hat auch seinen Grund, warum er dich und mich zusammengebracht hat. Wenn du Privates und Berufliches strikt trennen kannst, dann sag ihm bitte nichts, bis ich mit dem Leitenden Staatsanwalt in Chur gesprochen habe … Die Leiche wurde in Graubünden gefunden … und den Gegenwind von den von Wertensteins kann ich ertragen.«

»Die werden eine Armada von Anwälten auf dich hetzen«, warnte Monika.

»Na ja, wenn wir nach der Veröffentlichung des Fotos Hinweise erhalten, dann werden sich die Prügel gelohnt haben und schnell aufhören, und sonst war es einen Versuch wert. Wir müssen Aletheias damaligen Weg besser kennen, um zu verstehen, wo und warum sie verschwunden ist, um endlich Licht in das Rätsel bringen zu können. Immerhin haben wir nun ihre Leiche.«

»Du erwartest also, mal sehr diplomatisch ausgedrückt, dass ich Erich gegenüber das Vorgehen gutheiße, die Einwände der von Wertensteins in den Wind zu schlagen?«

»Na ja, der Leitende Staatsanwalt wird von Hartmann bestimmt das OK einholen, und der wiederum wird deine Meinung wissen wollen. Wie und was du ihm sagst, überlasse ich dir. Aber wir dürfen uns nicht von den Einwänden und Drohungen, welche die von Wertensteins vorgebracht haben, entmutigen lassen. Heute ist die Situation eine andere als vor siebenundzwanzig Jahren.«

Bevor Monika darauf antworten konnte, bat Erika ihre Tochter und Giulia, vor der Tür zu warten. Sie müsse kurz ungestört telefonieren. Giulia zog fragend die Augenbrauen hoch und verließ hinter Monika den Raum. Im langgezogenen Flur nahmen sie in der Besucherecke Platz. Erika würde Monika anrufen, sobald sie mit dem Gespräch fertig war.

Es dauerte eine halbe Stunde, ehe Monikas Handy klingelte und sie gegen sechzehn Uhr dreißig das Krankenzimmer wieder betreten konnten.

»Ihr beide braucht euch nicht den Wölfen zum Fraß vorzuwerfen.« Das spätnachmittägliche Herbstlicht wirkte fahl. »Ich habe soeben mit dem Oberstaatsanwalt in Zürich gesprochen. Ein guter Freund, der in drei Monaten pensioniert wird. Er wird sich in einem amtlichen Schreiben ans SRF wenden, doch nun muss alles schnell gehen – es muss noch heute Abend ausgestrahlt werden, damit nicht die Falschen Zeit zum Nachdenken bekommen. Die Sendung läuft ja bereits in knapp drei Stunden.«

»Mama!« Monika schien überrascht.

Erika lächelte ihre Tochter milde an und sagte an Giulia gerichtet: »Auch Ermittlungsbehörden müssen flexibel sein. Nicht wahr, Leutnant de Medici?«

Diese nickte eifrig, ihre dunklen Augen glänzten. »Dann schreiben wir doch gemeinsam den genauen Wortlaut auf, und wir brauchen ein Foto. Und wir müssen Nadia Caminada informieren …«

Als sich die Dunkelheit über das Unterland senkte, saßen Giulia und Monika noch immer am Krankenbett. Sie hatten beschlossen, gemeinsam mit Erika Genelin zu Abend zu essen, und diskutierten über den Fall, während im Hintergrund lautlos der Fernseher flimmerte.

Um 19:27 Uhr blickten die drei gespannt auf den Bildschirm. Der Ton war längst hochgedreht worden, als der dreißig Sekunden dauernde Beitrag unmittelbar vor der

Tagesschau ausgestrahlt wurde. Die drei hatten sich auf die entscheidenden Fragen und Daten und den genauen Wortlaut der Formulierung geeinigt: »Wer hat nach dem Juli 1995 diese zwanzigjährige Frau gesehen oder Kontakt zu ihr gehabt? Zuletzt war sie auf Wanderwegen, als Pilgerin, in Einsiedeln gesehen worden – Ziel unbekannt. Sachdienliche Hinweise sind erbeten an folgende Telefonnummer oder E-Mailadresse …«

Um rechtlich auf der sicheren Seite zu sein, wurde nur der Vorname Aletheia erwähnt. Als die Ausstrahlung des öffentlichen Aufrufs fertig war, blickten sich die drei entschlossen an. Nun hieß es abwarten. Nadia Caminada saß derweil bereit, denn die Telefonnummer und die E-Mailadresse, die während des Beitrags eingeblendet wurden, führten direkt zu ihr.

16

Monika Genelin war bei ihrer Mutter im Spital Männedorf geblieben, während Giulia um Viertel vor acht zu ihrem Wagen ging und in der Dunkelheit losfuhr.

Es dauerte auch nicht lange, ehe Hartmann anrief. Er blieb fast beängstigend ruhig, sagte nur: »Kompliment, Giulia, da hast du dich für einmal elegant rausgehalten.«

»Scusi Capitano, nicht mein Verdienst. Deine zukünftige Schwiegermutter hat's gerichtet. Die Frau hat gelernt, auf allen Böden zu tanzen, wie mir scheint.«

»Dann halt dich weiter an sie und lerne dazu.«

»Oh, da keimt Hoffnung auf, wie ich höre?«

»Wie meinst du das?«

»Wie hast du mich mal beschrieben: ›Eine wie du wird sich niemals ändern.‹«

»Alte Zeiten.«

»Übrigens, Monika ist eine tolle Frau und kommt ganz nach der werten Mutter. Ich freue mich auch für dich.«

Hartmann schwieg kurz, dann sagte er: »Weißt du, Giulia, ich habe es mit meinen Gefühlen dir gegenüber immer ehrlich gemeint.«

»Das weiß ich. Lassen wir die alten Zeiten. Eine neue Liebe ist wie ein neues Leben.«

»Warst du an der Churer Schlagerparade?« Hartmann lachte laut. Seltsam, dachte Giulia, so gelöst hatte sie ihn noch nie erlebt. Dann wurde sein Ton energischer: »Pass auf dich auf, Giulia. Wir wissen, was wir an dir haben.«

»Oh, danke. Ich rufe es dir bei der nächsten Lohnrunde wieder in Erinnerung.« Nun lachte auch Giulia.

Nachdem sie aufgelegt hatte, versuchte sie, Erkki zu erreichen. Vergeblich. Sie hinterließ ihm eine liebe Sprachnachricht.

Auf der Walensee-Autobahn fiel Giulia ein grauer Wagen auf, der ihr in der Dunkelheit folgte. Zu dieser Zeit hatte es nur wenig Verkehr. Das Fahrzeug fuhr schon seit einer ganzen Weile fünfzig Meter hinter ihr. Giulia änderte ihre Geschwindigkeit, um zu überprüfen, ob der Wagen ihr zufällig folgte. Als sie das ausschließen konnte, telefonierte sie nochmals mit Kommandant Hartmann, zumal sie bereits gestern beobachtet worden war, und die Fahndung bisher keinen Erfolg gebracht hatte.

Nun musste Giulia herausfinden, wer der Verfolger oder die Verfolgerin war, ohne sich zu erkennen zu geben. Hierfür gab es ein einfaches Mittel.

Der Wagen verfolgte sie auch während der nächsten vierzig Minuten, bis Giulia auf der langen Geraden vor Chur-Nord ankam. Sie stand in Funkkontakt mit einem Zweierteam der Verkehrspolizei, dann fuhr sie an einem in der Dunkelheit gut getarnten Kasten vorbei.

Der Wagen hinter ihr folgte ihr weiter bis in die Nähe ihres Wohnhauses, drehte dann hinter ihr ab und verschwand.

Keine Viertelstunde später, als Giulia in der Wohnküche stand, sie hatte zuvor alle Jalousien heruntergelassen, bekam sie die Aufnahmen des mobilen Radarapparates per E-Mail zugeschickt. Die Verkehrspolizei hatte Giulias Verfolger mit dem unsichtbaren Infrarotblitz eingefangen. Giulia nahm ihr Notebook hervor, öffnete ihren Account der Kapo und betrachtete das Foto.

Darauf zu sehen war ein alter Skoda Karoq mit Zürcher Nummernschild. In der Mail stand, dass auch dieses Nummernschild nirgends registriert sei. Am Steuer saß dieselbe junge Frau, die sie schon tags zuvor beobachtet hatte, da war sich Giulia ziemlich sicher, auch wenn sie deren Gesicht nur von Weitem gesehen hatte.

Giulia schaute sich die gestochen scharfe Aufnahme an. Dabei flüsterte sie: »Da bist du also. Schön und jung und womöglich weniger schlau, als du denkst. Wer bist du?«

Giulia klappte das Notebook zu und machte sich in der Küche einen Tee. Sie brauchte dringend frische Luft. Mit der dampfenden Tasse betrat sie die Terrasse. Sie dachte über die Fälle nach, suchte mögliche Verbindungen, auch zu ihrer geheimnisvollen Verfolgerin.

Giulia hatte in den letzten zwei Nächten wenig geschlafen und schlüpfte deshalb bereits um kurz nach zweiundzwanzig Uhr müde ins Bett. Erkki hatte sich nur kurz per SMS gemeldet: Die Übung würde bis spät in die Nacht dauern, er werde sich morgen melden.

Giulia lag noch keine Stunde im Bett, als um zwanzig Minuten vor elf Uhr ihr Handy klingelte. Schlaftrunken tastete sie danach. Sonja Meier, Korporal aus Samedan, war am Apparat. »Giulia, sorry, ist dringend.«

Giulia setzte sich gerade auf, strich sich ihre langen Haare aus der Stirn und sagte: »Kein Problem. Was gibt's?«

»Wir haben diesen Lederhosen-Django gefunden.«

»Okay?« Sie fragte nicht, ob sie ihr diese Info nicht auch morgen früh hätte überbringen können.

»Er ist tot – ein Kopfschuss.«

»Phuuu.« Das Display erhellte Giulias rechte Gesichtshälfte.

»Ja, wir haben ihn soeben gefunden. Er lag vor seiner Hütte. Ein Schuss präzis zwischen die Augen. Regelrecht hingerichtet wurde er, und so wie er hier vor mir liegt, muss er beim Schuss vor dem Täter gekniet haben.«

»Scheiße. Scheiße für ihn, Scheiße für uns. Der wusste mehr, als er uns gesagt hat.«

»Aber dank dir haben wir die Täterin!«

»Ach, sie ist auf der Wildkamera drauf?« Giulia hatte Sonja eine ihrer einfachsten Methoden vorgeschlagen, um zu überprüfen, ob jemand zwischendurch nach Hause gekommen war. In diesem Fall wurde in der Zufahrt zum Blockhaus eine getarnte Wildkamera angebracht, die auch Nachtsichtaufnahmen machen konnte und bei Bewegungserfassung eine SMS verschickte.

»Eine Frau, sagst du?«

»Ja, aber eins nach dem anderen. Um kurz nach 20 Uhr ging ich mit einem Kollegen zum Blockhaus. Es war dunkel, Lederhosen-Django war nicht zu Hause. Um 22:10 ging der erste Alarm vom Bewegungsmelder bei mir ein. Da wir ja nur diese Daten, aber keine Bilder übermittelt bekommen, konnte ich nicht wissen, ob er endlich nach Hause gekommen ist oder nur ein Tier an der Kamera vorbeilief.«

»Also bist du ausgerückt?«

»Exakt. Und zwar mit einem Kollegen der Nachtschicht. Doch bevor der aus Samedan bei mir zu Hause in Pontresina eingetroffen war, erhielt ich eine zweite Meldung vom Gerät. Ich dachte: Verdammt, der Kerl ist nur zu Hause was holen gegangen, doch keine zwei Minuten später ging der dritte Alarm bei mir ein. Das hieß: Entweder war er nur nochmals kurz raus auf die Straße gegangen und wieder heimgekehrt, oder er hatte kurz Besuch bekommen.«

»Und dann?«

»Dann fuhren wir los und fanden ihn vor wenigen Minuten vor der Haustür mit einer Kugel im Kopf. Obwohl ich sicher war, dass er tot ist, rief ich den Notarzt an und bot weitere Kollegen auf. Diese sollten nun in wenigen Minuten eintreffen.«

»Aber die Bilder der Täterin hast du, ja?« Giulia wollte endlich auf den Kern der Sache zu sprechen kommen.

»Ja, sie hält sogar noch die Waffe in der Hand, als sie in der Dunkelheit von der Infrarotkamera eingefangen wird. Ich habe dir die Bilder soeben geschickt.«

Giulia war wieder hellwach. Sie stieg aus dem Bett, ging in ihren Ermittlungsraum, das kleine Zimmer, in das sie sich bei schwierigen Fällen für Recherchen zurückzog. Dann startete sie erneut ihr Notebook, während Meier weiterredete:

»22:10 Uhr kam Lederhosen-Django nach Hause. Um 22:24 Uhr kam die Täterin und verschwand exakt um 22:28 Uhr. Wir trafen um 22:32 Uhr ein, also nur wenige Minuten später. Die Tat selbst ist nicht auf den Bildern festgehalten, weil wir die Kamera direkt nach der Wegabzweigung kurz vor dem Blockhaus anbringen mussten, damit sie nicht entdeckt wird. Aber die Bilder sind dennoch eindeutig.«

Ausgerechnet jetzt startete Giulias Notebook ein Update, das gemäß Zeitangabe fünfzehn Minuten dauern würde. Deshalb ging sie ins kleine Büro von Erkki, das er sich im Zimmer nebenan eingerichtet hatte. Sie startete stehend seinen großen iMac, versuchte das Passwort, das er früher benutzt hatte und entsperrte damit das Gerät. Doch dann ploppte eine Meldung auf: *Das Gerät wurde zuvor unsachgemäß heruntergefahren, wollen Sie die letzte Sitzung wiederherstellen?* Giulia klickte gedankenverloren auf Ja, damit Erkki keine Daten verlor, und wollte soeben Erkkis Outlook schließen, als ein Pop-up-Fenster des Programms aufging.

Giulia sah eine E-Mail von einer Jessica Futterknecht.

Giulias Herz begann heftiger zu schlagen, als sie die Zeilen las:

Mein Liebster, ich freue mich auf die Tage mit dir im Herzen der Schweiz. I miss you. Es ist gerade schwierig für mich zu wissen, dass du mit ihr im Einsatz stehst. Deine Jessi. PS: Schön, dass ich dich heute noch schnell sehen konnte wegen der Webseite. 😘😘😘

Giulia starrte fassungslos auf die Nachricht. Das musste diese kupferblonde Webdesignerin sein. Die Mail war am Montagabend geschickt worden, nachdem Giulia früher nach Hause gekommen und mit Erkki ausgerückt war. Wie gebannt las sie die E-Mail noch einmal.

»Hast du die Aufnahmen gesehen?« Aus dem Off hörte Giulia die Stimme von Korporal Meier. »Hallo? Giulia?«

Mit zitternden Händen klickte Giulia auf »Gesendete Nachrichten« und sah seine Antwort, die er, während er mit ihr unterwegs gewesen war, auf dem Handy getippt hatte:

Ich freu mich auch sehr. Und das mit Giulia: Ich werde es ihr noch während meiner Abwesenheit sagen. Ich möchte sie nicht unnötig verletzen. Aber du musst wissen, mein Herz gehört jetzt nur noch dir allein. Der neue Versuch mit Giulia, das war ein großer Fehler, den ich zu spät bemerkt habe. Sei unbesorgt, es ist rein beruflich und auch das letzte Mal. In Liebe, Erkki.

Meiers Stimme schallte erneut aus dem Hörer.

Giulia erwiderte gedankenverloren: »Ruf dich gleich zurück. Gib mir eine Minute.« Dann legte sie auf. Wie in Zeitlupe setzte sie sich.

Plötzlich erinnerte sie sich an Momente, die sie nun anders interpretierte: Sie und Erkki hatten schon drei Wochen nicht mehr miteinander geschlafen. Er hatte behauptet, dass er sich beim Klettern mit dem Sicherungsgurt etwas eingeklemmt hätte. Sei wohl eine Harnleiterverletzung, die erst verheilen müsse. Dazu die lieblosen SMS in den vergangenen Tagen. Und als sie im Heli zum Roseggletscher hochflogen, hatte er auf ihren Luftkuss beim Start nur gelächelt. Sie aber war glücklich gewesen, mit ihm in den Einsatz zu fliegen.

Giulias Telefon klingelte erneut. Meier war dran. »Alles in Ordnung bei dir?«

»Ja, ja.« Giulia versuchte, sich auf den aktuellen Fall zu konzentrieren, doch das gelang ihr nicht. Wie in Trance rief sie den Internetbrowser auf, tippte die Adresse des Webmailservers ein und lud die Dateien von Meier herunter. Ihr schien, es dauere eine Ewigkeit, bis sie die drei Filmsequenzen starten konnte.

Die bewaffnete Frau auf dem Foto war dieselbe, die sie vor ein paar Stunden bis nach Hause verfolgt hatte!

Giulia war durcheinander und hatte Mühe, ihren Gefühlssturm auszublenden. Sie ließ die kurze Filmsequenz der Wildkamera nochmals laufen. Im Infrarotmodus sah sie, wie die junge Frau mit der gezogenen Waffe den Tatort verließ. Nichts an ihrem Verhalten, außer dass sie noch immer die Waffe trug, deutete auf die soeben begangene Bluttat hin.

»Was geht hier gerade vor sich, Giulia?«

»Frag mich was Leichteres!« Giulia bezog es auch auf den Betrug von Erkki und dieser Jessica Futterknecht, erwähnte aber nichts davon. »Was ich weiß, ist, dass wir jetzt Straßensperren brauchen, eine Großfahndung auslösen müssen – und zwar sofort!« Giulia rief die Zentrale im Kommando in Chur an und rapportierte dem diensthabenden Einsatzleiter.

Dank des Radarfotos von diesem Abend wusste sie, welchen Wagen die Gesuchte fuhr und welches Kennzeichen dieser trug.

»Ich fahre in zehn Minuten los«, sagte Giulia, als sie wenig später wieder Korporal Meier in der Leitung hatte.

»Jetzt noch? Es ist bald dreiundzwanzig Uhr.«

»Na und? Die Frage, die sich mir stellt, ist, um welchen der beiden Fälle es bei diesem Mord überhaupt geht – oder geht es gar um beide? Verstehst du, Sonja? Ich glaube, die Lösung von allem liegt im Val Roseg. Wir reden, sobald ich im Wagen sitze oder spätestens dann, wenn ich bei dir ankomme.«

»Alles klar, bis später …«

Giulia setzte sich mit einer großen Tasse Kaffee vor Erkkis Computer. Sie suchte zuerst nach weiteren Mails, doch die waren bestimmt allesamt feinsäuberlich gelöscht worden. Doch geändert hätte das eh nichts, das Entscheidende wusste sie. Und sie wollte sich dem nicht noch mehr ausliefern.

Sie zog ihre Kleider an, band ihr Haar zu einem Pferdeschwanz und setzte ein schwarzes NY-Cap auf. Sie musste aus der Wohnung. Um diese Zeit würde sie die neunzig Kilometer bis Pontresina in weniger als eineinhalb Stunden schaffen. Außerdem kannte sie die Strecke in- und auswendig. Kaum saß sie im Wagen, rief sie Kaspersky an, die sich ebenfalls nicht lange bitten ließ und mit dem Bus hinterherfahren wollte.

Während Giulia auf der A13 zunächst ins Domleschg und danach auf Landstraßen ins Engadin fuhr, kam Wut in ihr hoch. Sie versuchte Erkki zu erreichen, doch sein Telefon war aus. Das hatte er sonst nie gemacht, wenn sie getrennt waren. Das verletzte sie nun nur noch mehr. Bestimmt lagen die beiden in diesem Moment im gleichen Bett.

Sie wusste, in welchem Landgasthof die Teilnehmer des Kurses in Alpnach abgestiegen waren, er hatte beiläufig den Namen erwähnt. Giulia wählte kurzerhand dessen Telefonnummer.

Der Nachtportier hob ab. Giulia nannte einen anderen Namen und forderte den Mann auf, Jessica Futterknecht zu wecken und sie sofort ans Telefon zu bitten.

»Ja, das Paar ist bei uns abgestiegen«, bestätigte er. »Aber so spät noch?«

»Ein tragischer Fall in der Familie. Frau Futterknecht muss sofort ans Telefon!«, insistierte Giulia.

»Das Paar schläft möglicherweise schon, aber ich kann es ja mal versuchen.« Der Mann wirkte unsicher.

»Das werden Sie bestimmt schaffen, sonst müssen wir die Polizei vorbeischicken, was den einen oder anderen Gast bestimmt irritieren würde«, sagte Giulia und blickte auf die von Scheinwerfern beleuchtete Landstraße vor sich.

Der Mann lief mit dem Handy in der Hand los. Giulia hörte, wie er schwer atmend eine Treppe hoch- und dann einen Flur entlanglief. Dann blieb er stehen. Giulia vernahm ein zaghaftes Klopfen.

»Die schlafen schon«, hörte sie ihn flüstern.

»Sie müssen halt lauter klopfen«, forderte Giulia.

Das zeigte Wirkung. Die Tür öffnete sich, der Mann hauchte eine Entschuldigung, dann hörte Giulia Erkkis Stimme:

»Was ist denn los?«

»Eine Verwandte von Frau Futterknecht ist am Telefon. Es sei dringend.«

»Jessi, es ist für dich.« Erkkis Stimme so zu hören, tat Giulia weh.

Mit einem leisen, aber hellen »Ja, hallo« meldete sich Futterknecht.

»Richte Erkki aus, dass sich ein Transportunternehmen bei ihm melden und ihm sagen wird, wo er seine Siebensachen eingestellt findet. Spätestens bis am Samstagmittag ist alles dort!«

»Wer ist dran?«

»Giulia, Giulia de Medici. Seine Ex!«

»Giulia?« Sie hörte sich verdattert an. Zu gerne hätte Giulia das Gesicht der beiden gesehen.

»Genau, die bin ich. Habt ihr beide vergessen, dass ich eine der besten Ermittlerinnen bin?« Dann legte sie auf. Sie hätte noch so vieles und zugleich gar nichts sagen wollen, die Hauptsache war aber, dass sie mit fester, klarer Stimme gesprochen hatte und niemand ihre zitternden Hände sehen konnte. Tränen glänzten in ihren Augen, Tränen des Schmerzes, der Scham, so betrogen worden zu sein.

Bei Bivio, vor dem Anstieg zum Julierpass, geriet sie in eine Straßensperre. Sie wurde aufgehalten und ihr Dienstausweis kontrolliert, ehe sie durchgelassen wurde.

Zuoberst auf dem Pass musste Giulia aus dem Wagen. Sie brauchte Bewegung. Sie lief in der Dunkelheit die Bergflanke hoch, bis sie völlig außer Atem war. Die heftigen Böen taten ihr gut. Sie blickte auf die Serpentinen hinunter, in denen in diesem Moment kein Scheinwerferlicht zu sehen war. Zwischen den Windstößen herrschte diese Stille, die von den Bergen gehütet wird. Während sie langsam wieder zu Atem kam, fiel ihr die wolkenförmige freie Stelle in der Krone ihres tätowierten Lebensbaumes ein. Diese hatte sie frei gelassen, um dort ihre Kinder zu verewigen, falls sie je Mamma werden würde. Seit Nadia schwanger war, dachte auch sie öfters daran. Nadia lebte ihr vor, wie es sein könnte, eine Mamma zu sein.

Was hatte sie in den letzten Wochen übersehen? Wieso lag Erkki in den Armen einer anderen, kurz nachdem sie wieder ein Paar geworden waren? Erkki hatte nie viel geredet, doch das mochte sie ja auch an ihm. Als er vor bald zwei Jahren mit ihr Schluss gemacht hatte, warf er ihr anstrengendes und egoistisches Verhalten vor. Giulia wusste, dass das nicht völlig abzuweisen war, hätte aber einen anderen Weg als die Trennung gesehen. Danach war Erkki mit Hedda Åkesson zusammengezogen, dieser blonden Schönheit, dieser Psychologin und Mentaltrainerin. Als Giulia ihre Beziehung endlich abgehakt hatte, tauchte er wieder in ihrem Leben auf und erklärte leidenschaftlich, dass er sie, ihre Lebendigkeit und Spezialeffekte zum Leben brauche. Ja, das waren seine Worte. Sie nahm sich Zeit, wollte sicher sein, ehe sie sich ihm wieder öffnete – und nun das.

Giulia erinnerte sich an die Szene, als sie am Montagnachmittag unverhofft nach Hause kam, um mit Erkki auf den Gletscher zu gehen, und auf ihn und Jessica traf – in ihrer gemeinsamen Wohnung! Im Nachhinein kam sie sich blöd vor, dass sie nichts gemerkt hatte.

Sie beschloss, sich eine neue Wohnung zu suchen, drängte ihre Gefühle und die Gedanken an Erkki zurück und versuchte, sich wieder ganz auf den Fall zu konzentrieren.

Kurz nach ein Uhr in der Nacht auf Freitag kam Giulia im Val Roseg an. Korporal Meier und ihre Kollegen hatten Lampen aufgestellt, um den Tatort zu beleuchten, und diesen mit rot-weißen Absperrbändern markiert, die in den Böen heftig flatterten.

Den mit zusammengeklappten Beinen zur Seite gekippten Lederhosen-Django so zu sehen, war kein schöner Anblick. Der Seppl-Hut lag hinter ihm auf dem Boden. Die Kugel hatte ihn präzis zwischen die Augen getroffen. Der Arzt war gleich wieder gegangen, er hatte nur noch den Tod des Mannes feststellen können.

Nachdem Giulia Sonja Meier begrüßt hatte und neben dem Toten in die Hocke gegangen war, sagte sie: »Der Kerl wurde entweder aufgrund seiner Tat in der Chamanna erschossen, oder er wusste zu viel, hat möglicherweise den Täter dabei überrascht und diesen womöglich erpresst. Was ich mich aber frage: Warum hat seine Mörderin auch mich in den letzten zwei Tagen verfolgt?« Dass sie fürchtete, dass auch ihr möglicherweise noch eine Kugel gewidmet war, sagte Giulia nicht.

»Drei Tote, alle im Val Roseg, dazu die Gletscherleiche. Was geht hier vor sich?« Meiers ruhige Art tat Giulia gut. Der Anblick des Toten schien ihr außerdem auch nichts anhaben zu können. »Es muss eine Abrechnung gewesen sein. Und wir dürfen nicht vergessen, dass der Kerl hier sein Leben lang die Grenzen ausgelotet hat …«

»Gibt es Zeugen, irgendwas? Außer der Kamera?« Giulia zurrte ihren Pferdeschwanz zurecht und zog ihr schwarzes Cap tiefer ins Gesicht.

»Bisher nicht. Vielleicht hat jemand den Schuss gehört, doch was nützt uns das? Wir haben ja keinen Beweis, nur einen dringenden Verdacht, dass die Frau auf dem Video die Täterin gewesen ist.«

Giulia zuckte mit den Schultern. »Stimmt. Aber in Anbetracht dessen, dass die Frau kam und gleich wieder verschwand, noch dazu mit der Waffe in der Hand … Aber du hast recht: Bewiesen ist damit noch lange nichts.«

Dr. Kaspersky und Adrian Hugentobler trafen eine

Viertelstunde später ein und machten sich sogleich an die Arbeit, während Giulia abseits stand und sich mit Sonja Meier unterhielt.

»Weißt du, Sonja, was mich jetzt erst stutzig macht? Ihr seid ja nur wenige Minuten nach der Tat hier eingetroffen, richtig? Habt ihr keinen Schuss gehört?«

»Nein, wir saßen im Wagen, ungefähr fünf Fahrminuten vom Tatort entfernt, und der Funk lief.«

»Ich glaube, bei Nacht hättest du den Schuss trotzdem hören müssen, nur schon wegen des Taleinschnitts. Die Berge sind wie ein Trichter.«

»Das bedeutet?«

»Auf dem Foto trägt die Frau die Waffe. Dieselbe Glock übrigens, die wir beide auch tragen. Daran ist aber kein Schalldämpfer montiert.«

»Vielleicht finden wir ja noch Zeugen, die einen Schuss gehört haben.«

»Möglich, wer weiß. Und noch was anderes, Sonja. Dieser Mann mit Sakko: Ich verstehe noch immer nicht, warum der Kerl ins Tal lief, wie und wo er dieses – falls überhaupt – wieder verlassen hat. Auf den Aufnahmen wirkte er verwirrt. Vielleicht ist er aus einer der privaten Kliniken entwischt?«

»Ich mache mich schlau, okay? Mein Dienst wäre längst vorbei, und wir haben genug Leute hier, ich muss nun nach Hause, um morgen früh wieder frisch zu sein.«

»Verständlich. Danke für deinen Einsatz.«

»Was tust du noch?«

»Ich? Ich nehme mir ein Zimmer, und wenn du morgen bereit bist, können wir uns ja gemeinsam mal umhören.«

»Ja klar.« Sie blickte kurz zur Seite. »Giulia, wir kennen uns ja nicht wirklich. Aber wenn du möchtest, kannst du diese Nacht auch bei mir schlafen. Ich habe ein Gästezimmer für meine Verwandten aus dem Unterland, die mich ab und zu besuchen.«

»Wenn es dir wirklich nichts ausmacht?« Nach dieser Sache mit Erkki war Giulia etwas Ablenkung gerade recht.

»Nein, es würde mich freuen.«

Meier wohnte in Pontresina, nur fünf Minuten entfernt vom Hotel, das Giulias Eltern geführt hatten. Das Gästezimmer der Dreieinhalbzimmerwohnung verfügte sogar über ein eigenes Bad. Alles war rustikal gehalten wie in typischen Ferienwohnungen. Die zwei Frauen saßen noch kurz am Küchentisch bei einer Tasse Tee und redeten über den Fall, ehe sie schlafen gingen.

Als Giulia im Bett lag, kam ihr alles unwirklich vor. Noch vor wenigen Stunden war ihr Leben anders gewesen. Erkki war nun tatsächlich mit dieser Jessica zusammen, das konnte sie einfach nicht glauben – die beiden lagen in diesem Moment im selben Bett. Noch im Spätsommer war sie mit ihm zusammen an der Hochzeit von Nadia und Mark gewesen. Sie hatten zugesehen, wie das frisch vermählte Ehepaar aus der Kirche kam. Das war schön gewesen. Giulia war noch nie mit einem Freund an einer Hochzeit gewesen, das sollte was bedeuten!

Was sie nun wusste: Sie würde Erkki nie mehr in ihr Leben lassen, zu groß war dieser Bruch. Die Trennung war diesmal definitiv. Und doch würde sie sich nun wieder fragen, was an ihr falsch war. Erschöpft von all den Gedanken, schlief sie irgendwann ein.

Am Morgen aßen die beiden Frauen gemeinsam Frühstück. Sonja war kurz in die Bäckerei auf der anderen Straßenseite gegangen und hatte frische Backwaren gekauft. Giulia hatte erfolglos versucht, Nadia zu erreichen. Es war mittlerweile halb neun, und Giulia saß vor der Tasse Kaffee und unterhielt sich mit Sonja über die Ereignisse der vergangenen Nacht, als Nadia zurückrief. Giulia stellte auf Lautsprecher, damit sie zu dritt das weitere Vorgehen besprechen konnten.

Die Fahndung nach dem Wagen und der Frau hatte letzte Nacht nichts ergeben. Sämtliche Polizeikorps in der Schweiz waren alarmiert, seit letzter Nacht auch die Grenzposten. Der Wagen samt der Verdächtigen schien wie vom Erdboden verschluckt.

Dafür hatte Nadia auf den Zeugenaufruf vor der *Tagesschau* hin wichtige Hinweise bekommen, vor allem einen konkreten:

»Ein Souvenirhändler auf dem Grossen Sankt Bernhard kann sich an Aletheia erinnern. Er ist sich absolut sicher, dass sie es war, die damals, Anfang September 1995, eine Zeit lang im Hospiz oben auf dem Pass untergekommen ist. Der Zeuge hat mich heute Morgen um Punkt acht Uhr angerufen, als wäre ich nur während der Bürozeit auf der Nummer erreichbar.« Sie lachte.

»Wow. Aber dann muss es ja einen triftigen Grund geben, warum er sich nach so langer Zeit noch an Aletheia erinnern kann. Hat er was dazu gesagt?«, entgegnete Giulia und war gleichzeitig erleichtert, dass sie immerhin einen Schritt weiterkommen würden, wenn das stimmte.

»Ja, ich habe ihn natürlich danach gefragt. Er meinte, dass er sich damals auf Anhieb in die junge Frau verliebt habe, gleich bei der ersten Begegnung in seinem Laden.«

»Na, das ist ja mal ein schönes Argument.« Giulia versuchte, ihren Kummer zu überspielen.

»Er konnte sich übrigens auch bestens an ihren Namen erinnern. Wie wollen wir nun am besten weiter vorgehen? Wir haben ja zudem einen brandaktuellen Mordfall im Val

Roseg, wie ich von der Einsatzzentrale vernommen habe. Hast du mich deshalb so früh angerufen?«

Giulia bejahte und berichtete von der Verfolgung und dem Verbrechen danach, sagte aber nicht, dass sie vor allem wegen Erkki mit ihr hatte reden wollen.

»All das ist wirklich rätselhaft«, fand auch Nadia.

»Ja, das ist es. Wegen des Zeugen im Hospiz: Weiß Genelin schon Bescheid?«

»Nein, ich wollte zuerst mit dir reden.«

»Der Grosse Sankt Bernhard liegt ja nicht gerade auf dem Weg«, stellte Giulia fest.

»Hab nachgeschaut. Ungefähr fünf Fahrstunden von Chur aus.«

»Das bedeutet: Wer auch immer dorthin fährt, muss im Hospiz übernachten, wenn man auch noch Zeit finden will, um vor Ort ein wenig zu ermitteln.«

»Sehe ich auch so.«

»Nadia, ich nehme an, dass auch Monika den Zeugen dort befragen will. Ich bin gespannt, was sie dir dazu sagt. Rufst du mich nachher zurück? Ich muss kurz überlegen, wie wir mit dem aktuellen Mordfall verfahren.«

Sonja stellte ihre Kaffeetasse ab, während Giulia das Handy vor sich auf den Tisch legte. »Ich frage mich, was die nächtliche Hausdurchsuchung durch Kaspersky und Hugentobler gebracht hat. Wurden Spuren oder neue Hinweise im Haus oder am Tatort vor dem Haus gefunden? Normalerweise ruft mich Dr. Kaspersky zu jeder Uhrzeit an, dieses Mal nicht. Aber falls das Blockhaus bereits freigegeben wurde, schlage ich vor, dass wir die Bude von Lederhosen-Django auch noch auf eigene Faust durchsuchen.«

Giulia erreichte Dr. Kaspersky, während sie mit Sonja ins nahe Val Roseg fuhr. Dr. Kaspersky war erst vor einer

Stunde mit ihrer Arbeit fertig geworden und befand sich mit Hugentobler auf der Rückfahrt nach Chur. »Klar ist«, sagte die Fünfzigjährige, »da war ein Profi am Werk. Wir haben weder Hülsen noch Fußabdrücke gefunden. Einzig die Kugel steckte noch im Gehirn des Opfers. Eine Neun-Millimeter-Patrone. Hätte sie diese nicht am Tatort hinterlassen wollen, so hätte die Täterin den Kopf des Opfers mitnehmen müssen, außer sie hätte wie ich das richtige Werkzeug. Die Frau schoss übrigens aus schätzungsweise zwei Metern Entfernung.«

Das Blockhaus war umgeben von Bäumen, die im Sturm ächzten. Das rot-weiße Absperrband, das dreißig Meter um das Haus gespannt worden war, flatterte wie in der vergangenen Nacht heftig in den Böen.

Giulia war verblüfft. Im Innern der Blockhütte hatte Lederhosen-Django Ordnung gehalten. Als fast schon penibel konnte dessen Haushaltsführung bezeichnet werden. Im kleinen, aber blitzblanken Badezimmer roch es nach Luminol. Damit konnte die Spurensicherung auch kleinste Blutspuren unter UV-Blaulicht sichtbar machen. Der Kühlschrank war mit fast ausschließlich Gesundem gefüllt, das Bett im Schlafzimmer ordentlich gemacht. Giulia fragte sich, ob nicht doch eine Frau an der Seite von dem Kerl lebte, denn diesen ordentlichen Lebensstil hatte sie ihm nicht zugetraut.

Wonach sie suchten, wussten sie nicht. Und sie fanden auch nichts, das ihnen weitergeholfen hätte. Lederhosen-Django war ein Kerl gewesen, der sich gepflegt hatte, Vitaminpillen einwarf und ein Präparat gegen eine Schilddrüsenüberfunktion schlucken musste, wie die Packung verriet. Mehr war da nicht.

Giulia war müde und frustriert, worüber sie sich aufregte. Verdammt, dachte sie, das wird wieder so einer dieser Scheißtage, an denen nichts klappt. Möglicherweise war die Frau mit der Waffe mittlerweile identifiziert worden; falls nicht, könnte man mit dem Foto der Radarfalle und dem dringenden Tatverdacht sofort an die Medien gehen. Sie rief Hartmann an, der versprach, es in Erwägung zu ziehen. Er würde noch heute mit dem Leitenden Staatsanwalt sprechen. Da Giulia von der Frau verfolgt worden war, bot er ihr Personenschutz an, was Giulia ablehnte, denn hätte die Frau ihr tatsächlich was antun wollen, dann hätte sie es doch längst getan, sagte Giulia.

Noch vor dem Mittag kehrten Giulia und Sonja auf den Posten in Samedan zurück. Die beiden riefen die wenigen öffentlichen und privaten psychiatrischen Kliniken in der Nähe an. Doch sie bekamen zu hören, dass niemand in den letzten Tagen einen Patienten vermisst habe.

Nach dem letzten Gespräch legte Giulia genervt den Hörer auf und sagte: »Sonja, es stellt sich natürlich die Frage, ob wir die Wahrheit gehört haben. Vor allem von den privaten Kliniken, in denen die Mehrbesseren behandelt werden, die teilweise mehr bezahlen als in einem 5-Sterne-Luxushotel direkt am See – eben wegen der Diskretion. Da wäre ein Bericht in den Medien sehr schlecht fürs Geschäft.«

»Angelogen werden wir doch dauernd«, sagte Sonja trocken. »Aber wir können trotzdem nicht jeden und jede ins Kreuzverhör nehmen.«

Giulia blickte auf ihre linke, nun tätowierte Hand und den Arm. Es war die richtige Entscheidung gewesen, dachte sie beim kurzen Betrachten, ehe sie den Blick zu Sonja hob. »Statt bei den Chamanna-Morden weiterzukommen, haben wir nun eine weitere Leiche.« Sie stand unvermittelt auf und ging ans Fenster, blickte hinaus. »Wo ist die Schnittstelle zu den drei Toten, allenfalls sogar zum Mord an Aletheia?« Sie drehte sich abrupt um. »Zudem frage ich mich noch immer, wie es zu den Blutstropfen vor dem Fenster der Chamanna Coaz kam und wie das Blut aus drei unterschiedlichen Höhen auf die Steine am Boden getropft sein soll.« Auf Sonjas fragenden Blick hin, klärte sie diese über die Hintergründe auf.

Als Sonja nichts dazu zu sagen wusste, fuhr Giulia fort: »Sorry, heute ist irgendwie nicht so mein Tag.«

»Ich kenne das, jeder hat mal einen schlechten Tag. Zu den Fällen, weißt du, Giulia, ich glaube, es waren verschiedene Täter am Werk. Niemand, der eine Schusswaffe hat, ersticht zuerst zwei Menschen in einer Hütte und schießt dann mit einer derart tödlichen Präzision auf sein drittes Opfer.«

»Es sei denn, der Täter oder die Täterin wollte die Hüttenwartin leiden sehen – ihr während des Zustechens in die Augen blicken, das Sterben unter der eigenen Hand erfühlen, ein Mord aus Hass, Rache, Wut oder Machtgelüsten …«

»Und was ist mit dem Mord an diesem Beat Fähnrich. Der hat bestimmt ebenso gelitten. Bis der Blutverlust zur Bewusstlosigkeit führte, dauerte es einen furchtbar langen Moment, und seine Flucht schien ja von vornherein aussichtslos.«

»Ja, und dennoch ist jede Tat eine andere. So wie ihn sein Umfeld beschrieben hat, wird er wohl kaum jemand gewesen sein, der sich stark wehrte, auch wenn er eine Verletzung an der Hand davongetragen hat, weil er sich schützen wollte.«

Beide schwiegen einen Moment, dachten nach, ehe Giulia ihre Kollegin Sonja bat: »Hör dich doch bitte hier oben ein wenig um. Ich gehe dem Fall von Aletheia nach und muss noch in die Wohnung dieses Beat Fähnrichs, aber ich kann nicht überall gleichzeitig sein.« Giulia stand hörbar unter Druck.

»Klar, Giulia. Und vergiss nicht, ruf an, wenn ich was tun kann. Ja?«

»Danke. Auch vielmals fürs Übernachten und das gute Frühstück. Sorry noch mal, ich hab gerade auch privat was um die Ohren.«

17

Auf dem Rückweg nach Chur rief Giulia eine Umzugsfirma an. Der Disponent versicherte ihr, er werde zwei Männer für sie aufbieten, die mit einem Kleinlaster um vierzehn Uhr bei ihr vor Ort sein würden.

Als Giulia zu Hause ankam, standen die Männer bereits vor dem Haus.

Sie bat sie in die Wohnung und zeigte ihnen, was sie in Schachteln verpacken sollten und was demontiert werden musste. Viel war es nicht: Erkkis Büro inklusive Schreibtisch und dem großen iMac, den Schrank, dazu sein restliches Kletterzeugs, einige Kleidungsstücke, das Bild, das er mitgebracht hatte, eine Stehlampe und das kleine Sofa, das im Gästezimmer stand. Giulia staunte: Die zwei Männer schienen ein eingespieltes Team zu sein, es ging zügig voran. In der Zwischenzeit war der ebenfalls aufgebotene Schlüsselservice eingetroffen, um das Schloss oben an der Wohnungstür zu wechseln, bis Erkki seinen Schlüssel der Verwaltung abgeben würde.

Als sich die zwei Möbelpacker unten vor dem Hauseingang eine Rauchpause gönnten, drückte Giulia die Gegensprechanlage, um die beiden zu fragen, was sie trinken wollten. Dabei hörte sie, wie einer der beiden zum anderen sagte: »Mit dem schwarzhaarigen, bildschönen Teufel mit Kurven, die verboten gehören, sollte man sich besser nicht anlegen. Den Kerl möchte ich im Moment auch nicht sein. Der Schlüsselservice sagt ja alles …«

»Womöglich ist er ja ein verdammtes Arschloch gewesen«, entgegnete der andere. »Aber für so eine Frau würde ich jedenfalls sterben.«

»Da kannst du lange träumen, die spielt nicht in unserer Liga.«

»Wenn ihr dann fertig seid mit eurem Männergespräch: Der schwarzhaarige Teufel hat soeben die letzte Schachtel gepackt. Sie ist schwer«, tönte Giulias Stimme aus dem Lautsprecher, was die beiden aus dem Gespräch riss.

»Ähm, ja sofort«, hörte sie einen der Männer sagen.

»Außerdem wollte ich fragen, ob jemand von euch Durst hat?«

Zwei Minuten später kamen die beiden das Treppenhaus hoch, einen Lift gab es nicht. Giulia wartete mit verschränkten Armen angelehnt im Türrahmen. Den beiden war die Situation sichtlich peinlich.

»Hier sind die letzten Kisten. Und der Kleinkram im Flur muss auch noch weg. Stellt das bitte alles wie besprochen bei euch ein. Danach könnt ihr diese Nummer anrufen und Herrn Korhonen mitteilen, wo er seinen Kram abholen kann. Er wird für alles bezahlen. Er ist übrigens das Arschloch, von dem einer von euch zuvor gesprochen hat.« Sie blickte den beiden Kerlen in die Augen, worauf diese eine Entschuldigung murmelten.

Als Giulia oben durch die Wohnung ging, fühlte sie sich etwas erleichtert. Jetzt war es fast schon wieder nur ihre Wohnung – immerhin. Auch die große Frühstückstasse von Erkki, die sie ihm geschenkt hatte, war weg. Und sogar seine Schmutzwäsche im Korb hatte sie in einen Beutel gepackt.

Beim Anblick der Wohnung sagte sie sich: »Ich lasse mich nicht von hier vertreiben. Ich werde die Wohnung neu einrichten, andere Möbel kaufen, denn es ist mein Zuhause, in dem ich schon so manches Auf und Ab erlebt habe. Und von hier lasse ich mich nicht vertreiben. Erst recht nicht von einem Mann.«

Plötzlich klingelte es an der Wohnungstür.

Giulia blickte misstrauisch durchs Guckloch. Nadia hatte einen Schlüssel und stand draußen. Giulia öffnete und ließ sie rein. Sie brauchte kein Wort zu sagen, Nadia hatte die Lage längst begriffen, hatte die Umzugsfirma wegfahren sehen und blickte nun in die Wohnung.

»Bella, du warst schon am Telefon komisch. Was ist los?«

»Ach, dieses verdammte Arschloch hat eine andere, eine Webdesignerin, die bestimmt nicht mal ein Lagerfeuer anzünden kann. Er ist mit ihr in einem Hotel im Kanton Obwalden. Jetzt, in diesem Moment …«

»Ohhhh nein!« Nadia umarmte sie, sodass ihr schöner Bauch Giulia berührte. »Tut mir sehr leid, meine Liebe.«

Giulia löste sich. Sie mochte keine langen Umarmungen, strich sich überspielend lachend eine Träne weg. »Na ja, jetzt gehört der Kleiderschrank nur noch mir allein.«

Nadia ging in die Küche, in der noch die Schränke offen standen und setzte Wasser auf. »Komm, wir trinken Tee und reden.«

Nach dem Tee und einem langen Gespräch war es still in der Wohnung. Die Herbstsonne, die zwischen den Wolken durchstach erhellte die Wohnung.

»Ja, wer hätte das gedacht?« Giulia erhob sich. »Aber nun ist es vorbei, und ich versuche, sofort nach vorne zu schauen. So, und nun lass uns lieber über den Fall reden.«

»Einverstanden, du weißt ja …« Nadia deutete mit einer Handbewegung an, dass Giulia sie jederzeit anrufen konnte. »Also, ich habe heute Morgen noch mit Monika gesprochen. Sie wird nicht ins Wallis fahren können. Ihrer Mutter geht es seit gestern Nacht zunehmend schlechter. Die Ärzte meinten, sie könnte sehr bald schon sterben.

Monika hat deshalb entschieden, bei ihrer Mutter zu bleiben und an den Ermittlungen per Telefonaustausch teilzunehmen. Du musst also alleine fahren.«

»Das wegen ihrer Mutter tut mir wirklich leid, aber im Moment bin ich sowieso gerne alleine, außer wenn ich mit dir zusammen bin. Weißt du was? Es ist bereits siebzehn Uhr. Ich fahre erst morgen los. Muss heute nämlich endlich noch in die Wohnung von Fähnrich und will nicht bis Mitternacht quer durch die Schweiz düsen.«

In diesem Moment rief die Polizeipsychologin Esther Gartmann an. Giulia war erstaunt, als sie den Namen auf dem Display sah.

»Allegra, Giulia.« Giulia wusste, dass einige sie mit Allegra begrüßten, nur weil sie wussten, dass Giulia das tat, und nicht, weil sie wie sie Romanisch sprachen.

»Allegra, Esther. Was gibt's?« Giulia stellte auf Lautsprecher, damit Nadia mithören konnte.

»Wie immer kommst du direkt zur Sache. Hör mal, es geht um Beat Fähnrich. Wir waren doch bei dessen Eltern.«

»Ja, und?«

»Ich habe dir doch gesagt, ich rufe die Miriam Thöny an, die vor über zwanzig Jahren dessen Freundin war.«

»Ach ja, stimmt. Sorry, läuft gerade sehr viel.«

»Alles gut. Eben diese damalige Freundin, von der die Eltern gesprochen haben, mit ihr habe ich heute telefoniert. Sie war an einer Weiterbildung, deshalb habe ich sie erst heute erreicht.«

»Okay.«

»Der Mord an Beat Fähnrich hat sich natürlich schon längst in Klosters herumgesprochen. Sie wusste schon Bescheid.«

»Und was hat sie gesagt?«

»Sie sagte mir, dass sie damals Schluss mit ihm gemacht habe, weil Beat Fähnrich ein Kontrollfreak gewesen sei, ihr nachgestellt und sie zum Schluss sogar bedroht habe. Er sei ein Typ gewesen, der sich schnell verletzt fühlte und nach außen still alles in sich reinfraß, bis er ausgetickt sei. Er habe sie sogar gewürgt, sodass sie es mit der Angst zu tun bekommen habe, sofort Schluss machte und ihm damit drohte, zur Polizei zu gehen, wenn er nur schon in ihre Nähe käme. Nach dem Vorfall versprach er ihr, das Tal zu verlassen, was er auch tat. Daher ließ sie es auf sich beruhen.«

»Oha«, sagte Giulia und dachte an Fähnrichs Eltern und daran, wie sehr man sich in Menschen täuschen konnte. Ihr war es mit Erkki ja nicht besser ergangen.

»Und was sagt sie im Zusammenhang mit der Bluttat in der Chamanna?«

»Miriam Thöny glaubt aus heutiger Sicht, dass bei Beat damals eine ernsthafte Störung vorlag, und wenn er die nie behandelt hat …«

»Willst du mir damit sagen, dass ich ihn als möglichen Täter ins Auge fassen soll?«

»Ich an deiner Stelle würde es tun.«

»Okay, aber er kann nicht der einzige Täter sein, denn er wurde ja auch erstochen. Außer, er hätte Abderhalden erstochen, und jemand hätte danach ihn umgebracht und die Tatwaffe verschwinden lassen.« Giulia fragte sich, warum sie nicht schon früher auf diese Idee gekommen war.

Nadia, die über den Lautsprecher mithörte, zuckte mit den Schultern, als Zeichen dafür, dass sie das nicht ausschloss.

Giulia sprach weiter: »Ja, wir haben den Verdacht, dass dieser Lederhosen-Django irgendwie involviert ist, aber zwei Täter hatten wir bisher offen gesagt noch nicht auf dem Schirm. Lederhosen-Django hatte vor seinem Tod Drohungen gegen die Hüttenwartin ausgesprochen. Aber wir können ihn nicht mehr befragen, denn der Kerl ist seit letzter Nacht ebenfalls tot. Außerdem ist das Handy der Hüttenwartin mit allen enthaltenen Nachrichten noch in der Auswertung der Forensik. Doch wir haben eine SMS von ihr, die klar belegt, dass sie sich von Lederhosen-Django bedroht fühlte. Wir warten nun auf weitere Auswertungen des Mobilfunkkontakts aller involvierten Personen. Aber vielen Dank für deinen Tipp. Übrigens, ich gehe jetzt gleich in Fähnrichs Wohnung.«

Im Hansahof holte Giulia den Wohnungsschlüssel von Fähnrich, der von der Spurensicherung bei Nadia zu diesem Zweck hinterlegt worden war.

Um das größte Hochhaus im Lacuna stürmte es, als Giulia es betrat und mit dem Lift in die zweitoberste Etage fuhr. Das, was Esther Gartmann zuvor über Fähnrich gesagt hatte, ließ sie die Wohnungsdurchsuchung argwöhnischer vornehmen. Stille Wasser sind unergründlich, wusste sie und fragte sich, wer dieser Kerl tatsächlich gewesen war.

Giulia wusste auch in diesem Fall nicht, wonach sie suchte. Der Mann besaß nicht so viele Sachen wie andere. Er schien sehr sparsam gelebt zu haben. Im Schrank lagen nur drei Paar Hosen, vier T-Shirts, zwei Hemden, drei Paar Schuhe, in der Dusche eine einzige Kernseife, ein Shampoo und ein Rasierwasser – mehr war da nicht. Einen Computer hatte Fähnrich wie erwartet nicht, dafür ein altes Telefon und einen Festnetzanschluss. Giulia hob ab, drückte die R-Taste, woraufhin sich die Zentrale der Kantonalbank meldete. Rechnungen bezahlte der Mann mit dem gelben Postbüchlein, er legte alles sauber in einem

Ordner ab, den sie in einem kleinen Schrank neben einem schmalen Ikea-Schreibtisch fand. Der Abfalleimer in der Küche war leer, das wusste sie aus dem Protokoll der Hausdurchsuchung durch die Forensik, selbst Schmutzwäsche gab es im kleinen Wäschekorb keine. Das Bett war sehr ordentlich gemacht.

Nachdem sie alles auf den Kopf gestellt hatte, setzte sich Giulia auf das Sofa, das im Wohnzimmer der Zweieinhalbzimmerwohnung stand. Sie dachte nach, ehe sie unvermittelt aufstand und nochmals in den Kühlschrank und danach in den Brotkasten blickte. Dann setzte sie sich an den Bürotisch, auf dem das gelbe Postbüchlein und der Ordner mit den Rechnungen lagen. Sie blätterte die vergangenen Monate zurück. Wie ein Roboter hatte Fähnrich die Miete, Strom-, Wasser- und Telefonrechnung sowie das Abo fürs Fernsehen beglichen. Sie wurde stutzig, nahm einen Kugelschreiber aus ihrer Jacke, drehte eine Rechnung auf die Rückseite und schrieb Zahlen darauf. Dabei blickte sie auf den Kalender in ihrem Handy und rechnete nochmals alles durch. Dann nahm sie das Telefon und rief Nadia an.

»Giulia?«

»Nadia, ich komm direkt zur Sache. Dieser Fähnrich ahnte oder wusste sogar, dass er nicht mehr nach Hause kommen würde. Möglicherweise wollte er nach der Tat an Abderhalden verschwinden oder Selbstmord begehen. Aber wie wir wissen, kam ihm jemand zuvor.«

»Wieso glaubst du? Bist du noch in der Wohnung?«

»Ja, ich sitze an seinem Schreibtisch. Das Gefühl überkam mich schon beim Betreten der Wohnung, aber das war nur ein Bauchgefühl, an dem kann man ja nichts festmachen. Doch jetzt kommt's: In den letzten fünf Jahren hat Fähnrich seine Rechnungen immer am letzten Werktag des jeweiligen Monats bezahlt. Er war wohl nicht nur ein

Kontrollfreak, sondern auch ein Pedant. Weißt du, unten in dem Hochhaus gibt's neben der Drogerie einen Kiosk, einen Coiffeurladen und die Kantonalbank. Und daneben gleich die Post Lacuna. Da hat er immer seine Einzahlungen getätigt.«

»Worauf willst du hinaus?«

»Diesmal hätte er die Rechnungen erst am kommenden Montag, dem 31. Oktober, also eine Woche nach seinem Tod einbezahlen müssen. Am ersten Arbeitstag nach seinen Ferien. Stattdessen hat er diese laufenden Zahlungen am vergangenen Montagmorgen gleich nach der Öffnung der Poststelle getätigt. Die einzige Abweichung in seinem Zahlungsplan!«

»Ok?«

»Ja, und danach muss er sofort ins Engadin gefahren und via Corvatsch-Mittelstation Murtèl über die Fuorcla Surlej direkt zur Chamanna hochgestiegen sein. Darum haben wir ihn auch nirgends auf den Aufnahmen der Webcam des Gasthofs Roseggletscher finden können.«

»Aber geht das zeitlich auf? Das ist eine lange Wanderung, und er muss mit dem öv unterwegs gewesen sein, denn er besaß ja kein eigenes Auto.«

»Du weißt ja, die Fuorcla Surlej ist mein absoluter Lieblingsort in der Schweiz. Ich kann gar nicht zählen, wie viele Male ich seit Kindertagen oben vom kristallklaren Bergseelein aus auf die Gipfel der Berninagruppe geblickt und die Gletscher bewundert habe. Daher weiß ich: Wenn er zügig gegangen ist, konnte er über den Höhenweg in nur eineinhalb Stunden von dort oben die Chamanna Coaz erreichen. Wegen des warmen Wetters zuvor lag am Montag nur ein Hauch von Schnee dort oben. Somit hätte es gereicht, wenn er vor Mittag mit Zug und Bus in Silvaplana-Surlej angekommen ist – die Fahrt von Chur aus dauert ja nicht einmal zweieinhalb Stunden – und danach mit der Piz-Corvatsch-Seilbahn zur Mittelstation hochgefahren ist. Zeitlich war das alles problemlos zu schaffen.«

»Okay. Aber wieso sollte er am Tag seines Todes oder Verschwindens Rechnungen begleichen, wenn er darum weiß?«

»Es gibt Leute, die schippen Schnee, selbst wenn nur ein Zentimeter vor der Garage liegt und die Wetterprognose für den Nachmittag dreißig Grad voraussagt. Aber das war wohl nicht der Grund. Meine These ist: Mit der Bezahlung der Rechnungen am Tag seines ›Abgangs‹ wollte er uns in die Irre führen. Denn er wusste, dass wir den Tag seines Verschwindens genau unter die Lupe nehmen, diese Zahlungen finden und so einordnen würden, dass diese nicht zu einem geplanten Abgang passen. Erste Vermutung von mir: Fähnrich wollte, warum auch immer, Abderhalden umbringen und danach irgendwo in den Bergen so Suizid begehen, dass es wie ein Bergunfall aussehen würde, um nicht mit dem Mord in Verbindung gebracht zu werden. Doch derjenige, der die blutigen Fußabdrücke auf dem Boden hinterlassen hat, überraschte ihn womöglich bei der Tat und stach ihn an Ort und Stelle nieder. Was Fähnrich aber vergessen hat, ist, dass seine Pedanterie zugleich die Handschrift seines Lebens war, die wir entziffern, ein Ungleichgewicht darin erkennen können.«

»Da hast du recht, Giulia, er konnte ja nicht wissen, dass so jemand wie du auf den Fall angesetzt wird«, sagte Nadia.

»Danke für die Blumen, Liebe. Doch wir sind ein Team, und der Fall ist mit meinen Vermutungen noch nicht vom Tisch.«

»Und das Motiv? Er hätte sie ja auch einfach umbringen können, ohne sich danach das Leben nehmen zu müssen.«

»Ein Femizid, die gezielte Ermordung von Frauen, weil sie Frauen sind. Es geht in solchen Verbrechen immer um Macht! Um Täter, die um jeden Preis Macht über die Frau behalten wollen. Wenn sie diese Macht verlieren und sie auf keine andere Art und Weise wiederherstellen können, dann bringen sie die Frau um, denn wenn sie tot ist, behalten sie sie quasi für immer unter ihrer Kontrolle. Damit entfällt bei einigen Tätern aber der Lebensinhalt, und sie bringen sich um.«

»Findest du das alles nicht ein bisschen weit hergeholt?«

»Kann sein. Was aber sicher ist: Diesem Fähnrich war sein Ruf sehr wichtig. Deshalb diese Pedanterie. Die verdeutlicht doch nichts anderes als den Drang, alles zu kontrollieren. Auch dürfen wir Beats Beziehung zu seinen Eltern nicht außer Acht lassen. Er schien sie regelmäßig zu besuchen. Sein Ansehen schien ihm sehr wichtig gewesen zu sein. Dass sie erfahren würden, dass er ein Mörder war? Das wäre bestimmt eine schlimme Vorstellung für ihn gewesen. Uns beiden ist doch auch wichtig, was die Familie über uns denkt, auch wenn der Rest der Welt einem am Arsch vorbeigehen kann.«

»Hm, ich bin noch nicht überzeugt, ob er Abderhalden umgebracht hat. Was aber sicher ist: Ein weiterer Mann ist in der Hütte gewesen, die blutigen Schuhsohlenabdrücke belegen es. Ich vermute, es lief so: Der Kerl, der die blutigen Schuhsohlenabdrücke hinterlassen hat, brachte erst die Hüttenwartin um, dann Fähnrich, der ja eine Schnittwunde an der linken Hand trägt, die entstanden ist, als er sich vor dem Angreifer schützen wollte. Ob der Täter Lederhosen-Django ist, weiß ich nicht, aber ich vermute, dass der Täter mit dem blutigen Messer in der

Hand aus dem Fenster floh. Vielleicht wurde er auch gestört.«

»Nadia, das ist ein starkes Argument und ein möglicher Tathergang, der völlig nachvollziehbar wäre. Aber vergiss diese Version doch mal kurz und spiel meine zweite Variante in Gedanken durch, die mich auch noch beschäftigt: Du bist der Mörder und möchtest eine Frau umbringen, dabei aber nicht als Täter, sondern stattdessen als weiteres Opfer gelten, damit völlig ausgeschlossen wird, dass du der Mörder bist. Dann musst du die Waffe verschwinden lassen. Wie hätte Fähnrich seine Tatwaffe verschwinden lassen können, nachdem er sich selbst in den Hals gestochen hat?«

Nadia zuckte mit den Schultern. »Da kommt mir nur der zweite Mann in den Sinn, von dem wir die Abdrücke gefunden haben. Er wäre dann der Gehilfe gewesen, dem Fähnrich das Messer zugesteckt hat, der aber dummerweise dabei die blutigen Sohlenabdrücke hinterlassen hat.«

»Eben nicht! Das wäre dann ja Absicht! Fähnrich wollte doch, dass wir Spuren von dem vermeintlichen Mörder finden, damit wir seine Tat nicht als solche erkennen. Die Sohlenabdrücke hat Fähnrich vielleicht sogar selbst, wie auch immer, hinterlassen und dann Schuhe samt Messer verschwinden lassen.«

»Phuuu Giulia. Das muss man dir lassen. Du kannst um alle Ecken denken.«

»Und wenn wir annehmen, dass es neben Fähnrich doch einen zweiten Mann gab«, fuhr Giulia fort, »stieg der mit der Tatwaffe aus dem Fenster auf den steinigen Vorplatz, auf dem Kaspersky und Hugentobler die drei Tröpfchen Blut entdeckten, das gemäß DNA-Auswertung das Blut von Fähnrich ist. Doch ein großes Rätsel bleibt, wieso die drei Blutstropfen aus drei unterschiedlichen Höhen auf die Steine gefallen sind – aus eineinhalb, aus drei und mehr als sieben Metern Höhe.«

»Ich weiß es nicht. Auch die Sturmböen, die an dem Tag geherrscht haben, schaffen das nicht. Außerdem glaube ich nicht, dass die Person, die mit der Tatwaffe floh, diese offen getragen hat. Aber wie du richtig gesagt hast, Giulia, da die Person wahrscheinlich nicht im Affekt gehandelt hat, hatten der oder die Täter viel Zeit, um vorher ein mörderisches Puzzle zu erstellen.«

Giulia verließ das Lacunaquartier in Chur bei zunehmender Dunkelheit. Nadia hatte sie zum Abendessen zu sich nach Hause eingeladen. Mark würde erst gegen zweiundzwanzig Uhr nach Hause kommen – so hatten sie davor genügend Zeit, um gemeinsam zu kochen.

Giulia hinterfragte beim Kochen mit Nadia auch das Gespräch von vorhin, in dem sie mit ihr die verschiedenen möglichen Tathergänge durchgespielt hatte, was zwangsläufig viele Gedanken auslöste. Diese Gespräche, mit vielen brutalen Details, passten so gar nicht mehr zu Nadia mit dem schönen Bauch, auf den diese immer wieder liebevoll mütterlich ihre Hände legte.

Deshalb sprach Giulia ihre Freundin beim Kochen darauf an, ob dieses Spannungsfeld nicht dem Baby oder ihr was anhaben könne. Nadia lachte laut ihr herzliches Lachen. »Ach, jetzt fängst du auch noch damit an. Bella, ist ja lieb von dir. Aber ich bin nicht krank, ich fühle mich stärker denn je, auch wenn ich das Frühstück noch immer nicht vertrage. Wir machen es so wie immer, und ich sage Stopp, wenn es mir zu viel wird, okay?«

Als sie am schön gedeckten Tisch aßen, eine Kerze brannte und leise Musik ertönte, fühlte sich Giulia schon wohler. Nadia strahlte eine große Zufriedenheit aus, wenn sie in ihrer Jogginghose und im Schlabberpulli in der Küche hantierte. Giulia fand Nadia wunderschön: die weichen Gesichtszüge, die hellwachen blauen Augen, das blonde Haar, das sie gleich lang wie sie selber trug. Und Nadia hatte wunderschöne Hände. Doch am bezauberndsten war sie, wenn sie herzhaft lachte. Nadia war auch die Einzige gewesen, der sie die Entwürfe ihres Tattoos gezeigt hatte. Nadia war sofort voller Begeisterung gewesen. Ihr gefiel es auch heute Abend, als sie das Kunstwerk eingehend betrachtete.

Nach dem Abwasch saßen die zwei Freundinnen bei einem Kaffee und Tee beisammen, als Nadias Augen aufgeregt zu leuchten begannen: »Weißt du was, Giulia, komm mit. Ich glaube heute Abend ist der richtige Moment dafür. Zieh dich an, wir müssen nach draußen.«

Nadia wusste, dass Giulia es wegen der Sache mit Erkki im Moment schwer hatte. Eine besondere Ablenkung würde ihr heute Abend bestimmt guttun. Sie ging mit ihr in den alten Holzschopf, wo das Velomofa, oder wie ihr Großvater, Landjäger Caminada, zu sagen pflegte, sein »Pfüpfli«, stand, mit dem er in den vierziger und bis Anfang der fünfziger Jahre zum Einsatz gefahren ist.

»So, heute fährst du mal wie eine Landjägerin in den Einsatz!«

»Wow! Das fährt noch?«

»Ja, ein Freund von Mark ist Töff-Mechaniker und hat es mit mir zusammen wieder in Schuss gebracht. Ich sollte wegen des Bauchs keine Runde drehen. Aber dir gebührt sowieso die erste Fahrt.«

Das schwarze »Pfüpfli« hatte den Hilfsmotor am Lenker montiert, er war nicht größer als eine Handtasche.

Tatsächlich, nach dem dritten Anlauf knatterte der Motor los, als Giulia das Gefährt anschob. Der Geruch von Rauch lag in der Luft. »Los, fahr eine Runde, es hat sogar vorne und hinten etwas Licht. Aber schalte ja nicht das Blaulicht und die Sirene ein.« Nadia lachte.

Giulia war begeistert. »Nein, nein, und das Navi bin wahrscheinlich ich.«

Sie fuhr in die Loëstrasse. Da es schon halb zehn war, gab es kaum Verkehr. Zu wissen, dass der Landjäger Caminada mit diesem Gefährt auf dieser Straße in den Einsatz gefahren war, war seltsam. Giulia musste den Hilfsmotor durch Treten ein bisschen unterstützen, während sie Richtung Waldhausstall hochfuhr. In dem Moment wurde sie von einem Streifenwagen überholt und von den Polizisten an den Straßenrand gewunken.

»Schönes Gefährt haben Sie da«, sagte der Uniformierte, während seine Kollegin sich neben ihn stellte. »Können Sie den Lärm und den Gestank kurz ausmachen?« Die Positionslichter auf dem Streifenwagen blinkten gelb und warfen ihr Licht auf die drei.

»Klar, war ja eigentlich nur als Probefahrt gedacht. Ist ein echter Oldtimer.«

»Aha. Helm, Licht und Fahrausweis bräuchte ich trotzdem«, forderte er.

»Tja, ich trage nicht mal einen Ausweis auf mir, da meine Tasche in der Wohnung meiner Freundin liegt. Auch mein Handy habe ich nicht dabei.«

»Dann wird's noch teurer. Name, Vorname.«

»Giulia de Medici.«

»Ach, Sie sind das? Jetzt weiß ich, woher ich Ihr Gesicht kenne. Sie sind doch die Chefermittlerin der Kriminalpolizei. Sie sollten die Gesetze doch kennen.«

»Ja. Aber Sie sprechen nun zu mir als Privatperson. Und apropos Gesetz, ich frage mich: Gilt dieses Gefährt gemäß

Straßenverordnungsgesetz als Fahrrad oder als Mofa? Was meinen Sie?«

»Tja, na ja, es hat einen Motor, sonst aber ist es ein Velo.« Er blickte zu seiner Kollegin, die mit den Schultern zuckte.

»Gar nicht so einfach, hm?« Giulia hob ein wenig ihr Kinn. »Falls es als Fahrrad durchgeht, hätte ich rein gar nichts falsch gemacht. Aber ich gebe Ihnen meine Adresse durch, dahin können Sie mir die allfällige Buße schicken, nachdem Sie rausgefunden haben, ob ich was falsch gemacht habe. Da der Motor nun ja aus ist, kann ich das Ding als Velofahrerin zurückfahren.«

»Ja, dem ist so. Tut mir leid, wir machen auch nur unseren Job.«

»Und das ist auch richtig so. Ich muss dann mal los.«

Nadia stand in eine dicke Jacke gehüllt im Lichtkegel der Straßenlaterne vor dem Haus, als Giulia mit ausgeschaltetem Motor angefahren kam. Dank des Vorfalls hatten sie etwas zu lachen, während sie das Velotöffli mit ausgeschaltetem Motor in den Schopf zurückschoben – genau so, wie es Landjäger Caminada am späten Abend jeweils auch getan hatte, um seine Tochter Lena nicht zu wecken.

18

Giulia hatte sich für den kürzeren Weg mitten durch die Schweiz ins Wallis entschieden, als sie am nächsten Morgen früh losfuhr. Es war Samstag – eigentlich wäre heute Erkki zurückgekommen. Gestern hatte sie, nachdem sie um zweiundzwanzig Uhr nach Hause gekommen war, angefangen, ihre Wohnung zu putzen.

Sie war dabei in einen regelrechten Flow geraten, hatte etwas zu laut Musik gehört. Darum hatte die alte Frau vom unteren Stock, Emilia, geklingelt und um Ruhe gebeten. Sie sagte außerdem, sie habe gesehen, dass da jemand ausgezogen sei. Giulia, die gut mit Emilia auskam, entschuldigte sich und lächelte. Dann hatte sie so leise wie möglich die Möbel im Wohnzimmer umgestellt, denn sie wollte von der Couch aus ins südliche Bündner Oberland blicken können, Richtung Surselva. In die Richtung, in der die Sonne im Herbst so farbenprächtig versank. Den Fernseher verbannte sie ins Schlafzimmer. Sie hatte die Bettwäsche gewechselt und gleich in die Maschine geworfen, alles frisch bezogen und die Wohnung gründlich durchgelüftet. Danach duschte sie und setzte sich bei gedimmtem Licht mit einer Tasse Tee auf die Couch. Die Musik plätscherte leise dahin, Giulia dachte, dass das so ein guter Anfang sei. Auf dem Tablet suchte sie sich in aller Ruhe neue Möbel aus. Daran, warum Erkki ihr das angetan hatte, mochte sie nicht denken, und doch stellte sie sich diese Frage zwangsläufig. Sie dachte, dass sie in den letzten Wochen Zeichen übersehen haben musste.

Langsam dämmerte es ihr. Weil Nadia schwanger war, hatte Giulia zu Erkki mal gesagt, dass sie sich auch vorstellen könne, bald Kinder zu haben. Sie würde aber in jedem Fall berufstätig bleiben wollen, bei der Kantonspolizei. Vielleicht könnten sie sich ja so einrichten; sie achtzig Prozent arbeiten, er zwanzig oder so. Nun, da sie darüber nachdachte, erinnerte sich Giulia daran, dass Erkki sie in den Wochen nach diesem Gespräch mehrmals daran erinnert hatte, die Pille ja nicht zu vergessen. Vielleicht war die Beziehung für ihn plötzlich zu verbindlich geworden. Zuvor hatten sie einfach gelebt. Doch Giulia hatte gesehen, wie schön Nadia und Mark es miteinander hatten, wollte den einen so wichtigen Schritt weitergehen. Doch Erkki bekam bestimmt Angst, noch ehe sie über eine gemeinsame Zukunft ausführlicher diskutiert hatten.

Giulia musste lächeln. Niemals wäre es ihr in den Sinn gekommen, dass sie für Erkki zu verbindlich sein könnte. Ausgerechnet sie, die ihre persönliche Freiheit und ihren Beruf über alles stellte. Doch Nadia hatte ihr gezeigt, dass Hochzeit und Schwangerschaft auch schöne Erfahrungen sein können.

Während Giulia online weiter nach Möbeln suchte, dachte sie, wie schön es wäre, unliebsame Gedanken wie offene Fenster auf dem Tablet einfach wegzuklicken.

Sie entschied sich für ein L-förmiges Ledersofa in frischem Schieferton und einen Esstisch aus Arvenholz mit einer Glasplatte darüber, dazu Stühle in verschiedenen Farben. Dazu passend wählte sie moderne Lampen aus Chrom und Glas. Zudem fand sie auf der Webseite mit den Arvenmöbeln ein passendes Bett, einen zweitürigen Schrank und eine Kommode.

Sie steckte die Kreditkarte zurück in ihr Portemonnaie,

in dem sie auch ein Bild von ihrer Mutter und ihrem Vater aufbewahrte, und fühlte sich schon ruhiger.

Bevor Giulia weit nach Mitternacht ins Bett schlüpfte, hatte ihr Nadia noch eine liebe Nachricht geschickt. Die Bettwäsche duftete fein, nachdem der raue Herbstwind durch das zuvor geöffnete Fenster frische Herbstluft geweht hatte.

Fünf Stunden dauerte die Fahrt quer durch die Schweiz. Ungefähr diese Strecke hatte wahrscheinlich auch Aletheia zurückgelegt, wenn auch abseits auf Wanderpfaden. Daran dachte Giulia während der Fahrt und versuchte, sich dabei in die Zwanzigjährige von damals hineinzuversetzen. Noch immer suchte sie bei diesen Gedanken auch die Verbindung zum Fall in der Chamanna, auch wenn sonst niemand so recht an eine solche glauben mochte.

Sie war um sieben Uhr losgefahren und erreichte wenige Minuten nach zwölf, und nach etlichen Kurven den Pass hinauf zum Grossen Sankt Bernhard mit dem Hospiz. Anders als in Graubünden war das Wetter noch rauer, die dicken Wolken ließen nur wenige blaue Lücken erkennen, und es blies ein scharfer Wind. Nachdem sie ihren Wagen auf dem Parkplatz abgestellt hatte, zog sie den Reißverschluss ihrer Parka hoch und ging zum Souvenirladen. Dieses Jahr, so hatte sie sich tags zuvor schlaugemacht, wurde die Passstraße wegen des trockenen und außergewöhnlich heißen Sommers erst Ende Oktober geschlossen. Doch bei diesem rauen Wetter verirrte sich kaum jemand mehr in die wilde Schönheit, auch nicht an diesem Wochenende.

Der Souvenirladen hatte geöffnet. Hier oben schien die Zeit stillzustehen. Alles wirkte wie vor Jahrzehnten. Vor der geschlossenen Eingangstür hingen etliche dieser Bernhardinerstoffhunde, diese süßen Barries. Kurz dachte Giulia an Arkon, der nun bei Erkki war. Sie musste noch überlegen, ob und wie sie den Hund zurückbekommen würde. Als Giulia die Holztür aufstieß, bimmelte hell ein Glöcklein.

Der kleine Laden war überfüllt mit Swissness-Kitsch, ein Ständer mit alten Postkarten drängte sich in der Mitte des Raumes auf. Beim Betreten blickte sich Giulia um: Vom Schweizer Taschenmesser bis zu kleinen Kuhglocken gab es alles zu kaufen.

René Pfammatter, der Inhaber, war ein waschechter Walliser mit ebensolchem Dialekt. Dank Nadias Recherchen wusste Giulia, dass der Mann siebenundfünfzig Jahre alt und ledig war. Und dass er aus dem Dorf Mund stammte.

»Ach, Sie sind die Kriminalbeamtin? Wir haben telefoniert«, sagte er ebenso verwundert wie erfreut, während er Giulia musterte.

»Nein, Sie haben mit meiner Kollegin Caminada gesprochen. Ich bin sozusagen die Frontfrau«, klärte sie den Mann auf.

Im beengten, vollgestopften Laden blieb sie vor dem Verkaufstresen stehen. Der war ebenso überfüllt wie der Rest. Giulia erklärte ihm, warum so viele Jahre später nun dieser Aufruf im Schweizer Fernsehen ausgestrahlt worden war.

Pfammatter entschuldigte sich, dass er ihr keinen Platz zum Sitzen anbieten konnte. Als er hörte, dass Aletheias Leiche gefunden worden war, wirkte er betrübt.

»Ach, Sie haben bestimmt Hunger«, sagte er unverhofft, nachdem sie den Einstieg ins Gespräch gefunden hatten. »Wo bleiben auch meine Manieren?« Giulia winkte dankend ab, sagte, sie würde danach etwas essen gehen. »Erzählen Sie mir lieber alles, woran Sie sich noch erinnern können.«

»Wo soll ich anfangen?« Er wischte kurz mit beiden Händen über seine kleine Wampe, als hätte er feuchte Hände. »Aletheia kam damals an einem Herbstmorgen in meinen Laden. Und was ich Ihnen jetzt sage, ist kein Scherz: In dem Moment brachte sie die Sonne mit.« Er deutete auf das Fenster, das Richtung Osten zeigte. »Die Strahlen über dem Bergkamm fielen direkt auf sie, ihr blondes Haar schimmerte im Licht, und da war's um mich geschehen.«

»Liebe auf den ersten Blick also?« Giulia war von Nadia vorinformiert worden, die tags zuvor mit ihm telefoniert hatte.

»Ich wusste erst gar nicht, was los ist mit mir. Aber es war nicht ihre äußerliche Schönheit, die sie zweifellos hatte. Es war dieses Gefühl, das sie in den Laden trug. Sie füllte den Raum um sich. Verstehen Sie, was ich meine? Sie hatte die Sonne mitgebracht.«

Giulia war erstaunt über die Ausdrucksweise des Mannes. »Wissen Sie noch das Datum?«

»Nein. Ich weiß nur: Es war Anfang September. Und dass sie gleich drei meiner Stoffhunde kaufte, von den kleinen dort.« Er zeigte darauf. »Dabei kamen wir ins Gespräch. Sie müssen wissen, damals war ich erst dreißig und sah noch nicht so aus wie jetzt.«

Giulia hatte Pfammatter beim Eintreten schon »gescreent«, wie sie das manchmal nannte. Der Siebenundfünfzigjährige hatte noch volles Haar, ein rundliches Gesicht und ein kleines Bäuchlein. Er schien ein freundlicher Geselle zu sein.

»Na ja, wo die Liebe hinfällt, kann sich niemand aussuchen. Wie ging's weiter?«

Er schloss für einen Moment die Augen. »Ich sah sie leider nur wenige Male. Meist, wenn sie alleine in Gedanken versunken rund ums Hospiz unterwegs war. Ich versuchte ihr so per Zufall über den Weg zu laufen, was mir mehr schlecht als recht gelang.«

»Aletheia blieb also länger hier oben?«

»Ja, ja, einige Wochen.«

»Einige Wochen, das heißt was hier oben«, entgegnete Giulia.

»Sie kennen es also aus den Bündner Bergen, das Besondere in der Höhe?«

Giulia nickte.

»In diesen Wochen war Aletheia immer nett zu mir. Schnell hatte sie gemerkt, was ich empfinde, auch ohne dass ich etwas dazu sagen musste. Es tat ihr wirklich leid, das habe ich gefühlt, als sie meine stumme Liebeserklärung ebenso wortlos mit Blicken ablehnte. Aber eines Tages hatte sie sich zu mir gebeugt, mich ganz liebevoll auf die linke Wange geküsst und gesagt, dass die Richtige schon noch kommen werde. »Ihre rechte Hand«, sagte er, während seine Augen zu glänzen begannen, »hatte sie dabei einen kleinen Moment ganz liebevoll an meine andere Wange gelegt.« Während er dies sagte, legte er seine eigene Hand an seine Wange, als könnte er es noch immer spüren.

»Wow«, sagte Giulia und dachte: Die Frau hatte Klasse. Liebevoller kann man ein schmachtendes Herz nicht zurückweisen.

Er nickte mit geschlossenen Augen. »Ja, das war Aletheia. Ich habe mich so oft gefragt, was aus ihr geworden ist. Dass sie nur kurz danach umgebracht worden ist, wie Sie mir eben sagten, ist ja furchtbar und unfassbar in einem.« Er presste seine Lippen aufeinander. »Wer tut denn so jemandem etwas so Grauenhaftes an?«

»Wissen Sie, wann sie hier oben verschwand, und vielleicht auch wohin?«

»Etwa Ende September, Anfang Oktober vielleicht. Aber das weiß möglicherweise jemand von den Augustiner Chorherren. Sie hatte im Hospiz eine eigene Kammer, und wie ich weiß, führen die dort oben uralte Gästebücher.«

»Das hilft mir weiter, danke. Sagen Sie, haben Sie Aletheia hier oben je mit jemand anderem zusammen gesehen?«

»Nur kurz, bevor sie gegangen ist. Da kam ein ungefähr fünfzigjähriger Herr hier hoch. Ich sah ihn mit Aletheia reden. Auf dem Parkplatz da hinten.«

»Ein älterer Mann?« Giulia zog ihr Tablet aus der Umhängetasche und rief das Foto des Butlers auf, das sie aus den Unterlagen der früheren Staatsanwältin Erika Genelin hatte.

»War es dieser Mann?«

»Das ist schwer zu sagen. Ist ja so lange her. Vom Typ her möglich. Aber ganz ehrlich, an sein Gesicht kann ich mich nicht mehr erinnern. Aber dass er in einem sehr teuren Wagen gekommen ist, mit einer tiefen Zürcher Autonummer, dreistellig, daran erinnere ich mich noch ganz genau.«

Giulia war aufgeregt. Das musste der Butler Mattieu gewesen sein, und es stellte sich sofort die Frage, warum er niemandem von seinem Besuch hier oben erzählt hatte – auch nicht, nachdem Aletheia verschwunden war. Warum hielt er diese Information zurück? Hatte er doch etwas mit ihrem Verschwinden zu tun gehabt oder hatte sie ihn gebeten, niemandem von ihrem Aufenthaltsort zu erzählen? Und überhaupt: Wieso wusste er, dass sie hier oben war?

»Danke, Sie haben mir wirklich sehr geholfen.«

»Das freut mich. Leider verschwand Aletheia vom einen Tag auf den anderen, obwohl sie mir versprochen hatte, sich zuvor von mir zu verabschieden. Das hat mich damals sehr gekränkt.«

»Haben Sie irgendwann mal im Hospiz nachgefragt, was los war?«

»Ja, den Hausmeister, Jérôme Leroux. Der ist wie ich schon seit Ewigkeiten hier oben, und viele der Gäste vertrauen sich ihm an, man hört ja über die Jahre so einiges.«

»Gut zu wissen. Darf ich Ihnen eine persönliche Frage stellen, die nichts mit dem Fall zu tun hat?«

»Ja, das dürfen Sie.«

»Haben Sie sich je wieder verliebt nach Aletheia?«

Pfammatter schüttelte den Kopf. »Nein, nie wieder kam dieses Feuer über mich, und ich wollte keiner Frau zumuten, ewig in Aletheias Schatten zu stehen. Noch heute kribbelt es überall, wenn ich an ihre Erscheinung denke, damals, als wie vorhin das Glöcklein an der Tür bimmelte und sie hier plötzlich vor mir stand. Deshalb habe ich nie irgendwas an dem Laden verändert, rein gar nichts!«

Giulia war an diesem Samstag sehr emotional. Sie fand die Geschichte von Pfammatter tieftraurig und wunderschön zugleich. Sie sagte: »Wenn ich mehr weiß, werde ich mich bei Ihnen melden. Versprochen. Schön, gibt es so treue Menschen, wie Sie einer sind.«

Er nickte lächelnd und schloss hinter ihr die Tür. Die kleine Glocke bimmelte.

Der Wind fegte kräftig über die Passhöhe, als Giulia zum Eingang des Hospizes ging.

Ein Geistlicher in Mönchsrobe öffnete ihr die Tür, hieß sie willkommen und führte sie gleich in den spartanisch eingerichteten Speisesaal mit den alten Holztischen, die von vielen Kerben durchfurcht waren.

Der Mönch tischte ihr Suppe auf, dazu Schwarzbrot und brachte Wasser und Wein. Danach servierte er einen

Gemüseauflauf. Das Essen schmeckte etwas fad, aber gut. Giulia hatte in den letzten Tagen nicht regelmäßig gegessen, doch diesmal aß sie mit viel Appetit, wie am Vorabend auch bei Nadia zu Hause.

Kauend blickte sie sich um. Ein paar wenige Gäste saßen verteilt im Raum. Giulia hatte ihre Jacke nur halb geöffnet, die Waffe darunter blieb verdeckt. Es war ja ohnehin nicht sonderlich warm im Gebäude.

Der Prior, einer der drei alten Chorherren, kam an ihren Tisch. Er lächelte und begrüßte sie mit den Worten: »Wer immer du bist, welche Religion du auch hast, wir heißen dich herzlich willkommen, mit deinen Freuden, Problemen und Hoffnungen.«

Giulia nickte dankend und gab sich als Kriminalpolizeibeamtin zu erkennen. Der alte Mann setzte sich ihr gegenüber, und Giulia erklärte ihm, weshalb sie hier war.

Der Chorherr gab zeitverzögert Antwort, als wäre er ein Simultanübersetzer. Er sagte, dass er sich an die junge Frau tatsächlich erinnern könne. Sie habe ein Licht in sich getragen, beseelt davon, ihren Lebensweg zu finden. Außer ihrem Vornamen habe sie nichts von sich preisgeben wollen, weder woher sie kam noch wohin sie wollte.

Auf Giulias Nachfragen, wieso sie dies aus seiner Sicht verschwiegen habe, antwortete er nach sekundenlangem Schweigen: »Sie sagte, das seien unwichtige Dinge, der Weg sei das Wesentliche. Und sie hatte ja recht, die Gute, und das in ihrem jungen Alter.« Er fügte an: »Aber Mademoiselle de Medici, unser Hausmeister Jérôme Leroux, eine besondere, gute Seele, kann Ihnen bestimmt mehr Antworten geben. Die beiden haben sich damals sehr gut verstanden.«

Giulia bat um ein Treffen mit dem Mann, das ihr zugesichert wurde, aber erst nach dem Essen, wie der Prior sagte. »Bitte bleiben Sie bis dahin sitzen. Er wird zu Ihnen kommen.«

Giulia spürte, die Zeit hatte hinter diesen Mauern nicht die Dringlichkeit, die sie mitbrachte, um in diesem Fall zu ermitteln. Unruhe erfasste sie, nachdem sie leergegessen hatte und einfach nur warten musste. Sie führte dieses Gefühl auf das zurück, was in den letzten Tagen alles so passiert und ans Licht gekommen war, die Mordfälle und das mit Erkki sowieso. Im Speisesaal kam es ihr vor wie in einem Wartezimmer, nur ohne Zeitschriften und ohne Handyempfang.

Dann erschien er endlich. Giulia fielen bei der Begrüßung Jérômes unterschiedlich farbige Augen auf. Der Mann musste um die fünfzig sein. Er trug grau meliertes volles Haar und legere, einfach gehaltene Kleidung und wirkte sehr gelassen. Einzig das schlichte Holzkreuz, das er um den Hals trug, ließ auf seinen Glauben schließen.

Nachdem die beiden sich bekannt gemacht hatten, zeigte Giulia ihm ein Foto von Aletheia, legte es wortlos vor ihm auf den Tisch. Mit aufgestützten Unterarmen blickte er lange gedankenverloren auf das Bild, dann hob er sein Gesicht und blickte Giulia schweigend an, ehe er fragte: »Was ist mit ihr passiert?«

»Im Moment kann ich Ihnen dazu gar nicht so viel sagen. Um Antworten zu bekommen, bin ich ja hier. Ich möchte wissen, warum sie damals hier war und wohin sie danach gegangen ist.« Giulia hielt sich noch bedeckt.

»Ich durfte hier oben bereits viele Menschen kennenlernen, sie einen Teil ihres Weges begleiten. Seit bald dreißig Jahren lebe ich nun hier oben und war in dieser Zeit kein einziges Mal im Tal.«

Giulia war überrascht. »Das ist eine sehr, sehr lange Zeit ununterbrochen hier oben.«

Er ging nicht darauf ein, sagte: »Aber zu Ihren Fragen: Aletheia war auf ihrer ganz persönlichen Sinnsuche. Sie war eine junge Frau mit besonders viel Charisma und Willenskraft. Fest entschlossen, ihren Weg zu finden und zu gehen. So habe ich sie noch heute in Erinnerung.«

»Hat sie Ihnen aus ihrem Leben erzählt?«

»Kaum. Das ist auch nicht so entscheidend. Bedeutender ist, wohin ein Mensch gehen will. Wir hatten damals gemeinsam einige lange Spaziergänge gemacht. Sie überkam nach kurzer Zeit der Wunsch, hier zu bleiben, eine Novizin zu werden, später sogar in den Orden einzutreten, das Gelübde abzulegen. Ich selber war damals erst knapp ein Jahr hier. Doch dann verschwand sie eines Tages – ohne auf Wiedersehen zu sagen.«

»Und das hat Sie nicht stutzig gemacht?«

»Wenn Sie wüssten, wie viele Menschen von diesem Flecken teils Hals über Kopf wieder ins Tal fliehen. Dieser Ort fordert und überfordert die Leute. Aletheias Kammer war eines Nachmittags einfach leer gewesen und sie fort. Soweit ich mich noch erinnern kann, hat sie nicht mal ihre Rechnung bezahlt.«

»Das lässt doch aufhorchen?«

»Das mit der Rechnung, ja.«

»Und? Was denken Sie? Was ist hier oben mit der jungen Frau geschehen?«

Bedächtig schüttelte Leroux den Kopf. »Langsam tauchen Erinnerungen auf. Ich glaube, dass sie auf der Durchreise war, ohne geographisches Ziel – Sie verstehen sicher. Sie musste sich wie gesagt selber finden. Aletheia hat wohl nicht ohne Grund ein großes Geheimnis daraus gemacht, woher sie kam und wer sie war. Doch die abrupte Abreise, nachdem sie wenige Tage zuvor dem Prior unter vier Augen gesagt hatte, dass sie vielleicht für immer hier bleiben wollte … Irgendetwas muss in der Zwischenzeit passiert sein.«

»Sind Sie beide sich je nähergekommen?«

»Sie meinen, ob wir Sex hatten?«

Giulia war überrascht, dass dieser, wenn auch zugegebenermaßen unkonventionelle, Gottesmann es direkt aussprach. Sie nickte.

»Nein, ich habe seit vielen Jahren keinen Sex mehr und verspüre auch kein Verlangen danach«, sagte er, als sprächen sie über eine Vorliebe beim Essen.

Giulia wurde misstrauisch bei dieser Aussage. Sie war überzeugt, dass sexuelles Verlangen wie Hunger, Durst, Freude und Trauer zu den Grundempfindungen eines Menschen gehörte, die niemand einfach abstellen konnte. Aber vielleicht konnten solche Mauern ja so einiges hinter sich verschwinden lassen. Auf ihre Fragen, ob Aletheia sich sonst mit jemandem, etwa mit einem der Gäste, gut verstanden habe und ob ein Mann, ungefähr um die fünfzig sie aufgesucht habe, gab Leroux zur Antwort, dass er nichts dergleichen bemerkt hätte.

»Ich möchte mich gerne hier im Hospiz umsehen«, wechselte Giulia das Thema.

»Das hätte ich Ihnen auch vorgeschlagen. Sie kommen von weit her, bleiben Sie doch über Nacht, als unser Gast.«

Giulia winkte ab. »Es ist erst halb drei Uhr. Wenn ich in zwei Stunden losfahren kann, bin ich um zweiundzwanzig Uhr in Chur.« Die Stille hier oben behagte Giulia nicht, sowieso nicht in der privaten Situation, in der sie sich befand.

Jérôme Leroux nickte.

Giulia fand draußen vor dem Kloster eine Stelle, an der sie ein bisschen Empfang hatte, und berichtete Monika und

Nadia, was sie bisher erfahren hatte. Entscheidend dabei war vor allem die Neuigkeit, dass der Butler hier oben gewesen war. Die drei fragten sich, warum er Aletheia aufgesucht hatte. Und mehr noch: Wieso hatte er Aletheias letzten Aufenthaltsort den ermittelnden Behörden gegenüber verschwiegen und nur wenige Wochen später den Freitod gewählt? Damit machte er sich zweifellos verdächtig.

»Möglicherweise«, sagte Nadia, »wollte oder musste er auf Aletheias Geheiß ein Geheimnis hüten. Der Mann war über all die Jahre immer sehr loyal gewesen. Vielleicht nahm er das Geheimnis mit in den Tod. Und je länger, je mehr vermute ich, dass der Butler vielleicht doch einen gewaltsamen Tod gestorben ist. Geht es euch auch so?«

Dieses Argument war nicht von der Hand zu weisen, fand auch Giulia und bat Nadia, den Souvenirhändler Pfammatter und den Hauswart Leroux durch die Datenbanken zu jagen und Hintergrundinformationen über die beiden zu recherchieren. Und wenn sie schon dabei war, auch alles über den altehrwürdigen Prior in Erfahrung zu bringen sowie die Akten zum Selbstmord des Butlers durchzugehen. Zum Schluss sagte Giulia: »Ich schleiche hier noch ein wenig rum, befrage ein paar Ordensbrüder. So wie die aussehen, waren die bestimmt allesamt damals schon hier und damals schon alt.«

Der Herbstwind blies kalt und rau. Ein Wetter, das Giulia aus ihren Bergen kannte und das sie mochte. Man musste nur die richtige Kleidung tragen. Dazu zählte ihre dünne Parka jedoch nicht, deshalb hatte sie während des Telefonats zu frieren begonnen. Sie lief in Gedanken verloren abseits der Passstraße durch die karge Landschaft Richtung Passsee, dahin, wo die Grenze zwischen der Schweiz und Italien verlief. Diese Rauheit der Natur empfand sie immer als ehrlich, und genau das brauchte sie in solchen Momenten, um Kraft zu tanken.

Sie blieb stehen, blickte sich um, fragte sich, was Aletheia hier oben gewollt hatte, was ihr diese karge Landschaft und das Kloster gegeben hatten, sodass sie sogar überlegte, für immer zu bleiben. Oder war alles nur jugendlicher Leichtsinn gewesen, eine Protestaktion gegen das milliardenschwere Zuhause aus Glas? Giulia hätte Aletheia gerne damals hier getroffen, mit ihr gesprochen. Unwillkürlich musste Giulia an die Fundstelle denken, wo Aletheia vor ihr im Eis des Roseggletschers gelegen hatte.

Giulia war bereits eine Stunde draußen, der Wind hatte kein bisschen nachgelassen, und sie fror bis auf die Knochen, als ihr Handy klingelte.

Nadia war dran: »Sorry, ging ein wenig länger, aber dafür habe ich Neuigkeiten.« Monika war ebenfalls in der Leitung und hörte zu.

»Dann erzähl, denn ich bin langsam so kalt wie eine Tiefkühlpizza.« Giulia hatte die Kapuze ihrer Parka hochgezogen und sich vom Wind abgewandt, um Nadia besser hören zu können.

»Weißt du was, Bella? Dieser Leroux ist ein verurteilter Frauenmörder«, kam prompt die Mitteilung.

»Was?!«

»Warum so überrascht, Giulia? Du sagst doch immer, dass man den Leuten das Böse nicht immer ansieht.«

»Definitiv, und dem Leroux erst recht nicht. Sag, wann geschah die Tat und wo?«

»Sein damaliges Opfer war übrigens auch eine junge, blonde Frau. Soll ein Ritualmord gewesen sein … ganz schräge Geschichte.« Nadia erzählte Giulia das Wichtigste zum Fall.

»Wie bist du an die Daten gekommen? Das ist doch längst verjährt«, wunderte sich Giulia, die wusste, dass die meisten alten Fälle, selbst wenn es sich um Schwerverbrechen handelte, nicht digitalisiert worden waren. Und dieser Mord geschah 1986, vor sechsunddreißig Jahren also. Dieser Leroux war damals erst sechzehn.

»Ich habe die Information aus einer Studie, sonst wüssten wir nichts davon.«

»Klär mich bitte auf.«

»Vor mehr als zwanzig Jahren hatte sich jemand die Mühe gemacht, alle bekannten Gewaltverbrechen, die sich zwischen 1980 und 2000 in der Schweiz ereignet hatten, zu erfassen, um statistisch zu erheben, wie viele Täter rückfällig geworden waren. Du weißt ja, so was passiert leider viel zu oft.«

»So ist es leider. Unser Justizsystem ist einfach nicht streng genug.«

»Kurzum, Giulia, in einer aus Datenschutzgründen nur der Justiz zugänglichen digitalen Version der Studie ist bei meinen Nachforschungen der Name Jérôme Leroux aufgetaucht, Geburtsdatum stimmt überein, Heimatgemeinde ebenfalls – Damvant, so wie du es mir vorhin durchgegeben hast.« Giulia hatte während des Gesprächs mit Leroux dessen Personalien und die wichtigsten Daten aufgenommen, so wie sie es immer tat.

»Was soll ich sagen, Nadia? Ich bin erstaunt, und wie immer machst du einen super Job! Jetzt frage ich mich, und das geht an uns alle drei: Hat dieser Leroux etwas mit Aletheias Verschwinden zu tun? Wurde er am Ende erneut zum Mörder?«

»Warte kurz, Giulia, es kommt noch dicker. In den letzten zwanzig Jahren sind mehrere Leute, die im Hospiz Quartier bezogen hatten, spurlos verschwunden! Drei

Frauen und ein Mann – und wie wir nun wissen, zusätzlich auch Aletheia.«

»Ach was? Und da ist die Walliser Polizei nicht hellhörig geworden?«, fragte Monika.

»Doch, in jedem einzelnen Fall. Aber sie konnten nichts Greifbares ermitteln, und keiner der Verschwundenen ist bisher wieder aufgetaucht, keine Lebenszeichen, keine Leichen, keine Spuren, nichts.«

»Und mir hat der alte Prior diesen Leroux wärmstens ans Herz gelegt. Der komme mit so vielen Gästen ins Gespräch …«, fügte Giulia an.

Monika räusperte sich: »Dann müssen wir den Kerl mal ordentlich in die Mangel nehmen.«

»Das sehe ich auch so, Monika.« Giulia musste das Handy fest an ihr Ohr drücken, die Windgeräusche störten. »Nadia, kannst du möglicherweise das Signalement der anderen Verschwundenen besorgen? Ich schlage vor, dass ich fürs Erste hier Quartier beziehe und dem Kerl ein bisschen auf den Zahn fühle.«

»Gut, und ich werde versuchen, diesen Ambrosius zu befragen«, sagte Monika. »Ich fahre morgen früh zu ihm in die Klinik am Bodensee. Muss mich aber noch um eine Besuchserlaubnis kümmern.«

»Möchtest du nicht bei deiner Mutter bleiben?«, fragte Giulia mitfühlend. »Sag, wie geht's euch beiden?«

»Ich bin gerade bei ihr, sie schläft. Es geht ihr leider zunehmend schlechter. Manchmal dämmert sie einfach weg. Zum Glück wohne ich nur wenige Fahrminuten vom Spital entfernt.«

»Weißt du was?«, sagte Giulia. »Ich fahre morgen sowieso via Zürich nach Hause, dann ist es kein großer Umweg, wenn ich danach noch über Münsterlingen fahre. Bleib du in der Nähe deiner Mamma, okay?« Giulia sagte nicht, wie schwer die letzten Stunden am Bett ihrer eigenen Mamma gewesen waren, und vor allem die Stille nach dem letzten Atemzug.

»Ich fühl mich gerade ein wenig nutzlos hier«, erwiderte Monika.

»Das kann ich verstehen. Aber du kannst mir helfen, indem du mit den von Wertensteins ein Besuchsrecht aushandelst. Die sind ja, wie du sagtest, wegen der *Tagesschau*-Sache ziemlich verstimmt.«

»Und du, Giulia«, sagte Nadia, »pass im Hospiz auf dich auf, ja? Das ist ein Befehl.«

Giulia lächelte. »Wir bleiben alle in Kontakt. Endlich geht es voran.«

Giulia holte ihre Adidas-Sporttasche aus dem Wagen, die sie für solche Fälle gepackt hatte, und meldete sich als Gast im Kloster an. Wie die anderen schrieb sie sich ins Gästebuch ein. Auch sie wurde gebeten, ein paar persönliche Worte dazu zu schreiben. Sie schrieb:

Giulia de Medici
Es ist gerade etwas kompliziert …

Sie bat den Mönch, in den alten Büchern nach dem Eintrag von Aletheia zu suchen, irgendwann im August oder September 1995. Giulia war gespannt, ob Aletheia auch ein paar persönliche Worte hinterlassen hatte.

Der wortkarge Mann verschwand in einem Nebenraum, aus dem er kurz darauf mit einem Buch mit braunem Ledereinband unter dem Arm zurückkam.

Es dauerte nicht lange, bis er den gesuchten Eintrag fand. Er stammte vom 2. September 1995:

Aletheia
Wege entstehen, indem wir sie gehen,
wir brauchen nur Mut.

Giulia blickte auf den schwungvoll geschriebenen Vornamen. Sie stellte sich vor, wie Aletheia über das Buch gebeugt diese Worte geschrieben hatte, ehe sie sich aufrichtete und den Stift zur Seite legte.

Giulia fotografierte die Seite und schickte sie an Nadia und Monika, ehe sie um eine komplette Gästeliste, soweit nachvollziehbar, aus jener Zeit bat.

Giulia bezog eine Kammer im dritten Stock mit Sicht auf den Pass. Das kleine Fenster, aus dem sie blickte, war in die dicke Mauer eingelassen. Es war vor vielen Jahren Aletheias Kammer gewesen, wie ihr Leroux gesagt hatte.

Nach dem Abendbrot empfing der Prior Giulia zu einem Gespräch in seinem spartanisch eingerichteten Arbeitszimmer. Hinter ihm an der Wand hing ein großes, einfaches Holzkreuz, und es roch nach alten Büchern.

Giulia ließ das Vorgeplänkel weg, kam gleich auf den Punkt, wollte als Erstes wissen, was der Geistliche über das Verschwinden von nunmehr fünf Menschen aus dem Kloster zu sagen hatte.

Bevor der Prior antwortete, blickte er Giulia mit stoischer Gelassenheit an. Nur die Finger seiner rechten Hand drehten langsam einen dicken Siegelring am linken Ringfinger. »Über die Hintergründe weiß ich im Detail nichts. Aber ich kann mich an jeden einzelnen Fall erinnern. Die Kammern wurden jeweils von der Polizei geräumt. Wissen Sie, Menschen verschwanden schon seit jeher hier oben und werden es weiterhin auch tun – leider. Das hat mit dem Menschsein und den Bergen gleichermaßen zu tun. Da sind keine Täter am Werk gewesen, aber Taten.«

»Wie meinen Sie das?«

»Die vier oder, Aletheia nun eingeschlossen, fünf Menschen, die verschwanden … Lassen Sie mich bitte kurz nachdenken …« Er stand auf, kramte in einem Schrank einige Dokumente hervor und legte sie auf seinen Arbeitstisch. Über diesen gebeugt blieb er stehen: »Die drei Frauen und der Mann … sie waren allesamt alleine hier, genau wie Aletheia.«

»Das heißt, Sie glauben, die hatten scheinbar unlösbare Probleme mit sich hochgeschleppt und sich dann irgendwo ein Grab in den Bergen gesucht – mal überspitzt formuliert?«

»Sehr überspitzt formuliert, aber ja.«

»Wir, die Ermittlungsbehörden wissen, dass Suizide in den Bergen immer wieder als Unfälle getarnt werden, um nicht als Selbstmörder oder als Feigling zu gelten. Nicht selten kann man es daher nie definitiv klären.« Giulia wusste um diese Problematik zur Genüge Bescheid. In den Jahren als Ermittlerin der Alpinpolizei war sie des Öfteren damit konfrontiert gewesen. Ohne Zeugen konnte man nur selten einen absichtlichen »Fehltritt« von einem echten Unglück unterscheiden. Zudem gaben die Schweizer Berge Leichen oft nicht mehr frei. Was Außenstehende niemals vermuten würden, war, dass allein in der Schweiz jährlich über fünftausend Menschen als vermisst gemeldet werden. Die allermeisten von ihnen tauchen von alleine wieder auf oder werden gefunden. Doch von zweihundert Personen pro Jahr fehlt jede Spur. Auf die letzten zwanzig Jahre gerechnet entspricht das viertausend Menschen – so viele, wie zwei Dörfer Einwohner haben. Darüber, was mit all diesen Vermissten geschehen ist, konnte nur spekuliert werden – heimliches Auf-und-Davon, Suizid oder in den Bergen spurlos verschollen, als hätte sie der Boden verschlungen. Zu dieser großen Zahl gehörten wohl auch die vier aus dem Hospiz Verschwundenen. Nicht aber Aletheia, da war sich Giulia sicher.

»Jérôme Leroux …« Giulia blickte den Prior an, als sie den Namen deutlich aussprach.

»Was wollen Sie über ihn wissen?«, fragte der Geistliche.

»Das sollten Sie doch ganz genau wissen. Er ist einer Ihrer Angestellten, oder wie immer man das in einem Kloster auch nennt. Somit haben Sie die Verantwortung über ihn, was sein Tun und Handeln innerhalb des Klosters anbelangt.«

»Frau de Medici, Sie wollen bestimmt darauf hinaus, dass er ein verurteilter Jugendstraftäter ist und einige Jahre in einer Anstalt verbracht hat, bevor er hierher kam. Nun, vielleicht ist er genau deshalb ein Seelsorger der besonderen Art geworden. Ich sage nur, die Wege unseres Herrn …«

»›Jugendstraftäter‹ ist sehr geschönt formuliert. Gemäß unseren Recherchen hat er seine damalige Freundin an einem Kreuz aufgehängt, nachdem er sie zuvor mit einem Stein erschlagen hatte. Ihr Seelsorger hat einem jungen Menschen das Leben genommen, so sieht's doch aus!«

Da der Prior auf Giulias vorwurfsvollen Blick nicht mit Worten reagierte, fuhr sie entschlossen fort:

»Ich glaube sowohl an das Gute als auch an das Böse in jedem Menschen. Aber aus Erfahrung wissen wir: Wer einmal getötet hat, dessen Hemmschwelle für Gewalt ist massiv niedriger als bei irgendjemandem sonst. Wer kann schon mit Sicherheit feststellen, wann und ob Leroux sich zum Guten geändert hat, wie Sie behaupten?« Sie blickte den Prior fordernd an. »Aletheia war eine junge Frau, als sie hier oben ankam, und dieser Leroux war nicht viel älter als sie. Außerdem steckt unter jeder Kutte noch immer ein Mann.« In ihr kochte Wut hoch, weil sie vor vier Jahren zwei Fälle von Kindsmissbrauch durch Priester aufklären musste und ein System dahinter aufdeckte – nicht das erste dieser Art und erschreckenderweise auch nicht das letzte.

»Ihre Narbe …«, der Chorherr deutete in seinem Gesicht an die Stelle, an der sich in Giulias die Narbe markant abzeichnete, und schwieg wieder.

»Was soll damit sein?« Giulia saß leicht nach vorn über den Tisch gebeugt.

»Diese Narbe, ich kann nicht mal erahnen, was Ihnen zugestoßen ist, aber dennoch spüre ich, dass es nun vorbei ist. Sichtbar zwar, aber vorbei. Jérôme trägt nicht mal mehr eine Narbe, das will ich Ihnen damit sagen, auch seelisch keine mehr. Er hat das, was er getan hat, hinter sich gelassen. Traurigerweise kam eine junge Frau wegen ihm ums Leben, doch er hat den Weg zum Herrn gefunden. Es ist ihm alles vergeben. Als wäre die Tat nie geschehen. Ich kenne ihn nun schon viele Jahre. Jérôme ist ein Menschenfreund, der bestimmt auch hier ist, weil er noch immer glaubt, der Welt da draußen etwas schuldig zu sein.«

Als der Prior Giulias Narbe ansprach, fiel ihr auf, dass diese seit vorgestern Abend nicht mehr gebrannt hatte. Seit das mit Erkki rausgekommen war. Zufall? Sie schob den Gedanken beiseite und sagte: »Dann frage ich Sie anders: War damals, als diese attraktive und ausstrahlungsstarke junge Frau namens Aletheia einige Wochen hier oben wohnte, etwas Auffälliges im Zusammenhang mit Leroux geschehen, irgendwas?«

»Das ist lange her, sehr lange.« Der Prior setzte sich wieder, legte die gefalteten Hände auf den Tisch und schwieg.

»Was war hier los? Ich kann auch via Staatsanwaltschaft

eine offizielle Hausdurchsuchung anordnen, wenn Ihnen das lieber ist. Die Medien, Sie wissen ja, wie das ist – ein Gotteshaus, das in schlechtes Licht gerät, ist zwar nichts Neues – aber eben drum …«

»Sie drohen mir?«

»Ich zeige Ihnen meine alternativen Befragungsmethoden auf, das ist alles!«

Der Prior lächelte und sagte mit leiser Stimme, als wäre er plötzlich müde geworden: »Jemand hatte Leroux kurz vor dem Verschwinden der jungen Frau zusammengeschlagen, ganz in der Nähe unseres Klosters.«

»Aha, und wieso sagen Sie mir das erst jetzt?«

»Um Leroux zu schützen, denn es hat mit Bestimmtheit nichts mit dem Fall zu tun. Das war ein Mann, der Leroux aufgelauert hat, weil er glaubte, Leroux habe seine Frau mit wirren Gedanken von ihm abkehren lassen. Die Frau hatte anscheinend nach einer Auszeit hier oben die Scheidung eingereicht.«

»Und Aletheia verschwand dann kurze Zeit später, richtig?«

»Ja, aber mit dem großen Unterschied zu den vier anderen, die in den Jahren danach verschwanden, die allesamt nach einem Ausflug in die Berge nicht zurückkehrten, nahm Aletheia ihr weniges Hab und Gut bei ihrem Verschwinden mit. Noch immer gehe ich deshalb davon aus, dass sie weitergezogen ist.«

»Aber sie sagte zu keinem ein Wort, verabschiedete sich auch nicht, richtig?«

Er nickte bedächtig.

»Das hat hier oben niemanden aufhorchen lassen? Sie hat ja, wie ich hörte, nicht mal für den Aufenthalt bezahlt. Außerdem hatte sie in Erwägung gezogen, für immer hier zu bleiben, ein Gelübde abzulegen.«

»Aufhorchen lassen?« Er schüttelte den Kopf. »Im Gegenteil. Ich war mir sicher, dass ihr auf einmal alles zu viel wurde, zu verbindlich. Sie können sich gar nicht vorstellen, wie viele Aussteiger, unabhängig von ihrem Stand, den Weg zu uns finden und bereits nach wenigen Tagen glauben, hier ein neues Leben beginnen zu wollen. Sobald dann aber der Alltag einkehrt, verschwinden die meisten wieder, die wenigsten überstehen den ersten Winter. Aletheia war also nicht die Erste, die sich kurzerhand aus dem Staub machte, um keine Erklärungen abgeben zu müssen.«

»Aber der entscheidende Unterschied ist: Aletheia ist einem Gewaltverbrechen zum Opfer gefallen.«

»Das tut mir sehr leid. Aber wer sagt denn, dass die arme Seele hier oben umgebracht wurde?«

»Noch niemand. Aber ich werde Ihren Hausmeister-Mönch-Seelsorger, oder wie auch immer Sie ihn betiteln, vernehmen müssen. Ein Verdacht lässt sich aufgrund seiner Vergangenheit nicht von der Hand weisen.«

»Tun Sie das, doch er ist erst um zwanzig Uhr wieder da. Er hat bis dann seine stille Zeit in der Krypta, so wie jeden Abend. Da sollte ihn niemand stören.«

»Ich kann warten, ich übernachte ja hier.«

Nach dem Gespräch schritt Giulia gemächlich durch die stillen Flure – Holztür an Holztür, schwere Steinböden, dazu der Geruch der Jahrhunderte. Sie kam auch an den zwei Schlafsälen vorbei, in denen bestimmt dreißig Gäste im Massenschlag Platz fanden. Kaum jemand hielt sich aber darin auf. Im untersten Stockwerk roch es nach Suppe. Um neunzehn Uhr aß sie im fast leeren Speisesaal ihr Abendessen. Es gab Maisbrei, Bohnen und Gemüse. Alles schmeckte ein wenig fad. Als Giulia nach Gewürzen fragte, erklärte der Mönch, der sie bediente, dass alles reichlich gewürzt sei. Noch vor hundert Jahren wäre es sogar zu viel gewesen. Giulia habe nur ihren Gaumen, ihren Geschmackssinn am Überfluss abgestumpft.

Nach dem Essen trieb Giulias innere Unruhe sie wieder nach draußen. In Chur wäre sie eine Runde joggen gegangen. Die Dunkelheit hatte fast jedes Licht aus der Passanhöhe gesaugt. Nur die schneebedeckten Gipfel hoben sich vom dunklen Himmel ab. Ihr offenes Haar wehte im kalten Wind, sie schloss ihre Parka bis unters Kinn und zog die Kapuze über.

Als sie sich ein paar hundert Meter vom Kloster entfernt hatte und auf dieses zurückblickte, wurde ihr bewusst, dass sich dieser Anblick schon Menschen vor eintausend Jahren geboten hatte. Der Grosse Sankt Bernhard verinnerlichte zweifellos etwas Ureigenes, das war deutlich spürbar. Während Giulia in dieser unwirklichen Berglandschaft stand und den Anblick in sich aufsog, näherte sich vom Kloster kommend eine dunkle Gestalt. Es war Jérôme Leroux, der fünf Schritte vor ihr stehen blieb.

»Der Prior meinte, Sie bräuchten Ihre stille Zeit, und die dauere bis zwanzig Uhr«, begrüßte Giulia den Mönch in unterschwellig schnippischem Ton.

»Es ist ja schon zwanzig nach acht«, sagte er, trat näher an sie heran und schob seine Kapuze zurück.

Giulia war überrascht, dass es schon so spät war, zückte ihr Handy und schaute nach. Danach schaltete sie die darin eingebaute Taschenlampe ein und richtete sie auf den Boden, damit sie Leroux' Gesicht im weichen Widerschein erkennen konnte.

»Ich weiß, Sie kommen gerne schnell auf den Punkt«, begann er. »Ja, ich habe damals einen Menschen getötet. Eine wunderbare junge Frau. Sie hieß Claudette Moreau, und sie liebte mich.« Im Widerschein des Handylichts schimmerte sein linkes Auge metallisch blau. »Ich selbst habe Claudette nicht geliebt, aber sehr begehrt. Um lieben zu können, brauchte ich viele Jahre hier oben.«

»Wieso haben Sie die junge Frau ermordet?«

»Auch aus Liebe. Weil ich meine Mutter über alles geliebt habe, für sie sogar gestorben wäre.« Leroux schien in sich ruhend, als er weitersprach: »Um die genauen Umstände zu verstehen, braucht es Zeit. Das kann ich nicht einfach so erklären.«

»Dann versuchen Sie die Kurzform.«

»Damals, als Claudette Moreau starb, durchlebte ich ein furchtbares Jahr: voll von Schuld und Sühne, voller Scham, Angst, Verlorenheit und Verirrungen im Glauben. Ich versuchte verzweifelt, meine Schuld zu tilgen, wollte mich gar selber opfern.« Er erzählte vom Sex mit Claudette, von der Krankheit der Mutter, dem Zusammenhang, den er damals aufgrund von Vaters Lehre zu erkennen glaubte, und was er alles unternommen hatte, um sich und seine Familie von der Blutschuld reinzuwaschen.

»Aber warum und wie haben Sie die Leiche ans Kreuz gehängt? Sie müssen ja sehr geschwächt gewesen sein.«

»Frau de Medici, wie zuvor erwähnt: Ich war nicht mehr ich selbst, war gefangen in einem Strudel aus aberwitzigem Irrglauben, dem ich nicht entkommen konnte. Verstehen Sie? Ich glaubte tatsächlich, meine Mutter würde vom Krebs geheilt, wenn ich mich umbringe. Es hat bei mir viel Zeit und eine gewisse Reife gebraucht, bis ich diese furchtbare Tat überhaupt einordnen und schließlich aus dem Schleier des Wahnsinns treten konnte. Menschen in einem Wahn durchlaufen auf einem Bein eine Wüste.«

»Was ist am Kreuz tatsächlich passiert?« Giulia versuchte gar nicht erst, Verständnis oder Mitgefühl vorzutäuschen. Entweder redete der Kerl von sich aus, oder sie würde sich etwas einfallen lassen.

»Sie sind ehrlich, das finde ich gut«, gab er zur Antwort.

»In Bezug worauf?«

»Sie versuchen nicht, mich mit gefälschten Gefühlen zum Reden zu bringen. Das finde ich stark von Ihnen.«

»Wie Sie das finden, ist mir ehrlich gesagt ebenfalls scheißegal!«

»Auch das merkt man. Also zurück zu Ihrer Frage: Claudette war mir in jener Nacht gefolgt, wollte mich zur Besinnung bringen. Ich war wie im Fieber, und das soll wahrlich keine Entschuldigung sein.«

»Wieso wusste sie, wo Sie zu finden waren?«

»Sie wusste, dass ich oft ans Kreuz ging, vor allem nachts. Das wusste übrigens nicht nur sie, sondern das ganze Dorf. Als sie so in dieser schwülen Nacht vor dem Kreuz auf mich einredete, da war plötzlich dieser Ausweg da. Verstehen Sie? In meinem Irrsinn sah ich nur noch die Erlösung, dieses goldene Tor! In der Morgendämmerung schlug ich daher Claudette einen schweren Stein auf den Kopf. Es war noch zu dunkel, als dass ich ihre Augen dabei hätte erkennen können, doch ich weiß noch, dass die Sekunde, bevor sie tot umfiel, ewig dauerte. Dann habe ich ihr einen Strick um den Hals geknotet, das andere Ende über den Seitenarm des Kreuzes geworfen und sie hochgezogen. Danach mit der letzten Kraft einer verlorenen und wahnwitzigen Seele das Seil verknotet.«

Giulia schwieg. Bilder dazu tauchten in ihrem Kopf auf.

»Sind Sie deshalb hier oben? Ist dies für Sie auch eine Art von Sühne?«

»Nachdem ich mir selbst die Tat eingestanden hatte, fiel ich in ein tiefes Loch. Claudette war freundlich zu mir gewesen, war ehrlich, und sie hatte sich um mich gesorgt.

Ich fragte mich, ob ich mit dieser Schuld überhaupt würde leben können, war einem Suizid nahe.«

»Aber Sie leben.« Giulias Tonfall war schnippisch. »Im Unterschied zu Ihrem Opfer!«

»Sehen Sie? Meine längst vergangene Tat prägt Ihre Wahrnehmung. Sie können nicht sehen, zu wem ich geworden bin.«

»Wundert Sie das?«

»Als ich als junger Mann hier oben ankam, wussten die Mönche von meiner Tat und nahmen mich trotzdem auf. Hier im Hospiz lernte ich Gott erst richtig kennen. Er ist kein Rächer, er ist reine Liebe. Sein Sohn Jesus Christus ist am Kreuz für unsere Sünden gestorben. Gott hat mir vergeben, mich befreit, als ich ihm meine Sünde gebeichtet habe. Nun darf ich mich endlich als Kind Gottes bezeichnen, auch wenn ich in der Welt lebenslang schuldig bleiben werde – ein Mörder. Doch vor Gott bin ich es nicht mehr. Er hat mir ein neues Leben geschenkt, das alte gibt es nicht mehr.«

Giulia hätte am liebsten sarkastisch »Amen« gesagt. Sie war aufgebracht: Eine junge Frau hatte mit ihrem Leben bezahlt, und dieser Kerl lebte im Einklang mit sich selbst, frei von selbstzerfressender Schuld. Durfte so etwas sein?

Seine Stimme riss sie aus ihren Gedanken: »Sie hingegen könnten mir diese Tat niemals vergeben.« Er deutete auf seine Augen. »Ich kann es in Ihren Augen lesen.«

Giulia fühlte sich ertappt. »Das muss ich ja auch nicht, denn ich stehe immer auf der Seite der Opfer, derer, die verloren haben!« Das Taschenlampenlicht des Handys zeichnete Schattenmuster in beide Gesichter, während rund um sie die Nacht über der Passanhöhe lag.

»Ich frage Sie anders, Frau de Medici: Kann eine Tat wie meine aus weltlicher Sicht jemals vergeben, gesühnt werden? Mit Gefängnis, Zuchthaus, oder wäre die Todesstrafe das Allerheilmittel? Oder sollte ich seit dieser Tat in einer Zelle hocken und auf mein Ende warten? Würde das den Hinterbliebenen helfen?« Er blickte Giulia mit seinen unterschiedlich farbigen Augen an. »Ich gäbe sofort mein Leben, damit Claudette an meiner Stelle hier stehen könnte. Jederzeit.«

»Warum sind Sie wirklich hier oben?« Der Wind riss heftig an den beiden, Giulia musste lauter sprechen.

»Weil es meine Bestimmung ist, weil es ein Teil von Gottes Plan ist.«

Jérôme blickte Giulia schweigend an. Hinter ihm zeichnete sich das Kloster ab. Einige Fenster waren erhellt.

»Sie wissen, dass es damals einen Zeugen gab, der Ihre Tat beobachtet hat?«

Er nickte. »Das weiß ich. Der ist sofort zum nächsten Hof gelaufen, um die Kantonspolizei telefonisch zu alarmieren.«

»Wissen Sie, wer der Zeuge war?«

Leroux' Blick wurde wacher. »Nein. Die Akten wurden mir vorenthalten, und irgendwann wurde es unwichtig für mich.«

Einen Moment lang überlegte Giulia, ob sie es ihm sagen sollte, denn der Name war in den Akten vermerkt, wie sie am Telefon von Nadia erfahren hatte.

»Es war Ihr eigener Vater!«

Ein Ruck ging durch den Körper von Jérôme Leroux. »Vater?«

»Ja, gemäß seinem Aussageprotokoll kam er zum Kreuz, wo Sie am Boden lagen, Ihre Hände blutig, die Tote am Kreuz. Er war es, der die Polizei benachrichtigte.«

»Mein Vater?«, wiederholte Jérôme. »Er hat nie ein Wort darüber verloren.«

»So ist es.« Giulia ließ diese Neuigkeit für einen Moment

sacken, ehe sie fortfuhr: »Stimmt es, dass Sie keinen Tag im Tal waren, seit Sie hier ankamen?«

Jérôme nickte.

»Wann haben Sie Ihre Eltern zuletzt gesehen?«

»Meine Mutter kam bis vor zwei Jahren zwei Mal jährlich hier hoch, seither schreibt sie mir Briefe. Meinen Vater sah ich seit der Verhaftung nicht mehr. Nun weiß ich auch, wieso …«

Giulia traute Jérôme nicht, denn sie hatte schon öfters erlebt, dass Täter sehr feinfühlige Menschen sein konnten, die mit dem Mitgefühl anderer spielten. Ihr erster Ausbildner im Engadin sagte ihr damals, und diese Weisheit hatte sie nie vergessen: »Bei Ermittlungen musst du dich vor denen in Acht nehmen, die dich anlächeln, vor denen, die nett sind. Bei allen anderen tut man es instinktiv.« Mit diesem Rat war sie bisher gut beraten gewesen.

»Ihre Tat von damals kann ich jetzt immerhin etwas einordnen. Noch ist das hier oben aber auch für Sie nicht durch. Ich glaube nach wie vor, dass die Lösung des Falls Aletheia hier oben zu finden ist. Für den Moment sind wir aber fertig.« Sie drehte sich um und ging.

»Warten Sie! Wegen der anderen Vermissten hier oben«, rief er ihr durch den Wind hinterher.

»Ja?« Giulia, die bereits die ersten Schritte gemacht hatte, um zum Hospiz zurückzukehren, drehte sich um.

»Das waren wahrscheinlich Selbstmorde oder tragische Bergunfälle. Was letztere betrifft: Leute überschätzen sich oft und unterschätzen die Gesetze der Berge.«

Giulia wusste, dass er nicht unrecht hatte. Bis zu einhundertfünfzig Tote gab es jedes Jahr in den Schweizer Bergen, und das war nur die Zahl der Opfer, deren Leichen gefunden und geborgen werden konnten. »Und was denken Sie über Aletheias Verschwinden?«, fragte Giulia.

»Sie hat sich mit Bestimmtheit nicht das Leben genommen. Auch glaube ich nicht, dass sie in den Bergen verunfallt ist. Sie ist einfach weitergezogen, denke ich, ihrer Bestimmung gefolgt.«

»Woran machen Sie das fest?«

»Damals hatte ich mit ihr lange Gespräche geführt. Aletheia suchte einen Weg, um sich zu verwirklichen. Sie war stark und lebensbejahend. Hier oben fand sie ihre Berufung.«

»Und die wäre?«

»Sie wollte ins Kloster eintreten, Novizin werden und das Gelübde ablegen … Sie sehen überrascht aus, und das verstehe ich bestens, denn wenn jemand in so jungen Jahren den Wunsch äußert, ins Kloster zu gehen, denkt das Umfeld, dass die Person damit vieles aufgibt: Spaß, Freunde, Sex, Freiheit … aber der Gewinn, den sehen die wenigsten, weil er leise ist, nicht verlockend schimmert. Das ist der Grund, warum eine solche Entscheidung meist zu großen familiären Spannungen führt«, erklärte Jérôme.

»Sind Sie deshalb kurz vor Aletheias Verschwinden verprügelt worden?«

»Wahrscheinlich. Ein Mann hatte mir gedroht und gemeint, ich solle keiner Frau mehr Flausen in den Kopf setzen. Doch er verstand nicht. Dieser Ort hier, der flüstert von ganz alleine, die Stille drängt, sie bewegt, sie lässt einen nicht mehr los und befreit meist, aber manchmal erdrückt sie einen auch. Das hat nichts mit mir zu tun. Ich bin doch nur der Begleiter.«

»Hatten Sie mit einer Ihrer Gesprächspartnerinnen Sex?«

»Nein, auch wenn Sie das möglicherweise nicht verstehen. Sex fehlt mir nicht, wie schon im Gespräch heute Nachmittag erwähnt. Auch mit Aletheia wollte ich keinen und sie keinen mit mir.«

»Was wollen Sie hier oben in dieser Abgeschiedenheit?«

»Abgeschiedenheit? Ich fühle mich mitten im Leben. Aber was ich will: Möglichst viele hier strandende Menschenherzen heil machen. Das wünsche ich mir sehnlichst.«

»Also doch eine männliche Mutter Theresa?«

»Damals, in meiner Kindheit und Jugend, da habe ich viel verloren. Große Nöte erfassten mich und das Wissen, dass nichts sicher ist, weder Gutes noch Schlechtes. Man muss einfach das Beste daraus machen. Ein Baum kann auch nur dort wachsen, wo sein Samen hingefallen ist.«

»Zu meiner Frage von zuvor: Sie haben gesagt, Sie glaubten nicht, dass Aletheia in den Bergen tödlich verunglückt ist. Wie wollen Sie das wissen?«

»Sie war eine begnadete Berggängerin, sehr trittsicher, und hatte ein unglaubliches Auge fürs Gelände. Sie hat bestimmt schon als Kind und als Jugendliche Bergtouren unternommen. Das war ihre Leidenschaft, wie auch das Wandern. Vielleicht ist auch daraus der Wunsch nach einer Pilgerreise erwachsen.«

»Wir haben sie in einem roten Kleid und barfuß in einem Gletscher eingefroren gefunden. Was sagen Sie dazu?« Giulia suchte bewusst diese abrupten Wechsel.

Leroux schloss für einen Moment die Augen und nickte mehrmals in kleinen, schnellen Kopfbewegungen. Die Vorstellung schien ihm zuzusetzen. Der kalte Wind ließ Giulia mittlerweile zittern. Sie hätte wärmere Kleidung mitnehmen sollen.

Er gab zur Antwort: »Ich sage, dass derjenige, der sie getötet hat, sie gut gekannt haben muss, sie geliebt oder zumindest begehrt hat. Ihre Leiche wurde nicht auf dem Gletscher versteckt, sondern dort beerdigt, das glaube ich.«

Daran hatte Giulia auch gedacht. Ihr Verdacht, dass der Butler der Familie etwas damit zu tun hatte, erhärtete sich.

»Danke«, zwang sie sich in freundlichem Ton zu sagen und machte sich im Lichtschein ihres Handys auf den Rückweg.

Auf dem Weg zum Kloster fand Giulia genügend Zeit, um Monika und Nadia telefonisch über die neusten Erkenntnisse zu informieren. Die Verbindung war schlecht, aber Giulia konnte alles Wichtige erzählen. Am Schluss vereinbarten die drei eine Telefonkonferenz für den nächsten Morgen.

Giulia fand in dieser Nacht keinen Schlaf. Das Bett, in dem auch Aletheia geschlafen hatte, war unbequem, die Matratze zu hart. Außerdem geisterten viele Gedanken in ihrem Kopf herum, die verschiedenen Fälle und auch die Sache mit Erkki. Um ein Uhr schlug sie die Bettdecke zurück. Diese vollständige Stille kannte sie aus ihrem Maiensäß in Sapün, aber hier war es anders. Giulia zog sich an und ging auf leisen Sohlen durch die Gänge des Hospizes. Es war halb zwei Uhr, als sie in der Passerelle, welche die beiden Klosterbauten über die Straße hinweg verband, aus dem Fenster auf den Pass blickte. Die Zeit schien stehen geblieben zu sein. Der Anblick des Passübergangs, der zwischen Wolkenlücken hindurch vom kaltblassen Mondlicht beschienen wurde, war seit vielen Jahrhunderten unverändert.

Was brachte einen jungen Menschen dazu, hier als Novizin für immer bleiben zu wollen? Wieso? Und was hatte dazu geführt, dass diese Berufung sich in eine Flucht verwandelte? Aletheia schien wirklich den Wunsch gehegt zu haben, hier zu bleiben. Aber was, wenn die Mönche Giulia mit dieser Geschichte belogen? Möglicherweise steckten die Kerle allesamt unter einer Kutte und versuchten den Mord an Aletheia zu verschleiern.

Giulia fragte sich, ob Aletheia in einer der Nächte hier oben wie sie nun aus dem Fenster der Passerelle geschaut hatte. Wenn ja, was war in ihr vorgegangen? Was hatte sie gefühlt, was gedacht?

Während Giulia weiter am Fenster stand und nachdachte, der Mond zog gelassen seine Bahn, fühlte sie Ruhe in sich aufkommen. So vieles hielt sie in ihrem Leben für zu wichtig, das wusste sie, doch in Anbetracht dieser rauen Schönheit, im Wissen, dass dieses Kloster schon tausend Jahre bestand, kam Demut in ihr auf. Sie erkannte, dass ihr Leben wertvoll und vergänglich und sie nur ein Teil von allem war. Auch sie würde wie ihre Mamma eines Tages nicht mehr hier sein. Wann der Tag kommen würde, stand noch in den Sternen, doch er würde kommen. Doch bis dahin konnte jeder Tag dazu genutzt werden, neu anzufangen. Dies hatte ihr Mamma Sophia nach ihrer Krebsdiagnose gesagt: »Leben heißt nicht, zu warten oder zu hoffen, dass sich die Umstände von selbst ändern; Leben bedeutet, die Fülle des Moments auszuschöpfen.«

Giulia dachte an die freie Stelle in ihrem Lebensbaum-Tattoo. Die Zeit würde es weisen, wann und ob diese mit einem Symbol für ihre Kinder ausgefüllt würde. Doch leben wollte Giulia so oder so, und dazu brauchte sie keinen Mann.

Diese Gelassenheit, die in dieser Ziellosigkeit über sie kam, trug sie durch die vereinsamten Flure zurück zu ihrer Kammer. Vorfreudig dachte sie dabei an ihre eigene Wohnung und daran, wie sie diese bald neu einrichten würde. Sie stellte sich sogar vor, wie es in ihrer Wohnung riechen würde: nach frischem Leder und Arvenholz. Mit diesen Gedanken legte sich Giulia in ihrer Klosterkammer ins Bett und schlief wenig später ein.

19

Am nächsten Morgen, es war Sonntag, wurde Giulia vom hellen Klang einer Glocke früh geweckt. Im Speisesaal verdrückte sie drei Scheiben von dem dunklen Brot und trank zwei Tassen Kaffee, während das erste Morgenlicht die Fenster zaghaft erhellte.

Vor der Abfahrt traf sie auf dem Parkplatz nochmals auf Leroux. Er war ihr nachgelaufen, lächelte und sagte: »Frau de Medici, vergessen Sie nie, dass Sie wertvoll sind!«

Sie sagte nichts, denn sie wollte nicht empfänglich für sein Lob erscheinen. Außerdem waren hier oben noch lange nicht alle Fragen geklärt.

Sie stieg in ihren Wagen und fuhr um Viertel vor acht Uhr auf der nebligen Passstraße ins Tal. Ihr Ziel war das exakt dreihundert Kilometer entfernte Damvant. Danach würde sie nach Münsterlingen fahren, nochmals zweihundert Kilometer zurücklegen, und dann lagen am Ende noch zwei Stunden Heimweg nach Chur vor ihr. Doch Giulia war sich lange Autofahrten gewohnt, fuhr sie doch mehrmals im Jahr nach Hause ans Mittelmeer.

Nadia hatte für sie gestern bereits Folgendes abgeklärt: Die Eheleute Leroux lebten noch immer im alten Haus von damals. Der Vater Jacques Leroux war mittlerweile neunundachtzig, die Mutter achtundsiebzig Jahre alt.

Gut möglich, dass Giulia dennoch vergeblich hinfuhr und die beiden rein gar nichts zu dem alten Fall sagen würden; dennoch erhoffte sie sich, zu erfahren oder zu erfühlen, ob Jérôme tatsächlich der Mörder gewesen war oder was sich damals in Damvant wirklich zugetragen hatte.

Als Giulia das Hinterland der Senke kurz vor halb zwölf erreichte, lag dichter Herbstnebel über der Ebene. Die Felder und Äcker schienen niemandem zu gehören. Das kleine Dorf Damvant, das irgendwo aus dem Nirgendwo vor Giulia aus dem Nebel auftauchte, wirkte ausgestorben. Im Schritttempo fuhr Giulia an der Kirche vorbei und blickte sich um. Sie sah kein einziges neu gebautes Haus im Dorf, auf den Straßen war keine Menschenseele unterwegs. Erst am Ende des Dorfes, das sich links und rechts der Landstraße in die Länge zog, sah sie einen alten Mann mit einem Hund.

Giulia hielt neben dem Mann, ließ die Beifahrerscheibe hinuntergleiten und sagte »Guten Tag«.

»Bonjour, Madame.«

»Sprechen Sie Deutsch?«

Er lachte. Ein Stumpen wackelte dabei im Mundwinkel. »Ein bisschen«, sagte er mit unverkennbarem Akzent.

»Wo finde ich Herrn und Frau Leroux?«

Giulias Navi zeigte die Adresse perfekt an, aber sie wollte mit dem Mann ins Gespräch kommen.

Doch die Miene des Mannes verfinsterte sich. Er wies mit hektischen Handbewegungen geradeaus, dann lief er grußlos weg.

Giulia fuhr gemächlich an den letzten Häusern vorbei, die mit geschlossenen Fensterläden an der Straße standen. Mit hochdrehendem Motor verließ sie Damvant, das hinter ihr vom Nebelgrau verschluckt wurde. Das Navi zeigte Giulia an, dass sie bald an der französischen Grenze ankommen würde, während die Stimme aus dem Gerät sie nach rechts von der Landstraße weglotste. Der Zufahrtsweg, in den sie einbog, war schlecht in Stand gehalten. Er bestand nur aus zwei Furchen und einem überwachsenen Mittelstreifen. Auch wegen solcher Unwegsamkeiten fuhr sie einen PS-starken Audi SUV, denn der bot nicht nur in den Bergen wichtige Bodenfreiheit.

Beim Hof angekommen parkte sie auf dem von Unkraut überwucherten Kiesplatz. Geräuschvoll schlug sie die Autotür zu. Leichter Nieselregen fiel aus dem Nebel, und es roch nach Holzfeuerung, als Giulia an die Haustür klopfte.

Eine Frau, die ihr Haar zu einem weißen Dutt hochgesteckt trug, öffnete mit fragendem Blick. »Bonjour?«

»Guten Tag. Mein Name ist Giulia de Medici. Ich möchte gerne mit Ihnen und Ihrem Mann sprechen. Ich nehme an, ich spreche mit Frau Leroux?«, sagte Giulia in langsamem Hochdeutsch, in der Hoffnung, sie würde verstanden.

Die Frau nickte, das Misstrauen in ihrem Gesicht blieb. Doch sie bat Giulia ins Haus. Im Innern, es roch nach würziger Suppe, saß ein drahtiger Mann an einem Holztisch beim Essen. Zwei weiße, schmucklose Teller standen auf dem weiß-rot-karierten Plastiktischtuch, zudem eine Schüssel mit Suppe und ein angeschnittener Laib Brot.

Die Frau nahm mit ihren krummen Händen schweigend einen Teller aus einem Oberschrank des Küchenbuffets, einen Löffel aus einer schmalen Schublade und deckte für Giulia. Diese legte ihre Parka über die hölzerne Stuhllehne und setzte sich. Giulia war überrascht: Der Mann, der sehr rüstig schien für sein Alter, reichte ihr ein Stück Brot. Dann beugte er sich über seinen Teller und aß unbeirrt weiter.

Giulia merkte schnell, dass die beiden während des Essens nicht sprachen und so schwieg auch sie. Wortlos räumte Marie Leroux die leeren Suppenteller ab und holte einen Kartoffelauflauf aus dem Backofen. Dazu gab's

Fleisch an einer hellen Sauce. Giulia, die auf keinen Fall Fleisch aus einer dieser Tierfabriken aß, war sich sicher, dass dies hier nicht der Fall war und ließ sich das Essen schmecken. Unauffällig blickte sie sich um, warf ihren Gastgebern hin und wieder einen lächelnden Blick zu, als Beleg, dass es ihr schmeckte.

Als alles Geschirr weggeräumt war, beugte sich Jacques Leroux mit gefalteten Händen über den Tisch und hielt ein Dank- und Lobpreisgebet, das geschlagene fünf Minuten dauerte. Dann blickte er Giulia an. Seine hellblauen Augen waren wässrig, aber hellwach. »Mademoiselle. Was möchten Sie hier?«

»Erst mal herzlichen Dank für das wunderbare Essen und die Gastfreundschaft. Ich habe eine beinahe vierstündige Autofahrt hinter mir. Mein Weg hat mich vom Grossen Sankt Bernhard hierher geführt.« Sie hoffte, damit vorsichtig ins Gespräch einsteigen zu können, und war gespannt auf die Gesichter der beiden. Jacques blieb ruhig, Marie nestelte an ihrer Schürze herum.

»Wie geht's unserem Sohn?«, fragte Jacques direkt, was Giulia nur recht war.

»So weit ich das beurteilen kann, gut. Seine Arbeit im Kloster wird sehr geschätzt.«

Jacques' Augen schimmerten freudig. Marie hingegen wirkte traurig.

»Ihr Sohn weiß nicht, dass ich hier bin.«

Jacques nickte, blickte wiederholt auf Giulias dunkel tätowierte linke Hand.

»Monsieur und Madame Leroux, ich bin Ermittlerin der Kantonspolizei Graubünden. Ich möchte Sie gerne zum Fall von 1986 befragen, zum Mord an Claudette Moreau.«

»Dazu gibt es doch nichts mehr zu sagen.« Jacques Leroux blieb freundlich und ruhig, dennoch klangen seine Worte bestimmt.

»Es ist so, ich bin mir nicht sicher, ob Ihr Sohn die Tat wirklich begangen hat«, sagte Giulia.

»Wie kommen Sie nach so vielen Jahren darauf?«, fragte Jacques.

»Laut den Verhörprotokollen war Ihr Sohn zum Zeitpunkt der Tat sowohl geistig, aber vor allem auch körperlich in einem miserablen Zustand. Ich zweifle immer mehr daran, dass er in dieser Verfassung überhaupt in der Lage war, diesen Mord zu begehen. Es scheint mir wahrscheinlicher, dass er sich selbst zum Sündenbock gemacht hat.«

Jacques strich sich durch sein graues Haar. »Er war es, ich habe die Tat mit eigenen Augen sehen müssen.«

»Das habe ich in den Protokollen auch gelesen. Auch dass Sie es waren, der die Polizei gerufen hat. Das muss Ihnen ja unglaublich schwergefallen sein.«

Er nickte. »In der Tat.«

»Darf ich nachhaken? Haben Sie gesehen, wie Jérôme die junge Frau mit dem Stein erschlagen und die Leiche ans Kreuz gebunden hat?«

»Ja, ich habe es gesehen. Der Morgen dämmerte, ich kam den schmalen Waldpfad hoch und sah, wie mein Sohn zuschlug. Ich war wie versteinert.«

»Und danach?«

»Ich war minutenlang unfähig zu handeln. Als ich endlich mit zitternden Beinen oben ankam, da hing sie schon am Kreuz, und er lag besinnungslos auf dem Boden.«

Giulia hatte während der langen Fahrt in den Kanton Jura Zeit gehabt, um über den Fall nachzudenken. Nadia hatte ihr unterwegs nochmals die Vernehmungsprotokolle vorgelesen, während die herbstliche Landschaft der Westschweiz an ihr vorüberzog. In den Protokollen stand auch einiges zur unheilvollen geistigen Pathologie des selbst ernannten Priesters Jacques Leroux; verschiedene Einwohner Damvants hatten in ihren Aussagen von dessen krankhaftem Verhältnis zu Schuld und Sühne berichtet. Giulia sagte daher selbstbewusst: »Ich halte es dennoch für möglich, dass Ihr ältester Sohn nicht der Täter war. Möglicherweise nahm er die Schuld auf sich, weil er glaubte, dass er Sie«, Giulia blickte zu Madame Leroux, »damit vom Krebs heilen könne. Er gab sich selbst die Schuld an Ihrer Krankheit, weil er Geschlechtsverkehr mit Claudette Moreau gehabt hatte.« Giulia blickte zurück zu Jacques, der sich nicht wie sie auf das Gespräch hatte vorbereiten können. Sie fuhr fort: »Monsieur Leroux, es geht ja gar nicht mehr darum, den Mörder von damals zur Verantwortung zu ziehen. Der Fall ist längst verjährt. Es geht vielmehr darum, dass ich Jérôme nicht wegen eines falschen Schuldgeständnisses von damals in einem aktuelleren Fall zu Unrecht als Mörder verdächtigen möchte.«

Nun riss der alte Mann die Augen auf. »Er würde nie ein zweites Mal töten!« Er bekreuzigte sich.

»Warum sind Sie sich da so sicher? Sie selbst haben seine brutale Tat ja damals beobachtet und ihn dann der Polizei ausgeliefert.«

»Ausgeliefert? Sie wissen ja gar nicht, was Sie da sagen. Jérôme stand mir immer nahe. Aber ich hatte damals und heute recht: Er würde den Weg des Herrn irgendwann beschreiten. Seien Sie versichert, er muss nicht noch mal so ein Opfer erbringen.«

»Opfer. Dieses Wort kommt immer wieder vor. Ich habe große Mühe damit …« Giulia spürte, dass es zwecklos war, mit dem alten Herrn zu debattieren. Sie fuhr deshalb fort: »Aber Sie haben Ihren Jérôme nicht ein einziges Mal oben im Hospiz besucht. Wieso?«

»Sie verstehen einfach nicht, oder Mademoiselle? Der Grund liegt doch auf der Hand: Ich selbst musste damals auch ein schweres Opfer erbringen und erbringe es noch heute, um das Böse von Marie und der Senke fernzuhalten. Mein Opfer war grausam: Ich darf meinen Sohn in dieser Welt nie wieder sehen. Verstehen Sie denn nicht? Aber eines Tages sind wir im Himmelreich alle wieder vereint.«

Marie wirkte emotional aufgewühlt. »Ich durfte ihn oft sehen, bis vor zwei Jahren, doch mein Alter und die Gicht … Aber unser Jérôme ist auf dem guten Weg, das beruhigt mich.«

»Was ist mit seinem jüngeren Bruder Frederic?«

»Der hat sich aus dem Staub gemacht«, sagte Jacques in abschätzigem Tonfall. »Der lebt in Biel, schon lange, hat geheiratet, zwei Kinder. Aber er ist schwach im Glauben geblieben.« Die Enttäuschung in den Augen des Alten war unverkennbar.

Marie richtete sich ein wenig auf und legte ihre Hände auf den Tisch. »Ich liebe beide gleichermaßen. Die Wege des Herrn sind manchmal lange, denn er rechnet nicht in Menschenzeit. Doch er gibt die Seinen niemals auf, und die sind wir doch alle, auch Sie, Frau de Medici.«

»Wissen Sie, ob die beiden Brüder noch Kontakt haben?«

»Hin und wieder fährt Frederic zu Jérôme hoch, bleibt ein, zwei Nächte im Hospiz.«

»Wo war Frederic, als Claudette Moreau ums Leben kam?«

Diese Frage schienen die Leroux nicht erwartet zu haben. Sie blickten sich erstaunt an.

»Warum ist das wichtig?«, fragte Jacques.

»Sie sagen, Sie haben Ihren Sohn Jérôme dabei beobachtet, wie er Claudette getötet hat. In den Protokollen steht, dass Sie ihm zuvor nachgelaufen sind, als er noch vor Anbruch des Tages den Hof verlassen hatte. Wo war der jüngere Bruder zu diesem Zeitpunkt?«

»Der war bestimmt im Bett und schlief.«

»Die beiden schliefen damals in derselben Kammer, richtig?«

Er nickte.

»Der Holzboden knarzt hier ziemlich laut, wäre der Bruder da nicht wach geworden? Meine Vermutung ist die: Sie und Frederic sind gemeinsam zum Wald gegangen und haben Jérôme bewusstlos am Fuße des Kreuzes von Krankheit und Schuldgefühlen im wahrsten Sinne des Wortes am Boden liegend gefunden. Dann kam Claudette hinzu, die sich Sorgen um Jérôme gemacht hatte und hoffte, ihn am Kreuz anzutreffen. Da ist es zum Streit gekommen …«

»Ich glaube, ich höre nicht richtig«, wurde Giulia von Jacques unterbrochen.

»Ich zweifle bloß daran, dass Jérôme der Mörder war. Er war so geschwächt, hatte gemäß Protokoll hohes Fieber. So jemand ist doch nicht in der Lage, eine bestimmt fünfzig Kilo schwere Frau an ein Kreuz zu hängen.«

»Mademoiselle de Medici, Wunder gibt es.«

Wunder – jemanden aufzuhängen? Der spinnt, dachte Giulia, die ein Foto hinter der Eckbank erspäht hatte. Es zeigte zwei Jungs im Alter von wahrscheinlich fünfzehn Jahren. Sie legten einander wie beste Freunde die Arme um die Schultern.

»Das sind sicher Ihre beiden Jungs.« Giulia deutete auf das Bild. »Wer von den beiden ist Jérôme?«

Jacques ließ Giulia wissen, dass Frederic, obwohl zwei Jahre jünger, gleich groß und eher noch kräftiger war als sein Bruder Jérôme.

»Sie denken Frederic war's … so ist es doch?«, sagte Jacques.

»Oder Sie haben die Tat gemeinsam mit ihm begangen.« Giulia blickte ihn ohne Scheu an. »Und Ihr persönliches Opfer war es, Ihren Lieblingssohn der Polizei auszuliefern. So hatte jeder von euch dreien, ein ›Opfer‹, wie Sie dies nennen, erbracht: Frederic musste zum Mörder werden, Sie Ihren ältesten Sohn mit einer falschen Zeugenaussage ins Gefängnis schicken, und Jérôme musste als Unschuldiger diese Schuld auf sich nehmen. Von Schuldgefühlen zerfressen, nahm Jérôme diese Opferrolle von alleine an, erst recht nachdem es Ihnen, Madame Leroux, plötzlich auf wundersame Weise besser ging.«

»Mademoiselle de Medici«, sagte Jacques und erhob sich. Anhand seiner Bewegungen war sein Alter nun doch zu erkennen. »Verlassen Sie sofort unseren Hof!« Er deutete mit dem Zeigfinger zur Tür.

Giulia stand auf, nahm ihre Jacke von der Stuhllehne und richtete ihren Blick auf Marie. »Vielen Dank auch Ihnen, Madame, für das feine Essen und alles Gute. Es tut mir leid, alte Wunden aufgerissen zu haben. Niemand tut so etwas gerne.«

Und mit einem Blick zu Jacques sagte sie: »Welch seltsames Gleichgewicht, das Sie damals herzustellen versuchten. Lassen Sie mich Folgendes sagen: Wenn wir uns verbiegen müssen, um geliebt zu werden, ob von Gott oder einem Menschen, dann wird uns das nie glücklich machen. Wenn wir dafür sogar Verbrechen begehen, dann ist das blanker Irrsinn!«

Als Giulia wieder hinaus auf den Vorplatz trat, nieselte es aus der dichten Nebeldecke. Die Pferdestallungen schienen längst verlassen, nur einige Hühner staksten in einem verlotterten Gehege herum wie die Überbleibsel einer zerschlagenen Armee.

Giulias Blick blieb am Waldrand hängen, der hinter der Rückseite des Hauses am Ende einer ausgedehnten Weide lag. Der Nebel hüllte die Kronen des ansteigenden schwarzen Waldes ein. Den Protokollen zufolge musste dort hinten der Tatort gewesen sein.

Der Boden im Feld war weich, als Giulia zum Wald lief. Sie wollte den Ort mit eigenen Augen sehen, ihn spüren, alles in sich aufnehmen. Auch wenn es viele Jahre her war, so würde das hölzerne Kreuz möglicherweise noch immer stehen.

Der Wald war dichter als erwartet. Dunkle, nasse Stämme standen nah beieinander. Giulia wusste, dass damals irgendwo eine Lichtung gewesen sein musste. Sie blickte hoch zu den Baumkronen. Links über ihr glaubte sie eine Stelle mit verjüngtem Wald zu erkennen. Sie kämpfte sich entschlossen durchs Unterholz und Geäst und verkratzte sich dabei das Gesicht.

Der dichte Wald verschluckte das wenige Licht des düsteren Herbsttages, bis sie an eine lichtere Stelle kam, an der Jungbäume wuchsen. Mitten in dieser mystisch wirkenden Erhellung stand das große Kreuz. Es erhob sich kerzengerade, als wäre es eben erst aufgestellt worden. Das aus dickem Lärchenholz erbaute Kreuz war schwarz und teilweise von Moos bewachsen. Giulia hörte nur ihren eigenen Atem und das Tropfen aus den Bäumen. Es roch nach Laub, Erde und Moos. Hier also war das Verbrechen geschehen.

Was sie zu finden erhoffte, wusste sie nicht, aber sie versuchte sich besser in den damaligen Wahnsinn einzufühlen, stellte sich vor, wie der selbst ernannte Priestervater seine Familie immer wieder hierhergeschleppt hatte, seine seltsamen Predigten hielt. Ein solcher Ort konnte einen Menschen wahnsinnig machen und Kinder nachhaltig prägen. Traurig wurde Giulia beim Gedanken an das Opfer, die junge Claudette Moreau. Sie hatte Fotos von ihr gesehen, die ihr Nadia aufs Handy geschickt hatte. Diese Bilder tauchten nun wieder in ihr auf.

Bevor Giulia ging, fragte sie sich, was hier wirklich geschehen war und ob die Wahrheit eines Tages tatsächlich ans Licht kommen würde.

Eine halbe Stunde später kam Giulia klitschnass bei ihrem Wagen an. Ihre Schuhe waren dreckig von der aufgeweichten Erde. Sie öffnete die Heckklappe ihres Wagens und zog sich andere an. Die nasse Parka hängte sie im Wagen an einen im Handgriff integrierten Haken.

Sie warf einen letzten Blick auf den Hof; im Küchenfenster schimmerte schwach Licht, die Hühner hockten nun unter dem Vordach, Pferde sah sie noch immer keine. Dann fuhr sie los und drehte die Heizung hoch. Als würde sie das Dorf der Verdammten verlassen, fuhr sie durch Damvant und sah dieses Mal keinen einzigen Einwohner.

Als Giulia auf menschenleeren, regennassen Landstraßen durch die Senke fuhr, versuchte sie Nadia anzurufen, doch sie hatte keinen Handyempfang.

Erst eine halbe Stunde später funktionierte ihr Handy wieder. Sogleich erreichte sie ein Anruf von Nadia. Es tat gut, ihre warme Stimme zu hören, denn Giulia schien es, als wäre sie zuvor in einer anderen Welt gewesen, einer sehr dunklen. Monika war ebenfalls in der Leitung, als Nadia nach der Begrüßung verkündete:

»Wir haben die Frau!«

»Du meinst die Gesuchte im Mordfall Lederhosen-Django?«

»Genau. Die meine ich. Die ging heute Morgen einer Verkehrskontrolle in Chur ins Netz. Severina Pfister heißt sie.«

»Und? Polizeilich bekannt?«

»Nein. Sie wurde verhaftet und sitzt im Kommando in einer Zelle. Hat einen Anwalt verlangt. Der Haftrichter ist informiert. Sie muss nun verhört werden.«

»Und ich stecke hier irgendwo im Hinterland fest.«

»Die Frau läuft uns ja nicht weg.«

Giulia dachte kurz nach. »Ich wollte nun eigentlich in den Thurgau, nach Münsterlingen, um Ambrosius von Wertenstein zu vernehmen.«

»Der läuft uns erst recht nicht davon. Ich finde, es ist besser, zuerst diese Frau zu verhören. Was denkt ihr?«, sagte Monika. »Ihre Aussage, falls sie denn redet, wird uns mit großer Wahrscheinlichkeit weiterbringen.«

»Ja, du hast recht.«

Monika redete weiter: »Es ist jetzt Viertel vor zwei. Lasst mich nach Münsterlingen fahren. Ich kann hier nicht länger tatenlos rumsitzen und darauf warten, dass meine Mutter hin und wieder erwacht.«

»Wollte eben nach deiner Mamma fragen«, entgegnete Giulia. »Aber gut, wenn du das so möchtest, dann bin ich einverstanden. Ich drück mal aufs Gas und fahre schnellstmöglich nach Chur ins Kommando.«

Während Monika nach Münsterlingen fuhr, telefonierten die drei nochmals. Giulia rapportierte, was sie erlebt hatte und welchen Verdacht sie hegte. Sowohl Nadia als auch Monika schlossen diese Version des Tathergangs beim Mord in Damvant nicht aus. Außerdem waren sie sich alle einig: Wenn ideologischer oder religiöser Irrsinn Menschen leitete, war alles möglich, und es ließen sich in solchen Fällen kaum mehr logische Muster erkennen, weil es keine gab.

Um siebzehn Uhr zwanzig betrat Giulia das Kommando in Chur. Nadia war an ihrem freien Sonntag bereits vor Giulia in der Ringstrasse eingetroffen. Monika hingegen hatte kurz vor Münsterlingen kehrtmachen müssen, die Ärzte hatten sie wegen ihrer Mutter alarmiert.

Während Giulia mit Nadia in einem Nebenraum via Bildschirm die zu Vernehmende in Augenschein nahm, trank sie einen Becher heißen Kaffee. Nadia hatte Giulia bei der Begrüßung gefragt, ob sie mal in den Spiegel geblickt habe, diverse Kratzer zeichneten ihre rechte Wange. Nadia streckte ihr deshalb ein feuchtes Taschentuch hin und deckte die Kratzer mit etwas Schminke ab.

Giulia setzte sich im Vernehmungsraum alleine der Verhafteten und deren Anwältin gegenüber. Nadia blieb im Raum nebenan sitzen und nahm der Schwangerschaft wegen nur via Videoüberwachung an der Vernehmung teil, mittels Knopf im Ohr war Giulia mit ihr verbunden.

Die Verdächtige Severina Pfister war dreißigjährig und in Zürich Oerlikon gemeldet. Sie hatte braunes, schulterlanges Haar, eine markante Nase und eher schmale Lippen. Sie schien entspannt zu sein, hatte die Unterarme auf dem Tisch abgelegt.

»Sie wissen, warum Sie hier sind?«, fragte Giulia trocken, nachdem sie sich vorgestellt und beiden die Hand gereicht hatte.

»Nein, ich weiß nicht, was mir vorgeworfen wird, man hält sich ja bedeckt«, gab Pfister mit fester Stimme zur Antwort. Ihr Dialekt hörte sich nach Zürcher Oberland an.

»Dann frage ich erstmal so: Warum verfolgten Sie mich?«

»Wie bitte?«

Vor Giulia lag ein aufgeklapptes Notebook, daneben eine Aktenmappe. Daraus zog sie das ausgedruckte Foto der Radarfalle. »Sie sind mir am Donnerstagabend, bevor sie ins

Engadin fuhren, bis nach Hause gefolgt. Das Bild wurde kurz vor der Ausfahrt Chur Nord von meinen Kollegen aufgenommen.« Giulia sah, dass Pfister überrascht war.

»Dazu sage ich nichts.«

»Konkret werfen wir Ihnen einen Mord vor. Die Erschießung von Gerold Wachter, besser bekannt als Lederhosen-Django.«

»Das sind schwere und haltlose Vorwürfe gegenüber meiner Mandantin«, meldete sich nun die Anwältin zu Wort. Sie war ebenfalls eine Zürcherin, um die fünfzig mit grauen Strähnen im Haar und grünen Augen.

»Was taten Sie am fraglichen Abend im Engadin, im Val Roseg?« Giulia ignorierte die Anwältin, richtete ihre Frage direkt an die Beschuldigte.

»Kein Kommentar«, sagte die Anwältin.

»Dazu haben Sie auch allen Grund.« Giulia wandte ihren Blick erst jetzt der Anwältin zu. »Ihre Mandantin wurde zur Tatzeit am Tatort gefilmt, mit einer Waffe in der Hand, die sie übrigens auch heute bei der Verhaftung bei sich trug.«

»Sie besitzt einen Waffenschein und war privat im Engadin«, sagte die Anwältin.

»Diese Aufnahmen, von denen ich rede, sprechen für sich. Es ist bereits Untersuchungshaft angeordnet worden.« Giulia drehte das Notebook um und spielte den beiden die Videosequenz der Wildkamera vor.

Erneut sah sie Erstaunen im Gesicht von Severina Pfister, die schwieg.

»Da Sie beide die Aussage verweigern und die Bilder ohnehin Klartext sprechen, breche ich das Verhör nun ab, damit Frau Pfister in Haft überführt werden kann. Wir reden in den nächsten Tagen weiter.« Giulia packte ihre Sachen auf dem Schreibtisch zusammen.

»Er war schon tot, als ich bei seinem Haus ankam«, antwortete die Verdächtigte überraschend schnell.

»Gut. Fangen wir also ganz von vorne an.« Giulia setzte sich wieder hin. »Wer Sie sind, wissen wir, aber was machen Sie hier in Graubünden, und warum verfolgten Sie mich?«

Pfister blickte zu ihrer Anwältin, diese nickte. »Ich arbeite für die von Wertensteins.« Pfisters Stimme blieb unverändert.

Nun war es Giulia, die ihr Erstaunen verbergen musste. An ihrer Mimik bei Verhören hatte sie lange mit einer Psychologin gearbeitet, sie war schließlich auch nur ein Mensch, konnte nicht jede Regung verhindern. Doch dieses Mal gelang es ihr ganz gut.

»Ich bin Privatdetektivin bei der renommierten Agentur Hinz und Kunz in Zürich. Mein Auftrag war es, die neuen Ermittlungen im Fall Aletheia zu überwachen und parallel eigene voranzutreiben, damit endlich Klarheit in den tragischen Fall von damals kommt. So bin ich Ihnen auf der Spur geblieben, zumindest habe ich es versucht.«

»Okay, das lässt sich überprüfen. Was geschah im Engadin?«

»Noch bevor im *Blick* vom Leichenfund berichtet wurde, haben wir von der Detektei bereits Nachforschungen über diesen Lederhosen-Django angestellt, denn auch wir haben gute Kontakte ins Bündnerland.«

Giulia wusste: Irgendjemand redete immer, selbst Ermittlungsbehörden.

»Wir erfuhren schnell, dass der Kerl mit bürgerlichem Namen Gerold Wachter heißt. Und jetzt kommt's: Ich bat die Finanzabteilung der von Wertensteins, das Archiv nach diesem Namen zu durchforsten. Der Name tauchte darin gleich mehrere Male auf. Die von Wertensteins hatten ihm mehrmals Geld überwiesen.«

»Wissen Sie, wann und wofür?«

»Der Mann war damals, noch vor Aletheias Verschwinden, mehrmals als Bergführer vom Butler Mattieu Rochate gebucht worden. Aletheia und Mattieu wurden von Lederhosen-Django öfters durch die Engadiner Berge geführt, im Winter ebenso wie im Sommer.«

»Das heißt also, die drei kannten sich bestens.« Das war für Giulia natürlich eine ausgesprochen interessante Information. Das zeichnete eine neue Verbindungslinie, die möglicherweise alles entscheidende.

»Als ich das in Erfahrung bringen konnte, fuhr ich sofort ins Engadin hoch«, erzählte Pfister weiter.

»Warum so spätabends? So eilig war es nun doch auch wieder nicht, oder?«

»Da haben Sie recht. Eigentlich wollte ich erst am nächsten Morgen mit dem Observieren beginnen; mich dabei als Touristin ausgeben, mich für eine Tour anmelden, ihm dabei auf den Zahn fühlen. Am Abend meiner Ankunft, nachdem ich Ihnen, wie Sie wissen, bis Chur gefolgt war, wollte ich nachsehen, wo dessen Blockhaus steht. Das geht am unauffälligsten bei Nacht. Doch zu meinem Schrecken lag der Mann erschossen vor seiner Hütte. Ich zog sofort meine Waffe, wusste ja nicht ob der Täter noch in der Nähe war, trat den Rückzug an, so wie auf dem Film festgehalten.« Pfister blickte Giulia einen kurzen Moment vielsagend an. »Das ist noch nicht alles. Auf dem Rückweg habe ich wahrscheinlich die Täterin gesehen!«

»Wie das?«

»In meinem Wagen habe ich eine Dashcam an der Front- und der Heckscheibe montiert, für Observationen oder Verfolgungen. Als ich nach dem grausigen Fund ungefähr einen halben Kilometer Richtung Pontresina gefahren war, sah ich eine Frau am linken Straßenrand gehen, die ebenfalls in Richtung Pontresina unterwegs war. Mitten in der Nacht und ganz allein.«

»Aber die Frau ist nicht auf den Aufnahmen der Wildkamera. Wie erklären Sie sich das?«

»Sie muss seitlich aus dem Wald auf die Straße gelaufen sein. Ich habe in meiner Unterkunft in Pontresina natürlich sofort die Aufnahmen meiner Dashcam kontrolliert, um zu sehen, ob sie an meinem geparkten Auto vorbeikam. Ich hatte meinen Wagen mit Standlicht beim Abzweiger zum Blockhaus am Straßenrand abgestellt. Auf dem Video war aber niemand zu sehen. Sie muss durch den Wald gelaufen sein, was bei so einer Tat auch Sinn macht. Ob es tatsächlich die Täterin ist, kann ich nicht mit Sicherheit sagen, aber Zeit und Örtlichkeit weisen darauf hin.«

»Wo sind diese Aufnahmen?«

»Auf einem sicheren Server abgelegt. Sie können sie jederzeit abrufen. Auch hier und jetzt, wenn Sie wollen.« Sie nannte Giulia die Webadresse und das Login.

Severina Pfister hatte nicht gelogen, und sie war zudem clever gewesen. Als sie die Frau im Wald mit ihrem Wagen überholt hatte, fuhr sie langsamer und trat, kurz nachdem sie die Frau passiert hatte, auf die Bremse. Auf der Dashcam der Heckscheibe wurde dank des kurz aufleuchtenden Bremslichts das Gesicht der Frau gut sichtbar eingefangen.

»Und, schon rausgefunden, wer das ist?«, fragte Giulia nach.

»Ja, kurz bevor ihr mich verhaftet habt«, sagte die junge Frau mit einem Anflug von Stolz im Gesicht. Pfister richtete sich mit einem Lächeln auf. »Es handelt sich um eine gewisse Nora Pechstein, die frühere Partnerin von Ambrosius von Wertenstein. Das bestätigte mir das Ehepaar von Wertenstein, als ich ihnen die Aufnahmen zeigte. Ihr Sohn Ambrosius war mit dieser Nora nur kurz zusammen gewesen – interessanterweise genau in dem Jahr, in dem seine Schwester Aletheia verschwand. Wenn das kein Zufall ist.«

Giulias Gedanken überschlugen sich. Plötzlich war sie sich sicher, den Fall lösen zu können.

»Ein einfaches ›Danke‹ reicht«, sagte Pfister überheblich, als Giulia schweigend versuchte, ihre Gedanken zu ordnen.

»Wir sind noch nicht fertig. Ich frage mich, warum diese Pechstein jetzt, nach so vielen Jahren, diesen Lederhosen-Django erschießen sollte.«

»Das weiß ich auch nicht. Ich weiß nur, dass ich ihn nicht erschossen habe. Wie Sie auf den Aufnahmen sehen, trage ich eine ganz normale Glock. Hätte ich mit der geschossen, hätte das mit Sicherheit jemand gehört. Die Täterin muss einen Schalldämpfer benutzt haben.«

»Haben Sie sonst noch was rausgefunden?«

»Reicht das nicht?« Pfister lächelte schelmisch.

»Gut, dann sind wir von meiner Seite her durch. Sie haben gute Arbeit geleistet, die uns bestimmt weiterhilft. Ob die Spurensicherung sich noch mit Ihnen beschäftigen muss, kläre ich gleich ab. Ihre Waffe ist auf jeden Fall bereits in der Ballistik. Noch Fragen?« Giulia nickte den beiden zu und verließ den Raum.

Giulia trat in den Überwachungsraum nebenan. Während sie mit Severina Pfister im Vernehmungsraum gewesen war, hatte Nadia in den Datenbanken nach Nora Pechstein gesucht und war fündig geworden: Sie wohnte im dreißig Minuten entfernten Walenstadt im Kanton St. Gallen, hatte einen eingetragenen Waffenschein und war Mitglied in einem Schützenverein. Sie mussten also vorsichtig sein.

Es war stockdunkel, als Giulia eine Stunde später, um neunzehn Uhr fünfzehn, an diesem Sonntagabend im dritten Stock eines Mietshauses an der Tür klingelte. Das Haus stand unweit von der Stelle, an der sie vor ein paar Tagen am See von den drei Männern angesprochen worden war.

Giulia sah, wie sich das Guckloch kurz verdunkelte. Wer auch immer durchschaute, konnte nur sie sehen, nicht aber die zwei Beamten der Sankt Galler Kantonspolizei, die sie als Verstärkung mitgebracht hatte. Auch wenn sie unter ihrer Parka eine schusssichere Weste trug, war sie angespannt. Es wäre nicht das erste Mal, dass durch eine geschlossene Tür direkt auf einen Beamten geschossen würde.

Pechstein öffnete, und in diesem Moment traten die beiden Beamten heran. Pechstein wirkte wenig überrascht. Fragte nicht einmal nach dem Grund, was Giulia bereits als halbes Geständnis interpretierte. Aber noch hatten sie außer Pfisters Aussage und deren Verdacht rein gar nichts gegen die Frau in der Hand.

Pechstein wurde nach Chur überführt und saß wenig später im gleichen Vernehmungsraum wie zuvor die Zürcher Detektivin Severina Pfister. Zur gleichen Zeit wurde Pechsteins Wohnung und ihr Wagen von Beamten unter die Lupe genommen.

Als die Zweiundfünfzigjährige kurz nach zwanzig Uhr mit der Tatsache konfrontiert wurde, dass sie am Donnerstagabend mitten in der Nacht in der Nähe des Tatortes gesehen worden war, stellte sich Giulia auf ein anstrengendes Verhör ein. Auf einen Anwalt hatte die Frau verzichtet. Pechstein zündete sich eine Zigarette an. Giulia schob ihr einen Aschenbecher zu und sagte: »Wir können die lange, harte Tour machen, mit vielen Vernehmungen, Indizien, Zeugenaussagen, Untersuchungshaft und nochmals Verhöre, oder Sie entlasten Ihr Gewissen, erklären mir die Umstände, und es können möglicherweise mildernde Umstände geltend gemacht werden. Auf jeden Fall wird sich ein Geständnis auf das Urteil auswirken.«

Pechstein blies Rauch in die Luft. »Sie brauchen sich keine Mühe zu machen. Der Kerl hatte es verdient und ja, ich habe geschossen, und ja, er sollte dabei umkommen. Lieber aber hätte ich den Sauhund leiden gesehen.«

»Was waren Ihre Beweggründe, dass Sie Gerold Wachter erschossen haben?« Giulia spürte einen Anflug von Erleichterung aufkommen, dieser Fall schien sich sogleich aufzuklären.

»Er ist schuld am Tod von Mattieu Rochate. Ich nehme an, Sie wissen, wer das war.«

»Ja, das weiß ich. Wieso soll er schuld daran sein?«

»Um das zu verstehen, muss ich ganz vorne anfangen, denn der Tod von Aletheia war nichts anderes als ein schreckliches Unglück, eine schlimme, grausame Verkettung unglücklicher Umstände …«

»Ich habe alle Zeit der Welt, und Kaffee haben wir auch.«

»Nachdem Aletheia im Juli 1995 auf Pilgerreise gegangen war, ich war damals mit ihrem Bruder Ambro zusammen, vergingen mehrere Wochen, in denen niemand etwas von ihr hörte. Eines Tages kam Mattieu zu mir, wollte mit mir ein ernstes Gespräch führen. Er sagte, er habe mich dazu ausgesucht, weil ich nicht zur Familie gehöre, genauso wie er, aber unkonventionell helfen könne.«

»Worum ging's?« Giulia wusste, dass die Vernehmung per Video aufgezeichnet wurde.

»Er wusste, wo Aletheia war. Sie hatte ihn eines Tages angerufen, nachdem sie seit einigen Wochen im Hospiz Grosser Sankt Bernhard lebte. Sie hatte ihm aber auch gesagt, dass er es niemandem erzählen dürfe.«

»Ich nehme an, daran hat er sich gehalten?«, fragte Giulia dazwischen.

»Außer in meinem Fall – ja, natürlich! Aletheia war ja sein Ein und Alles.«

»Warum aber hat er es Ihnen erzählt?«

Pechstein nahm einen langen, hörbaren Atemzug. »Aus purer Verzweiflung. Bevor er zu mir kam, ging er sie an seinem freien Tag besuchen. Sie schwärmte vom Ort, sagte ihm, dass sie für immer dort oben bleiben werde, sogar in den Orden eintreten wolle. Er hatte den Eindruck, sie habe eine Gehirnwäsche erhalten. Deshalb besuchte er sie zwei Wochen später nochmals, doch sie war felsenfest von ihrem Vorhaben überzeugt.«

»Was hat das bei ihm ausgelöst?« Giulia trank vom Kaffee, Pechstein hob ebenfalls den Becher an die Lippen.

»Frau de Medici, Sie müssen wissen, dass sie sein Lebensinhalt gewesen war. Er wollte sie nicht verlieren – nicht auf diese Art. Deshalb redete er mit mir, bat mich um Rat. Ich sagte ihm, dass wir sie nur ein paar Tage aus diesem Hospiz rausholen müssten, dann komme sie schon wieder zu Sinnen. Damals war ich mit Ambro öfters auf LSD-Trips, ein solcher Trip würde Aletheia sicher helfen, vom Hospiz loszukommen, schlug ich Mattieu vor. So schmiedeten nur er und ich einen Plan und bereiteten damit nichts ahnend den Anfang vom schrecklichen Ende vor.« Sie trank den Becher Kaffee fast leer, dabei wirkte sie sehr gefasst, wie jemand, der schon Jahre lang über etwas nachgedacht hatte und wusste, dass nichts mehr zu ändern war. Giulia versuchte, den Redefluss nicht unnötig zu unterbrechen, stellte daher keine Zwischenfragen wie im Kreuzverhör.

»So fuhren wir mit einem Transporter auf den Grossen Sankt Bernhard. Wir wussten, dass sie freiwillig niemals mitkommen würde. Also lockte Mattieu sie gegen Abend zum Wagen, machte sie mit Chloroform gefügig und legte sie in den Laderaum, den wir eigens dafür hergerichtet hatten. Zeitgleich schlich ich in ihre Kammer und holte das Wenige von ihr, damit man annehmen würde, sie sei einfach auf und davon.« Pechstein zündete sich die nächste Zigarette an und dachte einen Moment lang nach, während sie zuschaute, wie sich der Rauch an der Zigarettenspitze kräuselte. »Unser Ziel war ein Ferienhaus in Pontresina, eines, das den von Wertensteins gehörte. Dort wollten wir Aletheia zur Vernunft bringen.« Pechstein inhalierte den Rauch tief ein, in Gedanken schien sie weit fort zu sein. »Doch auf dem Weg ins Engadin passierte es. Ich hatte Aletheia unterwegs eine Beruhigungsspritze verabreicht, um sie ruhig zu halten. Eine starke, damit sie keinen Rabatz machte. Doch plötzlich hörte sie auf zu atmen und starb innert Minuten. Womöglich aufgrund einer verstärkten Wirkung mit dem Chloroform zusammen ... Ich weiß es nicht. Das war ein Schock für mich, aber vor allem für Mattieu. Sie hätten ihn sehen sollen!«

»Haben Sie keine Hilfe angefordert?«

»Es war ja stockdunkle Nacht, als wir den Julier erreicht hatten. Es geschah auf der Passhöhe. Wir waren ja bewusst erst spät an dem Tag auf den Grossen Sankt Bernhard gefahren. Aletheia war mit Mattieu nur zum Wagen gegangen, weil sie glaubte, er wurde nun alleine heimfahren. Sie wollte sich dort von ihm verabschieden.«

Auf der Passhöhe des Juliers also, dachte Giulia bestürzt. Ausgerechnet an der Stelle, an der sie, nachdem sie erfahren hatte, dass Erkki sie betrogen hatte und Lederhosen-Django erschossen worden war, auf dem Weg nach Pontresina mitten in der Nacht einen Halt gemacht hatte und die Bergflanke hochgelaufen war. Dort also war Aletheia gestorben. Wie traurig und seltsam zugleich.

»Und außerdem, da war nichts mehr zu machen. Das ging so schnell. Dazu kam, dass Mattieus Mobiltelefon, eines dieser Natel C damals, keinen Empfang hatte.«

»Und wie ging's weiter?«

»Wir entschlossen uns, nach Pontresina weiterzufahren und zu überlegen, was wir tun können. Auf der Fahrt dahin wurde uns bewusst, dass wir nicht einfach so mit der Wahrheit rausrücken konnten. Die von Wertensteins hätten uns zu Recht fertiggemacht.«

»Daher wählten Sie einen anderen Weg. Ich nehme an, hier kommt der Lederhosen-Django ins Spiel?«

»Leider ja, und doch brauchten wir ihn. Wir konnten Aletheia ja nicht wie ein totes Tier irgendwo verscharren. So fuhren wir zu seiner Blockhütte und holten den Kerl noch in jener Nacht mit ins Boot. Mattieu hatte ihn richtig eingeschätzt. Für zehntausend Franken war der Kerl bereit, Aletheia auf anständige Art und Weise verschwinden zu lassen. Mattieu bestand darauf, dass es etwas Ehrbares sein müsse, eine Art Beerdigung, und zwar sofort. In ihren Sachen fand ich das rote Kleid, das war ihr sehr wichtig gewesen, also zog ich es ihr an.«

»Wieso war ihr das Kleid so wichtig?«

»Weil sie sich in diesem Kleid an ihrem neunzehnten Geburtstag dazu entschieden hatte, ein Jahr später auf Pilgerreise zu gehen, sich von der Familie loszulösen.«

»Bedeutet das, Sie haben Aletheia umgezogen und noch in der gleichen Nacht auf den Gletscher gebracht?«

»Ja, und das ›passte‹ sozusagen, denn der Gletscher war einer ihrer Lieblingsplätze gewesen. Dazu kam, dass Aletheia kurz vor ihrer Pilgerreise zu Ambro gesagt hatte, sie wolle irgendwann barfuß in einem roten Kleid auf einem Gletscher abgelichtet werden. Auch deshalb hat sie das Kleid wohl mitgenommen. Sie liebte die Berge, das müssen Sie wissen. Und so trugen dieser Lederhosen-Django und Mattieu Aletheia noch in der gleichen Nacht auf den Gletscher. Ich wartete im Transporter beim Gasthof Roseggletscher.«

Darum das Gemälde im Atelier von Ambrosius, schoss es Giulia durch den Kopf. Er hatte ihren Traum verewigt, ohne zu wissen, dass es mit ihrem Tod zusammenhing, oder wusste sie noch nicht alles? »Nur zu zweit, das muss ja ein Riesenkrampf gewesen sein«, antwortete Giulia auf das eben Vernommene.

»Schuhe und berggerechte Kleidung bekam Mattieu von dem Kerl zuvor ausgeliehen. Sie hatten Aletheia, nachdem ich sie umgezogen hatte, in eine Decke gerollt und sie, indem sie sich die junge Frau abwechselnd über die Schulter legten, hochgetragen. Sie wog ja nur fünfzig Kilo. Aber die beiden brauchten alles in allem bis zum Morgen, und ich weiß noch genau, dass die beiden danach ziemlich kaputt waren.«

»Wo haben sie die Leiche oben abgelegt?«

»Das weiß ich nicht, sie sagten, sie hätten Aletheia in eine Gletscherspalte abtauchen lassen, ein Hinübergleiten in die Welt aus Eis sei es gewesen.«

Das konnte alles stimmen, dachte Giulia. Denn dieser Lederhosen-Django war sehr kräftig und damals erst Mitte dreißig, und der fünfzigjährige Mattieu wirkte auf den Fotos aus jener Zeit ebenfalls stark und schien über eine hervorragende Kondition zu verfügen. Er war ja oft in den Bergen unterwegs gewesen.

»Aber warum haben Sie den Lederhosen-Django nach all den Jahren nun erschossen? Warum nicht früher?«

»Weil er Mattieu damals erpresst hatte, immer noch mehr Geld verlangt hatte. Mattieu wurde die Schuldgefühle nicht los, darum hat er sich das Leben genommen.

So stand es in seinem Brief, den er mir geschrieben hatte und in dem er mich eindringlich darum bat, dass ich weiterhin schweigen soll. Niemand dürfe jemals erfahren, was passiert war, welche Schuld auf ihm und mir lastet.«

»Was hat sich nun geändert?«

»Nachdem die Leiche von Aletheia zum Vorschein kam, dieser Lederhosen-Django schickte die Fotos davon ja nicht umsonst dem *Blick*, drohte er mir, die ganze Geschichte auffliegen zu lassen. Das gäbe eine große Story, die viel Geld einbringen würde. Wenn ich das nicht wolle, dann müsse ich ihm eine entsprechende Entschädigung überweisen. Kurzum: Er wollte zwanzigtausend Franken von mir. Für Beihilfe, eine Leiche verschwinden zu lassen, könne er nach so vielen Jahren sowieso nicht mehr belangt werden, das sei längst verjährt. Und deshalb könne er auch einfach alles wahrheitsgetreu den Medien berichten. Dass alles ans Licht kommen würde, war ihm scheißegal, aber mir nicht!«

»Wie hat er Sie gefunden?«

»Na, wie wohl? Wie haben Sie mich denn gefunden? Meine Telefonnummer und Adresse stehen auf tel.search.ch. Als er mich mit unterdrückter Nummer anrief, da kam in mir alles wieder hoch, auch die Wut von damals, seine Drohung gegenüber dem Butler, den von Wertensteins alles zu berichten, wegen der sich Mattieu, derart in die Enge getrieben, letztlich erhängte.« Sie zündete sich mit zitternden Fingern eine neue Zigarette an und blies den ersten Zug zur Decke. »Wissen Sie, Mattieu und ich, wir waren in eine Scheißlage geraten, wir brauchten Hilfe … Aber dieser Kerl ist ekelhaft, er wollte den tragischen Tod, für den ich mich heute noch schuldig fühle, nun auch noch medial ausschlachten, um ein weiteres Mal monetär davon zu profitieren. Genau deshalb habe ich ihn bei der vereinbarten ›Geldübergabe‹ erschossen.«

»Wie Sie zur Waffe kamen, wissen wir: Sie haben einen gültigen Waffenschein. Sie sind noch immer aktive Schützin im Verein Stadtschützen Walenstadt, wie meine Kollegin im Backoffice herausfand.«

»Genau – im Pistolenschießen gehöre ich schweizweit zu den Besten.«

»Und die von Wertensteins, die wussten tatsächlich von alledem nichts?«

»Nichts, aber das sind eiskalte Leute. So, wie die mit Aletheia und später auch mit Ambro umgegangen sind, gehörten eigentlich auch sie auf eine Anklagebank. Klar, Ambro hat es damals mit dem LSD zu gut gemeint, er verfiel in Backflashs, eines kam zum anderen. Und was taten seine Eltern? Sie sperrten ihn lange weg, unter anderem übrigens auch in die Privatklinik Piz Glüschaint über dem Silsersee im Engadin.«

»Eine Privatklinik?«

»Eher eine große Villa. Ich habe Ambro vor einigen Jahren getroffen, wir sehen uns immer mal wieder, da hat er mir davon erzählt. Aber zugegeben, er war auch etwas schief im Wind unterwegs.«

Via Knopf im Ohr meldete sich Nadia: »Giulia, ich rufe Monika an und gebe ihr den Sachverhalt durch, denn ihrer Mutter geht es zunehmend schlechter, wie wir ja wissen … Okay, ich will keine Zeit verlieren.«

Giulia nickte und klickte auf ihrem Notebook herum, bis sie die gesuchte Videoaufnahme gefunden hatte: »Können Sie mir sagen, wer das ist?«

Pechstein beugte sich über den Bildschirm. »Ja, das ist zweifelsfrei Ambro. Ich erkenne ihn an seinem Gang«, sagte sie zu den Aufnahmen, welche die Webcam des

Gasthofs Roseggletscher am Montagvormittag des Mordtages aufgezeichnet hatte.«

»Sind Sie sich absolut sicher?«

»Frau de Medici, hundertprozentig!«

Giulia wunderte sich, denn somit hatten die von Wertensteins gelogen. Ihr Sohn war zu dem Zeitpunkt nicht in einer Klinik am Bodensee, sondern im Engadin gewesen. Wieso hatten sie dies zu vertuschen versucht? Und was hatte Ambrosius am Mordtag im Val Roseg gesucht? War er irgendwie in den Mordfall der Chamanna Coaz verwickelt?

»Noch eine Frage. Können Sie sich einen Zusammenhang zwischen dem Lederhosen-Django und den Morden in der Chamanna Coaz vorstellen? Ich nehme an, Sie haben durch die Medien von den beiden Morden gehört?«

»Ja, das habe ich, aber ich kann dazu nichts sagen. Außerdem habe ich alles gesagt, was meinen Fall betrifft. Aber dieser Lederhosen-Django hat mir vor seinem Tod noch etwas gebeichtet, das Ihnen im Zusammenhang mit dem Fall in der Berghütte vielleicht nützlich sein wird.«

»Ich bin ganz Ohr.«

»Aber das gibt's nicht umsonst. Ich sage es Ihnen nur, wenn Sie es im Prozess gegen mich zu meinen Gunsten erwähnen. So, wie auch das soeben abgelegte Geständnis.«

»Wenn es der Rede wert ist, werde ich dies selbstverständlich tun«, sagte Giulia trocken.

»Okay, ich vertraue Ihnen. Als ich den Kerl mit der Waffe im Anschlag stellte und ihm sagte, die Zeit der Abrechnung sei gekommen, erkannte er mich nicht wieder, und das obwohl er mich wegen der Geldübergabe erwartet hatte. Vor dem Eingang zur Hütte brannte nur ein kleines Licht, außerdem bin ich nicht mehr wie vor siebenundzwanzig Jahren rank und schlank, und ich trage auch keine langen schwarzen Haare mehr. So glaubte er im ersten Moment, meine Drohung habe mit den beiden Morden in der Hütte zu tun. Er jammerte, er sei nicht der Mörder, er sei erst nach der Tat in der Hütte gewesen und habe die Toten gefunden. Aus Angst sei er sofort auf und davon gegangen. Weil er danach Blut an seinen Schuhen kleben sah, sei er sich sicher gewesen, schnell in Verdacht zu geraten.«

»Das hat er Ihnen also gesagt?«

»Ja, und dabei hatte er die Hosen gestrichen voll. Der hatte die Wahrheit gesagt, glauben Sie mir. Auch wenn ich ihm die Morde gerne zuschieben würde – das wäre nicht richtig.«

Also war meine Vermutung doch richtig, der Typ war nach dem Mord in der Hütte gewesen, dachte Giulia und sagte abschließend: »Ich werde zu meinem Wort stehen. Ihr Hinweis hilft uns in der Ermittlung tatsächlich weiter.«

Die Vernehmung hatte nur dreißig Minuten gedauert. Danach verließ Giulia den Raum. Das Rätsel um das Verschwinden und den Tod Aletheias war somit geklärt. Endlich konnte sie den von Wertensteins die Wahrheit sagen und die alte Staatsanwältin Erika Genelin aufklären. Wobei Giulia bei den Eltern von Aletheia noch nachhaken wollte, warum sie über den Aufenthaltsort von Ambrosius gelogen und ihr seinen Aufenthalt in der Privatklinik Piz Glüschaint verheimlicht hatten.

Als Giulia in den Nebenraum trat, saßen nur noch Nadia und die zwei neuen Ermittlerinnen im Raum, die auch bei der Vernehmung von Severina Pfister zugegen gewesen waren.

Nadia hielt einen Moment lang den Kopf schief. »Giulia, ich habe sofort Monika angerufen, doch es war leider zu spät. Ihre Mutter ist vor einer halben Stunde gestorben. Hartmann ist bereits auf dem Weg zu Monika.«

»Shit!«, entfuhr es Giulia. »Aber wenigstens hat Monika eine gute Entscheidung getroffen und ist auf dem Weg in die Klinik nach Münsterlingen umgekehrt, sodass sie noch bei ihrer Mutter sein konnte.«

»Ja, immerhin.«

»Aber Scheiße, direkt vor der Ziellinie.« Giulia tat es für Monika sehr leid.

»Komm Giulia. Machen wir Schluss für heute. Okay?«

Giulia nickte. »Aber erst muss ich die von Wertensteins anrufen, vielleicht erreiche ich sie. Als Erstes möchte ich sie über die Aufklärung des Falles informieren. Ihnen auf den Zahn fühlen und sie fragen, warum sie nicht zugegeben hatten, dass Ambrosius am Montag, dem Mordtag, im Tal gewesen ist, werde ich erst morgen.«

Theodore von Wertenstein nahm das Telefon ab. Giulia erklärte ihm, was sie soeben herausgefunden hatte, erzählte von dem tragischen Unglück und davon, wie alles abgelaufen war. Theodore von Wertenstein sagte nicht viel dazu. Sie hörte ihn nur zwei Mal tief Luft holen, als fiele eine Last von ihm ab. Zuletzt dankte er Giulia in leisen Worten, auch im Namen seiner Frau.

Müde packte Giulia ihre Sachen und fuhr nach Hause.

In Gedanken versunken leerte sie ihren Briefkasten. Dabei fiel ihr ein Briefumschlag sofort auf. Er war nur mit ihrem Vornamen beschriftet, die Handschrift war von Erkki.

Oben in der Wohnung angekommen schubste sie mit dem Absatz die Tür ins Schloss. In der Küche blickte sie einen Moment lang nochmals auf den Briefumschlag, dann warf sie ihn ungeöffnet in den Abfall. Erkkis Erklärungen brauchte sie nicht, ohne würde sie sich schneller wieder besser fühlen. Was mit Arkon geschehen würde, ihrem gemeinsamen Hund, musste sich Giulia noch überlegen. Arkon war nun mal auch Erkkis Hund, und er hatte sich mehr Zeit für das Tier genommen als sie, das musste sie zugeben.

Im Kommando hatte sie tagsüber nur ein Sandwich verdrückt, das ihr Nadia gebracht hatte. Nun naschte sie noch etwas Süßes, ehe sie duschte und sich nach diesem langen Tag endlich ins Bett fallen ließ. Morgen würde sie den Souvenirhändler Pfammatter darüber informieren, was mit seiner großen Liebe von damals geschehen war.

20

Am nächsten Tag, es war Montagmorgen, eine Woche war seit den Mordfällen in der Chamanna Coaz vergangen, fuhr Giulia bereits um acht Uhr nach Münsterlingen.

Unterwegs hatte sie nochmals versucht, die von Wertensteins zu erreichen. Ihr Sekretariat ließ verlauten, dass die Eheleute sich baldmöglichst melden würden. Und das taten sie auch.

Theodore von Wertenstein rief zurück, dankte Giulia wie bereits am Abend zuvor nochmals für die Aufklärung des Falles. Ihr Ärger wegen des öffentlichen Zeugenaufrufes vor der *Tagesschau* schien verflogen zu sein. Sie befänden sich in Oslo, sagte er, und er sei in Eile, was Giulia recht war, denn sie redete sowieso nicht gerne um den heißen Brei herum.

»Herr von Wertenstein, ich bin erleichtert, dass wir den Fall um das Verschwinden Ihrer Tochter Aletheia gestern aufklären konnten. Doch eine Sache ist mir noch unklar: Ihr Sohn Ambrosius war genau vor einer Woche im Engadin in einer Privatklinik. Er war sogar im Val Roseg unterwegs, zur Tatzeit. Wieso haben Sie behauptet, er sei zu jener Zeit in der Klinik in Münsterlingen gewesen?«

»Ganz einfach. Weil er immer mal wieder ausbüxt. Während seiner Psychosen sucht er jeweils die Nähe zur Natur. Grundsätzlich ist er dabei jeweils sehr friedlich unterwegs, obwohl er manchmal wie im Blutrausch Leute bedroht.

Doch er tut ihnen nichts. Dennoch müssen wir solche Begegnungen verhindern. Am vergangenen Montag gab's einen Fehler im Schließsystem – und weg war er.«

»Und da die Morde an dem Tag geschahen, wollten Sie es vertuschen?«

»Wie Sie mittlerweile ja wissen, ist uns unser Name von Wertenstein heilig. Und das soll auch so bleiben. Wissen Sie, nachdem Ambrosius' Schwester verschwunden war, veränderte er sich, er wurde zusehends ›gestörter‹, wenn ich es so nennen darf – er brauchte psychiatrische Hilfe.«

»Aber an dem Montag, als er ins Val Roseg ging, da kam er nicht über den gleichen Weg zurück nach Pontresina, auf dem er hingekommen ist. Was war da los?«

»Ambrosius nimmt seit Jahren immer wieder den gleichen Weg, als würde er unterwegs seine Schwester finden wollen. Er steigt durch das Val Roseg zur Fuorcla Surlej hoch und bleibt dort am See sitzen, mit Blick auf das Val Roseg, die Gletscher und die Berninagruppe. Das ist übrigens auch das Bildmotiv, das er am häufigsten malt! Am letzten Montag wurde er am frühen Nachmittag ein weiteres Mal dort oben vom Pflegepersonal abgeholt. Mit der Seilbahn ging's hinunter, bevor diese wegen des Sturmes den Betrieb einstellen musste. Wir brachten ihn am Abend nach Münsterlingen.«

»Und diesen Weg schaffte er mit der Kleidung, die er getragen hat? Er trug ja nur ein Sakko und irgendwelche weißen Basketballschuhe.«

»Sie sollten doch am besten wissen, welche Kräfte ein unbedingter Wille freisetzt.«

»Wie meinen Sie das?«

»Ich meine damit: Auch Sie werden doch von einer unbändigen Kraft angetrieben, das zu tun, wozu Sie berufen sind. Das spürt man sofort, wenn man Ihnen gegenübersitzt. Auch Sie haben gewissermaßen krankhafte Züge an sich.«

Giulia spürte, dass das kein Kompliment war, und sagte: »Ich möchte noch heute Ihren Sohn dazu befragen, ich bin bereits auf dem Weg in den Thurgau.«

Theodore von Wertenstein hatte nichts dagegen. Bevor Giulia sich bedankte, teilte sie ihm den Hinschied der früheren Staatsanwältin mit, damit er wusste, wieso gestern niemand seinen Sohn aufgesucht hatte.

Um zehn Uhr erreichte Giulia in Münsterlingen die alte Villa, die einer privaten Klinikgruppe angehörte. Es war sofort zu spüren, dass hier nur die oberen Zehntausend sich oder ihre Angehörigen behandeln ließen. Der Sturm war vorüber, der Nebel über dem See offenbarte Lücken, sodass das Sonnenlicht diesen dank der Spiegelung im Wasser geheimnisvoll weiß leuchten ließ. Seevögel kreisten schreiend über dem ruhigen Schilf, es roch nach Herbst und nach See.

Giulia traf Ambrosius in einem Raum mit getäfelten Wänden und einer Decke aus Holz. Der Raum wirkte düster. Ambrosius trug Jeans und einen dünnen blauen Pullover, aus dem der Hemdkragen hervorstach.

Er war größer, als Giulia gedacht hatte. Der fünfundvierzigjährige, attraktive Mann begrüßte Giulia mit einer freundlichen, warmen Stimme und einem festen Händedruck. Sie ertappte sich dabei, wie sie den Wahnsinn in seinen Gesichtszügen suchte, doch davon war nichts zu erkennen. Die Ärztin, die sie zuvor empfangen hatte, hatte bereits betont, dass er sich gerade in einer guten Phase befinde. Nachdem Giulia sich vorgestellt hatte, fragte sie Ambrosius, welche Erinnerungen er an den Montag vor einer Woche habe.

Ambrosius, der ihr in einem Sessel gegenübersaß, zuckte mit den Schultern. Er erzählte, dass er nur vage Erinnerungen habe, die er kaum zuordnen könne: Da seien Berge, eine Stimme und Bäche rot wie Blut. Und ein Gletscher aus schimmerndem Gold. Giulia kam das blutrote Kleid von Aletheia in den Sinn. Ambrosius erklärte sich weiter, in einer gelassenen Art und Weise, sodass man ihn niemals für psychotisch gehalten hätte. Seit gestern wusste er nicht nur, dass seine Schwester tot aufgefunden worden war, seine Eltern hatten ihn auch über die Hintergründe der Tat informiert.

Eindrücklich berichtete er von der schwierigen Zeit nach dem Verschwinden seiner Schwester und von seinem Leben als Künstler. Er wisse, dass ihn der Wahn und die Wirklichkeit gleichermaßen antrieben.

Auf die Fuorcla Surlej angesprochen, geriet er ins Schwärmen. Er erzählte Giulia von dem schönsten Platz der Welt. In Gedanken versunken habe er dort gesessen, als er seine Schwester auf dem Gletscher, der Talseite gegenüber, gemalt habe. Er spreche vom Bild, das er in Meilen in seinem Atelier aufgehängt habe. Als Giulia ihm von ihrer Leidenschaft und ihrer Liebe zu diesem Flecken Natur berichtete, stand er auf und bedeutete ihr mit schnellen Handbewegungen, dass sie ihm folgen solle.

Zusammen liefen sie zu einem Anbau auf der Rückseite des noblen, altehrwürdigen Gebäudes. Dort führte er Giulia in ein Malatelier. In diesem hingen und standen an der Wand angelehnt viele seiner Bilder, auf mehreren war die Fuorcla Surlej zu sehen.

»Suchen Sie sich eines aus, ich würde Ihnen gerne ein Geschenk machen. Sie haben schließlich meine Schwester gefunden und lieben diesen Ort genauso wie ich.«

»Also …«, sagte Giulia überrascht, »ähm, ich arbeitete

in einem Team. Der Verdienst, das Verschwinden Ihrer Schwester und den Tathergang von damals aufgeklärt zu haben, gebührt bei Weitem nicht mir alleine.«

Er lächelte. »Sie werden das von Ihnen ausgesuchte Bild zu schätzen wissen, da bin ich mir ganz sicher. Bitte schön!« Er deutete mit einer Armbewegung auf die Bilderwand.

»Ich weiß nicht, ob ich das überhaupt darf. Ich bin dienstlich hier«, sagte Giulia. Sie hatte bereits eines der Bilder ins Auge gefasst, sagte Ambrosius aber nichts davon. »Wie gesagt, es wäre nicht richtig, in meiner Funktion hier und jetzt ein Bild von Ihnen anzunehmen. Wobei ich Ihre Schaffenskraft nur loben kann – die Tiefe der Farben, die abstrakte Schönheit gefallen mir sehr.«

Er dankte ihr, dann verließen die beiden das Atelier. Mehr gab's danach nicht mehr zu fragen oder zu sagen. Fragen zu Nora Pechstein etwa hätten an deren Geständnis nichts verändert.

Um dreizehn Uhr traf Giulia in der Loëstrasse bei Nadia ein, die sie auf der Rückfahrt angerufen hatte. Mark war an dem Tag fort, und Nadia hatte gekocht. Es gab Rösti mit Zürcher Geschnetzeltem. Ein Gericht, das Nadias Großvater, der Landjäger Caminada, sehr gern gemocht hatte, wie Nadia Giulia schon vor Längerem erzählt hatte.

Doch etwas war an dem Mittag anders, fand Giulia. Nadia wirkte zwar heiter, tat aber auch geheimnisvoll. Giulia half ihr, den Tisch zu decken. Sie aßen und redeten über Monika. Die Beerdigung von Erika würde am Donnerstag stattfinden, und sie würden gemeinsam hinfahren, um Monika zu zeigen, dass sie für sie da waren.

Dann, nach dem Dessert, als sie einen Kaffee tranken, sagte Nadia: »Ich glaube … Nein, ich bin mir sicher, wie der Mord in der Chamanna abgelaufen ist.«

»Ach, ja? Und das sagst du mir so beiläufig bei einem Kaffee und einem Stück Gugelhopf?« Giulia tat gespielt entrüstet.

»Eigentlich hast du mich ja darauf gebracht. Ich hatte heute viel Zeit, um zu recherchieren, Verbindungen zu ziehen, Akten zu wälzen. Was man halt so macht, wenn man im Backoffice hockt.«

»Schieß los.« Giulia wischte sich Kuchenkrümel von der Unterlippe.

»Gestern auf der Rückfahrt hast du doch erwähnt, dass Selbstmorde in den Bergen oftmals als Unfälle getarnt sind. Wer möchte schon gerne zugeben, dass ihm das Leben zu viel war und er einfach gescheitert ist?«

Giulia zuckte mit den Achseln.

»Wir wissen seit gestern, dank Pechsteins Aussage, dass mindestens drei Leute am Tatort waren, die beiden Toten, Martina Abderhalden und Beat Fähnrich, und dieser Lederhosen-Django. Diesem Beat Fähnrich war sein Ruf, sein von außen wahrnehmbares Verhalten sehr wichtig.« Nun konnte Nadia ihren Triumph nicht mehr verbergen: »Schau, das hier war doch die letzte SMS von Martina Abderhalden an diesen Lederhosen-Django.« Sie legte ein A4-Papier vor Giulia hin, auf dem die SMS groß ausgedruckt war, und fragte sie: »Fällt dir im Text etwas auf?«

Du machst mir richtig Angst. Wenbn du nicht sofort aufhörst mit dieesen Drohungen werde ich saofort zur Politzei gehen. Lass mich sofort in Ruhe. Kann ja vor lauter Angst nicht mal mehr richtig schreiben.

»Dass sie Angst hatte und unter großem Druck stand, als sie das schrieb?«

»Genau.«

»Was noch?«

»Es hat einige Schreibfehler, die wie der Inhalt auf ihre Angst hindeuten.«

Nadia lächelte. »Wie viele Schreibfehler hat es?

»Vier.«

»Genau. Schreib mal die Buchstaben auf …«

Giulia tat es: *b e a t.*

»Beat?«

Nadia nickte. »Die Frau war superclever. Beat Fähnrich zwang Abderhalden, diese Nachricht einzutippen, um den Verdacht auf den Lederhosen-Django zu lenken. Sie aber ahnte, wie es enden würde, und hat Beats Namen versteckt eingetippt.«

»Nadia, du bist der Hammer.« Giulia zeigte ihre ganze Anerkennung.

»Doch dann stellte sich mir die Frage, wie er – nach der Tat an ihr und an sich – das Messer verschwinden lassen konnte. Mit dieser Stichwunde am Hals stand der höchstens noch einige Sekunden aufrecht. Wie ließ er also das Messer verschwinden?«

»Ja, wie?« Giulia saß wie auf glühenden Kohlen.

»Ich habe in den letzten Tagen wie abgemacht alle Hinweise überprüft – und nun weiß ich es.«

»Okaaay? Und?«

»Die Forensik ließ ja eine Liste mit allen Gegenständen erstellen, die sie in der Chamanna vorgefunden hatte. Darunter war auch eine alte Flasche mit Helium vom Abschlussfest am Sonntag eine Woche vor den Morden, an dem die Festteilnehmer Ballone hatten steigen lassen. Davon gibt es ja Fotos. Das habe ich auch nochmals auf den Bildern des 3D-Scans überprüft.«

»Ach du meine Güte …« Giulia stand auf. »Du hast ja so was von recht …«

Nadia lachte. »Genau. Dieser Beat hat zwei, drei Ballone mit Helium gefüllt und in der Küche bereitgelegt. Nach der Tat an Martina Abderhalden befestigte er das Messer an einer Schnur und diese wiederum an den Ballonen, ehe er am offenen Fenster stehend auf sich einstach. Nach dem tödlichen Einstich in den Hals brauchte er das Messer bloß loszulassen, nachdem er es wegen des Bluts auf der Klinge so lange wie möglich nach unten gehalten hatte. Dann flog es mit den Ballonen in den Engadiner Himmel. Deshalb fielen die Tropfen aus verschiedenen Höhen auf die Steine des Vorplatzes. Um das zu beweisen, müssten wir also nur noch die Ballone mit dem Messer daran finden, was allerdings fast unmöglich ist.«

Giulia nickte und stand unvermittelt auf. »Ich muss sofort zur Hütte!«

»Jetzt? Wieso?«

»Als ich im Heli über der Terrasse der Chamanna schwebte, sah ich einen Ballon, der sich auf dem Dach der Hütte verfangen hatte. Wenn ich nun diese Geschichte höre, dämmert es mir: Dieser Ballon war noch viel zu gut mit Helium gefüllt, als dass er bereits über eine Woche lang dort hätte hängen können. Doch ich habe mir nichts weiter dabei gedacht – wie blöd.«

»Aber mit einem einzigen Luftballon lässt du kein so großes Messer mit einer dreißig Zentimeter langen Klinge fliegen.«

»Stimmt, aber womöglich sind die anderen Ballone auf dem Dach bereits während des Sturms kaputtgegangen. Ich muss es rausfinden. Jetzt!«

Umgehend rief Giulia den Kommandanten an. Sie brauchte nicht mal viel Überzeugungskraft, damit er ihr einen Flug bewilligte. Giulia eilte nach Hause, zog sich um, nur kurz kamen in ihr Gedanken zum Montag vor einer Woche auf, dann fuhr sie zum Rossboden auf den Waffenplatz des Militärs.

Kaum war sie dort eingetroffen, kam schon der Air-Grischa-Pilot angeflogen, mit dem Giulia bereits vor einer Woche zur Hütte hochgeflogen war. Neben dem Piloten saß ein Flughelfer, der die Seilwinde bedienen würde.

Es war ein ruhiger, sonniger Herbstnachmittag, als die drei durchs Val Roseg flogen. Das Tal lag friedlich im Sonnenschein, zuhinterst glitzerte der Lej da Vadret, der Sturm war vorüber, die Lärchen leuchteten golden.

Die zwei Fahnen an den Masten der Hütte wehten nur wegen des stürmischen Abwindes, den die Rotoren verursachten. Während der Hubschrauber dreißig Meter über der Hütte im Schwebeflug verharrte, suchte Giulia mit dem Fernglas das Dach ab. Der Ballon war mittlerweile geplatzt, er lag zerfleddert wie die anderen Ballone auf dem Hüttendach. Vom Messer sah sie allerdings nichts. Giulia hoffte, sich nicht geirrt zu haben.

Beim Abstieg mit dem Seil fokussierte sie sich auf das Dach. Die Seilwinde gab kontrolliert nach, über Funk war sie mit dem Piloten und dem Flughelfer verbunden.

Als ihre Füße das Dach berührten, stützte sie sich zunächst mit beiden Händen ab, bis sie einen guten Stand fand. Dann hob sie vorsichtig die schlaffen Ballonhüllen auf. Und tatsächlich: Darunter kam ein Messer zum Vorschein!

»Yeaaaah!«, schrie sie, bevor sie die Waffe vorsichtig in einer Tüte verschwinden ließ und vom Flughelfer wieder hochgezogen wurde.

Um siebzehn Uhr dreißig saßen Giulia und Nadia im Hansahof, als Kommandant Hartmann eintrat.

»Wir haben ihn überführt!«, sagte er. »Ihr habt ausgezeichnete Ermittlungsarbeit geleistet, das habe ich auch Dr. Kaspersky und Herrn Hugentobler soeben ausgerichtet, als sie mich wegen des Resultats ihrer forensischen Untersuchungen angerufen haben: Die Fingerabdrücke auf dem Schaft des Messers sind eindeutig Beat Fähnrich zuzuordnen. Das ist nicht der erste Fall eines nach außen hin liebenswerten, zurückhaltenden Menschen, der sein krankes Wesen lange Jahre zu verstecken wußte und dann ein Blutbad angerichtet hat. Ein Fall, zu dem die Medien wohl wieder schreiben werden, dass niemand, absolut niemand dem Täter eine solche Tat zugetraut hätte.«

Sowohl Giulia als auch Nadia schätzten, dass Hartmann eigens quer durch den Feierabendverkehr der Stadt gefahren war, um ihnen das Resultat der Ermittlung persönlich mitzuteilen und sie zu loben. Seit er mit Monika Genelin zusammen war, schien er verändert.

»Wie geht's Monika?«, fragte Giulia.

»Na ja, es tröstet sie, dass sie sich sicher ist, dass ihre Mutter wusste, dass ihr den Fall gemeinsam lösen würdet. Ihr drei wart ja auch ein tolles Team.«

Giulia strich sich mit der linken tätowierten Hand kurz übers Kinn. Dabei registrierte sie den Blick ihres Chefs.

»Darf man das ganze Kunstwerk sehen?«, fragte Hartmann.

Giulia glaubte, sich verhört zu haben. Oder hatte er das sarkastisch gemeint? Sie schob den Ärmel ihres Hemdes zurück.

»Zu dir passt das, Giulia, und bei gewissen Ermittlungen ist es ja auch noch hilfreich. Es sind übrigens zwei Radarbußen auf die Nummer deines Dienst-Audis reingekommen und eine Beschwerde, dass du ohne Ausweis und Helm mit einem alten Mofa rumgebrettert seist.«

»Was, nur zwei Bußen?«, tat Giulia scheinheilig. »Und wegen des Velotöfflis: Ich fuhr wie der alte Landjäger mit dessen Vehikel herum. Der trug auch keinen Helm!«

»Aber einen Hut«, sagte Hartmann und lachte. »Die Bußen gehen vom Lohn weg, und nun macht wohlverdienten Feierabend ihr drei«, sagte er und spielte damit auf das Baby in Nadias Bauch an.

Fünf Tage später, es war Samstagmorgen, saß Giulia in ihrem Wohnzimmer. Am Tag zuvor hatte sie die Wohnung bis spätabends komplett neu eingerichtet. Alles war so, wie sie es sich vorgestellt hatte: Die Möbelfirma hatte im Schlafzimmer die Möbel aus Arve aufgestellt, die gemütliche Couch und der neue Esstisch standen. Auch die neuen Leuchten waren angekommen und spendeten ein angenehmes Licht.

Um neun Uhr klingelte es zwei Mal. Via Freisprecheinrichtung erfuhr Giulia, dass ein Paket für sie gekommen sei.

Sie trug es nach oben, es war dünn, aber groß.

Neugierig machte sie das Paket auf. Darin kam ein Gemälde zum Vorschein, genau jenes Bild mit der Fuorcla Surlej, das sie in Ambrosius' Malatelier wortlos mit den Augen ausgesucht hatte. An der Verpackung klebte ein kleiner Zettel: *DANKE* stand darauf.

Giulia holte die Werkzeugkiste hervor und hängte es im Wohnzimmer auf – es passte perfekt. Ihr neues Leben hatte begonnen.

Besonderen Dank
an meine Lektorin Vivian Tresch
und Daniel Kampa, meinen Verleger,
für die wertvolle Zusammenarbeit.

KAMPA VERLAG

Philipp Gurt
Bündner Abendrot

Ein Fall für Giulia de Medici

Kriminalroman

Totenstille liegt über den Bündner Bergen,
der Duft von Alpweiden in der Luft …

Das Abendrot spiegelt sich im See am Fuße des Haupterhorns. Während das Vieh friedlich weidet, blickt eine junge Frau ins Wasser. Sie sieht ein Gesicht, ihr eigenes, doch sie erkennt sich nicht. In der Hand hält sie ein blutiges Messer – und weiß nicht, warum …

Giulia de Medici, Chefermittlerin der Kantonspolizei Graubünden, wollte ein paar Tage in ihrer Hütte im Hochtal Sapün verbringen, in der Abgeschiedenheit der Berge, auch um ihre große Liebe Erkki zu vergessen. Doch dann steht mitten in der Nacht eine verstörte Frau mit einem blutverschmierten Messer vor Giulias Tür: Woher kommt sie? Ist sie Täterin oder Opfer? Braucht sie Hilfe, oder will sie Giulia etwas antun? Noch in derselben Vollmondnacht begeben sich Giulia und ihre Kollegin Nadia Caminada auf Spurensuche. Schnell wird klar, dass die Alpweiden nicht so verlassen sind, wie sie scheinen: Die Polizistinnen geraten in Lebensgefahr, und ihre Ermittlungen führen sie zurück bis ins Jahr 1984, als der Linthebene-Mörder im Unterland Angst und Schrecken verbreitete.

»In Gurts Romanen führt eine Urgewalt Regie.«
Alex Baur / Weltwoche

KAMPA VERLAG

Philipp Gurt
Graubündner Finsternis
Landjäger Caminada und der Fuhrmann
Kriminalroman

Das entlegene Valser Tal, ein schrecklicher Mord,
ein unerhörter Verdacht

Graubünden, 1953: Der Schrecken ist groß, als Gertrud Deflorin in aller Herrgottsfrüh tot in der Tuchfabrik in Chur aufgefunden wird. Die Näherin wurde in der Nacht zu ihrem fünfundzwanzigsten Geburtstag hinterrücks ermordet. Landjäger Walter Caminada und sein junger Kollege, Erkennungsfunktionär Peter Marugg, stehen vor einem Rätsel, denn die junge Frau, die zurückgezogen mit ihrer kranken alten Mutter am Rand von Chur lebte, war allseits beliebt. Und je mehr sie über das Leben des Fräuleins erfahren, desto mysteriöser wird der Fall. Die Ermittlungen führen Caminada und Marugg ins Schanfigg zu einem grobschlächtigen Fuhrmann und tief hinein ins Valsertal. Und was die beiden dort herausfinden, lässt ihnen das Blut in den Adern gefrieren. Was nicht wahr sein darf, soll dennoch wahr sein?

»Philipp Gurt ist aus den Schweizer
Bücherregalen nicht mehr wegzudenken.«
Nicole Berchtold / SRF